L'Aube du mal

Stéphane Leneuf

L'Aube du mal

Michel LAFON

118, avenue Achille-Peretti – CS 70024
92521 Neuilly-sur-Seine CEDEX
www.michel-lafon.com

« Ceux qui ne peuvent se rappeler le passé
sont condamnés à le répéter. »

GEORGES SANTAYANA

Partie I – La Révélation

Funérailles

C'était un rituel. Une habitude. Ce n'était pas une obligation, certes, mais avec mes sœurs nous étions trop jeunes pour nous y opposer. Alors, chaque dimanche, nous subissions un peu, beaucoup même, ce mini-voyage dans le passé, vers le village et la maison familiale où vivait notre grand-mère. Nous y déjeunions et passions une partie de l'après-midi en sa compagnie avant de prendre la route du retour pour Dijon. Mon père travaillait à Paris dans les ministères. Il revenait tous les vendredis soir passer le week-end chez nous et le dimanche était pour lui un jour sacré. Une journée qu'il consacrait à sa mère. Il n'y avait pas d'alternative possible. Le cortège familial devait suivre.

Juste avant de descendre nous installer dans la voiture en dévalant les escaliers de l'immeuble où nous habitions, nous nous disputions tous les trois pour la répartition des places à l'arrière du véhicule, bruyamment d'abord, en silence enfin. C'était une bataille hebdomadaire qu'il ne fallait surtout pas perdre. Elle était violente, sournoise mais néanmoins silencieuse, car ma mère ne supportait pas les cris et les hurlements. Lorsque nous élevions la voix, elle ne faisait pas de quartier. Sans s'embarrasser de savoir lequel avait démarré la dispute, elle hurlait plus fort que nous, afin de nous faire taire et, si cela ne suffisait pas, la douleur de ses claques ramenait la paix. La dispute se poursuivait à demi-voix avant de pénétrer dans le véhicule pour savoir lequel aurait la malchance de s'installer au milieu de la banquette verte, laissant aux deux autres la possibilité de s'évader en plaquant leur nez et leurs yeux sur les vitres arrière de la DS blanche. Ces disputes dominicales pouvaient sembler dérisoires à un adulte. Mais pour nous, elles étaient fondamentales. Celui qui perdait et héritait de cette place maudite n'avait qu'un seul champ de vision : le pare-brise devant lui. Au bout de quelques kilomètres, il était voilé par la fumée des cigarettes que ma mère ne manquait pas d'allumer en faisant claquer son Zippo. Celui qui était au milieu avait l'assurance qu'au terme des cinquante kilomètres des routes sinueuses à travers la vallée de l'Ouche, il arriverait nauséeux et malade. Être assis près d'une portière arrière, c'était au contraire l'assurance de pouvoir ouvrir légèrement l'une des deux vitres, de laisser son esprit vagabonder dans la campagne qui défilait et respirer en fonction des saisons les odeurs de blé coupé ou d'humus d'automne qui avaient du mal à pénétrer l'intérieur d'un habitacle pollué par des odeurs fétides de tabac, chaud ou froid.

Ce dimanche-là, je perdis la bataille. Je me retrouvai coincé entre mes deux sœurs. Elles se délectaient déjà du sort qui m'attendait. Leur satisfaction n'avait d'égale que ma hargne d'avoir simplement perdu cette compétition. Je n'étais pas assez rapide dans les escaliers. À quinze ans je n'étais pas encore de taille à lutter avec mes deux aînées. J'étais arrivé le dernier. Les deux places étaient déjà occupées. Je me fis la promesse intérieure de ne plus jamais tomber malade durant ce parcours de forçat. Une promesse bien tardive et dérisoire, car ce dimanche était différent des précédents. Nous n'allions pas déjeuner chez ma grand-mère. Nous allions l'enterrer. Nous étions le 27 février 1975 et il faisait un temps gris et glacial.

Ce voyage provoqua chez nous une réelle satisfaction enfantine, malgré la douleur que pouvait ressentir mon père, car il serait sans doute le dernier pour nous. Fini les dimanches ennuyeux à la campagne, fini les trajets, fini les disputes. Nous n'y retournerions plus. Ma rage d'avoir perdu cette ultime manche n'en était que décuplée. À jamais, dans mon imaginaire d'enfant, je resterais celui qui aurait définitivement perdu la bataille de la banquette. Mes sœurs en avaient conscience. Elles se moquaient et gloussaient comme de jeunes poules. Dans la voiture, je n'étais qu'un trait d'union entre elles, le col de mon manteau remonté jusqu'aux oreilles, je pris un air renfrogné. Je ruminais ma colère mais je m'interdisais de réagir. Je subissais leurs railleries ridicules sans y répondre, tout en serrant très fort une clé dans la poche de mon pantalon. La clé que ma grand-mère m'avait confiée quinze jours auparavant restait pour moi une énigme. J'avais toutefois acquis la conviction qu'elle allait m'ouvrir un nouveau champ des possibles, un monde dans lequel mes deux sœurs ne pénétreraient jamais. Serrer cette clé, c'était affirmer ma force silencieuse vis-à-vis d'elles et, au fond, cela rendait cette ultime dispute totalement dérisoire. Face à mon absence de réaction, elles finirent par se calmer et cessèrent de jacasser.

Deux semaines plus tôt, lorsque toute la famille était rentrée de la messe, contrairement à la tradition, Marie n'était pas descendue déjeuner avec nous. Sa maison était située au milieu du village, en bordure de la route principale. Elle était petite. Une salle à manger et un salon au rez-de-chaussée où nous nous serrions à dix autour de la table. Il y avait trois chambres à l'étage, dont la sienne. Elle ne l'avait pas quittée depuis le matin de notre arrivée. Elle était trop faible pour se lever. À la fin du repas, elle avait profité d'un moment où je m'étais éclipsé pour monter aux toilettes situées à côté de sa chambre pour m'appeler discrètement.

– Entre, mon « petit », me dit-elle d'une voix faible avec cet accent de la campagne bourguignonne qui scellait une frontière orale bien réelle entre les gens de la ville et ceux des villages.

La chambre était dans la pénombre. Les rideaux étaient fermés. J'étais un peu effrayé par l'obscurité ambiante mais un faible halo de lumière laissait tout de même deviner la photo jaunie de mon grand-père Félix accrochée au-dessus de son lit.

C'était un portait immortalisé de trois quarts, coupé à la taille, comme on les prenait à l'époque. Mon grand-père, en dépit de sa faible stature, portait beau. Il était jeune, mais son crâne était dégarni et une fine moustache dessinait sous son nez un accent circonflexe. Il était en uniforme de chasseur à cheval de la Grande Guerre. Cette photo militaire officielle avait sans doute été prise avant l'horreur des tranchées car il avait encore un regard doux et paisible, bien qu'on y perçût une légère inquiétude quant à l'avenir qui se profilait.

À côté du cadre, il y avait son sabre poussiéreux de cavalerie accroché au mur, relique intemporelle qui avait traversé les années. Il y avait enfin une vieille commode sur laquelle des douilles de mitraillette et de fusil étaient posées. Des souvenirs, survivances d'un monde jauni par le temps, mais suffisamment réels pour effrayer un enfant.

Je ne l'avais jamais connu. Il était mort de la grippe espagnole après la guerre. Gazé dans les tranchées, il avait eu la chance d'en revenir. Personne n'avait compris par quel miracle il avait survécu à l'horreur, sauf peut-être ma grand-mère qu'il avait sans doute mise dans la confidence en racontant ses combats. Ce n'était même pas certain, car dans la famille les anciens ne parlaient jamais de la guerre, de leur guerre. Mon père lui-même n'évoquait son passé d'ancien combattant que très rarement. Mais nous, les enfants et les petits-enfants, qui avions désormais la chance de vivre en paix, nous vivions en permanence ces conflits par procuration, grâce aux photos de l'époque accrochées aux murs ou rangées dans les armoires, par l'atmosphère et les odeurs d'antan qui régnaient dans ces pièces rustiques, par les rares souvenirs racontés avec les mots que les anciens employaient pour tenter de nous décrire l'indescriptible et nommer l'innommable.

Nous étions au milieu des années soixante-dix. Mais trente ans après la fin des hostilités, ma grand-mère ne semblait toujours pas capable de prononcer le nom de paix que l'on donnait désormais à nos anciens ennemis. Pour elle, un Allemand restait définitivement un Boche. Un Boche qui avait failli lui prendre son mari lors de la Première Guerre, un Boche qui avait tout fait pour lui prendre ses fils vingt ans plus tard. Un Boche qui avait trop souvent envahi et dévasté l'intimité de sa vie. Appeler un Boche « un Allemand » aurait été sans doute pour elle une forme de pardon ou d'oubli, ce à quoi elle s'était toujours refusée.

– Entre, me dit-elle à nouveau.

Je pénétrai doucement dans la pièce qui ressemblait de plus en plus à un sas vers l'au-delà. Lorsque je fus à proximité de son lit, elle me prit la main, puis elle regarda sur la gauche en pointant l'index de son autre main vers la cheminée. Son nez coulait. Elle reniflait sans cesse. Son vieux visage gris creusé de profondes rides ne renvoyait que de la douleur et de la détresse. J'étais effrayé.

– Tu vois ce tiroir. Ouvre-le. Il y a une clé à l'intérieur. Prends-la, s'il te plaît.

Je fis le tour de son lit, m'approchai de la commode, ouvris le tiroir et me saisis de la clé.

– C'est quoi cette clé, grand-mère ?

Elle reprit un instant son souffle avant de me répondre.

– Cette clé permet d'ouvrir une boîte que tu trouveras dans la grande armoire qui est en face de moi. Ouvre l'armoire !

Une odeur âcre très forte d'ancienne naphtaline envahit mes narines. Des petites boules blanches étaient posées dans les recoins. Les vêtements étaient pliés et rangés avec une perfection d'un autre âge. Au fond, sur la troisième étagère en hauteur, il y avait une grosse boîte en fer rouillé sur laquelle était inscrit : « Levure alsacienne E. Moench, Strasbourg. »

Sur le couvercle était dessinée une femme joyeuse aux joues grasses et rouges, en tenue traditionnelle. Cette boîte n'avait sans doute pas bougé de cet endroit depuis des années.

Je tendis les bras pour la saisir.

– Non ! m'arrêta ma grand-mère d'un air sévère comme si je m'apprêtais à commettre une bêtise.

Malgré sa faiblesse, elle était devenue soudain très inquiétante.

– Laisse cette boîte où elle se trouve ! Pour l'instant tu n'y touches pas ! Tu viendras la prendre quand je serai partie. Je t'en confie la clé. Elle est à toi. Mais cela doit rester un secret entre nous. Sinon tu ne la prends pas ! Tu as compris ?

Je la regardai, étonné par sa réaction.

– Pourquoi tu me donnes cette boîte ? Je n'en ai pas besoin. Qu'est-ce que je vais en faire ?

Elle me fit signe d'approcher et me glissa à l'oreille :

– Si tu n'en veux pas, je la donnerai à l'une de tes sœurs.

L'argument fit mouche.

– Non, grand-mère, je la prends !

Elle tapota sur le bord du lit pour m'inviter à m'asseoir.

Elle me fixa de son regard dur. Dans ce genre de moment, ses yeux devenaient bleu acier et pouvaient provoquer un sentiment de crainte sur n'importe quelle personne qui se trouvait dans son entourage. Je ne savais pas quoi penser. Cette vieille femme à l'article de la mort avait toujours été très distante avec nous, et aujourd'hui elle établissait une intimité tardive que je repoussai d'instinct, tout en ressentant une obligation de respect qui me forçait à accepter la situation.

– Écoute-moi, dit-elle en me serrant très fort le bras. Dans cette boîte il y a une histoire que tu dois connaître, mais pas maintenant, quand tu seras grand, parce que c'est une histoire d'hommes. Tu n'es pas encore un homme, mais tu vas le devenir. Tu dois apprendre pour savoir. Tu dois cependant me faire une promesse : garde la boîte, et ouvre-la lorsque tu auras dix-huit ans. Dix-huit ! Tu entends ? Dix-huit ! C'est le chiffre ! Tu ne dois jamais l'oublier ! Tu entends ?

Elle me secoua encore plus violemment comme si son désir le plus ardent était que je retienne ce chiffre.

– C'est un Graal qui te permettra d'ouvrir les portes du passé !

Je ne comprenais pas. Je ne comprenais rien ! Je n'avais pas envie de comprendre ! Cette boîte était vieille, elle était moche, et elle allait m'encombrer. Mais surtout, à cet instant, je ressentais une frayeur intense. Je n'avais qu'une idée en tête : m'enfuir et repousser ce visage et ces yeux loin de moi et de mon univers d'adolescent qui n'avait pas demandé qu'on bouscule sa vie avec des événements qui lui étaient inconnus.

Elle s'agrippait maintenant à mon bras après avoir relevé son buste frêle vers moi.

– Retiens bien ce chiffre : dix-huit ! Dix-huit ans ! Dix-huit ! Tu as compris ! Promets-le-moi ! Promets-le-moi !

– Oui, grand-mère, j'ai compris, je te le promets, je ne l'ouvrirai pas avant d'avoir dix-huit ans. Je vais la cacher dans ma chambre à Dijon. Mais lâche mon bras ! Tu me fais mal !

Elle desserra sa prise et se laissa retomber sur ses oreillers. Elle était épuisée.

– Maintenant, quitte cette pièce ! Dehors ! Laisse-moi mourir seule ! me dit-elle d'une voix faiblarde et chevrotante.

Je regardai encore un instant ce visage anguleux et sec, creusé par des rides de douleurs que la vie lui avait infligées. Je me levai et m'éloignai à reculons tout en continuant de la fixer. Elle avait fermé ses yeux. Je butai sur une chaise qui bascula. Personne ne l'entendit. Je serrai très fort la clé dans ma main gauche. Je la mis dans la poche de mon pantalon. Elle ne quitta pas cette poche pendant quinze jours. C'est cette clé mystérieuse que je serrais à nouveau dans la voiture entre mes deux sœurs alors que nous étions en route pour ses obsèques.

Maintenant que ma grand-mère était morte, je devais absolument récupérer cette boîte sans que personne ne s'aperçoive de quoi que ce soit. Assis à l'arrière de la voiture, je réfléchissais au meilleur moment pour la subtiliser, et quelle stratégie je devais adopter pour la rapporter dans ma chambre. J'avais fait une promesse. Je ne devais pas l'ouvrir avant d'avoir dix-huit ans. Il fallait aussi que je songe à trouver une cachette.

En arrivant dans la maison, je dus me rendre à une évidence : l'affaire s'annonçait très compliquée. Le corps de ma grand-mère reposait sur son lit, dans sa chambre transformée en pièce funéraire. Allongée sur le dos, Marie était entourée de quatre grandes bougies qui scintillaient dans l'obscurité. Elle était décédée dans sa quatre-vingt-unième année, trois jours auparavant, le 24 février. Ses longues mains jointes en signe de prière reposaient sur son ventre, une croix avec un christ entre ses doigts. Elle était entièrement vêtue de noir. Les thanatopracteurs avaient bien travaillé car son visage était lisse et apaisé. Toute la famille était réunie autour du lit. Une forte odeur d'église imprégnait la pièce. La veillée mortuaire pouvait démarrer. Tout le village et le canton se mirent à défiler pour lui rendre un dernier hommage. Devant la porte d'entrée de la maison, les gens faisaient la queue en silence. La file s'étendait de manière ininterrompue depuis la rue, poursuivait son cheminement dans le couloir du rez-de-chaussée, puis serpentait dans l'escalier jusqu'à la chambre. Les hommes et les femmes étaient reçus séparément par le curé qui se tenait devant la porte d'entrée. Au moment où les uns et les autres pénétraient dans la pièce, l'homme leur glissait un goupillon que chacun agitait d'un geste plus ou moins ample de la main ou du bras. À la vue du corps immobile, tous se signaient, se recueillaient un bref instant devant le lit puis ressortaient. Le curé, maître d'œuvre de ce défilé funèbre, veillait à maintenir le rythme : quand une personne sortait, une autre entrait, pas une de plus. Seuls les craquements du parquet que provoquaient leurs pas arrivaient à nos oreilles. Je regardais ce ballet d'ombres qu'aucun événement extérieur n'aurait pu interrompre. Tous voulaient partager ce bref moment d'intimité avec notre famille, mais il était convenu que les présentations de condoléances se feraient dans l'église après la cérémonie car, lors d'un décès, les guerres de village s'arrêtent momentanément.

C'était une question de respect pour les morts. Lorsqu'une famille est en deuil, tout le village l'est également, amis comme ennemis. Bligny-sur-Ouche ne faisait pas exception. Mais à quinze ans, avec mon regard et ma compréhension d'enfant, j'avais du mal à trouver une réponse à mon questionnement : pourquoi un tel recueillement autour de ma grand-mère ? Pourquoi le village et le canton venaient-ils ainsi s'incliner devant le corps d'une vieille femme qui vivait recluse chez elle depuis tant années, emprisonnée dans une fosse à souvenirs qu'elle semblait n'avoir jamais quittée ?

Je savais que je trouverais peut-être un début de réponse en ouvrant cette boîte. J'allais devoir être patient ce qui, tout le monde en convient, n'est pas la qualité première d'un adolescent. Pour récupérer l'objet, je m'étais positionné de manière stratégique entre le curé et l'armoire dont la porte était à demi ouverte. La boîte était à portée de main, sous mes yeux, mais il n'était pas question de bouger. Je devais agir le plus discrètement possible. Après tout, je me doutais bien que les adultes n'allaient pas tolérer que j'emporte cette boîte comme bon me semblait. Il me fallait attendre l'instant propice pour m'emparer de mon butin secret.

Ce moment arriva deux heures plus tard. Juste après la mise sous scellés du cercueil et la levée du corps, le curé s'approcha de l'armoire pour y déposer son goupillon. Je saisis cette opportunité comme un don de la providence. Les quinze premières années de ma vie m'avaient déjà appris une chose importante dans le rapport que l'on peut avoir aux adultes et à la vie : plus un mensonge est gros et plus il est crédible, surtout quand il sort de la bouche d'un enfant dont le visage semble exprimer une réelle douleur. Vous pouvez parier tout ce que vous voulez. Dans ce genre de situation, l'adulte est incapable de refuser une requête. Je n'avais aucune envie de mettre mon père dans la confidence. Après tout, si ma grand-mère m'avait choisi pour conserver ce secret, ce n'était pas pour que je coure aussitôt dans ses bras pour lui demander la moindre autorisation. Nous n'étions que tous les deux avec Marie dans la chambre. Seul ce prêtre pouvait faire obstacle à ma quête.

– Père François, ma grand-mère souhaitait que cette boîte l'accompagne avec tous ses secrets dans sa dernière demeure.

Elle m'a demandé d'assurer le respect de cette dernière volonté. Est-ce que je peux la prendre et l'amener à l'église et jusqu'au cimetière ? C'est elle qui me l'a confiée.

Le père François me regarda d'un air intrigué. Visiblement, ma demande l'étonnait, mais dans ce moment particulier elle lui semblait crédible. Il fronça légèrement les sourcils et hésita avant de me répondre.

– Es-tu bien sûr que ta grand-mère désirait que cette boîte finisse à côté d'elle dans la tombe ? Es-tu bien certain qu'elle souhaitait emmener ses secrets avec elle ?

Il se pencha légèrement à hauteur de mon visage et me fixa droit dans les yeux. De sa voix grave et profonde il me dit :

– Tu n'as pas besoin de me mentir pour emporter cette boîte avec toi. Alors, dit la vérité.

Je rougis. J'étais confus. Le père François était un homme bon et bienveillant. Il n'avait aucune raison de s'opposer à ma requête. Pourquoi m'étais-je mis dans cette situation en proférant un mensonge qui n'avait pas lieu d'être ? À cet instant, j'eus honte. Une honte immense.

– Alors ?

– Je… Je. Je ne sais pas. J'ai eu peur de votre réaction. Que les grands m'empêchent de réaliser cette volonté de ma grand-mère.

Il mit sa main sur mon épaule et me sourit.

– La vérité c'est que tu vas emporter cette boîte chez toi parce que Marie te l'a demandé. Est-ce que je me trompe ?

J'hésitai un instant avant de lui répondre.

– Non…

– Tu sais, Marie t'aimait beaucoup. Elle me parlait souvent de toi. Ta demande ne m'étonne pas du tout. Si tu veux prendre cette boîte parce que ta grand-mère te l'a demandé, tu peux la prendre.

Je ne m'attendais pas à cela. En une fraction de seconde, je saisis la boîte et la serrai contre ma poitrine.

Pour autant, je n'étais toujours pas rassuré. Mon père pouvait encore s'opposer à ce que je l'emporte. Après tout, nous étions dans la maison de sa mère, celle où il avait été élevé. Je savais que c'était un homme qui restait très attaché au passé, à ces reliques. Lorsque nous passions nos dimanches chez Marie, il détestait que l'on touche à ces objets qu'elle avait su conserver et préserver comme des témoignages physiques de l'histoire. Aussi tenais-je fermement la boîte dans mes bras, personne ne pouvait me la prendre. Si jamais mon père s'aventurait à me questionner, ma réponse était toute trouvée : le père François ne s'était pas opposé à ce que je l'emporte avec moi. Il était devenu mon allié alors que je pensais à tort quelques instants plus tôt qu'il était mon ennemi.

À l'extérieur, devant la maison, le cocher attendait que la foule se range en ordre derrière son fiacre pour fouetter ses deux chevaux et lancer la colonne funéraire jusqu'à l'église. Cette image du passé était un peu étrange. Mais elle respectait une des dernières volontés de ma grand-mère : être portée vers sa dernière demeure au rythme lent et saccadé d'un pas de cheval. Je profitai de ce moment de légère pagaille pour filer vers la voiture de mon père garée de l'autre côté de la rue. Je savais qu'il ne la fermait jamais à clé dans le village. Quand je lui faisais remarquer que ce n'était pas prudent de laisser ainsi son véhicule grand ouvert, il me répondait systématiquement d'un ton pince-sans-rire :

– Aucune crainte à avoir, je n'ai pas souvenir du moindre vol dans le village.

Il me regardait alors en souriant et me faisait un clin d'œil.

Aujourd'hui, cette insouciance m'arrangeait beaucoup. J'ouvris le coffre, déposai la boîte sous une couverture et le refermai aussitôt. Ni vu ni connu. Mon trésor était désormais à l'abri.

Je rejoignis le cortège. Mon père et mon oncle se tenaient en tête de la procession. Mon père m'adressa un regard réprobateur. Mon détour rapide par sa voiture ne lui avait pas échappé et lui avait visiblement déplu. Mon oncle, quant à lui, semblait ailleurs, loin de toutes ces péripéties. Son regard bleu azur allait et venait dans le vide comme s'il cherchait désespérément à échapper à ce moment qui ne semblait pas le concerner. Je les regardai. L'un à côté de l'autre, ils ne m'avaient jamais paru aussi semblables. Ils dominaient la foule. Leur grande taille m'était apparue comme un flash dans la chambre mortuaire. Les frères jumeaux en imposaient, comme on dit. Pourtant, mon père était aussi brun que mon oncle était blond. Mon père était aussi volubile et tourné vers autrui que mon oncle était froid, réservé et sans empathie. Sa relation à l'autre était toujours compliquée. Il parlait peu, et lorsqu'il vous adressait la parole c'était toujours d'un ton sec, cassant et martial. Ses phrases claquaient comme des ordres qu'il fallait exécuter sans discuter. Aborder mon oncle, c'était pénétrer dans un univers glacé où la moindre parcelle d'humanité était reléguée en périphérie. La violence verbale était permanente. La violence physique toujours présente. Mes cousins Boris et Anna en faisaient régulièrement l'expérience, qui me racontaient les séances de coups de martinet qu'ils recevaient s'ils s'avisaient de sortir du chemin éducatif que leur père avait tracé pour eux. Le nôtre n'avait jamais levé la main sur mes deux sœurs et moi. « Dans l'éducation, la violence est l'arme des faibles, seuls comptent le dialogue et l'attention à autrui », m'avait-il expliqué un jour où nous avions multiplié les bêtises d'enfants. Je n'avais pas compris grand-chose à ce qui était pour moi du charabia d'adulte, mais le ton qu'il avait employé pour nous faire la leçon suffisait à nous faire comprendre qu'il valait mieux ne pas recommencer. C'était une évidence. Tout opposait ces deux hommes dans leur façon d'aborder la vie. Mais ils étaient frères jumeaux, et un lien de sang les unissait. Un lien de solidarité également, acquis visiblement pendant la guerre. Seul mon père racontait de temps à autre, mais de manière très pudique, ses faits d'armes. Je buvais alors ses paroles. Mon oncle ne s'était jamais aventuré sur ce terrain-là. Sa guerre à lui était toujours restée secrète et intériorisée.

Durant quelques instants et comme tout le monde, j'attendis que tous deux donnent le signal du départ du cortège. Ma mère et ma tante suivaient juste derrière, puis mes deux sœurs, mes deux cousins et moi, le maire et son conseil municipal, tout le village et le canton enfin. Vue du ciel, si Dieu et les morts nous regardent, pensai-je, cette multitude de bipèdes tous vêtus de noir devait s'apparenter à un long serpent sombre qui ondulait silencieusement dans les rues étroites menant à l'église.

La messe fut relativement brève. La cérémonie de condoléances un peu plus longue. Interminable même, tant il y avait de monde. Mon questionnement restait en suspens. Pourquoi cette foule pour ces obsèques ? Pourquoi tant de gens, hommes et femmes étaient-ils venus assister à cette cérémonie et au départ définitif de Marie ? Je posai la question discrètement à l'oreille de ma mère.

– Tu le sauras plus tard. Quand tu seras un adulte !

Fermez le ban ! Ce n'était pas la peine ni le moment d'insister, mais je compris à cet instant que je trouverais les réponses à mes questions dans la mystérieuse boîte en fer.

Deux heures plus tard, nous avions retrouvé notre intimité. Seule la famille entourait le cercueil avant la mise en terre. Ma grand-mère n'avait couché qu'une seule volonté sur son testament : que la *Gnossienne* n° 1 d'Éric Satie soit jouée dès l'instant où son cercueil serait levé dans l'église jusqu'à sa tombe, au moment où les croque-morts la porteraient en terre. Elle avait précisé que la musique devrait alors s'arrêter pour faire place au silence et au bruit des pelletées de terre des fossoyeurs pour recouvrir son cercueil. Le souhait qu'un silence de mort s'installe suite au génie d'un musicien qui avait marqué son siècle. Allez savoir pourquoi… La musique a une qualité magique : ses notes vous plongent instantanément dans un univers chargé d'histoire. Le peu que je connaissais de ma grand-mère c'est qu'elle était passionnée de musique. Avec Éric Satie, nous étions tous repartis cinquante ans en arrière.

Soudainement, toutes ces silhouettes, ces visages, ces costumes, ces robes, ces chapeaux et ce paysage prirent à mes yeux une couleur sépia. Dans mon imaginaire de môme, dans ce monde d'avant, il n'y avait pas de couleurs. Satie était l'invité surprise des obsèques. Avec sa musique, la Grande Guerre et le passé s'y retrouvaient également conviés. C'était la volonté de ma grand-mère. Elle avait été respectée.

Le cercueil était maintenant déposé dans la tombe. Les fossoyeurs attendaient un signe de mon père et de mon oncle pour reboucher la fosse. Ils se mirent à l'œuvre. Ma grand-mère disparut à jamais.

La boîte resta un peu plus de trois années dans ma chambre au fond d'une armoire.

L'ouverture

Les anniversaires ont ceci de bon : le temps d'un jour, ils réconcilient les âmes, apportent du bonheur et une joie sincère. Ils sont un nouveau point de départ qui s'ajoute sur la ligne continue de la vie. Nous étions le 6 octobre 1978 et j'avais dix-huit ans. Un moment important dans la construction d'une vie. À dix-huit ans, on pense que la majorité vous apporte la liberté et que l'on peut prendre enfin son destin en main sans plus poser le regard sur le passé. On le renie souvent pour montrer à la terre entière que l'on est devenu un adulte et que l'on est capable de s'affranchir des tutelles. À dix-huit ans, comme tous les gamins de mon âge, je pensais que la vie n'attendait que moi. Mais depuis trois ans, je savais également que je ne pourrais pas détourner les yeux d'un passé que j'avais à découvrir, accroché à ma mémoire comme une pensée impossible à effacer. Depuis cette triste journée où l'on avait enterré ma grand-mère, je cogitais quotidiennement à ce sujet. Plusieurs fois j'avais maudit ma grand-mère de m'avoir confié ce fardeau. Après tout, je n'aurais qu'une chose à faire pour me débarrasser de cette angoisse ridicule : mettre cette boîte à la poubelle et l'oublier. Ce serait plus simple finalement. Mais peut-on oublier une promesse faite à une morte ? Peut-on faire table rase d'un temps apparemment révolu qui n'attend que vous pour être révélé ? L'inconscience de l'adolescence m'aurait peut-être permis de justifier la disparition volontaire de cette boîte. Mais en grandissant, cette irresponsabilité due à ma jeunesse fit place à la conscience de plus en plus aiguisée de l'adulte qui savait que cette boîte ne devait pas disparaître car il lui revenait de l'ouvrir.

Nous étions réunis tous les cinq pour fêter dignement l'événement. Pensez donc : le troisième enfant de la famille devenait majeur !

J'arrivais quant à moi au terme de ma promesse. Une contrainte morale dont j'allais me libérer : je pouvais enfin ouvrir cette boîte et y puiser les secrets que ma grand-mère y avait enfermés.

Après les cadeaux, le champagne, le repas bien arrosé autour de la table et une fois les bougies soufflées, je me décidai. La soirée était déjà bien avancée. Prétextant être fatigué pour prendre congé, je filai dans ma chambre. Je pris la boîte et la posai sur mon bureau. Je l'ouvris doucement. À l'intérieur il y avait un carnet très épais et au fond une photo jaunie. Je sortis le carnet et le déposai sur mon étagère. La photo était sépia mais parfaitement identifiable. On pouvait distinguer un homme vêtu d'un costume sombre, d'une chemise blanche et d'une cravate, coiffé d'un chapeau melon avec à ses côtés une femme en manteau noir serré à la taille portant un chapeau cloche gris à voilette, typique des femmes des années vingt. Ils étaient tous les deux jeunes. Chacun tenait un nourrisson dans ses bras. Il était impossible de voir le visage des enfants cachés sous des linges blancs de nouveau-nés. L'homme et la femme étaient debout sur des pavés, avec en arrière-plan l'entrée de ce qui devait être une église ou une cathédrale. Ils souriaient au photographe. Cette photo respirait le bonheur de parents comblés par l'arrivée de leurs bébés. Au verso il y avait une date : 11 novembre 1918. Il était également écrit d'une plume aux lettres très arrondies : « Les jumeaux dans nos bras, quelques heures après leur naissance. Nous sommes devant la cathédrale. »

Au fond de la boîte je découvris une feuille de papier qui semblait plus récente. Elle était pliée en quatre. Mon prénom était écrit dessus. Je la dépliai :

Lis.

C'est moi qui ai tout écrit, mais il ne faut pas que tu juges avec tes yeux d'aujourd'hui. Seules ta bienveillance et ta conscience permettront de comprendre et d'excuser le passé afin de le vivre sereinement dans le présent.

Marie

Je réfléchis un instant. Je regardais l'épais carnet. Il était titré : *L'Aube du mal.* J'avais une folle envie de me lancer dans sa lecture mais il était très tard et je ressentais maintenant une fatigue bien réelle. Il fallait faire analyser cette photo pour déterminer le lieu exact où elle avait été prise. Une idée que je repoussai vite car le carnet me donnerait sans doute la réponse. Je remis le tout dans la boîte et me promis d'entamer la lecture dès le lendemain.

Cette nuit-là, j'eus du mal à trouver le sommeil.

Le lendemain, je fus incapable de me concentrer sur mes cours. Je ne cessais de penser à ce carnet. En arrivant en début de soirée à la maison, je prétextai qu'une montagne de travail m'attendait pour aller m'enfermer dans ma chambre. Assis sur mon lit, j'ouvris la première page.

Un monde nouveau

Je vous regarde dans votre berceau. Cela fait onze jours que vous êtes là, présents, bruyants ou silencieux, endormis ou réveillés. Vous êtes nés le 11 novembre 1918. Quelle merveille ! Le Dr Hans s'est bien trompé. Il m'avait prédit une belle petite fille, bien en chair, aux joues rouges et blonde. L'erreur est humaine. Je lui pardonne. Mon ventre très rond a trompé tout le monde dans le quartier de la rue Mercière. Personne ne s'était imaginé que vous pouviez être deux à vous ouvrir à la vie le jour de l'armistice. Comme vous êtes des enfants de la paix, vous serez forcément des enfants du bonheur. Pendant toute ma grossesse, tous les matins, je suis allée à l'office de la cathédrale. J'ai prié, prié et encore prié. Et voilà : vous êtes un don du ciel. Oh ! Merci mon Dieu ! Merci de tant de bonheur !

Cela fait maintenant plusieurs jours que Strasbourg est en joie. Nous fêtons la fin de la guerre, la fin de cette dictature militaire qui nous emprisonnait depuis quatre ans. La fin de l'horreur. Le Reichsland est tombé. Les Allemands sont partis. Toutes les rues sont pavoisées de cocardes et de drapeaux bleu-blanc-rouge. Les Français reviennent. Je l'ai tant espéré depuis des années ! Ils sont entrés ce matin par la porte de Schirmeck. Je suis descendue au pied de l'appartement pour les applaudir au milieu d'une foule immense. Nous étions des milliers. La quatrième armée française. Vous vous rendez compte, mes chérubins ? Elle a défilé sous mes yeux, place Kléber, au pied de la cathédrale, puis place de la République. Les soldats avaient revêtu leurs uniformes de 1870. Je suis certaine qu'ils l'ont fait exprès pour embêter une dernière fois les Allemands. J'ai applaudi si fort que maintenant, j'ai mal à la paume de mes mains et qu'elles sont toutes rouges. J'ai crié si fort « Vive la France ! » que ma voix est cassée. Vous deux, malgré les cris, les hourras, les bousculades, vous dormiez dans votre landau. Vous êtes trop petits pour vous rendre compte de l'importance de l'événement : la victoire, la paix, le retour de l'Alsace, notre terre, à la France. Strasbourg n'est plus la capitale du Reichsland Elsaß-Lothringen. Strasbourg redevient la capitale de l'Alsace. Nous sommes redevenus français. Vous êtes français, les jumeaux ! Français ! Vous comprenez, mes amours ? Nous sommes libres !

Maintenant, nous sommes rentrés au calme à l'appartement. Je vous prends dans mes bras. Toi mon petit Klaus dans mon bras droit. Ton papa a tenu à ce que tu aies un prénom allemand. Parce que tu étais le premier à sortir de mon ventre et, d'après ton papa, l'aîné devait avoir un prénom allemand. Toi mon petit Nicolas tu as un prénom français. J'y tenais absolument, même si Bernhard y était opposé. C'est le prénom de ton grand-père. Je te tiens dans mon bras gauche et je danse doucement avec vous dans votre chambre. Je vous regarde avec amour. Je vous serre très fort. Et je danse encore, en chantonnant à voix basse, près de vos oreilles, le *Chant du départ* que j'ai tant fredonné pendant ces quatre années, en espérant la victoire de la France. Mais je dois vous confier un petit secret, mes agneaux : la dernière phrase du refrain ne me plaît pas. Alors j'ai changé un mot : « La victoire en chantant nous ouvre la barrière. La Liberté guide nos pas, et du Nord au Midi la trompette guerrière a sonné la fin des combats. » « La fin » des combats. C'est mieux que « l'heure » des combats, non ? Puisque désormais nous sommes en paix. Et je continue sans m'arrêter en baissant doucement la voix jusqu'au moment où vos paupières tombent sur vos petits yeux : la victoire en chantant, la victoire en chantant, la victoire en chantant...

Je vous pose doucement dans votre berceau. Je sors une photo de ma poche. Je vous la montre mais vous ne voyez rien, bien sûr, car vous dormez. Je vous la montre quand même : mes chéris, cette photo, c'est nous quatre avec *Bàbbe*[1]. Elle a été prise le 11 novembre, quelques heures après votre naissance. Je suis sortie très vite de ma chambre après l'accouchement malgré ma faiblesse. Je voulais absolument immortaliser votre naissance en ce jour glorieux. Bernhard ne voulait pas. J'ai réussi à le convaincre mais il était grincheux. Il avait peur pour moi. Il pensait qu'il était trop tôt pour sortir de la maternité juste pour le plaisir de prendre une photo. Il sourit de mauvaise grâce, mais il sourit quand même. Cette photo est notre bonheur à tous les quatre. Dimitri, le photographe, nous a pris devant la cathédrale juste à côté de la maison. J'ai fait tirer deux exemplaires. Elles sont rangées dans un tiroir. Une pour moi et une pour votre père, comme cela, plus tard, quand nous serons partis au paradis votre papa et moi, vous aurez chacun une photo qui marquera ce jour béni pour l'éternité. J'en suis certaine désormais, nous allons être heureux tous les quatre pour le restant de nos jours.

J'entends votre père qui se lève. Depuis cette journée bénie, tu as tellement changé, Bernhard. Avant cette naissance tu étais un homme aimant, certes, mais aussi très inquiet de mes moindres faits et gestes, soucieux de ma santé et de ma grossesse. L'arrivée de tes deux fils a changé ta vie. Ces naissances t'ont bouleversé. Ce fut un vrai choc émotionnel auquel tu ne t'attendais pas. Tu es devenu un père avec toutes les responsabilités que cela implique, un papa très présent, attentif au moindre soubresaut de ses fils. Chaque départ au travail qui t'éloigne d'eux semble être une douleur que tu intègres difficilement dans ton quotidien. La nuit, lorsque tu rentres après une journée et une soirée qui ont été harassantes, tu me réveilles. Tu n'as pas la patience d'attendre le matin pour me poser mille questions et tu me demandes de te raconter

1. Papa.

tout ce qui s'est passé avec les enfants pendant ton absence. Tu veux connaître chaque seconde de leur vie, chaque moment où ils ont souri et pleuré ou ce qu'ils ont mangé. Avant de te coucher, tu as instauré un doux rituel. En essayant de ne pas les tirer de leur sommeil, tu les prends l'un après l'autre dans tes bras pour les bercer d'une voix douce. Nicolas t'écoute, parfois il se réveille, et il te regarde dans les yeux. Il pousse alors un petit gloussement de contentement et se rendort, comme rassuré par ta présence. Il faudrait que le monde entier t'observe alors, quand tu es assis sur le lit à la lueur d'une bougie. Ce clair-obscur dans la nuit ferait une magnifique représentation de l'amour qu'un père peut donner à ses enfants.

Généralement, peu de temps après un des deux bébés se réveille et crie famine. Ils n'ont jamais faim au même moment. C'est toi qui as décidé de leur donner le biberon pour me permettre de me reposer. Chacun semble déjà affirmer son caractère. Nicolas est calme. Il attend son dîner, tranquillement, les yeux grands ouverts, puis il boit en silence et déguste chaque seconde de son repas. Ensuite il se rendort dans l'atmosphère douillette de son berceau. Ce n'est pas le cas de Klaus. Depuis sa naissance, c'est un enfant remuant et nerveux. Il dort très peu. Son sommeil est si léger que je dis souvent à nos amis qu'une plume qui se poserait sur son ventre pourrait le réveiller. Une nuit, il s'est mis à hurler pour réclamer son repas. Son cri était terrible, comme si une immense douleur lui déchirait le corps. Sa respiration s'est soudainement arrêtée. Son visage est devenu rouge vif puis il a viré au gris. Au bout moment qui nous a paru interminable, il a repris son souffle puis s'est mis à boire, sans pour autant se rendormir après avoir été rassasié.

Le lendemain je me suis précipité chez le Dr Hans qui m'a rassurée :

– Klaus fait des spasmes du nourrisson. C'est un phénomène rare mais sans danger. Si vous voulez vous éviter ce désagrément il n'y a qu'une chose à faire : préparer sa nourriture bien avant qu'il se réveille et, dès qu'il pleure, lui coller son biberon dans la bouche.

C'est ce que nous avons fait les nuits suivantes, mais Klaus avait toujours autant de mal à se rendormir. C'est un enfant épuisant qui demande une énergie considérable et de tous les instants, au détriment parfois de Nicolas.

Depuis leur arrivée dans notre monde, tu leur consacres tout ton temps libre, si précieux pour toi. Dimanche, c'est ton jour de repos. Nous allons toujours au parc de l'Orangerie pour nous promener.

Il faut voir votre père, les enfants : il vous prend dans ses bras en permanence comme pour exprimer à la terre entière sa fierté d'avoir eu deux fils. Il interpelle la moindre connaissance qui nous croise et lui dit :

– Regardez, ce sont mes fils ! Vous vous rendez compte, j'ai eu deux fils !

Tu ris aux éclats en levant les deux chérubins chacun à son tour à bout de bras. Tu les fais tournoyer, bloqués dans tes grandes mains comme dans un manège. Malgré ma légère inquiétude de te voir ainsi bousculer avec bonheur nos deux enfants, j'éclate aussi de rire. Nous tournons, tournons, et tournons encore, ivres de bonheur, sans prêter attention aux couples endimanchés qui nous croisent en nous lançant des regards envieux. On s'aime. On aime nos enfants qui sont devenus fusionnels avec nos propres vies. Tu as survécu à la guerre, et l'avenir nous appartient. La paix est là et c'est tout ce qui m'importe.

Cet après-midi, pourtant, votre père est soucieux. Il a travaillé une grande partie de la nuit – votre papa est cuisinier. Les cuisiniers ont beaucoup de travail en ce moment dans les *winstubs*, car il faut nourrir du monde quand une ville s'illumine, sort et festoie. Bernhard prend son service à 17 heures, et termine tard dans la nuit.

Pendant la guerre, il était à l'arrière. Il m'a raconté sa vie de guerre. Il nourrissait les soldats qui se battaient contre les poilus français. Il n'entendait que les bruits lointains des combats et n'a jamais participé de près à la fureur des tranchées.

C'est ce qui l'a sauvé. Il a été démobilisé quelques jours avant l'armistice pour pouvoir être auprès de moi à votre naissance. Étonné, il avait demandé au colonel de son régiment la raison de cette faveur qui n'avait jamais été accordée aux soldats pendant le conflit.

– L'Empire a perdu la guerre, Bernhard ! Maintenant vous êtes français, lui avait répondu sèchement et avec mépris le galonné, en lui tendant son ordre de démobilisation. Vous étiez allemand, vous êtes français. Vos enfants seront français. Vous comprenez ce que cela signifie ? Vous êtes perdus pour la grande Allemagne ! Vous ne serez à jamais qu'un petit Gaulois ! Nous n'avons plus besoin de gens comme vous dans l'armée de l'empereur ! (Il lui tendit le bras) Prenez ce maudit papier et rompez ! Rentrez chez vous en Alsace ! En France maintenant ! Disparaissez de ma vue !

Bernhard m'avait confié à son retour qu'il était sorti profondément humilié de cette entrevue. En août 1914, contrairement à d'autres jeunes Alsaciens qui avaient fui vers la France, il avait choisi de rester et d'endosser l'uniforme allemand. En préparant quotidiennement les gamelles des soldats qui partaient au sacrifice, il avait eu le sentiment pendant ces quatre années d'apporter sa modeste pierre à l'édifice guerrier de sa patrie allemande pour vaincre la France. Ce colonel venait de lui lancer en pleine figure les souvenirs douloureux de l'histoire de sa terre : l'Alsace. Sa terre natale, la terre de ses ancêtres, allemands depuis tant de générations, redevenait française. Il ne me l'avait jamais dit très clairement, mais lui-même supportait très difficilement cette idée. À l'époque, nous venions de nous rencontrer. Nous avions vingt ans. Nous étions trop jeunes pour admettre l'importance et les conséquences que ce choix entraînerait sur nos vies futures. Aujourd'hui, je comprends mieux la raison pour laquelle il n'a pas assisté à l'entrée des Français dans Strasbourg.

Nous habitons tous les quatre dans un petit appartement au pied de la cathédrale. Lorsque les troupes du général Gouraud sont passées sous nos fenêtres rue Mercière, nous aurions pu descendre dans la rue, mais il se reposait d'une nouvelle nuit très agitée avec les enfants qui ne lui avaient pas laissé beaucoup de temps de sommeil. Je percevais le bruit des draps qui se froissaient quand il se retournait et se retournait encore dans le lit : il ne dormait pas. Il entendait tout : les cris de joie dans la rue, les « Vive la France », la fanfare, *La Marseillaise* chantée par des milliers de poumons, enfin le bruit de bottes des soldats dans le froid sur les pavés mouillés. Alors qu'il était allongé sur son lit, chaque son de la rue, même le plus anodin, semblait lui transpercer le cœur comme de multiples coups de poignard destinés à l'achever. Je le sentais très bien : si pour moi cette journée était une immense allégresse, pour lui elle était un calvaire. Une douleur qu'il cachait et qu'il enfouissait doucement mais sûrement au plus profond de son âme et de son être. Comment pourrait-il applaudir ceux qu'il avait combattus pendant quatre ans ? Non, décidément non ! Ce n'était pas possible. Bernhard était alsacien. Mais au fond de lui-même il savait qu'il resterait définitivement allemand et qu'il ne ferait jamais allégeance à sa nouvelle patrie. Cela m'inquiétait énormément.

Lorsqu'il sort de la chambre, je suis installée dans la cuisine. Je bois un café. À ce moment précis et depuis la naissance des jumeaux, Bernhard a toujours un rituel. Il se précipite vers les enfants, les prend dans ses bras et les embrasse longuement. Il nous dit systématiquement de sa voix profonde et chaleureuse, avec un grand sourire, qu'il nous aime à la folie. Puis il repose les bébés dans leur berceau, s'approche de moi et m'embrasse amoureusement, avant de s'installer pour boire son café. Mais ce réveil ne ressemble pas aux précédents. Bernhard n'est pas allé voir les jumeaux dans leur berceau. Il ne m'embrasse pas. Je ne lui fais aucune remarque sur ce petit oubli. Mais il me surprend un peu. C'est nouveau. Malgré une légère contrariété, je lui souris.

– Tu as bien dormi ?

– Je n'ai pas dormi.

Un silence s'installe entre nous deux.

– Comment peut-on dormir avec un tel vacarme ?

– Les gens sont heureux. C'est la victoire ! C'est la fin du cauchemar, Bernhard !

– Ce n'est pas une victoire. C'est une défaite ! C'est au contraire le début du cauchemar.

Je le regarde.

Sa colère est froide.

Je suis une nouvelle fois surprise. C'est la première fois qu'il me parle ainsi.

– Comment peux-tu dire que c'est une victoire ? Les hommes qui défilent sont ceux qui ont tué mes camarades de régiment. Ce sont eux qui ont tué mes amis, mes frères d'armes. Tu sais ce qu'on dit dans les cuisines et entre les tables, le soir, lorsque les gens mangent leur flammekueche dans les *winstubs*, une bière à la main ?

– Non, aucune idée.

– Ils disent que les Français vont « débochiser » l'Alsace et mettre fin à la souillure germanique. D'ailleurs ils ont déjà commencé.

– Qui t'a dit cela ?

– On le dit. Cela me suffit pour le croire.

Je réponds d'une voix douce et tente de le rassurer en m'asseyant sur ses genoux tout en lui caressant les cheveux.

– Il ne faut pas croire ce que les gens racontent, surtout lorsqu'ils sont ivres. Ne sois pas inquiet.

Bernhard regarde vers la fenêtre l'air pensif. Il hésite, puis me confie :

– Crois-moi, nous allons au-devant de grandes souffrances.

– Comment tu peux dire cela alors que la guerre est finie ? Que les gens sont heureux !

Il met alors sa tête contre ma poitrine comme un enfant perdu puis me raconte finalement son retour du travail la nuit dernière :

– Il était 4 heures. Lorsque j'ai quitté les cuisines pour rentrer à la maison, je suis tombé sur quatre clients qui sortaient du restaurant. Il y avait Mathias, notre voisin. Il était avec le plus grand de ses deux fils. Il beuglait : « Vive la France ! Mort à l'Allemagne ! » Lorsqu'il m'a vu, il m'a craché dessus. Il m'a traité de sale Boche. Ils étaient tous les quatre armés de couteaux. Ils m'ont regardé en mimant le geste de me couper la gorge et ont continué à hurler : « Nous, les Français, nous allons tuer tous les Boches d'Alsace ! Nous allons les exterminer. Nous allons purifier notre terre de la souillure germanique pour qu'elle devienne vraiment française ! Dehors, les traîtres ! Rentrez chez vous ! » Leurs cris étaient tellement puissants qu'ils ont dû réveiller tout le quartier. Quelqu'un à une fenêtre a appelé la police. Cinq policiers à cheval sont arrivés aussitôt. Je n'ai dû mon salut qu'à leur présence. Sinon ces gars-là m'auraient tué, j'en suis certain. Ils m'auraient laissé crever dans la rue tellement leur haine du Boche est grande !

Je reste tétanisée, assise sur ma chaise. Je ne comprends pas.

Ces gens-là n'ont-ils pas vécu assez d'horreurs depuis quatre ans pour vouloir perpétuer la haine ? Je tente une nouvelle fois de rassurer mon mari.

– Mathias est quelqu'un de bien. Ils étaient ivres, voilà tout. Il va venir s'excuser, j'en suis certaine.

– Non, il ne viendra pas. La guerre l'a changé. Tu ne peux pas imaginer la lueur monstrueuse que j'ai vue dans ses yeux malgré la pénombre. Et puis il y a les comités qui vont commencer à se réunir.

– Les comités ?

– Les comités d'épuration. La mairie de Strasbourg vient d'en créer un. Il y aura des représentants dans chaque quartier. Dans sa folie haineuse, Mathias a hurlé que c'est lui qui prendra la direction du comité du quartier Mercière. Ils l'appellent comme ça. Il a dit qu'il s'occuperait personnellement de notre cas. La date de la première réunion n'est pas encore fixée, mais les gens disent qu'il pourrait se tenir le jour de la venue de Clemenceau. La mairie veut en faire un symbole. Je pense qu'ils n'attendront pas Clemenceau. Ils veulent qu'on parte, vite, très vite.

Je reste stupéfaite.

– Mais un symbole de quoi ?

– Ils veulent une Alsace française ! Tu comprends ça ? Ils ne veulent plus d'Allemands ! Ce n'est pas compliqué, pourtant ! Et nous, nous sommes des Allemands à leurs yeux.

Bernhard se dirige vers l'entrée de l'appartement. Il met sa casquette et sa veste. Il se tourne vers moi et me regarde.

– Tu n'embrasses pas les enfants ?

Il revient sur ses pas, prend dans ses bras Nicolas puis Klaus qui sont réveillés et le regardent fixement. Il leur fait à chacun un rapide baiser sur le front puis il les repose dans le berceau.

Ses yeux ressemblent à ceux d'une bête traquée. Je ne lui ai jamais vu un tel regard. Sa voix se fait plus douce mais elle reste craintive et hésitante :

– Je te le répète, nous allons au-devant de grandes souffrances. N'oublie pas qu'à leurs yeux je ne suis qu'un *Feldgrauen*.

Il referme la porte. Il ne m'embrasse pas, contrairement à son habitude. J'entends ses pas rapides dans l'escalier.

Je réfléchis longuement. Tout s'est déroulé tellement vite ces derniers mois ! Notre rencontre lors d'une permission, le 6 décembre 1917, le jour de la Saint-Nicolas. Toute la ville est alors en joie. Au passage de l'homme à la barbe dans les rues, tous les enfants crient qu'ils ont été sages pour recevoir dans leurs mains des *mannele* qu'il leur lance. Malgré la guerre, les gens veulent oublier un instant qu'ils sont malheureux. Je suis debout d'un côté de la rue avec une amie. Tu te tiens sur l'autre trottoir, en uniforme, avec une bande de militaires qui entendent bien profiter de cet instant de bonheur. Vous chantez fort. Vous semblez heureux avec votre vin chaud dans la main. Puis nos regards s'accrochent longuement. Ton sourire me fait oublier cet océan de malheur depuis que la guerre a éclaté. Nous oublions les cris de la foule. Tu me fais signe de te rejoindre à l'ancienne douane. C'est une idée folle que de suivre un inconnu dans un bar même s'il est en uniforme, mais cela me rassure. Je te réponds oui en souriant d'un léger signe de la tête. Quand je franchis la porte quelques instants plus tard, tu es déjà assis, seul, et tu me fais un signe de la main pour que je te rejoigne. Je m'assois en face de toi. Nous sommes déjà follement amoureux l'un de l'autre, nous le ressentons. Nous restons des heures à parler. Nous oublions le temps qui passe. Soudain, tu regardes ta montre et tu te lèves brusquement. Tu me dis que tu repars le soir même au front. Tu dois rejoindre la guerre. Ton train part dans une demi-heure.

Je reste muette de stupeur. Ta main se tend vers moi. Tu me caresses doucement la joue pour me rassurer et tu poses tes lèvres sur les miennes. C'est notre premier baiser. Tu me racontes pour me rassurer que tu es à l'arrière et que tu ne risques rien. Tu m'expliques d'un air très sérieux que tu ne nourris pas des soldats mais des condamnés à mort qui prennent leur dernier repas. Ensuite tu éclates de rire, comme un affront à ton destin qui se joue aux frontières de la mort.

– Je ne suis pas condamné à mort donc je survivrai !

Puis tu me quittes.

Nous avons à peine vingt ans, toute la vie pour nous aimer. Nous nous promettons de ne plus nous quitter dès que ce serait possible.

En mars 1918, tu obtiens une nouvelle permission. Tu me proposes que l'on se marie. Pour me convaincre, tu me dis que notre mariage sera un bras d'honneur à tout cet anéantissement et un hymne à la vie. J'ai peur, mais j'éclate de rire à mon tour devant cette proposition empreinte de folie. Je te crois. Tu as raison. J'ai eu raison de te croire et d'avoir confiance. L'hymne à la vie résonne neuf mois plus tard lorsque les jumeaux naissent le 11 novembre et que l'armistice est signé.

Mais aujourd'hui, je ne sais plus quoi penser de notre histoire et de notre avenir. Toi qui es si fort, tu n'hésites plus à afficher tes doutes. Ton inquiétude, tes phrases et tes angoisses suscitent de l'effroi chez moi. Je pense à notre passé pour essayer d'éclairer notre avenir. Ma famille a toujours été française. Nous sommes installés à Strasbourg depuis cinq générations. Pourquoi mon grand-père a-t-il fait le choix de rester ici après l'annexion ? Pourquoi n'a-t-il pas pris l'option du départ, en 1871, pour revenir en France de l'intérieur d'où sont originaires tous nos ancêtres ? Il aurait pu également partir aux colonies, ou en Algérie, comme l'ont fait bon nombre de ses amis. Les terres et l'argent étaient abondants et disponibles pour aider au grand départ. Je n'ai pas de réponse à ces choix car je n'ai pas connu ma famille. J'étais trop jeune quand mon père et ma mère sont morts, mais, et je le tiens des bonnes sœurs qui m'ont élevée au s'Waisehuess, à l'orphelinat Charles Frey, ils ont toujours considéré que leur Alsace était française. Nous étions français, nous sommes devenus allemands par la force des contraintes de la défaite de 1871. Comment allons-nous redevenir français maintenant ? Comment nos chérubins, nés de parents allemands, aujourd'hui français par la grâce d'une monstruosité qui se termine, vont-ils endosser et affronter ce passé en grandissant pour construire leur vie ?

Et toi, mon Bernhard. Mon amour. Toi dont la famille d'instituteurs est arrivée en provenance du Bade, la province de l'autre côté du Rhin, il y a trente-cinq ans. Vous vous êtes installés à Strasbourg parce que l'Empire avait besoin d'enseignants pour germaniser l'Alsace. Tu dis souvent que l'Alsace, pour ta famille, c'était votre nouvelle *Heimat*, cette patrie qui devait rester éternellement allemande. Tes parents étaient des hussards zélés de l'Empire. Ils ont fait le serment à l'empereur que cette terre d'Alsace deviendrait une terre prussienne exemplaire. Le Reichsland Elsaß-Lothringen devait devenir un modèle. Ils ont promis qu'ils feraient oublier la France aux enfants d'Alsace. Tu me l'as assez répété pendant ma grossesse : nos enfants devront avoir l'esprit national allemand grâce au *Turnen*, dans lequel tes parents voyaient une démonstration incontestable de la supériorité de l'éducation germanique et qui serait un bel outil pour développer leur corps et leur force de caractère. Mais nous sommes un couple à l'ascendance différente. La fin de la guerre marquera la fin des rancœurs, j'en suis sûre. Sur les champs de l'horreur revenus à la paix, une fleur repousse toujours. Puis une autre. Les champs de coquelicots sont rouges car ils retiennent dans les entrailles de la terre le sang des hommes pour qu'il ne déborde plus jamais. Toi, tu soutiens le contraire. Tu me dis que les nationalistes ne comprennent pas les mélanges. Ils ne les aiment pas. Tu es convaincu qu'ils nous forceront à choisir et qu'il faudra faire ce choix : rester et subir, ou prendre la route pour un nouveau départ. Maintenant, j'ai peur de tes mots. J'ai peur que tu aies raison. Mais je ne veux pas y croire car notre amour sera plus fort que la déraison des hommes.

Et puis, il y a la nuit suivante, des bruits étranges comme des bruissements à peine audibles qui glissent dans la rue. Je t'entends rentrer. Comme d'habitude, tu passes par la cuisine avant de venir te coucher. Je fais semblant de dormir. Cette fois-là, tu ne vas pas embrasser les jumeaux.

Pour la première fois, c'est moi qui me relève car les chérubins crient famine et demandent leur lait. Quand je passe devant la table, je jette un regard sur la nappe et pousse un cri d'effroi vite contenu quand je vois ce que tu y as déposé : une affiche où est écrit en gros caractères : « Maison d'un sale Boche ».

Mon cri, bien qu'étouffé, te réveille. Tu prends ton temps pour te lever comme si tu savais ce que je viens de découvrir. Tu t'immobilises dans l'encadrement de la porte et tu me regardes. Ma main droite tient l'affiche et je te la montre.

– C'est quoi ?

Tu me réponds posément, avec un ton qui semble confirmer une évidence qui ne te surprend plus.

– La nouvelle Alsace sans doute. Celle des vainqueurs de l'arrière, les planqués. Celle qui ne souhaite plus voir d'Allemands dans ses rues et dans ses maisons. Quand je suis rentré ce matin, il y avait beaucoup de ces affichettes collées sur des vitrines de magasins et de restaurants, mais également sur des écriteaux accrochés aux portails de certains immeubles. Celle-là, elle était en bas. Ne cherche pas, elle nous est destinée.

Je ne sais pas quoi te répondre tellement je suis anéantie. Tu fais calmement demi-tour et repars te coucher. Je prends l'affiche, la froisse, et la jette d'une main énergique dans le poêle à bois.

Le lendemain matin, je pars promener les enfants pour qu'ils ne te réveillent pas. Anja, la femme de Mathias que j'ai rencontrée devant la maison et qui nous a si souvent aidés pendant ma grossesse, me propose avec un grand sourire de m'accompagner jusqu'à la place Broglie où elle a à faire à la mairie. Elle ne semble pas gênée après ce que Mathias t'a fait subir. À plusieurs reprises, elle se penche sur le berceau et, en regardant les jumeaux, répète avec un sourire étrange :

– Quels beaux petits Français pour notre République !

Mais son ton sonne faux. Tout semble factice dans sa manière de se comporter avec eux. Je perçois comme un malaise qui se glisse entre nous.

Je lui réponds, oui bien sûr, ils serviront bientôt la France, tout en relevant de manière un peu énervée la couverture sur leurs petites épaules.

Plusieurs fois, alors que nous marchons, nous croisons des patriotes avec des drapeaux bleu-blanc-rouge à la main qui défilent en chantant *La Marseillaise*. Anja leur crie à pleine voix :

– Vive la France et mort aux Boches !

– Mort aux Boches et vive la France ! répondent-ils la main sur le cœur.

Ils poursuivent leur chemin et nous notre balade. En passant devant l'hôtel de Hanau, Anja me fait signe de l'attendre dehors quelques instants. Elle rentre dans la mairie en sortant de son sac un récépissé qu'elle montre au soldat qui garde l'entrée. À la vue du petit papier blanc, il la laisse pénétrer dans l'édifice. Elle ressort dix minutes plus tard avec une enveloppe dans la main, qu'elle agite et brandit en l'air. Elle me tend son papier sous le nez :

– Tiens, regarde ! C'est fait !

Je regarde et je lis. Il y est écrit que Mathias Winkler devient à ce jour président du comité d'épuration de l'arrondissement de la cathédrale et qu'il aura tout pouvoir sur la commission de triage de la rue Mercière en tant qu'ancien sous-officier de l'armée française ayant servi la patrie courageusement pendant la guerre. Il est écrit qu'il doit recenser tous les habitants en fonction de leurs origines héréditaires pour faciliter le travail de l'administration et la distribution des nouvelles cartes d'identité républicaine. Il est écrit que Mathias aura pour autre fonction de consigner dans un registre tous les faits et gestes des suspects de germanophilie du quartier Mercière et de dénoncer leurs actes à la mairie. Il est écrit… Je ne termine pas la lecture de cette lettre qui appelle à la délation. Un courrier qui condamne aussi mon Bernhard.

Je lui rends le papier.

Anja me sourit, toujours avec ce nouvel air dédaigneux, méprisant et plein de haine que je ne lui connaissais pas. Elle prend l'air fier d'une ouvrière qui vient d'obtenir son grade de contremaître et qui va enfin, grâce à ce nouveau pouvoir, se venger sur ses camarades de toutes les humiliations subies dans son atelier et refoulées.

– Tu ne lis pas jusqu'au bout ?

– Non, ce n'est pas la peine. Tu féliciteras Mathias pour cette promotion. Il la mérite.

Je pars sans rien dire en faisant faire un demi-tour au landau des jumeaux et m'en vais. Elle se met à crier sa rancœur dans mon dos :

– Mort aux Boches ! Mort aux Boches. Tu n'es qu'une Prussienne !

À la maison, je te raconte ce qui s'est passé. Tu tentes de me rassurer, mais sans y parvenir. J'éclate en sanglots. Ta clairvoyance t'a sans doute permis de survivre jusqu'à présent. Nous allons en avoir besoin dans les jours prochains. Tu avais raison, nous allons au-devant de grandes souffrances. Dans notre immeuble, la situation est désormais très tendue. Tout le monde suspecte tout le monde. Avec Anja et Mathias comme voisins de palier nous nous sentons sous surveillance permanente. J'évite de sortir trop souvent, mais il faut bien que les chérubins prennent le frais de temps en temps. Alors je vais quand même les promener. Nous savons que nos moindres faits et gestes sont épiés, consignés et rapportés à la police. Je ne parle à personne. C'est à peine si j'ouvre la bouche quand je vais acheter du pain chez Mme Siegfried. En voilà une aussi qui a peur. Son mari et elle sont arrivés d'Allemagne en février 1910 après avoir racheté la boulangerie. Tous les matins, avant d'ouvrir sa devanture, elle doit enlever l'affichette maudite collée à son rideau de fer. La même que celle que tu as rapportée à la maison.

Il y a quelques jours, nous nous sommes retrouvées toutes les deux seules dans le magasin. Nous avons parlé un peu car elle se sentait en confiance.

– Votre mari est d'origine allemande, donc je peux me confier, m'a-t-elle chuchoté avant de jeter un regard méfiant de l'autre côté de la vitrine, comme si elle craignait que notre conversation s'évanouisse dans les oreilles suspicieuses des passants.

Un peu étonnée, j'ai bredouillé :

– Oui… oui. Il est allemand. Mais je suis aussi allemande, vous savez.

Elle m'a répondu en prenant un air insistant comme si je n'avais pas bien compris son allusion :

– Oui, bien sûr, mais vous comprenez, votre mari… ce n'est pas pareil : il est vraiment… allemand.

S'est ensuivi un silence gêné entre nous deux. Jusqu'à ce moment, personne n'avait jamais abordé avec moi le sujet des origines ethniques et familiales de Bernhard dans une conversation. Pourquoi cette femme s'accordait-elle le droit de me faire confiance sous prétexte que Bernhard avait une lignée familiale d'origine allemande ? Était-il plus allemand que moi au vu de sa descendance ? En tout cas, aux yeux de cette boulangère, cette filiation germanique donnait visiblement à Bernhard un gage d'honorabilité et lui permettait de se confier. Cela me paraissait inconvenant, mais je l'ai laissée poursuivre. Elle m'a expliqué que, malgré ses angoisses, il n'était pas question qu'ils quittent Strasbourg pour retourner de l'autre côté du Rhin.

Le lendemain, je suis retournée à la boulangerie. Des patriotes s'étaient postés devant l'entrée. À l'intérieur M. et Mme Siegfried étaient habillés comme pour partir en voyage : lui en costume sombre du dimanche, un chapeau haut de forme dans ses mains gantées de noir, elle vêtue d'une robe à fleurs roses avec un chapeau bleu en feutrine qui reposait délicatement sur le côté droit de sa tête. Deux valises étaient posées à leurs pieds. Ils ne disaient rien. Pas un mot, pas une larme. Ils se tenaient la tête haute, fiers, et fixaient d'un air glacial la foule qui les attendait dans la rue. Puis soudain, deux gendarmes qui se tenaient derrière eux dans le magasin leur ont asséné un coup de crosse violent sur les épaules comme on peut le faire à des bestiaux qui rechignent à prendre la dernière ligne droite pour l'abattoir. Bousculés vers l'avant et à deux doigts de tomber au sol, M. et Mme Siegfried ont retrouvé leur équilibre juste avant de franchir le seuil du magasin, encadrés et poussés sans ménagement par quatre autres soldats français qui les attendaient devant la porte d'entrée. Ils les ont fait monter dans un camion puis ont pris la direction de la gare du Neudorf. Quelques personnes ont essayé de s'opposer à ce départ. En vain. J'ai demandé ce qui se passait. Un inconnu qui se tenait à mes côtés m'a répondu en ricanant :

– Ils ont reçu leur *Befehl*[1]. Ils sont désormais indésirables. Ils n'avaient que vingt-quatre heures pour faire leurs valises, c'était déjà trop ! Voilà qui est fait !

Et il s'est mis à aboyer à plusieurs reprises :

– Les Boches dehors ! Alsace française !

Je suis remontée en vitesse dans l'appartement, totalement désemparée. Voilà pourquoi tu n'auras pas de pain, ce soir, quand tu rentreras. Cette guerre est terminée, mais notre monde s'écroule. Nous allons essayer de survivre à l'orage en attendant des jours meilleurs.

Au quotidien, je fais tout ce que je peux pour préserver cet espace de vie que nous avons construit et tenir à distance les événements extérieurs qui pourraient crever cette bulle de bonheur dans laquelle nous vivons tous les quatre. Je reste très attentive, à ton écoute, et je continue de t'exprimer tout l'amour que je te porte. Mais cela devient de plus en plus compliqué. Je ressens à certains moments que notre existence nous échappe. Certains détails insignifiants dans notre vie évoluent vers des mauvaises pentes. Ils semblent précipiter lentement, mais de manière inexorable, notre couple vers un abîme dont j'ai conscience qu'il sera difficile de sortir. Quand tu rentres la nuit, tes rituels d'affection auprès des enfants ont définitivement disparu. De même que ces instants d'amour que tu m'offrais silencieusement pour ne pas les réveiller. La journée, tu deviens de plus en plus distant. Tu t'énerves pour un rien. Un verre mal rangé, une assiette déplacée, une bouteille vide qui n'a plus sa place sur la table du salon, un meuble poussiéreux que je n'ai pas eu le temps de nettoyer, tout t'agace dans l'instant, comme si tu ressentais une douleur insupportable à chaque vision de ce qui ne te convient pas. Lentement, au fil des jours, un trouble s'installe entre nous et les mots que l'on échange deviennent de plus en plus acides. Je cherche aujourd'hui la douceur de ceux que tu me glissais au creux de l'oreille il y a

1. Ordre d'expulsion.

encore quelques semaines, mais elle s'est envolée. Il n'y a pas de violence dans nos rapports, mais une incompréhension et des silences qui se glissent de manière insidieuse entre nous, et auxquels tu ne sembles pas vouloir t'opposer. J'ai la sensation que tu ne te rends pas compte de cette situation, ou alors tu te complais dans un déni de réalité. Je refuse que notre couple succombe aux assauts du monde extérieur et s'effondre sans que l'on réagisse, et comme je ne suis pas le genre de femme à endurer tes changements de comportement et d'humeur sans résister et essayer de comprendre, je te questionne :

– Qu'est-ce qui ne va pas, Bernhard ? Pourquoi sembles-tu si lointain ? Est-ce que tu te rends compte que ton attitude change et que tu n'es plus comme avant ?

Au début, tu me réponds de ne pas m'inquiéter, que c'est juste un moment délicat à passer, car tu subis beaucoup de pression au travail, depuis que la guerre est terminée, avec les nouveaux clients français. Ils sont très agressifs avec toi, surtout ceux qui ne sont pas encore démobilisés et qui se présentent en uniforme au *winstub*. Ils te questionnent sur ton passé militaire, te demandent où tu as fait la guerre, si tu as une femme et des enfants et te disent que si c'est le cas, ils te promettent de s'en occuper personnellement en faisant mine d'épauler un fusil et de tirer. Je te rassure en te prenant dans mes bras, mais toi tu restes mutique en me donnant l'impression que mes mots glissent sur toi

Malgré tout, tu demeures attentif et bienveillant vis-à-vis des enfants. Je sens que ton amour de père est encore bien présent. Cela me rassure, bien que je perçoive également en toi un mal-être inquiétant.

Et puis, il y a ce matin ou tu te réveilles encore plus anxieux que d'habitude.

– Je crains que notre couple ne survive pas à tous ces événements, Marie.

Cette phrase est pour moi comme un coup de poignard en plein cœur.

– Pourquoi tu me dis cela ?

Tu me fixes droit dans les yeux.

– Parce que, pour poursuivre notre vie à deux avec les enfants, nous devons partager la même vision de l'avenir, avoir un projet de vie commun, et préserver nos valeurs. Nous disposions de tout cela dans l'ancien monde, quand l'Alsace était allemande. Mais aujourd'hui ? Avons-nous toujours ce même dessein de poursuivre notre route ensemble depuis que cette terre est redevenue française ? Je n'en suis pas certain. À quoi es-tu prête à renoncer pour vivre avec moi ? Dans quelle vie es-tu disposée à t'engager pour que l'on reste ensemble ? Le nouveau monde qui se crée nous réserve peu de choix pour l'avenir.

– Que veux-tu dire par là ?

– Il faudra quitter cette terre ensemble ou se séparer.

Tes yeux sont remplis de larmes. Tu poursuis doucement.

– Je ne veux pas me séparer de toi et de mes enfants. Cette terre ne veut plus de moi. Mais toi, que comptes-tu faire ? Si je suis expulsé de l'autre côté de la frontière, est-ce que tu viendras avec moi ?

Je m'approche de toi et je te dis d'une voix douce :

– Je ne te quitterai jamais, Bernhard, et je n'abandonnerai jamais mes enfants. Si dans les jours qui viennent les autorités nous séparent, il faudra sans doute l'accepter, mais ce ne sera que provisoire. Tu t'installeras juste de l'autre côté de la frontière et je viendrai te voir tous les jours avec Nicolas et Klaus en attendant que la situation s'améliore. La France et l'Allemagne ne vont pas se faire la guerre éternellement. Quand la paix sera définitivement installée, nous pourrons de nouveau vivre ensemble et construire notre vie avec les jumeaux. Plus rien ne pourra nous séparer. J'en suis certaine. Promettons-nous que cette séparation ne sera que provisoire et que nous ferons tout ce qui est en notre pouvoir pour y mettre fin.

Tu hésites à me répondre, sans doute parce que tu vis désormais dans ton monde rempli d'interrogations. Mais moi, j'ai besoin de certitudes pour vivre. Je hausse le ton en te secouant les épaules :

– Promets-le-moi !

Tu lèves la tête. Tes larmes ont séché.

– C'est promis. Cette séparation n'aura pas vocation à durer.

Les jours suivants, alors que je pensais que ton attitude s'améliorerait, que tu retrouverais ta joie et que nous partagerions de nouveau le bonheur d'être ensemble, tu ne changes pas. Au contraire. Ton attitude empire. Tes mots d'amour qui n'existent plus laissent même place à des gestes que je n'ai jamais connus, comme ce matin où tu frappes violemment du plat de la main sur la table de la cuisine, ce qui fait valser toute la vaisselle, simplement parce que je t'ai demandé si ta soirée au restaurant s'est bien passée. Tu me réponds froidement :

– Bien passée ?! Qu'est-ce que tu crois ? J'ai eu à gérer des Français qui n'ont pas arrêté de m'insulter ! À part cela tout va bien !

Lorsque tu me vois fondre en larmes en serrant mon mouchoir pour les essuyer, tu me serres dans très bras en me disant que tu m'aimes et tu t'excuses. Mais le mal est fait. Je prends alors conscience que tu reçois désormais mes interrogations comme des provocations. Je décide de me taire et de ne plus t'importuner avec mes questions. De nombreux silences s'installent désormais entre nous, et seule la présence de nos enfants dont tu restes très proche se met à rythmer notre vie.

Purification

Depuis ce matin si triste de décembre 1918 où M. et Mme Siegfried ont été expulsés sans ménagement vers l'Allemagne, la chasse aux Boches lancée par les patriotes bat son plein et a redoublé de violence. J'apprendrai plus tard qu'ils ont été les premiers Allemands de Strasbourg à avoir été expulsés. La mairie voulait en faire un symbole. Les commerces de nourriture doivent retourner le plus vite possible aux Français. C'est une priorité car il faut nourrir le peuple alsacien revenu à la terre nourricière française. Les autorités craignent que les commerçants allemands affament les Français. Quelle idée stupide ! Des nouveaux boulangers sont arrivés le lendemain de ce jour funeste. Avant de faire du pain, ils ont commencé par décorer leur magasin et leur devanture de rubans bleu-blanc-rouge. Il y en avait partout. Ils ont même empaqueté leurs kouglofs d'étoffes tricolores. Ils ont mis une pancarte : « Ici on vend du bon pain français ! » Comme si le pain de M. et Mme Siegfried avait une nationalité ! Le pain est bon ou mauvais, c'est tout. Avec toute cette décoration tricolore, cette boulangerie ressemble désormais à une caserne. Pour autant, j'ai pris la décision de continuer à acheter mon pain chez eux, mais sans m'attarder. Les yeux de cette boulangère ne m'inspirent pas. Je sais que si je change mes habitudes, alors que j'allais tous les jours chez Mme Siegfried, les gens seront capables de nous dénoncer en nous suspectant de ne plus nous y rendre car la boulangerie est maintenant tenue par des Français.

Désormais, conformément à la volonté des autorités françaises, les ordres d'expulsion se multiplient, surtout à destination des Allemands venus s'installer en Alsace après 1872. Ils sont les premières cibles. Il ne se passe plus une journée sans que l'on voie dans les rues de Strasbourg des colonnes de vieux messieurs et vieilles dames avec leurs maigres bagages, mais aussi d'hommes plus jeunes, de femmes, d'enfants, encadrés par des militaires, marcher en silence dans le froid, le cœur lourd, en direction de la gare. D'autres se voient forcés à coups de crosse de monter dans des bus qui les reconduiront à la frontière. Une épouvantable détresse se lit sur leurs visages. Sur le pont de Kehl, ils sont ensuite abandonnés à leur sort et doivent se débrouiller seuls pour rejoindre Offenbourg. Le gouvernement français ne les a autorisés qu'à prendre vingt kilos de bagages avec eux et 2 000 marks. Une misère. Dès leur départ, les loups arrivent et emménagent dans leurs appartements que les commissions de triage leur ont attribués.

En fin de matinée, Mathias frappe à notre porte. Je prends peur. Lorsque j'ouvre, il ne me dit même pas bonjour. Il brandit fièrement le *Courrier du Bas-Rhin*. Il me le donne puis repart en me souriant de manière étrange. Son visage affiche un air satisfait comme s'il venait de se débarrasser d'un fardeau. Je ne comprends pas. Je referme tout de suite la porte et dépose le journal sur la table de la cuisine. Je découvre alors la première page. Il y est écrit, en gros caractères : « Les nouvelles cartes d'identité sont arrivées ! »

En dessous de ce titre, il y a une photo avec quatre documents officiels. La première carte, en haut à gauche, le modèle A, est barrée de trois bandes tricolores. La deuxième, le modèle B, à côté à droite, n'a que deux bandes bleues. La troisième, le modèle C, sous le modèle A, est barrée de deux bandes rouges, et à côté la quatrième, le modèle D, ne possède aucune marque distinctive.

Je prends une chaise, m'assieds et commence à lire l'article. Le journaliste explique que le gouvernement français a publié un arrêté ministériel prenant effet aujourd'hui. Il instaure officiellement quatre nouvelles cartes d'identité pour toutes les populations des nouvelles terres d'Alsace-Lorraine redevenues françaises après la victoire. Ces cartes classent désormais la population de ces territoires en quatre catégories en fonction de leur ascendance familiale.

La carte A sera délivrée aux Alsaciens-Lorrains considérés comme de souche, aujourd'hui qualifiés de « simples Boches ». Il s'agit, précise encore le texte ministériel, de ceux ayant acquis la nationalité française avant 1870 ou de ceux dont les parents ou grands-parents ont été dans ce cas. Il est écrit qu'ils sont intégrés de plein droit dans la République, mais qu'ils doivent se rendre en mairie pour se déclarer à cette fin. La carte B sera remise à ceux dont l'un des parents est de descendance étrangère, en dehors des pays ennemis de la République, c'est-à-dire ceux dont le père ou la mère peuvent être titulaires de la carte A et dont l'autre ascendant est allemand. La carte C sera attribuée à ceux dont le père et la mère sont nés dans un pays allié de la France où ayant déclaré sa neutralité. Les cartes D enfin seront distribuées à tous les « doubles Boches », c'est-à-dire les étrangers originaires des pays ennemis et à leurs enfants, même nés en Alsace-Lorraine. Sont concernés par les dispositions du décret les Allemands ou Autrichiens immigrés après 1870 ainsi que leurs descendants, tous voués à l'expulsion immédiate du territoire de la République.

Je me mets à lire, à relire une fois, deux fois, trois fois cet article. J'aurai à demander une carte A pour devenir française et toi mon Bernhard tu n'auras pas le choix : ce sera la carte D pour toi ou peut-être la carte B si tu le désires. Mais est-ce que ce sera ton choix ? Je ne comprends pas pourquoi une telle décision politique a été prise. Je frappe fort du poing sur la table.

– Pourquoi nous classer dans ces quatre catégories ? Mon Dieu, est-ce que c'est cela la République française ! Comment notre France, le pays des droits de l'homme, ose-t-elle procéder à une telle classification ethnique ? Toute ma jeunesse j'ai rêvé de redevenir française, et aujourd'hui ma nouvelle patrie vient de décider de me séparer de toi, mon Bernhard, et de vous, mes enfants ! Jamais, au grand jamais je ne pourrai accepter une telle situation. Jamais mon pays ne me séparera de ceux que j'aime ! Jamais ! Jamais !

Je pleure longuement. Mes sanglots finissent par te réveiller. Tu entres dans la cuisine, je te regarde tristement. Je suis désespérée.

– Que se passe-t-il ?

– Regarde ce qu'ils ont fait. Regarde et lit. Je ne peux pas y croire.

Tu te mets à lire calmement le journal mais ton visage finit par trahir ton émotion. Tu le reposes. Tu es blême de rage, mais je peux cependant lire dans ton regard une petite lueur de satisfaction inquiétante.

– Si je comprends bien, je suis devenu indésirable sur ma propre terre d'Alsace et dans mon pays. Il y a pourtant quelque chose de bien dans ces dispositions, tu sais quoi ?

Je réponds doucement que non. Tu m'éclaires, d'un ton glacial :

– Cette carte D nous réserve aux jumeaux et moi automatiquement la nationalité allemande. Tu comprends, c'est fantastique, nous ne serons jamais français ! Nous n'aurons jamais à choisir entre la France et l'Allemagne. Nous restons tous les trois allemands. Les jumeaux vont rester allemands ! Ils ne seront jamais des petits coqs gaulois dressés sur leurs ergots et bouffis d'orgueil. Non ! Quand ils seront grands, ils auront fait leur nid au pays et ils s'envoleront comme de vrais aigles allemands !

Pendant que tu parles, et au fur et à mesure que ta colère refoulée s'exprime à haute voix, tu frappes violemment et à plusieurs reprises le mur de la paume de ta main. Soudain, tu te mets dans une rage folle et tu hurles :

– Et puis, plus tard, ils prendront leur revanche ! Nous prendrons notre revanche, je te le promets ! Ils reviendront ici, en Alsace, sur leur terre, et elle redeviendra allemande, c'est écrit ! Nous reviendrons tous les quatre dès que l'Alsace sera redevenue allemande ! Allemande ! Tu entends ! Allemande ! Tu vas venir avec nous et tu resteras définitivement allemande toi aussi ! C'est fini la France pour nous, Marie ! C'est fini !

En parlant de l'Alsace, tu sembles possédé, dans une sorte d'exaltation aveugle. Tu es enthousiaste, mais aussi terriblement agressif vis-à-vis du monde extérieur. Pourquoi cette agitation soudaine ? Depuis plusieurs semaines, je sens que notre couple ne tourne plus très bien, mais à chaque fois que j'ai éprouvé cet éloignement, tu as su trouver les mots pour me réconforter et me rassurer. Cette fois, je ne te reconnais pas dans cet état de fureur. Face à ton comportement d'une violence fulgurante, il me faut beaucoup de courage pour te répondre, les yeux dans les yeux, calmement mais fermement :

– Non ! Jamais je n'irai vivre en Allemagne avec toi. Je veux que nous vivions tous les quatre ici, en Alsace. Nos enfants doivent rester français. Je suis française par mes origines. Je suis orpheline, mais je ressens au plus profond de mon être que toute ma famille est française. C'est l'héritage moral qu'ils m'ont transmis. Si je devais partir m'installer de l'autre côté du Rhin, j'aurais le sentiment d'une trahison absolue des miens, ceux que je n'ai jamais connus, mais qui par les souvenirs qu'ils m'ont légués sont bien présents à mes côtés. Je n'ai rien à faire en Allemagne. Tu comprends ? Ce pays est étranger pour moi. Je n'irai pas. Les jumeaux resteront français. Ils ne me quitteront pas. Ce sont mes enfants !

Tu me foudroies de ton regard noir et tu restes sans voix devant ma rébellion. Nous nous fixons longuement, sans rien dire. Tu finis par te lever.

Tu prends tes affaires, tu mets ta veste et ta casquette, puis tu quittes l'appartement sans dire un mot. Les jumeaux dorment. C'est la première fois depuis que nous nous aimons que nous nous disputons de manière aussi brutale. Je suis anéantie. La guerre et ses cortèges de désespoirs nous ont toujours miraculeusement épargnés. Mais c'est terminé. Aujourd'hui, j'ai le sentiment d'être une condamnée à mort au bord de la fosse qui attend le coup de grâce pour basculer dans un abîme sans fond.

La nuit, je t'entends revenir. Tu ne dis rien. Mathias toque une nouvelle fois à la porte dans la matinée. Tu dors, je suis terrifiée, mais je ne te réveille pas. Toujours avec son air supérieur, il me demande :

– Alors, vous êtes allés à la mairie, les Boches ?

Je mens pour me débarrasser de lui. Je lui dis que je suis allée au bureau des identités ce matin mais que c'était encore trop tôt, que les cartes n'étaient pas arrivées. Tout est faux bien sûr. Je n'ai pas bougé de la maison. Mathias s'en doute. En tant que président de la commission de triage, il sait que les cartes sont déjà en cours de distribution auprès de la population.

Soudain, en une fraction de seconde, il me saisit le cou de sa main droite et me serre si violemment que je crois ma dernière heure arrivée. Il me soulève légèrement, approche son visage du mien. Je peux sentir son haleine fétide. J'ai beaucoup de mal à respirer.

– Lâche-moi !

Il me tourne légèrement la tête et me glisse à l'oreille :

– Dépêchez-vous d'aller récupérer vos nouvelles cartes d'identité sinon c'est moi qui irai à votre place. Tu comprends ce que ça veut dire ?

Puis il me repousse d'un geste violent contre la porte d'entrée avant de descendre les escaliers et de sortir de l'immeuble.

Bien sûr que je sais ce qu'un tel avertissement signifie. Si Mathias va à la mairie à notre place, cela équivaut à une dénonciation pure et simple. Cela signifie que la police ou les soldats français débarqueront très rapidement dans notre appartement et expulseront Bernhard et les enfants sans ménagement vers l'Allemagne. Les autorités ne s'embarrassent pas de précautions avec les couples mixtes. Nous sommes pris au piège. Je ne sais que faire.

Tu te réveilles comme d'habitude en fin d'après-midi. Aucune parole, rien. Tu bois un café et tu pars travailler. Pendant deux jours, tu ne m'adresses pas la parole. Le troisième jour à ton réveil, tu sors enfin de ton mutisme.

– Il n'y a pas d'autre solution que la séparation. Nous n'avons plus le choix, Marie.

Je reste silencieuse quelques instants. Je réfléchis. Face à cette réalité, je flanche. Je ne peux l'accepter. C'est au-dessus de mes forces. Je souhaite plus que tout au monde que l'on reste ensemble, sur notre terre alsacienne.

– Ce que tu proposes est impossible. Je vais être expulsé avec les jumeaux et toi tu vas te retrouver seule, ici, en France ? Sur une terre que tu refuses de quitter au nom d'une famille que tu n'as même pas connue ? Tu comprends : une famille inconnue ! Tu préfères l'abandon de tes enfants à l'abandon de ta terre ? Les jumeaux ne peuvent pas quitter leur père. Ils viendront avec moi. Et puis, je n'ai pas besoin de toi pour les élever.

Cette dernière phrase est un choc, comme une balle qui me perfore le cœur.

– Je n'ai pas l'intention d'abandonner les jumeaux !

– Tu n'as pas le choix ! Aux yeux des autorités françaises, ils sont considérés comme des Boches indésirables, comme moi. Si tu ne viens pas avec nous, tu ne les verras plus. Et puis ta douleur sera tellement immense que tu quitteras l'Alsace. Je te le répète : tu n'as pas le choix, Marie. Si tu veux rester près des enfants, tu dois venir avec nous en Allemagne.

Je hausse le ton, énervée par un tel comportement.

– Ta proposition est irréalisable ! Pourquoi choisir ? Ce sont nos enfants ! Nos enfants sont nés en Alsace ! Ils doivent rester ici et il ne faut pas les séparer de leurs parents. C'est à toi de rester avec nous.

Le ton de Bernhard se fait plus menaçant.

– Je ne peux pas rester ! Tu dois venir avec moi en Allemagne ! Abandonne l'Alsace. Nous y reviendrons, je te l'ai déjà dit !

– Je me fiche bien de ta reconquête. Je ne veux de reconquête pour aucun de mes enfants ! Je ne veux pas qu'ils s'entretuent lors une prochaine guerre entre nos deux pays. Je veux les garder en vie ! Je ne veux plus de guerre ! Peux-tu comprendre cela ? Je veux la paix ! Définitivement la paix !

Mes mots et ma détermination finissent par t'apaiser. Tu me regardes. Je retrouve soudainement les yeux de l'homme qui m'aimait il y a encore quelques mois : amoureux, délicat, attentionné, mais un fond de désespoir y perce néanmoins.

– Écoute-moi, Marie. J'ai bien réfléchi. Voilà ce que je te propose : lorsque je recevrai mon ordre d'expulsion, j'irai m'installer juste de l'autre côté de la frontière avec Klaus et Nicolas. Je trouverai un travail et comme ça, tu pourras venir voir régulièrement les enfants en attendant que les choses se tassent et que l'on soit de nouveau réunis.

C'est alors que j'entends un bruit suspect. Comme une latte de parquet en train de craquer. Cela ne peut provenir que de l'extérieur. Je me dirige en silence vers la porte et l'ouvre brusquement. Mathias, l'oreille collée au battant, est en train d'écouter notre conversation.

Bernhard se lève soudainement, les poings serrés, prêt à boxer l'importun. Il se précipite vers la porte pour lui régler son compte. Je l'empêche d'approcher pour éviter qu'ils se battent. Mathias en profite pour fuir. Il dévale l'escalier et disparaît dans la cour.

Le lendemain, une nouvelle fois, Mathias frappe à la porte. Cette fois, de façon prudente, je demande :

– Qui est-ce ?

– Ouvre, c'est Mathias.

– Non, tu me fais peur. Tu nous espionnes. Va-t'en !

– Ouvre que je te dis ! Tu n'as rien à craindre. Je dois te donner une enveloppe.

– Quelle enveloppe ? Je n'en veux pas de tes papiers !

– C'est important ! Ouvre !

– Dépose-la devant la porte.

– Très bien, mais je te conseille fortement de la récupérer quand je serai parti.

J'entends ses bruits de pas qui s'éloignent dans l'escalier. J'attends quelques secondes avant de sortir sur le palier. L'enveloppe est sur le sol. Je la saisis rapidement et je referme aussitôt la porte.

C'est une convocation du commissariat de la République pour le lendemain matin. Bernhard doit se présenter aux autorités avec les jumeaux, sans plus de précisions, si ce n'est l'obligation de répondre à cet ordre sous peine de poursuites parce que la République française le considérerait alors comme un hors-la-loi et nous serions arrêtés.

Quand tu te lèves l'après-midi, je te tends le document. Tu le lis et le reposes sur la table de la cuisine sans un mot. Tu t'assieds sur ta chaise, je te sers ton café. En le buvant, tu me regardes avec un air satisfait.

– Tu es au pied du mur, Marie. À toi de choisir. Demain ils me donneront mon *Befehl* et je n'aurai que quelques heures pour quitter l'Alsace avec les jumeaux.

Le lendemain, nous nous rendons à la préfecture située sur la nouvelle place de la République. À l'entrée du bâtiment, un soldat dans sa guérite nous demande d'un air suspicieux nos papiers et les raisons de notre venue. Nous lui montrons notre convocation, puis il nous dit de monter au premier étage et de frapper au bureau 59. Une fois arrivés devant la porte, nous toquons.

– Entrez !

Nous restons debout quelques minutes devant un fonctionnaire qui, d'un signe de la main, nous intime de pénétrer dans un autre bureau où nous attend un petit homme au crâne dégarni, avec des demi-lunettes cerclées d'or sur le nez et des moustaches grandes comme celles que les Gaulois portaient dans les livres d'histoire de notre enfance. Il est très impoli. Il ne nous dit même pas bonjour. Rien. Il parle de manière hautaine et agressive quand il s'adresse à nous. À Bernhard particulièrement.

– Vous êtes bien monsieur et madame Heinrich, Marie et Bernhard Heinrich ?

– Oui.

Il nous tend au-dessus du bureau une pochette :

– Monsieur, voici votre nouvelle carte d'identité ainsi que celles de vos deux enfants et votre ordre d'expulsion du territoire d'Alsace. Quant à vous, madame, voici votre nouvelle carte d'identité provisoire. Au vu de votre ascendance, vous êtes considérée comme française de fait, mais il vous faudra tout de même faire une demande de nationalité auprès des services du commissariat de la République. Pour ce qui est de vos enfants, étant donné vos origines allemandes, monsieur, ils sont comme vous : ils sont considérés comme des indésirables sur les nouveaux territoires de la République française. En conséquence, ils sont expulsés.

L'homme ne prend même pas la peine de nous regarder en nous tendant nos nouveaux papiers, peut-être une forme de déshonneur lui parcourt-elle l'âme au moment d'accomplir ce travail qu'exige de lui son administration. Face à notre hésitation, il secoue le bras de manière impatiente.

– Eh bien ! Qu'est-ce que vous attendez ? Prenez !

Bernhard se lève, se penche à moitié sur le bureau, prend la pochette et se rassoit.

– Vous pouvez sortir maintenant ! Il y a d'autres personnes qui attendent !

En réalité, personne n'attend dans l'autre bureau. Seulement il est tellement gêné et honteux de la tâche qu'il vient d'effectuer qu'il veut que nous disparaissions de sa vue et de sa vie.

Nous nous levons en silence. Nous portons chacun un des jumeaux dans nos bras. Nous ne disons rien. Ce n'est qu'une fois dehors, alors que nous marchons dans la rue, que tu t'adresses à moi. Une seule phrase, rien de plus :

– À toi de choisir, Marie.

Je ne te réponds pas. Je n'en ai aucune envie car un sentiment de révolte m'a envahie. Te répondre engendrerait un nouveau climat de violence entre nous tant ma colère est grande, et je ne le souhaite pas.

Nous ne nous adressons pas la parole de toute la journée. Le soir, une fois les jumeaux endormis, je me retrouve seule dans la cuisine. Je sors du tiroir de la table la photo de notre bonheur où nous posons tous les quatre devant la cathédrale, le jour de la naissance des jumeaux, le 11 novembre 1918. Rien ne laissait présager que ce jour d'émerveillement serait éphémère. En regardant le cliché, l'idée de m'enfuir vers la France avec les garçons en te laissant seul à ton nationalisme égoïste m'effleure quelques instants. Mais je réalise que cette idée est stupide. Je n'irais pas très loin : je suis encore allemande pour quelques jours et cela, j'ai tendance à l'oublier. Dans une France de l'intérieur victorieuse et arrogante, en proie à la revanche et au mépris vis-à-vis des vaincus, une Allemande fuyant avec ses deux enfants attirerait tout de suite l'attention. Les gendarmes me renverraient aussitôt en Alsace. Et puis je t'aime. Au fond de moi, je n'ai aucune envie de te quitter. Notre amour et celui que l'on porte à nos enfants restent les premiers de mes guides. Il y a une solution, j'en suis sûre, je n'en doute pas.

Elle se présente à moi le lendemain.

– Alors, les Boches, vous avez vos cartes ? Vous avez vos *Befehle* ?

Je suis juste devant la porte d'entrée au moment de sortir les jumeaux pour une promenade lorsque j'entends crier. Mathias et Anja sont penchés à leur fenêtre du deuxième étage et me toisent avec mépris.

Anja m'interpelle en me faisant un signe de la main :

– Marie, arrête-toi !

Je lève les yeux. Je n'ai aucunement l'intention de répondre à ce qui ressemble à un ordre. J'accélère le pas.

– Stop je te dis ! Arrête ! Mais arrête donc ! Il faut qu'on se parle ! J'ai quelque chose à te dire. Cela te concerne, ainsi que Nicolas et Klaus !

À l'instant où elle prononce les prénoms des enfants, une présence invisible, une force intérieure, comme un instinct naturel et maternel de protection, m'ordonnent de stopper net ma course.

Anja vient de dévaler les escaliers quatre à quatre. En arrivant devant moi sur les pavés, elle est rouge, haletante, ses cheveux filasse ressemblent à un champ de blé mal fauché dont les épis froissés partent dans toutes les directions. De son corps émane un mélange désagréable d'odeur de sueur et de cuisine froide. Sa simple présence me donne la nausée.

Elle me prend le bras. Je lève la main et m'éloigne d'elle pour lui signifier mon refus d'accepter cette proximité physique qui me révulse. Mais elle insiste et m'entraîne fermement sous le porche avec les jumeaux. Elle se met à chuchoter pour éviter que les passants l'entendent.

– Mathias m'a raconté votre visite à la préfecture.

– Comment il sait ?

– Il sait tout.

– Et alors ?

Elle arbore un air satisfait.

– J'ai cru comprendre que cela s'est mal passé…

– Cela s'est très bien passé. Ne te mêle pas de ma vie, cela ne te regarde pas.

Je tente à nouveau de me dégager, mais sa poigne est si forte qu'il m'est impossible de fuir.

– N'insiste pas ! Ne te mêle pas de ma vie je te dis !

Anja hausse légèrement la voix, visiblement énervée.

– Écoute-moi !

– Ce que tu as à me dire ne m'intéresse pas !

Elle me secoue fortement le bras tout en jetant dans la rue des coups d'œil inquiets.

– Tu veux garder tes enfants ? Tu veux qu'ils deviennent français et qu'ils restent en Alsace avec toi ? Alors écoute-moi !

Bien que sur la défensive, je me laisse convaincre. Vu la situation dans laquelle nous nous trouvons, je n'ai pas vraiment le choix. Il me faut écouter ce qu'elle a à me dire.

– Tu sais, Mathias et moi, faut pas croire hein, on vous aime bien, toi et les petits. Faut pas croire que mon homme te veut du mal, au contraire. Ce qu'on ne supporte pas, c'est que tu sois mariée avec un Boche et que les nouvelles mesures obligent Bernhard à emmener les petits en Allemagne. Lui, c'est un Boche, il faut qu'il parte, mais toi, tu dois rester ici avec les enfants pour l'Alsace, pour la France, tu comprends ?

– Je te remercie de votre sollicitude, mais Bernhard n'est pas un Boche ! Il est alsacien. Et puis je ne veux pas me séparer de lui et de mes enfants.

– Écoute, me dit-elle en chuchotant à mon oreille, il y a une solution.

– Laquelle ?

– Mathias, il est président du comité d'épuration, tu le sais ?

– Tout le monde est au courant dans le quartier. Je te rappelle que le jour où tu es allée à la préfecture chercher son avis de nomination, j'étais avec toi.

– Alors voilà… chuchote-t-elle, il peut t'arranger l'affaire, moyennant quelques sous.

– Comment cela ?

– 500 marks par enfant. Et tu as la bonne carte.

– Comment ça, j'ai la bonne carte ?

– La carte d'identité française A. Et hop, le tour est joué, tes enfants deviennent français.

Je la regarde, interloquée.

– Ce n'est pas possible, tu me racontes des histoires. Et puis, c'est une sacrée somme, où veux-tu que je trouve cet argent ? Je ne l'ai pas.

– Ce ne sont pas des histoires. Les bonnes cartes contre de l'argent, c'est possible. Réfléchis bien. Reviens me voir quand tu auras pris ta décision. Mais fais vite. Le train de la chance ne passe qu'une fois, quand il s'arrête en gare, il faut monter dedans et ne pas le rater. Sinon tu sais où vont terminer tes enfants : dans la mauvaise gare, celle du Neuhof ou sur le pont de Kehl, expulsés de l'autre côté du Rhin à coups de crosse par les gendarmes. Tu comprends ?

Elle me fixe droit dans les yeux, puis finit par me lâcher le bras pour pénétrer dans le hall de l'immeuble et remonter chez elle.

Je suis sonnée. Tout s'embrouille dans ma tête : Nicolas, Klaus, 1 000 marks, mes deux amours qui deviennent français mais pas le troisième, mon troisième homme. Celui que j'aime malgré tout. Et lui, pourrait-il devenir français en donnant de l'argent ? Non, car il ne le souhaitera pas. Que faire ? Et si c'était un piège ? Donner de l'argent à Mathias, c'est l'acheter. Donner de l'argent à un représentant du commissaire de la République, c'est de la corruption. Pour cela, nous pouvons aller en prison, Bernhard et moi. Peut-être Anja m'a-t-elle menti pour nous faire envoyer au bagne et se débarrasser définitivement de nous pour récupérer mes enfants, elle qui ne peut pas en avoir ? Et puis…

Je me raisonne. Peut-être que c'est effectivement une bonne proposition ? Comme elle me l'a chuchoté à l'oreille, c'est *une chance qu'il ne faut pas laisser passer.* Mais comment pourrais-je trouver une telle somme ?

Je remonte à l'appartement. Tu es réveillé et tu me demandes d'un ton agressif et méfiant :

– Qu'est-ce qu'ils voulaient ces deux-là pour faire tout ce tapage ? Ils m'ont réveillé en hurlant à la fenêtre.

Dans un premier temps, je ne sais pas quoi te répondre. Mais tu insistes tellement que je finis par tout te raconter. La proposition malhonnête d'Anja et Mathias, mon envie d'y répondre favorablement, mais aussi mes interrogations, le risque d'aller en prison si c'est un piège qu'ils nous tendent. J'essaie encore de te convaincre que cette possibilité pour nos deux bambins de rester ici avec la nationalité française est une chance pour notre destin. Les enfants grandiraient enfin dans la paix et l'harmonie dans mon Alsace tant aimée. Et toi, tu pourrais peut-être, en soudoyant un fonctionnaire, obtenir à ton tour la nationalité française. Je rêve tout haut que tu acceptes enfin de devenir français.

– C'est non !

Sans prendre le temps d'y réfléchir ne serait-ce qu'une seconde, tu refuses tout net la proposition. C'est un non définitif, sans aucune explication ni prise en considération de mon envie de nous construire un avenir ensemble. Puis tu pars travailler en claquant la porte.

Le lendemain, je croise Anja dans les escaliers.

– Alors, tu as réfléchi à ma proposition ?

– Bernhard ne veut pas. Il veut quitter l'Alsace avec les enfants et partir s'installer en Allemagne. Et puis, tu sais, Anja, même en retirant toutes mes économies et avec la petite pension d'orpheline que j'ai touchée à ma majorité, j'aurai à peine les moyens d'acheter une seule carte, tu comprends ? La seule solution, c'est que je parte avec eux. Il n'y a rien d'autre à espérer.

Je ne lui dis rien de nos intentions, de cette séparation provisoire que nous envisageons.

Anja me regarde droit dans les yeux. Elle semble sincèrement déçue que je ne réponde pas favorablement à sa proposition.

– Très bien, alors je ne peux plus rien faire pour toi. Tu es allemande, tu resteras allemande et toute ta future descendance sera allemande. Si c'est cela que tu souhaites, personne n'y peut rien.

Je reste debout sur les marches, à devoir gérer du fond de mon désespoir cette douleur solitaire. Non, je ne désire pas devenir allemande, mais je n'ai pas le choix. Bernhard a raison.

Le lendemain soir, nous sommes mardi, on frappe lourdement à la porte. Il est tard, la nuit est tombée et je suis seule avec les enfants, ce qui amplifie mon sentiment de terreur.

– Police, ouvrez !

J'ouvre la porte en tremblant.

Deux gendarmes se tiennent devant moi, côte à côte, leurs pieds crottés sur mon paillasson.

– Madame Heinrich ?

– Oui.

– Est-ce que votre mari est là ?

– Non, il travaille à la Taverne Alsacienne.

L'un des gendarmes me tend une enveloppe.

– Quand il sera de retour, donnez-lui ce pli.

– Qu'est-ce que c'est ?

– C'est son ordre d'expulsion du territoire de la République française. Vous avez bien deux enfants ?

Je réponds, apeurée et d'une voix faible :

– Oui, des jumeaux.

– Votre mari devra se tenir prêt à partir avec les deux enfants vendredi matin à 9 heures précises. Une escouade de gendarmes viendra les chercher ici, à votre domicile. Une seule valise pour trois. Pas une de plus. S'il ne respecte pas cet ordre, un avis de recherche sera lancé et il sera poursuivi par la justice, mis aux arrêts avant une nouvelle expulsion. Quant aux deux enfants, eux aussi de nationalité allemande, si votre mari est arrêté, ils seront placés dans un foyer avant leur expulsion vers l'Allemagne. Avez-vous bien compris ?

Je manque m'évanouir.

– Quant à vous, madame, vous voudrez bien vous présenter à la mairie dès demain pour faire votre demande de nationalité française. Vous n'avez toujours pas rempli les formalités administratives. Faites-le rapidement, sinon vous allez au-devant de graves ennuis. Aux yeux de la République française, vous êtes toujours considérée comme une Allemande. Faites attention, madame, la République sait sanctionner les traîtres. C'est une obligation pour vous d'obtenir votre nouvelle carte d'identité. Vous ne pouvez pas rester allemande, ou alors il faut que vous quittiez la France avec votre mari ! Est-ce bien compris ?

Je balbutie :

– Oui. Oui. Bien sûr. Demain… après-demain… Mon mari. Les enfants. Oui, oui, tout cela est très clair, ne vous inquiétez pas.

Je prends l'enveloppe, referme la porte et je m'effondre en pleurs. Cette fois je sens que c'est vraiment la fin.

Quand tu rentres au petit matin, je suis réveillée mais je ne te parle pas de la visite des gendarmes, du sentiment d'effroi qui m'a envahie et de ce qu'ils nous ont ordonné de faire. J'ai caché le *Befehl* pour que tu ne le trouves pas. Quand tu te glisses dans le lit, je me tourne sur le côté et fais semblant de dormir. Je ne parviens pas à trouver le sommeil. Les chérubins sont aussi très agités, comme s'ils ressentaient mon angoisse.

Une première depuis leur naissance. Je les console, en vain. Cette nuit d'éveil me permet de réfléchir à la proposition d'Anja. Je fais mes comptes dans ma tête. Je prends ma décision. Elle est irrévocable. Tu n'auras pas d'autres choix que de l'accepter et de t'y plier. Je ne partirai pas en Allemagne.

En début de matinée, tu dors encore lorsque je vais toquer à la porte d'Anja. Je sais que Mathias est parti. Je l'ai entendu descendre les escaliers. Anja est seule. Elle déverrouille sa porte, ouvre et semble surprise de me voir.

– Qu'est-ce que tu veux ?

– J'ai réfléchi à ce que tu m'as dit hier.

– À quoi ?

– Ta proposition pour les cartes d'identité.

Anja me toise d'un air méfiant.

– Oublie, je ne t'ai rien dit. Cela n'existe pas.

Elle tente de refermer sa porte mais je mets un pied devant pour l'en empêcher.

– Attends, ce n'est pas possible ! Je te dis que je suis intéressée. C'est sérieux.

Anja se penche légèrement, jette un regard furtif dans le couloir pour vérifier que personne ne m'accompagne ou se trouve à proximité et me fait rentrer.

Nous restons toutes les deux debout dans le couloir de leur appartement.

– Ta proposition m'intéresse finalement. Comment procède-t-on pour obtenir cette carte ? Il y a urgence. Les gendarmes sont venus hier soir. Bernhard a reçu son avis d'expulsion avec les deux enfants inscrits dessus. Ils vont revenir vendredi pour les emmener. Ils vont les emmener en Allemagne.

Anja réfléchit quelques secondes, puis elle se décide enfin.

– Très bien. Tu as l'argent ?

– Je l'aurai, mais qu'est-ce qui me garantit que j'aurai la carte quand tu auras l'argent ?

Anja se rapproche de moi, nos deux visages se touchent presque. Elle éructe d'un ton menaçant :

– Il n'y a aucune promesse de résultat par avance. Tu n'es pas en situation d'exiger quoi que ce soit. C'est à prendre ou à laisser. Tu reviens aujourd'hui à 14 heures avec l'argent, sinon pas de carte. C'est simple à comprendre, non ?

Anja se retourne, tend le bras et pointe la porte de l'index. Je n'ai pas d'autre choix que de sortir. Il est 10 heures. Bernhard dort et les enfants aussi. Je décide d'aller directement à la banque. La Reichsbank est située à quelques pas de la maison, place Gutenberg. C'est là que j'ai placé toutes mes économies. Un compte à mon nom y a été ouvert lorsque j'ai été placée à l'orphelinat. Chaque mois, j'y dépose en secret quelques économies ponctionnées sur l'argent que me donne Bernhard pour faire vivre notre famille. Je ne lui en ai jamais parlé, il n'aurait pas approuvé. Et puis, il y a l'argent que j'ai touché quand je suis devenue pupille de la nation, mis de côté tous les mois par l'orphelinat. Il ne s'agit que de petites sommes mais, mises bout à bout, cela devrait suffire pour acheter cette maudite carte d'identité.

Au guichet, le caissier me demande mes papiers. Je les lui donne et lui demande combien il y a sur mon compte : 2 100 marks. Je suis rassurée, je pensais qu'il y avait moins d'argent que cela. Je lui demande 1 000 marks. Il me répond en parlant beaucoup et fort. Cela m'étonne, car d'habitude les banquiers sont discrets. Il m'explique qu'en ce moment les banques allemandes ont été mises sous séquestre et sont en train d'être liquidées, qu'elles vont être remplacées par des comptoirs de la Banque de France. Il me dit que c'est compliqué de retirer une somme aussi importante, car c'est le bazar entre les banques françaises et les banques allemandes. Il m'explique que le Trésor français est en train de remplacer le mark par des francs, que le mark qui circule dans la région ne vaut, au cours forcé, que 0,74 francs, autrement dit pas grand-chose, et qu'il a une forte tendance à la baisse en ce moment vu le chaos économique qui règne dans la région.

Il me demande si je ne préférerais pas des francs à la place des marks. Mais en même temps il me conseille de ne pas prendre des francs car je perdrais de l'argent. Il m'explique tellement de choses auxquelles je ne comprends rien que je finis par lui dire un peu énervée que je suis pressée et qu'il me faut cet argent avant 14 heures !

– 14 heures ? Mais vous n'y pensez pas ! Je n'ai pas une telle somme en caisse ! Mais bon, poursuit-il en lissant doucement les poils de sa moustache entre le pouce et l'index, comme s'il cherchait une solution au problème que je venais de lui poser. Je vais voir ce que je peux faire… Hum… je vais voir…

Inquiète, je me demande si ce n'est pas une manière pour lui aussi de me faire comprendre qu'une gratification supplémentaire serait nécessaire pour obtenir la somme dans le temps imparti. Dans ce chaos de l'après-guerre, chacun essaye de profiter de la faiblesse des autres. J'ai raison de me méfier.

– Il y aura un pourcentage pour tout cela, madame.

– Pourquoi ?

– L'urgence, cela se paie, madame. Cela va me demander du travail supplémentaire.

Je suis énervée. J'ai ouvertement devant moi un banquier en train de me voler. Mais je suis coincée. Si je souhaite mon argent à temps, il faut payer.

– Combien ?

– Dix pour cent.

– C'est d'accord.

– Bien ! me dit-il avec un léger sourire. Revenez après déjeuner. J'aurai la somme.

Je me dis en sortant que ce gars-là est décidément un drôle de banquier, et qu'avec un tel débit de parole il doit être capable d'embobiner n'importe qui. Et en plus il m'a volée. Je ne suis donc pas très tranquille. Tant que je n'aurai pas mes sous je ne serai pas en sécurité. Je rentre à la maison. Tu dors encore. Les jumeaux ont faim. Je leur donne le biberon. Je déjeune seule après que les chérubins se sont rendormis le ventre plein. J'en profite pour m'éclipser à 13 heures et retourner à la banque. L'homme est là, assis derrière sa caisse. Il lit mon anxiété sur mon visage mais il me sourit.

– C'est bon, madame Heinrich, signez là.

Je signe, il reprend la feuille et me tend une enveloppe. Il me demande de bien vérifier la somme en comptant devant lui. C'est le règlement. Il y a vingt billets de 50 marks. Le compte est bon. Je place l'enveloppe dans mon sac et quitte la banque. Quelques instants plus tard, je frappe à la porte d'Anja. Elle m'ouvre. Je lui tends l'enveloppe. Elle la prend et me dit d'un ton sec :

– Demain midi, jeudi, tu auras tes cartes.

Elle referme la porte et j'éprouve une certaine angoisse. Je viens peut-être de perdre 1 000 marks. Mais là n'est pas le plus important. J'appréhende surtout d'avoir confié mon destin à un couple en qui je n'ai aucune confiance. Je m'attends au pire : voir débarquer dans les heures à venir la gendarmerie pour nous emmener en prison et nous signifier que nous avons corrompu un fonctionnaire. J'essaie d'évacuer cette pensée mais je n'y arrive pas.

Je rentre à la maison. Tu t'es réveillé plus tôt que d'habitude. Je ne te parle pas. Tu me regardes d'un air suspicieux mais ne me poses aucune question. Tu avales un café rapidement et tu quittes la maison en me disant simplement que ton patron a besoin de ses cuistots à la taverne beaucoup plus tôt dans la journée, car il y a de plus en plus de clients. Tu me confirmes que, ce mois-ci, comme tous les employés ont bien travaillé, leurs paies devraient être meilleures. Cela me rassure car je pourrai peut-être remettre un peu plus de sous sur mon compte pour compenser une partie de ce que je viens de retirer. Mais en même temps je me dis que tu seras expulsé vendredi, et dès le lendemain je n'aurai pas d'autre choix que de retourner voir le banquier pour sortir toutes mes économies pour tenir en attendant de trouver du travail.

L'après-midi, je suis incapable de sortir promener les enfants. Mon ventre me tiraille, me fait mal. Dans l'estomac, j'ai comme une boule coincée qui ne veut pas partir. La nuit suivante est un enfer. Les enfants hurlent toutes les heures et je n'arrive pas à les calmer. Toi, tu rentres au petit matin. Ton haleine est lourde, empreinte d'un mélange de schnaps et de tabac, et tes vêtements sont imprégnés d'odeurs de cuisine. Tu es resté à la taverne après le travail, c'est certain. Tu as bu avec tes collègues, et visiblement tu n'étais pas pressé de rentrer te coucher vers moi.

Notre union s'est fissurée lentement mais inexorablement, comme une faille qui s'ouvre dans le sol sous les vibrations d'un tremblement de terre. Mais ce n'est pas grave, et je ne t'en tiens pas rigueur car demain tout basculera pour nous dans un autre monde, vers nos nouveaux destins dont l'avenir sera rempli d'incertitudes mais que j'aurai choisi plutôt que subi. C'est cela le plus important.

La matinée se passe dans le calme. Les enfants récupèrent de leur nuit agitée en dormant profondément. J'ai décidé de ne pas sortir et je reste cloîtrée dans l'appartement. Prostrée dans le fauteuil du salon, j'attends qu'Anja frappe à la porte. Le moindre bruit dans les escaliers me fait tressaillir. Elle m'a dit midi. Il est midi et elle n'est toujours pas là. Une heure plus tard, toujours rien. La pendule sonne les deux coups de 14 heures. Cette fois j'en suis certaine, je me suis fait berner. Anja a pris l'argent et m'a dénoncée. Les gendarmes vont venir nous arrêter. Quelques minutes plus tard, tu te réveilles et tu pénètres dans le salon. C'est à ce moment-là qu'on frappe à la porte. Tu te diriges vers le couloir pour ouvrir.

– J'y vais, reste là !

Tu t'immobilises, visiblement surpris de ma réaction. Mais tu te ravises et tu accélères le pas vers l'entrée.

– Laisse-moi y aller. Si c'est encore Mathias qui vient chercher les ennuis, je vais lui dire ce que je pense de sa façon de faire.

Tu ouvres la porte. Anja est sur le perron et elle est décontenancée de te voir.

– Qu'est-ce que tu veux ?

– Je… Je viens voir ta femme. J'ai une enveloppe pour elle.

– Une enveloppe ? Qu'est-ce que c'est ?

Anja lève sa main devant son visage, agite l'enveloppe sous le nez de Bernhard. Je vois bien qu'elle est un peu inquiète de ta réaction.

– Elle te le dira…

Tu prends l'enveloppe, refermes la porte et te retournes en me regardant d'un air interrogateur.

– Qu'est-ce que c'est ?

J'ai alors l'étrange sensation de vivre ce moment terrible où les destins de deux êtres qui s'aiment vont se séparer définitivement pour emprunter deux chemins qui ne se croiseront plus, parsemés de hautes murailles et d'obstacles infranchissables. Je ne réponds pas.

Tu découvres à l'intérieur de l'enveloppe une carte d'identité. Celle de Nicolas. Tu te tournes vers moi, livide.

– Qu'est-ce que tu as fait, Marie ? Qu'est-ce que tu as fait au nom de Dieu ?

Une angoisse monte en moi, car il n'y a qu'une seule carte. Où est celle de Klaus ? Anja m'avait promis deux cartes d'identité françaises, et il n'y en a qu'une. Je ne comprends pas. Je me suis fait avoir, ou alors l'administration n'a pu imprimer qu'une seule carte et l'autre devrait arriver aujourd'hui. Oui c'est cela sans doute, il y a du retard… J'irai voir Anja, c'est elle qui a la réponse. Je suis paniquée mais je m'efforce de garder mon calme.

– J'ai fait ce que j'avais à faire, Bernhard. Klaus devrait très rapidement obtenir sa carte. Nous sommes tous les trois français désormais. Demain, ce sera à mon tour de récupérer ma nouvelle carte d'identité. Légalement, on ne peut plus nous expulser. Au plus profond de moi-même, je ne veux pas que tu les emmènes en Allemagne, alors nous resterons, Nicolas, Klaus et moi, en France, et tu nous quitteras seul en attendant que l'on puisse se retrouver. Tu ne pourras pas retirer leurs origines françaises à tes enfants. La guerre nous a réunis, mais la paix nous sépare. Devant ton intransigeance, nous n'avons pas le choix.

Tu te mets alors dans une colère terrible. Tu cries, tu hurles, tu frappes violemment sur la table et sur les murs, et tes poings se mettent à saigner. Ta violence envers ma décision et envers moi est immense, tu me terrorises. Dans la cuisine, tout valse : le sol devient un tapis de verre brisé, un revêtement d'assiettes cassées, de plats en morceaux.

Tu enrages tel un lion blessé :

– Tu n'avais pas le droit de faire ça ! Ce sont mes fils !

Je me lève de mon siège et m'indigne également :

– Ce sont aussi mes fils ! Tu ne veux rien comprendre ! La guerre est finie, Bernhard, terminée ! Il faut reconstruire la France. Et du sang français coule dans les veines de mes enfants.

– Ils ont aussi du sang allemand !

Je me mets à hurler plus fort que toi.

– Oui, deux sangs, allemand et français, coulent dans leurs veines ! Le sang de nos deux nations qui viennent de se massacrer en envoyant leurs fils à l'abattoir. Mais depuis leur naissance, ils ont toujours vécu en Alsace, et aujourd'hui l'Alsace est redevenue française !

– Lorsqu'ils sont venus au monde, ils étaient allemands !

Les voisins entendent nos hurlements. Sur le palier, ils s'arrêtent, nous demandent si tout va bien. Je leur réponds en criant :

– Foutez-nous la paix ! *Raus !*

Je les entends chuchoter, visiblement choqués par ma réaction. Puis leurs pas s'éloignent dans l'escalier.

Devant ma colère et ma détermination, tu finis par te calmer et t'asseoir sur une chaise. Tu sembles perdu, désespéré, rempli d'une immense tristesse, mais tes yeux ne me trompent pas. Tu comprends que tu viens de subir une immense trahison de la part de celle que tu aimes.

Je me suis également adoucie. J'en profite pour t'expliquer que les gendarmes sont venus mardi soir pendant que tu étais au travail. Je te montre les *Befehle* qui sont adressés à toi et aux deux enfants.

– Pourquoi tu ne m'as rien dit ?

– Parce que tu ne veux rien comprendre à la situation, Bernhard. L'Alsace est redevenue française. Mais toi tu t'obstines à vouloir emmener tes deux fils en Allemagne, pour les préparer à la revanche. Donc, j'ai réfléchi, et je suis convaincue désormais que la seule solution, si l'on veut préserver un minimum de bonheur et de cohésion entre nous, c'est de nous séparer provisoirement. C'est ce que tu voulais, non ? Tu partiras à Kehl, où tu ne devrais pas avoir de mal à trouver du travail car les brasseries ne manquent pas. Moi je resterai ici avec Nicolas et Klaus sur notre terre, en Alsace. Je ne peux pas accepter de me séparer de mes enfants, c'est une trop grande douleur. Nous pouvons l'assumer quelques semaines parce que tu resteras juste derrière la frontière… Cette situation sera temporaire ! Je pense que c'est un bon compromis qui nous permettra de supporter cette douleur immense.

Tu restes silencieux.

– Nous n'avons plus le choix, Bernhard, et, qui sait, quand les esprits seront calmés définitivement entre les deux pays, peut-être auras-tu changé d'avis et pourrons-nous revivre ensemble ici à Strasbourg ?

Tu prends le temps de réfléchir quelques instants avant de parler, comme si tu souhaitais que chaque mot que tu allais prononcer s'imprime à jamais dans ma mémoire.

– Je n'ai pas d'alternative, Marie. Ce choix, tu l'as fait pour nous quatre en pensant que c'était le meilleur, mais c'est le pire de tous ! Tu m'as trahi. C'est un immense sentiment de gâchis qui m'envahit. Jamais je ne vivrai en Alsace française, tu m'entends, jamais ! Je te l'ai déjà dit mille fois. Je retournerai donc demain seul en Allemagne car nous sommes allemands et nous le resterons ! L'Alsace n'est plus ma terre aujourd'hui. Elle le redeviendra, car l'Alsace a toujours été allemande. Regarde-moi !

Je sursaute. Tu me fixes en m'immobilisant par les épaules.

– Je te fais la promesse que cette terre redeviendra allemande et qu'elle sera lavée de tout le déshonneur que la France lui a apporté.

Je me libère de ton emprise.

– Bernhard, je n'ai pas réussi à te convaincre de rester avec moi, mais ne peut-on au moins essayer de sauver notre bonheur ? Installe-toi de l'autre côté de la frontière, je t'en supplie. C'est possible, cela ne tient qu'à toi.

Je crains ta réaction. Je crains que tu décides de disparaître et que l'on ne se revoie plus jamais, que notre séparation soit définitive.

– Ils vont venir te chercher demain matin, Bernhard. Il faut que nous gardions un lien. Il n'est pas possible que notre amour et l'amour que nous portons à nos enfants se fracassent ainsi sur une frontière. Il faut que tu me dises où tu comptes t'installer et comment nous allons faire pour préserver notre famille.

Tu te lèves, chancelant. Comme un boxeur sonné, prêt à s'effondrer sur le tapis. Tu t'approches de la fenêtre et tu me réponds en regardant au-dehors.

– Juste de l'autre côté de la frontière ? Oui, c'est d'accord. Je ne peux pas me résoudre à me séparer de toi, Nicolas et Klaus... Nous finirons par nous retrouver en Allemagne, car la France n'acceptera jamais qu'un *Feldgrauen*, un paria, revienne vivre ici. Et je ne l'accepterai pas non plus. Je ne veux pas devenir français et je ne souhaite pas avoir une femme française...

Je ne dis rien. Je m'aperçois que cette frontière est devenue un abîme entre nous deux. Tu ne reviendras jamais en France. C'est certain. Et je n'irai jamais en Allemagne. Ma douleur est immense mais au fond je suis rassurée car nous resterons physiquement proches l'un de l'autre. Seuls quelques kilomètres nous sépareront et, lorsque la frontière sera plus facile d'accès, nous nous retrouverons peut-être.

– Je pense que ton amour pour moi sera plus fort que ta haine fanatique et aveugle de la France, et que tu reviendras à la raison par amour pour ta famille. Je reste confiante. Bernhard, s'il y a une chose à laquelle je ne veux pas céder, c'est au désarroi et au désespoir que la situation nous impose. Promettons-nous de garder le contact, de nous écrire, de se voir le plus vite possible pour que chacun puisse supporter le quotidien. Il n'est pas possible que je reste sans nouvelles de toi. Il n'est pas possible que tu restes sans nouvelles de Nicolas, Klaus et moi.

J'ai du mal à respirer. Un sentiment de suffocation me prend soudainement. Tu restes silencieux…

– Oui, je te le promets.

Je sors de ma poche un des deux exemplaires de la photo prise devant la cathédrale le jour de la naissance des jumeaux. Que ce jour me semble lointain ! Tu me laisses poursuivre.

– Promets-moi de garder toute ta vie cette photo sur toi. Promets-moi de ne pas la perdre.

Tu me regardes, étonné.

– Pourquoi cette promesse ? Nous allons nous revoir, Marie. Ce n'est qu'un moment douloureux, certes, mais passager. Nous serons bientôt réunis tous les quatre, me dis-tu en glissant la photo dans ta poche.

J'aime cet optimisme que tu as dans l'avenir pour notre famille, il me préserve de toutes ces difficultés et me donne de l'espoir. Tu ne seras pas loin et c'est ce qui m'importe le plus.

– S'il te plaît, ne te sépare jamais de cette photo.

– Je la garderai comme preuve de notre union et de notre amour.

Je ne doute pas de ta sincérité. Puis tu pars te reposer.

Je ne peux m'empêcher de penser à ce qui a bien pu se passer avec la carte d'identité de Klaus. Il faut agir vite. Je dois absolument voir Anja. Il ne reste plus que quelques heures avant l'arrivée des gendarmes. Klaus est en danger. Si je ne mets pas la main sur le document prouvant qu'il est français, il sera expulsé avec Bernhard.

Je profite que tu dormes pour aller toquer à la porte d'Anja.

– Il n'y a qu'une carte pour Nicolas. Où est celle de Klaus ? Je t'ai donné 1 000 marks pour les deux cartes, et il n'y en a qu'une ! Où est l'autre ?

Anja me regarde, interloquée.

– Mathias m'a dit qu'il n'y avait qu'une carte parce que l'administration avait du retard. Il a ajouté qu'elle devrait arriver dans quelques jours. Je n'ai pas eu le temps de te le dire tout à l'heure parce que j'ai eu peur de Bernhard quand il a ouvert la porte. Calme-toi ! Ce n'est qu'une question de jours.

Je hausse le ton.

– De jours ! Mais tu ne comprends pas que ce n'est pas une question de jours mais de survie ! J'ai besoin de cette carte aujourd'hui ! Demain Bernhard sera expulsé, et si je ne peux pas prouver que Klaus est français il sera expulsé avec lui !

– Je me fiche pas mal de la survie de ton Boche ! Débrouille-toi, ce n'est pas mon problème.

Je suis en furie. Mathias apparaît alors sur le palier.

– Qu'est-ce qui se passe ? Pourquoi tout ce bruit ?

Anja tente de lui répondre mais je l'interromps.

– Pourquoi je n'ai pas la carte d'identité française de Klaus ? J'ai payé pour ça.

Mathias s'avance et me fixe droit dans les yeux.

– Parce que l'administration a des difficultés à faire tourner les imprimeries. On manque de tout et surtout de papier. Il y a du retard. Tu auras cette carte dans quelques jours.

Mes forces m'abandonnent. Je suis obligée de remettre une nouvelle fois le sort de mon enfant entre les mains de mes ennemis.

– Mais… Mathias… Il doit bien y avoir un moyen de faire avancer les choses, non ? J'ai absolument besoin de cette carte d'ici demain. Tu le sais… Tu es bien placé… Tu peux sans doute intervenir. Fais quelque chose, aide-moi, je t'en supplie ! Sinon…

Des larmes coulent maintenant sur mes joues.

– Sinon, ils expulseront Klaus avec Bernhard.

Mathias me regarde d'un air mi-satisfait mi-moqueur.

– Peut-être qu'à toi toute seule tu peux résoudre les pénuries qui touchent le pays en quelques heures, Marie. Mais moi, je n'y peux rien. Tu auras une carte d'identité française pour Klaus, mais plus tard. Il sera alors temps de le faire revenir en France… Sauf, bien sûr… si ton Boche de mari s'y oppose. Maintenant laisse-nous !

Puis il claque la porte. Je suis effondrée. Mes jambes se dérobent sous le poids de la douleur. Je glisse doucement le long du mur. Je suis maintenant assise sur le palier, la tête entre mes genoux. Je pleure en silence, seule avec mon désespoir.

Ce soir-là, tu ne vas pas travailler. Tu passes simplement quelques minutes à la taverne pour expliquer à ton patron que tu vas être expulsé le lendemain. En rentrant tu me racontes qu'il s'est mis dans une colère noire. Qu'il a insulté le gouvernement français, Clemenceau, le président Poincaré, Pétain, tous ces politicards et militaires gaulois qui ne connaissent rien à la situation de l'Alsace puisque cela fait presque cinquante ans qu'aucun Français de l'intérieur n'y a mis les pieds. Mais toi, tu es convaincu qu'il s'est énervé surtout parce qu'il va devoir te remplacer et que, par ces temps si compliqués, trouver un bon cuisinier n'est pas une mince affaire. Si peu d'hommes sont rentrés de la grande boucherie. Tous massacrés, exterminés, anéantis, laminés dans l'enfer des tranchées. De nos jours, les hommes se font rares dans les rues. Les hommes de qualité comme toi encore plus. Il t'a quand même donné tes gages en te promettant d'intervenir à la préfecture pour éviter ton expulsion car il est président de l'Union des brasseurs d'Alsace, et qu'on ne refuse rien au président des brasseurs. Tu lui as expliqué que ce n'était pas nécessaire car ton choix était de partir pour l'Allemagne. Tu ne lui as pas dit que tu refusais de devenir français. Il n'aurait sans doute pas compris. Tu es sorti du restaurant et vous vous êtes dit au revoir et non adieu, avec la promesse de vous retrouver, un jour peut-être. Promesse vaine de comptoir. L'accolade entre vous deux a été rude et sincère. Il est ton patron, mais surtout ton ami. Vous ne vous reverrez jamais.

Cette nuit-là, les enfants sont restés étrangement calmes. D'habitude, ils me mènent une vie impossible. Depuis leur naissance, ils dorment peu. Je dors peu. Ils se sont assoupis comme s'ils s'étaient mis d'accord pour nous laisser vivre en paix les dernières heures de notre vie de couple. Nous nous sommes aimés une dernière fois dans la promiscuité de nos soupirs et de l'obscurité. Puis nous nous sommes endormis.

– Gendarmerie, ouvrez !

Les coups résonnent sur la porte d'entrée. Ils sont comme des obus qui viennent perforer nos corps endormis. Il est 7 heures.

– Gendarmerie ! Ouvrez ! Ouvrez, sinon nous enfonçons la porte !

Tu te lèves très vite et tu files, vêtu d'un simple caleçon, dans le couloir.

– Voilà ! Voilà !

Je me lève immédiatement et enfile une robe. Je reste dans l'encadrement de la porte de la chambre. Tu me tournes le dos. Tu ouvres la porte d'entrée. Sur le palier, il y a presque une armée de gendarmes. Ils sont tous très nerveux. Celui qui est devant semble être le chef. Les autres sont derrière lui. Certains sont postés plus bas dans l'escalier. Ils pointent leurs fusils vers nous comme s'ils venaient arrêter une bande de brigands.

Le chef se met à crier :

– Bernhard Heinrich ?

– Oui.

Il te met sous les yeux un papier que je reconnais. C'est ton *Befehl* et celui des enfants. Je m'approche. Le document est estampillé de l'état-major du commandement supérieur du territoire d'Alsace et du gouvernement militaire de Strasbourg. Il est signé du chef du deuxième bureau. Le chef des gendarmes se met à réciter un discours très bien rodé.

– Sur ordre de la République et du gouvernement français, vous et vos deux enfants, Nicolas et Klaus, êtes expulsés du territoire d'Alsace-Moselle. Vous n'avez droit qu'à une valise pour trois. Vous avez un quart d'heure pour vous préparer. Un quart d'heure, monsieur Heinrich ! Et pas une minute de plus ! Nous vous attendons.

Visiblement, les gendarmes n'ont pas l'intention de bouger. Le chef pose son arme et te regarde droit dans les yeux. Il attend.

Dans ce moment de tension intense, n'importe quelle personne aurait ressenti un sentiment de terreur. N'importe qui aurait eu envie de sauter par la fenêtre. Mais toi, tu te retournes doucement vers moi et tu me regardes, simplement. Tu n'as pas l'air apeuré. Tu sembles serein et tu me donnes même l'étrange impression que ces gendarmes viennent te délivrer. Ton *Befehl* n'est pas pour toi un ordre de soumission ni d'expulsion, mais un acte de délivrance. Cela m'arrache le cœur. Mais tu es libre.

– Arrêtez : votre *Befehl* n'est pas le bon !

J'ai crié fort. Derrière toi, le chef des gendarmes sursaute et marque sa surprise d'être interpellé ainsi par une femme.

– Comment ça, mon ordre d'expulsion n'est pas le bon ? Qu'est-ce que vous en savez ? Qui êtes-vous d'ailleurs ?

– Je suis Mme Marie Heinrich et je vous dis, moi, que votre *Befehl* n'est pas le bon.

– Et pour quelle raison, madame ?

Je vais chercher la carte d'identité de Nicolas et la tends au gendarme.

– Parce que nos deux fils sont français, monsieur, et visiblement, cette information n'est pas parvenue à vos services.

L'homme prend la carte de Nicolas, me lance un regard méfiant et regarde le document.

– Et l'autre carte d'identité ? Celle de Klaus Heinrich, où est-elle ?

Avec un air de défi, et en mobilisant toutes mes forces, je lui réponds :

– Je ne l'ai pas avec moi. L'administration doit me la procurer sous peu. Mon fils est français et vous feriez une grave erreur si vous l'expulsiez !

L'homme ne croit pas une seconde à ce que je lui dis. Son ton autoritaire ne laisse place à aucune marge de négociation :

– Et vous pensez que je vais vous croire sur parole ! Tous les jours des Allemands nous racontent n'importe quoi pour éviter d'être expulsés. Sans carte d'identité française, votre fils doit partir, c'est la loi ! Et je suis ici pour faire appliquer la loi !

Et comme pour mettre une pression supplémentaire à ses propos, les trois gendarmes qui l'escortent se saisissent de leurs fusils pour me signifier qu'il est préférable pour moi de ne pas m'opposer à ce que vient de dire leur chef.

Je fixe le gendarme dans les yeux. Devant ce mur infranchissable qui semble se dresser devant moi, je me mets à le supplier :

– Je vous en prie, capitaine ! Vous ne pouvez pas séparer des enfants de leur mère. Il faut me croire, mon fils Klaus est français. Je vous le jure sur la tête de ma famille. Vous ne devez pas l'expulser. Laissez-moi quelques jours et revenez, vous verrez que je dis la vérité.

C'est à ce moment-là que Mathias ouvre la porte de son appartement, visiblement intrigué par le bruit. Je saisis cette opportunité inespérée.

– Regardez, capitaine ! J'ai un témoin de ma bonne foi. C'est mon voisin. Il est derrière vous. Il s'appelle Mathias Winkler. Il est président du comité de la rue Mercière. Dis-lui, Mathias, ce que tu m'as expliqué hier soir ! Dis au capitaine que Klaus est bien français, et que ses papiers vont bientôt arriver ! Qu'il y a des retards en raison des pénuries. Je t'en prie !

L'officier se tourne vers Mathias. Mais celui-ci ne dit rien. Un seul mot de sa part aurait pu sauver Klaus du départ. Mais il ne parle pas. Il me regarde, lance un rapide coup d'œil à Bernhard puis referme sa porte en silence. Mon dernier espoir s'envole. Je rentre dans le salon et je m'écroule en pleurant.

Le capitaine lance alors à Bernhard :

– Monsieur, vous avez un quart d'heure pour vous préparer avec votre fils Klaus. Nicolas Heinrich restera avec sa mère.

Il s'adresse à l'un de ses subordonnés en élevant la voix et en prenant un ton administratif et militaire tout en continuant de te regarder :

– Brigadier, prenez note, s'il vous plaît, que l'enfant Nicolas Heinrich étant de nationalité française, preuve à l'appui présentée par sa mère, il ne peut pas être expulsé. Que l'avis d'expulsion ne concerne donc que le dénommé Bernhard

Heinrich et son deuxième fils Klaus, tous les deux de nationalité allemande, pour la raison d'atteinte à la sûreté publique. Prenez note que la mère ici présente, Marie Heinrich, a déclaré que son fils Klaus était de nationalité française mais qu'elle a été dans l'incapacité de fournir la preuve de cet état. Notez que seuls les deux ressortissants de nationalité allemande sont considérés ce jour comme des indésirables sur le territoire de la République française et que par conséquent en ce jour, 15 janvier 1919…

Il regarde sa montre, il est 7 h 30.

– À 7 h 45, ils seront escortés sous mon commandement jusqu'à la gare de Strasbourg-Neudorf où ils devront prendre le train à leurs frais pour la gare de la ville d'Offenbourg. Fin du rapport d'avis d'expulsion.

Tu t'apprêtes à refermer la porte mais le gendarme la bloque avec son pied.

– La porte doit rester ouverte, monsieur, car désormais vous êtes notre prisonnier jusqu'à la gare de Strasbourg et votre reconduite à la frontière. Nous devons vous garder à l'œil. Nous avons ordre de tirer sans sommation en cas de rébellion. Toute tentative de fuite est vaine. Elle serait vouée à l'échec car d'autres gendarmes attendent dans la rue.

Tu reviens dans le salon. Nous ne ressentons pas l'utilité de nous parler. Tout est dit. Nos destins prennent deux chemins opposés.

Le chef des gendarmes nous presse un peu. Il est bourru mais pas obtus. Il nous laisse un peu plus de temps que prévu pour nous préparer. Tu n'es pas français mais la nouvelle République conquérante installée en Alsace se rappelle tout de même que tu es un citoyen qui doit payer ses taxes et ses impôts. Tout doit être en règle avant ton départ. Je le sais. Je l'ai anticipé après l'avoir lu dans le *Courrier du Bas-Rhin*. Quand les journalistes racontent chaque semaine les expulsions des indésirables, ils n'omettent jamais, non sans un certain plaisir, de préciser que les Boches doivent régler toutes leurs dettes à la France avant de regagner l'Allemagne. Tu m'expliques que tu as décidé de tout me laisser et de n'emporter que quelques marks pour démarrer ta nouvelle vie.

– Ta nouvelle vie ? Quelle sera-t-elle avec Klaus ? Où vas-tu vivre ?

Je serre Klaus dans les bras et je te regarde.

Tu restes muet. Ta douleur ne peut s'exprimer. Tu l'intériorises alors que mes larmes coulent sans discontinuer. Je pleure sans bruit car je ne veux pas montrer mes blessures à ces foutus gendarmes qui viennent dévaliser notre bonheur. Nous sommes assis l'un en face de l'autre à la table du salon.

Je te fais signer des papiers de l'administration. Mes yeux sont baissés. Quelques larmes tombent sur une feuille. Tu me prends le menton et tu relèves ma tête doucement.

– Garde tout pour toi, Marie. Ne pleure plus. Je ne veux conserver de toi que le souvenir merveilleux de ton sourire et de ta joie de vivre. Et puis nous allons nous revoir très vite. Je ne pars pas très loin. Un pont et deux rives seulement nous sépareront.

Un léger mouvement apparaît à la commissure de mes lèvres, mais je n'ai pas la force d'aller plus loin. Il est impossible que mon sourire, aussi doux soit-il, recouvre tant de souffrance.

– C'est l'heure !

La voix du capitaine nous sort brusquement de notre monde de chagrin et de détresse. Tu te lèves, tu mets ta veste et ta casquette comme chaque fois que tu partais travailler à la taverne, puis tu me prends Klaus que j'ai du mal à te laisser et tu le cales dans ton bras droit. Tu attrapes ta valise de l'autre main. Je vais chercher Nicolas dans son berceau et le tiens dans mes bras.

– On y va, capitaine. Je suis prêt.

Nous nous regardons une dernière fois. Nous avons décidé secrètement de ne pas nous embrasser, par pudeur sans doute, mais surtout pour ne pas montrer notre désarroi. Ce moment me rappelle celui où tu partais au front sans assurance d'en revenir. Je ne supportais pas ces minutes qui précèdent le vide de la séparation. Je les abrégeais. Trop de douleur contenue.

Tu avances doucement dans le couloir. Je te suis. Quand tu arrives à hauteur des gendarmes, ils s'écartent et j'aperçois

Mathias et Anja juste derrière eux. Ils sourient. Les vautours sont sur la branche. Tu les ignores et te faufiles dans l'étroit escalier. Je te suis. Deux étages à descendre au quotidien ce n'est rien, mais aujourd'hui ces deux étages me semblent trop courts. En arrivant au rez-de-chaussée, tu marques un temps d'arrêt devant la porte d'entrée. Dans la rue Mercière, une foule compacte attend, silencieuse. Des banderoles – « Les Boches dehors », « L'Alsace aux patriotes » – sont brandies. Je reconnais quelques visages. Ils étaient déjà présents le jour de l'expulsion de M. et Mme Siegfried, les boulangers. Les expulsions sont tellement nombreuses qu'elles deviennent un rituel républicain dans lequel le troupeau des vainqueurs se vautre.

Pour contenir ce peuple voyeur, spectateur de notre détresse, les gendarmes ont formé un passage jusqu'à l'entrée du fourgon où tu dois prendre place avec Klaus. Mais le fourgon est positionné au milieu de la rue. Il faut faire quelques pas sur les pavés, sous les huées qui débutent, mais aussi des cris plus lointains.

– Avance !

Le capitaine se fait soudain plus agressif. Il te donne un coup de crosse sur l'épaule. Je sursaute. Je crie. Je lui dis d'arrêter. Derrière moi, un autre gendarme prend son fusil à deux mains, lève sa crosse et fait mine de me frapper si je ne stoppe pas. J'ai mal pour toi et Klaus, même si tu le protèges. Il pourrait au moins respecter un homme qui porte un bébé dans ses bras, non ? Pourquoi un tel changement d'attitude ? Lorsqu'il était dans l'escalier, il ne semblait pas si haineux. La foule qui commence à l'encourager le galvanise sans doute. Il faut montrer au peuple que la République française reprend ses droits, et le nouvel ordre doit s'incarner par l'autorité de ce gendarme. Tu avances lentement, fier, sans aucune peur. Tu ne résistes pas car tu es sur ton chemin de liberté alors que tout ce troupeau bêlant pense que tu es asservi. Enfin tu entrevois le bout de l'étroit boyau de gendarmes où tu échapperas aux hurlements. Tu grimpes dans le fourgon avec Klaus et ta valise. Un gendarme t'aide à monter. Tu nous regardes une dernière fois, puis tu disparais. Le fourgon démarre. La foule continue de te conspuer et se fait menaçante vis-à-vis de moi et de Nicolas. « La Boche, dans le fourgon, la Boche, dans le fourgon ! » Je fais mine de ne pas entendre et je rentre rapidement dans l'immeuble, sous la protection des gendarmes, Nicolas toujours dans mes bras.

Lorsque j'entre dans notre appartement, le vide s'installe. Immense. Un néant physique et émotionnel. La douleur de votre départ m'est insupportable. J'ai le sentiment que mon corps et mon âme s'en sont allés avec vous, qu'ils m'ont été arrachés. Nicolas dort dans son berceau. Je sais que désormais, il sera ma force tant que nous ne serons pas de nouveau ensemble.

Un mois a passé depuis votre expulsion sans que je reçoive aucun courrier de ta part, aucune nouvelle, rien. Je ne sais où tu vis avec Klaus.

Des informations nous parviennent de temps en temps sur ce qui se passe de l'autre côté du Rhin. On dit que les expulsés sont hébergés dans des centres de transit avant de se voir attribuer un logement provisoire. D'autres rumeurs laissent entendre que vous êtes laissés à l'abandon, qu'aucune autorité ne vous prend en charge, que c'est le chacun pour soi qui règne de l'autre côté de la frontière. Ceux qui ont des familles pour les héberger s'en sortiraient mieux que les autres, qui seraient laissés à la misère des rues. Dans quelles conditions vivez-vous ? Et mon petit Klaus, comment va-t-il ? Est-ce qu'il supporte l'absence de sa mère ? Mange-t-il à sa faim ? Certaines nuits, je fais des cauchemars terribles. Vous errez tous les deux dans les rues de la ville, dans le froid, à mendier de la nourriture. Une autre nuit je vous distingue allongés sur un trottoir dans la grisaille et sous la neige, maigres et tremblants. Tu serres Klaus contre toi pour lui apporter un peu de chaleur, mais vous ressemblez à deux cadavres devant lesquels les ombres funestes des passants marchent sans y prêter attention. Et puis il y a cette question lancinante et persistante que je me pose à chaque instant : êtes-vous bien restés à Kehl tous les deux ? Tu m'as promis que tu habiterais de l'autre côté du Rhin. Je suis obligée te faire confiance, mais qui sait si les circonstances, les autorités ne vous ont pas obligés à vous installer ailleurs, loin de Nicolas et moi, peut-être dans un autre land ? Je suis inquiète. Cette angoisse m'accompagne en permanence. Ce vide de toi et de Klaus est insupportable. Je vous aime tant.

Et puis un matin, enfin, je reçois une première lettre de toi. Anja, qui récupère chaque jour le courrier dans la boîte commune, me l'a apportée.

– Tiens, me dit-elle en lançant l'enveloppe sur le palier. Cela doit être ton Boche qui t'écrit !

C'est toi, effectivement. La lettre provient de Kehl… je suis rassurée avant même de l'ouvrir.

Ma petite Marie,

Je ne compte plus les jours de douleur sans toi et Nicolas depuis notre départ. Vous me manquez terriblement et je rêve chaque nuit de ce jour où nous nous retrouverons tous les quatre. Tout ce temps, j'étais dans l'incapacité d'envoyer des nouvelles car la directrice du centre d'accueil m'a dit que les autorités françaises saisissaient tout le courrier qui arrivait d'Allemagne par crainte des tentatives de déstabilisation de certains expulsés qui n'auraient pas renoncé à revenir un jour sur leur terre. Et puis la mesure s'est assouplie, j'ai pu aujourd'hui prendre la plume sans craindre que mon courrier soit envoyé à la poubelle.

Depuis notre arrivée, Klaus et moi sommes installés dans un refuge mis en place par les autorités du Bade-Wurtemberg pour recevoir les expulsés d'Alsace-Moselle. Les infirmières se sont occupées de Klaus dès le premier jour, et moi je me lève très tôt chaque matin pour aller chercher du travail afin que l'on puisse trouver rapidement un appartement dans lequel tu pourras peut-être venir vivre avec Nicolas. Mais il n'y a pas d'emplois. Les expulsés ne sont pas très bien accueillis par les habitants de la ville. Ils nous insultent souvent, nous traitent d'Alsaciens français, de lâches, mais également d'envahisseurs qui reviennent au pays pour manger le pain des vrais Allemands. Ils nous disent qu'ils n'ont pas besoin de nous et que l'on n'a rien à faire ici, que l'on doit retourner en Alsace, que notre terre est là-bas, même si elle est redevenue française. Les journées sont longues. Je passe tous les matins au bureau de l'emploi, mais l'agent qui gère mon dossier me répond systématiquement qu'il n'a rien à me proposer. Que la seule solution pour les gens comme nous c'est de partir, de quitter ce land qui ne veut pas des expulsés et d'aller vivre ailleurs pour nous faire oublier. La seule proposition intéressante de travail que j'ai reçue c'était il y a deux jours. Une lettre de mon cousin Ludwig dont je t'ai souvent parlé et que j'ai sollicité. Je lui ai écrit pour lui dire que je souhaitais travailler et quitter le centre de réfugiés le plus vite possible. Dans son courrier, il m'a dit qu'il dirigeait une grande brasserie à Munich, le Bürgerbräukeller, « la cave à bière du citoyen », et qu'il avait besoin de serveurs. Il m'a proposé de m'embaucher. C'est la première offre de travail depuis mon arrivée ici. Je n'ai pas encore répondu parce que je ne veux pas partir sans toi et Nicolas. Je veux rester ici pour vous retrouver. Je persiste à penser que je vais finir par trouver du travail à Kehl ou dans les environs, et que cette situation va bientôt prendre fin. Je passe mes journées avec Klaus. Quand le temps le permet, nous nous promenons tous les deux sur les bords du Rhin en regardant de l'autre côté de la frontière, et je pense alors à vous deux qui êtes si près mais en même temps si loin de nous. Comment allez-vous ? Êtes-vous en bonne santé ? Dis-moi vite. J'ai hâte d'avoir de vos nouvelles.

Il y a peut-être une possibilité que l'on puisse enfin se parler ou au moins s'apercevoir. Depuis peu, les autorités allemandes autorisent une fois par semaine les réfugiés à franchir la frontière sur quelques mètres sur le pont pour leur permettre de parler à leurs proches restés à Strasbourg. Les militaires du 4e Zouave qui gardent le pont côté français font de même. Ce petit moment d'humanité a lieu le mardi à 11 heures. Peut-être pourrais-tu venir mardi prochain ? Malgré la distance qui nous empêchera de nous toucher, de nous caresser, de prendre nos enfants dans nos bras, nous aurons la possibilité de nous voir pour entretenir l'espoir.

Ton Bernhard

Te voir avec Klaus, mardi prochain ! Mon Dieu, mais c'est inespéré ! Nous sommes vendredi. Il n'y a que trois jours à patienter. Trois maudites journées, mais qui recèlent tellement d'espoir. Je serre Nicolas dans mes bras. Il me regarde. À cet instant il ressent tout le bonheur que j'éprouve. Il répond à mon sourire. Je l'embrasse doucement sur le front et lui chuchote :

– Nous allons revoir ton père et ton frère mardi. Tu te rends compte ! Quelle joie !

Le mardi, je prends de l'avance pour faire le trajet. Il faut une demi-heure en tramway pour rejoindre le pont de Kehl depuis la rue Mercière. J'arrive à 10 h 30 au poste des douanes. Il y a déjà foule. Les gardes-frontières nous cantonnent dans un espace ridiculement petit. Je me renseigne sur la manière dont va se dérouler la rencontre. Est-ce que nous allons avancer sur le pont ? Y a-t-il un ordre de passage ? La distance nous permettra-t-elle de nous rapprocher de nos familles ? Combien de temps les verrons-nous ? Je questionne les gens autour de moi. Personne n'a de réponse à m'apporter. Soudain, nous entendons un grincement métallique insupportable, au point que tout le monde se bouche les oreilles. À une centaine de mètres de nous, au milieu du pont, des soldats dressent des barbelés qui s'étirent du bord droit jusqu'au bord gauche du pont. Quelques mètres plus loin encore, ce sont des soldats allemands qui font de même. Impossible de franchir ce double rideau d'acier, d'autant que, aussi bien du côté allemand que du côté français, deux rangées d'uniformes prennent position devant la ferraille pour nous signifier la limite à ne pas franchir. J'analyse très vite la situation. Vu la distance entre les deux rangées de barbelés, environ cinq mètres, auxquelles il faut ajouter les deux rangées de soldats qui seront devant nous, aucune intimité ne sera possible. Je m'y attendais.

Un caporal nous fait signe de venir à sa rencontre et nous dit :

– Vous allez avancer dans le calme jusqu'aux soldats. Les femmes avec les enfants sont prioritaires et marcheront en tête. Mais attention, vous êtes prévenus ! Les soldats tireront au moindre mouvement de désordre. Une fois que vous les aurez rejoints, vous avez dix minutes pour parler à vos proches, pas une de plus. Quand je vous donnerai l'ordre de vous retirer, obéissez-moi, sinon cela se passera très mal pour vous ! Dix minutes ! Est-ce que tout le monde a bien compris la consigne ? Maintenant !

La masse fait mouvement.

Je suis au premier rang. Nicolas est dans mes bras. En marchant, je fixe l'horizon allemand de l'autre côté du pont, où un cortège similaire, distant de trois cents mètres est en train de nous rejoindre. Je te cherche, mais ce flot informe est encore trop éloigné pour distinguer qui que ce soit. Puis les deux groupes se rapprochent et enfin je t'aperçois, avec Klaus dans tes bras. Tu me cherches du regard puis tu me repères enfin. Tu as maigri. La pâleur de ton visage m'effraie, mais je fais tout pour dissimuler mon inquiétude. Dans notre malheur, nous avons un peu de chance. Je me retrouve devant un soldat plus petit que moi d'une tête et toi aussi. Nous pourrons parler. Nous nous sourions, nous sommes émus. Klaus me fixe. Je l'appelle :

– Mon bébé, c'est maman, c'est maman... Et regarde ici... c'est Nicolas, ton frère.

Même s'il est encore tout petit, Klaus me reconnaît comme Nicolas reconnaît son père. Je ne peux pas m'empêcher de pleurer tant l'émotion me submerge. Je ne peux pas toucher mon enfant alors qu'il se trouve à quelques mètres de moi. C'est une torture indéfinissable. Je hais ces soldats, ces barbelés, cette frontière et ces hommes qui nous séparent. Nous parlons vite, car le temps nous est compté. Tu me dis que tout va bien, mais je sais que tu me dis cela uniquement pour me rassurer. Je te réponds :

– Non !

– Non ?

Tu as l'air surpris.

– Non ! Rien ne va ! Nous sommes toujours séparés et je ne le supporte plus !

– Alors viens me rejoindre à Kehl, et nous partirons.

– Je ne deviendrai jamais allemande. Combien de fois faudra-t-il que je te le répète ! Je resterai française car ma famille a toujours été française bien avant 1870 !

Tu me regardes avec détresse. Tu devais sans doute penser que la difficulté de la séparation aurait raison de ma volonté de rester de ce côté de la frontière. Je perçois une immense déception dans tes yeux. Mais je ne cède pas.

– Est-ce que tu as reçu la carte d'identité française de Klaus ?

– Non, toujours pas.

– Alors Klaus reste allemand et ne peut revenir en France. Nous allons partir. Nous n'avons pas le choix.

Je blêmis.

– Partir… Mais où cela ?

– Je te l'ai écrit dans ma lettre. J'ai trouvé du travail à Munich. Je n'ai pas le choix, Marie. Ici il n'y a rien. Aucun boulot pour moi. Dans le refuge, nous avons à peine de quoi nous nourrir. Dans la lettre je t'ai écrit que je n'avais pas encore donné ma réponse. Mais hier j'ai accepté ce travail. Ludwig me logera provisoirement chez lui en attendant que je trouve un appartement. Nous partons demain avec Klaus.

Je suis effondrée. Je ne peux pas y croire.

– Tu as accepté sans même me demander mon avis ? Mais ce n'est pas possible ! Tu ne peux pas emmener Klaus avec toi. Je veux récupérer Klaus ! C'est mon fils !

Devant mon énervement et malgré sa petite taille, le soldat me repousse énergiquement :

– Calmez-vous, madame, sinon…

– Sinon quoi ? Sinon quoi ? Vous allez me tuer ici ? Devant mon mari et mes enfants ?

– Calme-toi, Marie. C'est la seule solution. Elle est provisoire, mais c'est la seule solution.

Le soldat se tait. Je me mets à hurler :

– Non, je ne me calmerai pas ! Je veux récupérer mon enfant !

Nicolas pleure. Klaus pleure. Bernhard ne sait plus quoi dire, mais je vois bien sur son visage que sa douleur est similaire à la mienne. Je ressens à cet instant qu'il sera très difficile de nous revoir et de revoir Klaus. Alors je bascule un instant dans une sorte de folie violente, telle une lionne qui défend ses petits. Je dépose avec fermeté Nicolas dans les bras d'une femme qui se tient à côté de moi, je bouscule le soldat et tente de traverser les barbelés pour arracher Klaus des bras de

Bernhard. C'est le geste désespéré d'une mère qui ne veut pas abandonner son enfant. Je pleure, je crie, je me débats quand les soldats m'agrippent pour me remettre dans le rang. Tout le monde regarde cette tragédie humaine en silence, chacun ayant déjà ses propres malheurs à gérer. Les soldats finissent par me repousser sans ménagement. Je tombe sur le sol, un cercle se forme autour de moi et trois soldats me mettent en joue. Le caporal apparaît en hurlant.

– Si vous bougez, je donne l'ordre de tirer !

Je renifle, les yeux embués de larmes. Je retrouve mon calme. Deux soldats me soulèvent brusquement. Ils me remettent sur pied. La femme me rend Nicolas dont les yeux sont empreints de terreur devant une telle violence. Je suis finalement expulsée du groupe. Je me retrouve loin de la zone de séparation, toujours mise en joue par d'autres soldats qui me barrent désormais la vue. J'ai entendu tes mots. Tu as essayé de me défendre en insultant les zouaves français en allemand, en leur interdisant de me toucher. Tu leur as hurlé que tu reviendras un jour pour te venger et vivre sur ta terre. Puis les soldats allemands t'ont également expulsé sans ménagement du groupe. Je cherche ton regard.

Tu as disparu avec Klaus. Je suis désespérée. C'est à cet instant précis que je prends ma décision. Elle sera irrévocable. Je décide de quitter la ville avec Nicolas, cette terre meurtrie par la douleur, la mort et la haine. Et puis il y a ce vide de mon enfant que je ne peux pas surmonter dans ce lieu où nous avons tant de souvenirs. Klaus n'est plus à mes côtés depuis tant de semaines, je n'ai jamais cessé de penser à lui. En revenant du pont de Kehl, en pénétrant dans l'appartement, je suis prise d'une sensation de vertige, de chute inexorable. Une nouvelle fois chaque objet, chaque pas, chaque odeur me ramène à lui. Le visage de Nicolas, son sourire, ses pleurs, ses colères, ses impatiences et ses joies me rappellent sans cesse que mon autre enfant n'est pas avec moi. Plus je le serre dans mes bras par amour, plus le manque de Klaus est immense. Quand je regarde Nicolas, je vois Klaus en même temps et la douleur de son absence prend le pas sur le bonheur d'être avec Nicolas. J'ai besoin de vivre avec mes deux êtres, de sentir leurs corps, leurs âmes auprès de moi.

Deux jours plus tard, Anja tape à ma porte, une enveloppe dans la main gauche.

– Tiens, me dit-elle en me tendant l'enveloppe. Je crois que c'est ce que tu attends.

J'ouvre. C'est la carte d'identité française de Klaus. Je la regarde et la glisse dans la poche de mon tablier sans dire un mot. Je la serre fort dans la paume de ma main, tout en lançant un regard de défi à Anja et en me promettant secrètement d'agir chaque instant de ma vie dans le but de faire revenir Klaus en France à mes côtés. Avec la photo du 11 novembre, elle ne me quittera plus.

Nouvelle vie

J'ai fait le choix du départ et, en ce mois de juin 1919, je ne le regrette pas. Dans la France de l'intérieur, il y avait mille endroits pour m'installer avec Nicolas et fuir ces sentiments d'abandon, d'absence et de désespoir qui m'ont envahie après ta décision de partir pour Munich. Je voulais quitter l'Alsace. Être très loin. Pour laisser derrière moi cette douleur. Dans un lieu reculé, presque oublié du monde. Je voulais fuir et très vite. Mais il m'a fallu du temps. Beaucoup de temps. La France de l'après-guerre est meurtrie dans sa chair, et même si les hommes manquent dans les villes et les champs, il n'est pas facile pour une femme seule avec un enfant de trouver du travail. Surtout quand on est originaire des anciennes terres de l'Empire allemand. Le soupçon règne partout. À chaque fois que je réponds à une offre de travail proposée et publiée dans le *Courrier du Bas-Rhin*, je reçois les mêmes questions : *Vous êtes seule ? Avec un enfant ? Mais pourquoi ? Où est votre mari ? Il est mort ? Mais de quel côté a-t-il fait la guerre ? Comment ? Il était dans les tranchées allemandes ? Votre mari était allemand ? Et vous aussi, vous étiez allemande ? Alors pourquoi vous n'avez pas été expulsée avec lui ? Vous avez sa carte militaire ? Vous comprenez, une femme seule… c'est compliqué de l'accueillir… surtout une Française d'origine allemande. Cela ne serait pas bien vu dans la ville (ou au village). On vous écrira.* Je désespérais de quitter Strasbourg. Pour moi, la rue Mercière, le quartier et la ville sont très vite devenus invivables. J'étais considérée par tous ces nouveaux Français comme la femme du Boche, et même comme la Boche qui avait osé abandonner son mari et son enfant. Celle qui avait refusé de le suivre dans son pays et préféré rester en France était forcément suspecte.

Certains ne cachaient pas leur haine et même la honte que je faisais planer sur tout le quartier par mon choix. J'ai très vite compris qu'ils ne m'accepteraient jamais comme française.

Et puis un matin, il y a eu cette réponse dans ma boîte aux lettres. Une épicière d'un village de Côte-d'Or recherchait une aide-vendeuse pour son magasin. C'était urgent. Pas très cher payé, mais un salaire suffisant pour vivre avec Nicolas et le nourrir.

La dame se proposait même de me trouver un logement dans le village. Elle m'écrivait que ma photo, jointe à la lettre en réponse à son annonce, lui avait plu. Elle me trouvait jolie et je lui semblais sympathique. Elle ne mettait qu'une condition à ma venue : comme je lui avais écrit dans ma lettre que j'étais veuve de guerre avec un enfant, il fallait que je lui envoie un certificat de décès de mon mari. *Vous comprenez*, écrivait-elle, *une fille-mère au village, cela peut faire parler. Une veuve, c'est différent.*

Visiblement, en France de l'intérieur, on n'est jamais trop prudent avec les anciens ennemis. Il fallait maintenant que j'assume mon mensonge et que j'obtienne ce faux certificat. Cela s'est rapidement réglé en soulageant mon portefeuille de quelques billets pour Anja, qui est allée elle-même distribuer cet argent à un obscur fonctionnaire corrompu du commissariat de la République.

Mon nouveau mari s'appelait Walter Vogel. Le sergent Vogel. Il n'avait jamais existé dans la réalité, mais sur le papier il était bien mort à Verdun en héros. Du bon côté cette fois. Je l'avais dit à Anja : « Trouve-moi un mort, mais un bon mort. Je pars dans la France de l'intérieur, je ne peux pas être une veuve allemande. Il faut que je sois une veuve de guerre française. »

Sur la photo, Walter Vogel était ventru et avait un gros fessier. Entre ses joues roses potelées et pleines de taches de rousseur trônait un nez aux narines très larges, pareilles à celles d'un goret. Jamais je n'aurais pu épouser un homme aussi laid ! J'ai demandé sur un ton amusé à Anja où elle l'avait trouvé. Elle m'a répondu :

– Contente-t'en et ne pose pas de questions. D'accord ?

– D'accord.

Walter Vogel m'a ainsi accompagnée durant tout mon voyage. Une présence administrative bien utile. Une nouvelle fois, et grâce à Mathias qui était trop heureux de nous voir partir, j'ai obtenu moyennant quelques marks supplémentaires auprès d'un fonctionnaire véreux deux nouvelles cartes d'identité au nom de Vogel. Marie et Nicolas Vogel. Il faudrait que je m'habitue à ce nouveau nom et qu'Heinrich ne soit plus qu'un souvenir.

Bligny est le lieu que je cherchais. Juste la veille de mon départ, j'ai envoyé une lettre à Bernhard pour lui expliquer les raisons de mon départ et l'adresse où il pourrait m'écrire. Je lui ai spécifié ma nouvelle identité et que désormais s'il devait m'écrire, il devrait adresser ses lettres au nom de Marie Vogel. Je ne me suis pas étendu sur mon changement d'identité. De toute manière il ne l'aurait pas compris. Bligny était un bout du monde construit pour l'oubli de soi et de son passé. La destination idéale pour construire notre avenir. Le village est situé au fond d'une vallée verdoyante dans laquelle coule une rivière, l'Ouche, qui serpente entre les champs et les arbres. Le voyage a été long et éprouvant : Strasbourg, Mulhouse, Dijon, puis enfin cette petite ligne entre le pont de l'Ouche et Épinac, la gare finale, dans le département voisin. Le train faisait un arrêt bien pratique à la gare de Bligny.

Jeanne l'épicière m'avait prévenue : elle ne pouvait pas venir me chercher car il lui était impossible de laisser son magasin ouvert sans surveillance. Elle avait donc dépêché son frère pour me récupérer. Le contrôleur m'a aidée à descendre mes deux valises du wagon et je me suis retrouvée sur le quai avec Nicolas qui reposait sur mon bras droit sans me quitter du regard.

Félix est arrivé. Il est petit, trapu, il a une tête ronde et joviale et porte une fine moustache. Je l'apprendrai plus tard, Félix est ajusteur-fraiseur dans la fonderie qui jouxte le village. Ses yeux malicieux et chaleureux me détaillent.

– Marie Vogel ?

– Oui.

– Je suis Félix, le frère de Jeanne. La Jeanne, elle ne pouvait pas venir. Vous avez fait bon voyage ?

Félix a un drôle d'accent, avec des intonations inconnues pour moi. Il roule ses « r », avec une sonorité qui semble très proche du « l ». Sans doute une particularité locale, à laquelle s'ajoute celle de mettre un « le » ou un « la » devant les prénoms.

– Oui, mais cela a été très long. Je suis épuisée.

– Je vais y prendre votre valise, Marie. Je vais y prendre, laissez-la. J'y fais ! Ne vous inquiétez pas.

Décidément, cette manière de parler me surprend. Félix soulève mes valises et me conduit jusqu'à sa carriole qui est garée devant la gare.

Il m'aide à monter sur le siège à ses côtés avec Nicolas qui s'est rendormi, puis nous quittons les lieux.

– Nous serons au village dans dix minutes !

Un coup de fouet et la carriole démarre. Nous cheminons lentement au rythme de la mule sur la route de la gare puis nous tournons à gauche sur la route d'Arnay-le-Duc, le village voisin que nous laissons derrière nous. En chemin, je raconte à Félix mes deux journées éprouvantes. Lui ne dit rien. Il ne me regarde même pas, mais je sens que plus je m'adresse à lui, plus il se recroqueville. Finalement, face à ce mutisme, je cesse de parler et un silence s'installe entre nous. Je ne comprends pas ce mutisme, lui qui était si chaleureux au début. Enfin nous arrivons devant le magasin. Il est situé place de l'Hôtel-de-Ville en plein centre du village. Je me rends très vite compte que c'est un emplacement parfait car, quelle que soit la direction qu'ils empruntent pour vaquer à leurs occupations, les Bélinéens sont obligés de passer devant la devanture de Jeanne. Un point de rencontre idéal pour se tenir au courant ou échanger des potins. Félix m'invite à entrer.

L'intérieur de la boutique n'est pas très grand, mais de taille suffisante pour se mouvoir à deux sans se gêner. Il règne une forte odeur d'épices, de confiseries sucrées à la réglisse, de poivre, de charcuteries émanant de jambons et saucissons qui pendent à des crochets. Un bouquet d'arômes qui peut très rapidement vous faire tourner la tête.

J'ai subitement une légère nausée.

– Tu t'y habitueras, Marie !

Félix a retrouvé sa voix. Son ton soudainement familier est autoritaire, ce qui ne manque pas de me surprendre, mais je n'y prête pas attention. Jeanne fait son apparition.

La ressemblance avec son frère est frappante. Elle est petite, replète, une bouille ronde et de petites lunettes cerclées entourent le même regard que Félix, perçant et rempli de malice. J'ai du mal à lui donner un âge. Plus très jeune, mais pas encore assez âgée pour avoir renoncé à la vie. Je l'apprendrai plus tard, Jeanne souffre intérieurement comme toutes les femmes dont l'âme a été tranchée en une seconde par un éclat d'obus. Son mari Fernand était cuisinier à l'arrière du front. Comme mon Bernhard. Quatre ans à faire bouillir la tambouille pour des futurs cadavres, comme il disait. Cela vous forge une volonté pour l'avenir si vous avez la chance de survivre au grand massacre, mais aussi un entêtement, une fois la paix retrouvée, une volonté de nourrir tout simplement pour la vie et non plus pour la mort. C'est ce que désirait Fernand. Lors d'une de ses permissions, il avait racheté une brasserie près de la gare de Dijon. Elle devait ouvrir à la fin des hostilités. Et puis soudain, l'anéantissement qui tombe du ciel, qui fauche au hasard et qui vous embarque pour l'éternité. Pour Jeanne, ce fut terrible. Son Fernand est mort le 11 novembre, le jour de l'armistice, à 10 h 58 très exactement. Deux minutes plus tard, le son du clairon annonçant le cessez-le-feu sonnait dans les oreilles des poilus.

Fernand n'avait pas eu cette chance. Son corps pulvérisé n'avait jamais été retrouvé par le service de santé de son unité. Le néant en une fraction de seconde. Les médecins n'avaient récupéré que des petits bouts de chair du cuistot mélangés aux marmites, au milieu de la ferraille fumante de sa cantine de campagne. Pas de quoi reconstituer un corps pour le mettre dans un cercueil et le rendre à Jeanne.

Au cimetière de Bligny, il y a seulement son nom sur une pierre tombale, en attendant le futur monument aux morts. Quand Jeanne va se recueillir, elle sait qu'elle prie devant du vide et qu'il n'y a même pas de cercueil sous terre contenant les restes de son bien-aimé. Elle n'a jamais pu faire réellement son deuil. C'est sans doute cela le plus difficile à vivre pour elle. Adieu la brasserie. Adieu les rêves de la ville, d'argent et de vie plus aisée. Jeanne est restée au village. Comme toutes les veuves de guerre, elle a enfoui et refoulé sa douleur car il fallait remplacer très vite Fernand à l'épicerie. C'est pour cela que Jeanne m'a embauchée : pour remplacer un mort.

Elle me scrute intensément, de haut en bas, comme un maquignon jaugerait un cheval avant d'en fixer le prix. Elle m'accueille avec une pointe de gentillesse, sans chaleur excessive. Elle regarde Nicolas et, avec un léger mouvement de la tête, me demande :

– Quel âge il a, le petiot ?

– Il est né le jour de l'armistice, le 11 novembre.

– Tu n'en as qu'un ?

Klaus n'est pas dans mes bras mais si présent dans ma mémoire… Pourquoi cette femme me pose-t-elle cette question ? Comme s'il était marqué sur mon visage que j'avais deux enfants que je souhaitais lui en cacher un.

– Oui, un seul !

Un court silence s'installe entre nous. Jeanne ne laisse transparaître aucune émotion. C'est plus tard qu'elle me racontera le destin de Fernand. De son homme.

– Le 11 novembre ? À quelle heure ?

– En début d'après-midi. À 14 heures.

– Oh ben voilà ! C'est bien ! Après le malheur, un petit gars du bonheur ! Tu as fait un bon voyage ?

– Oui, mais fatigant.

– Entre donc !

Jeanne nous fait passer dans l'arrière-boutique. Nous nous asseyons toutes les deux autour d'une table. Félix reste debout derrière sa sœur, les bras croisés, il me dévisage.

– Alors, ma petite Marie, te voilà bien arrivée chez nous.

Jeanne me tapote les mains comme elle pourrait flatter un chien assis à ses pieds, mais je le prends comme une marque d'affection.

– Comme je te l'ai dit dans ma lettre, les conditions de travail sont simples. Six jours sur sept au magasin à m'aider à la vente, tout en travaillant dans le dépôt pour apporter la marchandise. Le septième jour, tu as droit à ton repos. C'est le dimanche. De toute manière, le magasin est fermé mis à part pour les livraisons de vin pour les bars des villages du canton. Mais ça, c'est Félix qui s'en occupe. Il m'aide le dimanche parce que livrer le vin dans les bistrots, ce n'est pas le travail d'une femme, donc le dimanche tu disposes de ta journée. Tu es payée un franc pour jour. Tu logeras au premier étage dans la chambre à gauche, au fond du couloir. Est-ce que cela te convient ?

Je lui réponds calmement :

– Oui, Jeanne, cela me convient parfaitement.

Félix me fixe toujours sans bouger.

– Bien, maintenant, montre-moi ton certificat de veuvage.

Je sors Walter Vogel du fond de mon sac. Non seulement il est toujours gros et laid, mais en plus son visage est désormais plissé comme du papier mâché. Jeanne n'y prête aucune attention. Elle le regarde sans émotion particulière et me rend le certificat.

– Toutes nos condoléances, me dit enfin Félix. Il est mort où ?

– À Verdun.

– Et de quel côté il était ?

Sa question manque de me faire défaillir, mais je m'y attendais. Je pense aussitôt à Anja et je me dis que j'ai bien fait d'exiger le certificat d'un soldat français. Félix, visiblement, est dubitatif. J'essaie de le convaincre.

– Côté français ! C'était un soldat français !

Jeanne intervient de sa voix douce :

– Allons, allons… Félix est un peu énervé depuis son retour de la guerre. Il se réadapte difficilement à la vie civile et à la paix. Il faut le comprendre. Depuis que je lui ai dit que tu venais d'Alsace et que tu étais veuve de guerre, il se méfie. On le sait tous, en Alsace, vous, les veuves, vous êtes un peu spéciales. Vous étiez allemandes, vos maris étaient allemands et ils sont morts sous les balles françaises. Mais ils ont aussi tué beaucoup de Français. Alors là, on se pose des questions avec Félix. Dans le village aussi les gens s'interrogent. Comment se fait-il que ton mari soit un poilu ?

En quelques secondes, je leur invente une histoire mêlant celle d'un homme qui n'a jamais existé avec mon histoire personnelle. L'histoire d'un homme qui a toujours été profondément français, dont la famille était française depuis 1870 et qui, refusant que l'Alsace soit allemande, s'est opposé à son incorporation dans l'armée de l'Empire, et qui a décidé de fuir l'Alsace le 3 août 1914, le jour où l'Empire allemand a déclaré la guerre à la France, pour s'engager dans les troupes françaises, car il ne pouvait pas imaginer combattre ses frères gaulois. Je leur explique que Walter est un bon Français qui n'a pas abandonné sa femme, puisque c'est moi qui ai fait le choix de rester à Strasbourg, et que je ne l'ai jamais revu car lorsqu'il avait des permissions il ne pouvait pas venir me retrouver en Alsace, toujours terre allemande et ennemie. Je leur invente l'histoire d'un homme que j'ai épousé à dix-huit ans et qui est mort l'année de mes vingt ans. J'ai bien joué la comédie. Mes yeux se mouillent d'émotion car je ne pense pas à ce gros benêt de Vogel, mais à Bernhard et Klaus, mes deux chéris dont je suis sans nouvelles depuis leur départ pour Munich. Mon récit semble véridique tant je mets de cœur à le raconter.

Je viens d'éclater en sanglots lorsque Jeanne m'arrête en glissant doucement ses mains sur les miennes et en les tapotant comme une mère pourrait le faire pour rassurer son enfant angoissé.

– Tout va bien, Marie. Tout va bien. Nous te croyons.

Elle se retourne vers son frère.

– Hein, Félix ? Tu la crois, la Marie ! Dis quelque chose !

Félix change complètement d'attitude. Il s'assoit à côté de moi et me dit doucement :

– Ne t'inquiète pas, tout va très bien se passer. Nous sommes rassurés.

À cet instant, son regard est différent. Je sens qu'il n'est pas insensible à ma beauté. Son regard est devenu plus doux. Jeanne n'est pas dupe du changement d'expression de son frère.

– Bien ! dit-elle d'un air autoritaire en redressant son buste penché vers moi et en tapant sur ses genoux. Tu seras au comptoir avec moi, tu pourras rassurer les villageois, je n'ai aucune inquiétude. Tu es une bonne Française, pas une ancienne Boche, j'en suis certaine. Il faudra un jour ou l'autre te trouver un nouveau mari. Un bon gars d'ici qui te fera d'autres enfants. On ne peut pas rester veuve toute sa vie, surtout quand on a ton âge !

Je ne sais pas ce qui me pousse à regarder Félix au moment où Jeanne prononce ces paroles. Nos regards se croisent. Un échange discret, mais explicite.

Le lendemain, je me lève tôt. Jeanne m'a prévenue : il y a un peu de rangement et de préparation à effectuer avant l'ouverture. Ce que je fais avec attention en suivant bien ses consignes. « Il faut que tu mémorises les emplacements car un produit mal rangé, c'est du temps passé à le chercher, c'est un client qui s'énerve, et peut-être une vente perdue », me répète Jeanne. J'apprends mon nouveau métier en silence et avec humilité. Après avoir avalé un café réchauffé au feu de bois du poêle de la cuisine, je m'installe debout derrière le comptoir pour ma première journée de travail.

J'ai une boule au ventre. Jeanne est à mes côtés. Elle ne me quitte pas un instant. Je ne me suis pas trompée. Le magasin est bien le centre de la vie du village. Dès l'ouverture, à 7 heures, des clients défilent au rythme lent d'humains qui ne sont pas encore immergés dans leur journée, mais plus vraiment dans leur nuit. Ils font sonner la clochette de la porte en pénétrant dans la boutique, puis ressortent au même son léger. Des « Bonjour, Jeanne ! » et des « Bonne journée ! » en réponse à leur « Au revoir » se succèdent. Les premiers arrivés sont les ouvriers de la fonderie qui embauchent une demi-heure plus tard. Ils viennent remplir leur gamelle de quelques tranches de lard, de saucisson ou de jambon cuit, et n'oublient surtout pas d'acheter leur litre de pinard, du rouge, qui les aide à supporter le labeur qui les attend.

Les écoliers les suivent de peu. Les enfants n'achètent rien. Ils attendent quelques instants, la main tendue, les yeux encore pleins de sommeil en pouffant de rire, heureux de la dernière blague qu'ils se racontent, pendant que Jeanne leur prépare une poignée de bonbons qu'ils dégusteront en cachette dans la salle de classe, au moment où leur maître tentera de faire entrer dans leurs petites têtes de paysans quelques formules mathématiques. Jeanne ne leur fait rien payer. Face à mon étonnement, elle m'explique :

– Quand les enfants viennent, les parents suivent toujours, et eux ils achètent.

Effectivement, je le constaterai les jours suivants, lorsqu'ils déambulent devant la boutique, les parents font toujours une petite halte chez Jeanne, d'autant que leurs gamins leur répètent à longueur d'année qu'elle est gentille puisqu'elle leur donne des bonbons. La gratuité présente contre de futurs bénéfices. Un choix judicieux.

En fin de matinée, arrivent les femmes des ouvriers. Tout le monde les surnomme « les ménagères ». Ce ne sont pas les femmes des paysans qui, elles, sont aux champs. Les ménagères viennent remplir leurs cabas de nourriture avant de filer chez elles pour préparer le repas de la famille.

– L'heure des ménagères, c'est un moment important dans la journée, me chuchote Jeanne à l'oreille. Il faut les laisser cancaner et médire. Lorsqu'une ménagère bavarde, même de manière malveillante, elle t'apporte toujours une information sur la vie du village, et c'est précieux pour les affaires.

Derrière les yeux doux et brillants de Jeanne se cache une redoutable commerçante. Tout ce temps est rythmé de manière très précise, comme si chacun, musicien d'un orchestre invisible, connaissait sa partition par cœur et s'amusait à la rejouer chaque matin avec délice.

Comment les villageois vont-ils m'accueillir ? Cette première journée est finalement un cauchemar. Mon accent germanique rebute tout le monde. Mon passé aussi. Personne ne m'adresse la parole. Même au moment le plus intense de la journée, lorsque les clients font la queue en attendant d'être servis, tous font la conversation à Jeanne après m'avoir regardée de manière hautaine ou suspicieuse. Jeanne a beau faire des efforts, aucun contact ne se noue entre les villageois et moi. Elle me présente à tout le monde :

– C'est Marie, ma nouvelle employée. Elle travaille bien. Elle est gentille, vous savez. C'est une bonne fille. Elle a eu des douleurs.

Les mots de Jeanne, aussi aimables soient-ils, s'évanouissent sur les visages graves et impassibles. Jeanne ne s'en rend pas compte, mais des douleurs, tout le monde en a eu, ou presque. Personne ne sort indemne d'un massacre qui a duré quatre ans et d'un suicide collectif d'une telle ampleur. Alors, ma douleur, les villageois s'en fichent pas mal. Ils doivent déjà beaucoup puiser dans leur propre énergie pour surmonter leurs souffrances. La Boche alsacienne n'est pour eux qu'une représentation physique et bien réelle d'un ennemi qui a soustrait de leur vie des êtres qu'ils aimaient et à jamais engloutis.

Les journées se suivent et se ressemblent. Personne ne me parle, sauf le facteur, Ferdinand. Il est gentil, Ferdinand, avec sa casquette, sa grosse moustache, sa sacoche en cuir remplie de courrier, sa capote postale bleu-gris et sa plaque métallique indiquant « Administration générale des Postes ». Il est jeune, il porte bien, il est toujours souriant et serviable. Tous les matins, c'est moi qui réceptionne le courrier de ses mains longues et fines, puis je le confie à Jeanne. Mais un matin, Ferdinand a perdu son sourire. Il me tend le courrier l'air inquiet.

Je m'en étonne :

– Ça ne va pas, Ferdinand ? Tu es malade ? Il y a eu un malheur chez toi ?

– Tiens, Marie, c'est le courrier du jour. Il y a une lettre pour toi.

Puis il s'approche et me glisse doucement à l'oreille :

– Je sais d'où vient ton courrier. Il vient d'Allemagne. À la poste, ils ont tout vu. Ils savent pour la lettre. Ils disent que tu es une traître à la patrie parce que tu reçois du courrier des Boches.

– Je ne comprends rien à ce que tu me racontes, Ferdinand.

– Regarde ! me dit-il énervé en montrant le paquet ficelé.

Puis il tourne les talons, fait sonner la clochette de la porte en sortant pour poursuivre sa tournée.

Je regarde ce que je tiens dans la main. Il y a, comme tous les matins, principalement des factures de fournisseurs, des commandes aussi, que des paysans dont la ferme est trop éloignée du village viendront récupérer dans quelques jours. Il y a le quotidien du jour, *Le Bien public*, avec son titre à la une : « Les Allemands ont signé : justice est faite ». Nous sommes le 28 juin 1919, et le monde entier a les yeux rivés sur Versailles. Et puis il y a cette autre lettre en dessous du paquet de courrier qui attire mon attention. Elle est différente des autres. Elle ne vient pas de France. Son papier est très légèrement jauni, comme si le temps avait fini par effacer sa couleur à force d'errer de poste en poste. Elle vient d'Allemagne. Elle est partie de Munich il y a plus d'un mois. Elle m'est adressée :

Marie Vogel. Chez Jeanne Desogère
8 place de la mairie
Bligny-sur-Ouche
France

Cette écriture m'est familière. Elle est unique. Je pourrais la reconnaître entre mille. C'est celle de Bernhard. Et Klaus, mon petit. Mon tout petit. Comment va-t-il ? Dans cette lettre, tu me donnes sûrement des nouvelles de lui, de sa santé. Peut-être m'as-tu envoyé une photo de vous deux, dans votre appartement ?

Malgré mon empressement à vouloir te lire, mon Bernhard, je n'ouvre pas la lettre. Je n'ai pas le temps. Il y a trop de travail. Je la cache dans ma poche. Je te lirai ce soir, une fois, dix fois, cent fois peut-être, lorsque je serai seule dans ma chambre avec Nicolas endormi à mes côtés. Six mois sans nouvelles, tu dois en avoir des choses à me raconter. Seront-elles bonnes ? Je l'espère. Je suis prise d'un soudain tremblement incontrôlable. L'émotion sans doute.

Jeanne arrive dans mon dos.

– Tu vas bien, Marie ? Pourquoi tu trembles comme ça ? Quelque chose ne va pas ?

Elle m'a vue glisser la lettre de Bernhard dans ma poche.

– C'est quoi cette lettre que tu caches, Marie ?

– Ce n'est rien, juste une lettre sans importance.

– Une lettre n'est jamais sans importance, surtout à notre époque, et surtout quand elle vient d'Allemagne.

Jeanne voit tout. Elle sait tout, devine tout. Comprend tout. Rien n'échappe à sa sagacité. Si je ne peux rien lui cacher des événements qui peuvent advenir dans sa maison, en revanche elle ne maîtrise pas mon art du mensonge et de la dissimulation. Je peux encore lui cacher mon âme et mes pensées. Mon seul souci dans les jours à venir sera qu'elle ne découvre pas qui a réellement écrit cette lettre. Il me faut donc trouver une cachette imparable pour y déposer cette autre partie de ma vie, dans laquelle personne ne devra pouvoir pénétrer. Bernhard m'enverra d'autres courriers auxquels il faudra, d'une manière ou d'une autre, que je réponde.

Alors devant Jeanne, après Walter Vogel, je m'invente de nouveau un passé qui n'existe pas. Je lui explique que c'est une lettre d'un cousin éloigné – assez âgé pour ne pas avoir fait la guerre qui habite Munich. Il s'est occupé de moi au décès de mes parents, à Strasbourg, avant de me déposer à l'orphelinat après avoir trouvé du travail en Bavière. J'anticipe l'avenir et les futurs courriers de Bernhard en expliquant à Jeanne que nous sommes en correspondance depuis des années. Les villageois devront comprendre qu'échanger du courrier avec l'Allemagne n'est pas un acte de haute trahison, mais simplement la volonté de maintenir le seul lien qui me relie aujourd'hui à ma famille disparue.

Jeanne croit-elle à cette histoire ou fait-elle semblant d'être convaincue pour protéger ses affaires ? Elle me fixe droit dans les yeux :

– Je te crois, Marie. J'irai moi-même expliquer ton passé aux agents de la poste et à Ferdinand. Il faut que cela cesse. J'ai vu leur manège. Il faut que les villageois cessent de t'ignorer dans le magasin. Mais pour cela, ma petite Marie, il va falloir que tu m'aides.

– En faisant quoi ?

– La seule solution pour devenir une vraie Française, c'est que tu épouses un gars du canton. Il faut le faire très vite, sinon cette situation continuera et tu seras obligée de faire tes valises et de retourner d'où tu viens. Il faut les comprendre, Marie, aux yeux des villageois tu es une Boche. Une simple Boche redevenue française grâce à la victoire et au sang versé par les poilus. Tous ici te considèrent comme redevable de ce sang versé. Pour eux, tu n'es pas une Alsacienne avec des ancêtres français. Tu es celle qui a choisi de rester en Alsace pendant la guerre alors que d'autres, comme ton mari Walter, ont préféré fuir. En restant à Strasbourg, tu as choisi ton camp : celui de l'Allemagne. C'est ce que racontent les gens. Et aujourd'hui, tu reçois ce courrier de Munich. Cela signifie à leurs yeux que tu n'as pas rompu le lien avec ton ancienne patrie. Cela ne va pas arranger les choses ! Ce que disent les villageois, et même le maire, c'est qu'ils ne veulent pas d'une Boche dans le village ! Il y a eu trop de morts à Bligny. Beaucoup trop ! Trente-huit ! Tu te rends compte de la détresse ! Une saignée à vif !

– Oui, Jeanne, je comprends...

Mais alors que je lui réponds ma tête est ailleurs. Elle est dans la hâte que cette journée se termine pour pouvoir lire le courrier de Bernhard.

– Oui, il faudra que j'épouse un gars du village. Je suis d'accord. Mais qui, Jeanne ? Personne ne voudra d'une Boche. Personne.

– Tu crois que je n'ai pas remarqué le manège de Félix ? Depuis ton arrivée, le Félix, il te tourne autour dès qu'il peut. Dès qu'il en a l'occasion il rentre plus tôt de l'usine pour venir au magasin alors qu'il n'a rien à y faire. Il te regarde sans arrêt. Et toi tu sembles apprécier sa présence quand tu es derrière le comptoir. Dimanche, il y a le bal de la confrérie de Saint-Sébastien. Ce serait bien qu'il t'invite à danser. Qu'en penses-tu ?

Je ne sais pas quoi dire. Jeanne me propose d'afficher publiquement une fréquentation le jour où Bernhard, le père de mes enfants, réapparaît dans ma vie. Je ne sais pas encore ce que contient sa lettre, et Jeanne me propose de le trahir en allant danser avec Félix devant tout le village.

– Oui. Je vais réfléchir, Jeanne. Laisse-moi un peu de temps. Tu comprends, tout est allé si vite pour moi ces dernières semaines...

Jeanne se fait soudainement plus autoritaire :

– Réfléchis, mais vite ! Tu n'es pas en situation de faire la difficile. Tu n'es pas un bon parti, Marie. Mis à part Félix, personne ne voudra de toi au village, tu as raison. Tout le monde souhaite que tu partes. La seule solution pour toi, c'est que le Félix te prenne pour femme. Cela fera taire tous les commérages !

Elle se retourne et quitte le magasin pour s'enfermer dans la remise. Je reste seule derrière le comptoir, des doutes plein la tête.

La journée est longue, très longue. Nicolas reste à mes côtés dans le magasin où, tout en travaillant, je lui donne ses repas qu'il alterne avec un sommeil qui le gagne doucement lorsqu'il a le ventre bien rempli. Nicolas est un enfant calme qui perturbe très peu son environnement. Il a sept mois. Il dort beaucoup, ce qui m'arrange, comme ça je peux m'atteler entièrement à ma tâche. Quand il se réveille, il me regarde en permanence, comme s'il craignait de me perdre à jamais. Après le dîner je monte dans ma chambre avec lui. Il a déjà commencé sa nuit. Je vais pouvoir me consacrer entièrement et tranquillement à mon Bernhard. Une fois Nicolas déposé dans son couffin et ma toilette faite, je mets ma tenue de nuit et je m'allonge sur le lit. Je pose la photo du 11 novembre 1918 devant moi comme ça, lorsque je découvrirai tes écrits, tu seras à mes côtés. Je décachette l'enveloppe, déplie la lettre et lis :

Munich, 3 juin 1919

Ma petite Marie,

Que de temps a passé depuis ce funeste jour où nous nous sommes quittés sur le pont de Kehl ! Le lendemain, je suis parti avec Klaus pour Munich, où nous sommes désormais installés. Ce voyage a été horrible. Je n'arrêtais pas de penser à vous deux. Je n'ai pas supporté que les soldats te maltraitent comme cela. Un jour, ils le paieront. Pendant le trajet en train, chaque seconde qui m'éloignait de toi et de Nicolas était un instant de douleur absolu. Depuis que je suis installé à Munich, j'éprouve des sentiments tellement contradictoires ! J'ai des instincts de haine vis-à-vis des Français qui m'ont volé ma terre, et en même temps, lorsque je pense à vous deux qui êtes si loin, je fonds en larmes. Ce déchirement provoque en moi une immense souffrance tout en me donnant le courage de triompher de cette épreuve que la vie nous impose et que nous réussirons à surmonter. Avions-nous le choix de cette séparation ? Pas vraiment. Ce n'était plus supportable pour moi de rester dans ce refuge à attendre, à ne rien faire, à vivre aux crochets des bonnes âmes et de cette solidarité sans pouvoir trouver du travail et de quoi nourrir Klaus. Ce qui me fait tenir aujourd'hui c'est le fol espoir de te retrouver rapidement avec Nicolas. Nous allons nous revoir très vite. J'en suis certain. Je n'en doute pas une seconde.

Ici, la tâche ne manque pas. Je travaille beaucoup. La brasserie est immense. Quand je suis arrivé pour servir des clients lors de la première soirée, sans doute pour m'impressionner, Ludwig m'a dit que la salle principale pouvait contenir jusqu'à trois mille personnes. Au début je ne le croyais pas, mais il avait raison. Le soir, il y a tellement de monde qu'avec la fumée des cigares et des cigarettes je ne vois même pas le bout des tables. Le salaire est bon, mais avec la crise c'est dur de manger à sa faim et de trouver de la bonne nourriture pour Klaus. Et puis il y a la situation politique qui est tellement instable ici, avec les communistes qui ont tenté en janvier de prendre le pouvoir par la force. Les nationalistes aussi. Tous s'opposent au traité de Versailles qui saigne notre nouvelle patrie. À la brasserie les hommes parlent beaucoup. Ce sont tous des anciens soldats. Je les entends quand je sers les bières. Ils ne veulent plus de la guerre, mais ils ne veulent déjà plus de l'humiliation que les Français font subir à notre beau pays avec ce foutu traité. La tension est grande, partout. Je garde mes distances avec ces discussions. Je tiens trop à mon emploi. Ludwig me l'a fortement conseillé. Il ne veut pas que les serveurs participent à ces débats de table qui, dit-il, ne mènent à rien et ne changeront pas le cours des choses. Et puis je n'aime pas la politique. Les politiciens nous ont fait perdre la guerre. Alors je reste silencieux, je sers les chopes de bière je ne dis rien, mais j'écoute quand même ce qui se raconte pour être prêt à l'heure où la revanche sonnera.

Des nouvelles de notre petit Klaus, maintenant. Il va bien, mais je trouve que c'est un bambin agité. Il dort peu la nuit et se réveille très tôt le matin. Il ne fait jamais de sieste et il faut toujours être présent pour s'occuper de lui, ce que je n'ai pas le temps de faire. Pendant que je travaille, la journée et le soir, c'est donc une dame de l'immeuble que je rémunère qui s'en charge. Si Klaus est énervé comme cela en permanence, ce n'est pas normal, j'en ai conscience. Je pense que c'est parce qu'il n'a plus de mère. Il te cherche, j'en suis sûr. Sa mère lui manque. Voilà les nouvelles. Donne-moi des vôtres. Vous me manquez tellement. Écris-moi à la brasserie, c'est plus simple. Là où je loge, les voisins verraient d'un mauvais œil une lettre qui arrive de France. Les gens ne pardonnent pas. Ils n'oublient pas. Ils disent que les difficultés actuelles sont la faute des Français qui les étranglent. Le peuple allemand souffre. Il prépare inconsciemment sa vengeance, j'en suis certain.

Voici l'adresse :

Bürgerbräukeller
Türkenstraße 74
80799 München
Deutschland

Ton Bernhard et ton petit Klaus

Je relis ta lettre dix fois, vingt fois. Je regarde notre photo. Celle du 11 novembre où nous sommes tous les quatre devant la cathédrale de Strasbourg. Ce moment d'émerveillement perdu à jamais. Ta lettre me fait tellement plaisir ! Seulement, mes larmes sont plus fortes que tout et je pleure de nouveau à ce bonheur désormais si lointain. Je finis par m'endormir en imaginant Klaus dans son petit lit. Pourquoi est-il si agité ? Tu apportes la réponse dans ta lettre et tu as raison. Sa mère lui manque. Cette absence est cruelle, insupportable pour moi, mais aussi pour lui. Oui, il me cherche, il m'appelle à travers ses cris. C'est une évidence. Tout comme moi qui essaye d'atténuer la douleur de sa perte en l'ayant en permanence dans mes pensées. Nicolas se réveille au milieu de la nuit. Il crie très fort. Il semble appeler son père et son frère. Je le berce et lui raconte qu'ils vont bien tous les deux. Il me regarde fixement comme s'il absorbait chacune de mes paroles. Il finit par se rendormir.

Le lendemain matin je trouve une cachette pour y déposer ta lettre. Il y a une latte du parquet qui bouge sous le lit. Je réussis avec quelques difficultés à la soulever et je glisse l'enveloppe sous le bois. Il y aura suffisamment de place pour accueillir les prochaines. Nous nous sommes promis de nous écrire régulièrement, alors je n'attends pas. Je prends du papier et un stylo sur mon bureau. Ma première lettre est avant tout une requête.

Bernhard,

Je veux que tu embrasses Klaus de ma part, que tu le chérisses, que tu lui transmettes tout mon amour, que tu lui dises que sa maman est en vie et qu'elle n'a de cesse de penser à lui et à nos futures retrouvailles car il est désormais français. J'ai reçu sa carte d'identité peu de temps après votre départ. Je l'ai conservée. Plus rien ne s'oppose désormais à ce qu'il vienne vivre ici avec moi. Klaus doit revenir. Un enfant français doit vivre sur sa terre natale. Je veux le récupérer. Les administrations française et allemande ne pourront pas s'y opposer. Tu ne peux pas refuser. Tu dois le faire pour le bonheur de notre enfant qui a besoin d'être élevé aux côtés de sa mère. Je t'en supplie, accepte que Klaus vienne vivre avec son frère et moi. C'est la prière d'une mère que tu reçois. Écoute-la et ne fais pas obstacle au bonheur de ton enfant.

Et puis je poursuis en te racontant ma vie. Mon choix de vivre ici, mon périple, ma rencontre avec Jeanne et Félix et le ressentiment des villageois à mon égard, j'essaie de te rassurer comme je peux. Et tant pis pour les commérages. Tant pis pour les gens du village qui m'accuseront d'être une Boche qui écrit à un Boche.

Je vais poster la lettre moi-même en demandant quel est le prix des timbres pour affranchir le courrier pour l'Allemagne. Dans le bureau, les regards sont agressifs. Mais je m'en fiche pas mal. Tout ce qui m'importe c'est que mon petit Klaus soit en vie et que toi Bernhard tu sois en bonne santé malgré les difficultés de la vie.

Ce n'est que deux semaines plus tard que je reçois ta réponse. C'est un non catégorique. Tu refuses que Klaus vienne vivre en France. Tu considères qu'il n'est pas français puisque ma demande a été faite en soudoyant un fonctionnaire. Tu menaces de me dénoncer à la police et de faire retirer la nationalité française de Klaus car tu aurais une lettre d'Anja qui prouverait qu'elle a été acquise de manière illégale. Mais j'ai du mal à te croire. Tu m'écris que, de toute manière, Klaus dispose maintenant de la nationalité allemande car l'Allemagne la lui a octroyée automatiquement lorsque vous êtes arrivés à Kehl. Ta lettre est courte, avec des mots qui ne laissent aucun doute sur ta décision. Tu m'expliques que je ne n'ai pas d'alternative et qu'il faut que je me plie à ce choix. C'est une lettre d'une dureté extrême, très éloignée des mots d'amour que tu m'a adressés précédemment. Je ne comprends pas cette soudaine violence dans tes écrits. Toi, mon Bernhard qui nous aime tant, qui souhaite plus que tout au monde que l'on se retrouve dans un futur proche. Avec cette lettre tu sembles définitivement refermer la porte de ce bonheur.

Je mets quelques jours à me remettre de ce coup violent porté à mon cœur. Jeanne s'en rend compte, mais elle ne me questionne pas. Et puis, lentement, ma rage de vivre reprend le dessus. Je me promets de ne jamais abandonner ce qui sera le but de toute ma vie : faire en sorte que mon deuxième enfant revienne vers moi, même si je me doute bien que cette quête est désormais illusoire car je ne dispose d'aucun moyen pour agir. Si j'active la moindre procédure pour faire revenir Klaus, Bernhard me traînera devant les tribunaux et je serai condamnée à la prison pour avoir soudoyé un fonctionnaire et parce que je possède une fausse identité. Malgré mon désespoir, je t'ai répondu dans une courte lettre que je n'abandonnerais jamais l'idée de ramener Klaus en France. Ce courrier est resté sans réponse de ta part.

Il faut désormais que je construise un avenir pour Nicolas et moi sans perdre espoir de voir Klaus revenir. Je dois devenir une vraie Française et ne pas rester dans cette situation de fausse veuve avec, collée sur mon front, cette image de Boche dont la seule présence est perçue par les habitants comme une provocation. Je ne peux pas risquer d'être mise au ban du village alors que je souhaite y rester. Et puis Nicolas a besoin d'un papa, d'un homme à la maison. Bernhard, je sais que nous aurons beaucoup de mal à nous revoir. Alors c'est décidé. Samedi je danserai avec Félix au bal de la confrérie de Saint-Sébastien. Je te l'écris. Tu comprendras ce que cela signifie pour nous deux. Je suis certaine que tu ne m'en voudras pas.

Le samedi soir arrive vite. La journée a été longue. Tout le monde souffre de la forte chaleur qui est tombée sur le pays depuis quelques jours. La fraîcheur du crépuscule est attendue avec impatience par tous les paysans.

Le bal de la Saint-Sébastien à Bligny, c'est l'événement annuel des vingt-deux communes du canton. Je l'ai appris très vite. Personne ne raterait ce rendez-vous. Pour rien au monde.

Saint Sébastien était un soldat romain du IIIe siècle. C'était un officier converti au christianisme. Dénoncé, il fut persécuté, torturé puis exécuté par les flèches de ses propres archers. Devenu un martyr chrétien, saint Sébastien fut le protecteur au Moyen Âge de toutes les compagnies d'archers qui se placèrent sous son patronage en faisant vœux de charité et en se faisant aussi un devoir d'apporter assistance au plus faibles, aux malades, aux pauvres et aux vieillards. La confrérie de Bligny ne déroge pas à cette tradition. Ses membres promettent depuis huit siècles de « faire fidèle devoir » et de poursuivre toute leur vie leur tâche de charité et de solidarité.

En ce temps de fin de guerre et de pauvreté extrême dans le pays, il y a énormément de nécessiteux, et donc de travail pour la confrérie. Traditionnellement, la fête annuelle a lieu le 20 janvier. Mais cette année est particulière en raison du retour à la paix. Il y a tellement de gens dans le besoin que le maire a décidé d'avancer l'événement. La confrérie ne peut attendre plusieurs mois pour apporter de l'aide. Il y a urgence.

La Saint-Sébastien n'a pas été fêtée pendant le conflit, depuis cinq ans, la traditionnelle distribution de michottes – ces pains symboles de la vie que les membres apportaient aux plus faibles tous les ans, surtout en période de famine et de disette – n'a pas eu lieu. Cette année est aussi très différente pour la famille. Jeanne m'a confié que Félix va devenir bâtonnier de la confrérie. C'est lui qui, durant les douze prochains mois, va détecter dans les communes du canton les personnes dans le besoin et qu'il faudra aider en priorité. Une situation très convoitée dans le village. Presque un poste de notable. Danser avec le futur bâtonnier de Saint-Sébastien c'est pour la dame obtenir un statut mais aussi une reconnaissance. Les messieurs soulèveront leur chapeau en la croisant dans la rue et les promeneuses à leur bras la salueront avec respect. Personne ne se risquera à cancaner sur elle car tout le monde peut avoir besoin un jour de ses services ou de ceux de son mari. Dans le village et dans le canton, la dame du bâtonnier est intouchable. Entamer une polka avec le futur bâtonnier, c'est aussi se mettre la bague au doigt de manière officielle, sans possibilité de retour.

La mairie a fait installer un grand parquet sur la place centrale. Deux musiciens sont assis sur des chaises : un vielleux et un accordéoniste. Ils ne sont pas de Bligny. Ils viennent tous les deux du Morvan, une région inconnue pour moi, située à quelques dizaines de kilomètres du village. Il est très difficile de trouver des musiciens pour animer les bals. Ils ont également payé un lourd tribut au massacre. Alors les mairies prennent ce qu'elles trouvent. Pour cette Saint-Sébastien du renouveau le maire a dégoté deux bougres qui ne sont pas de toute première jeunesse. Par certains moments, ils arrivent à interpréter toutes les danses dans la même mesure mais cela relève du miracle, tant ils jouent mal. Les bourrées sont très appréciées. Elles permettent aux villageois de danser ensemble et d'oublier leur misère individuelle. Puis vient le temps des polkas piquées. La première est ratée elle aussi. La deuxième pas terrible. Lorsque les musiciens se mettent à battre la mesure avec leur pied pour la troisième, Félix se lève et m'invite. Je suis assise à côté de Jeanne, bien sage, mais avec l'étrange sentiment d'être une bête de foire que l'on scrute et que l'on exhibe avant de l'expédier à l'abattoir. Félix a mis son beau costume du dimanche en velours côtelé noir. De son corps émane une odeur étrange : un mélange de purin refroidi typique des paysans au labeur, de sueur, de naphtaline et d'eau de Cologne bon marché. Une senteur pas suffisamment désagréable pour m'éloigner de lui, mais pas non plus attirante au point de se coller contre lui pour danser. Jeanne m'a prêté une robe blanche qu'elle portait quand elle avait vingt ans et remisée depuis des années au fond d'une armoire. Une robe qui n'est pas de toute première fraîcheur mais qui a l'avantage de mettre en avant ma jolie silhouette. Une fois au milieu de la piste, Félix prend ma main droite dans sa main gauche en tendant légèrement nos bras, puis place sa main droite sur ma hanche sur laquelle je pose ma main gauche. Nous dansons plusieurs polkas. Puis je fais comprendre à Félix qu'il faut que je me repose un peu. Nous revenons à nos places. Il commande deux gnôles de poire. Félix avale la sienne cul sec. Je déguste mon verre plus lentement. À peine assis, le maire vient à notre table et scelle officiellement et devant tout le monde notre alliance.

– Alors, les tourtereaux ! dit-il d'une voix si forte que la terre entière aurait pu l'entendre. Comment ça va-t'y ? On prépare quand la noce ?

Nous nous marions quelques semaines plus tard. Un beau mariage. En tant que bâtonnier de la confrérie, Félix a invité tout ce que le canton compte de notabilités. Les maires et les conseils municipaux des vingt-deux villages. Pour notre première nuit, Félix veut faire son affaire avec moi. Mais impossible. Il a trop bu de chopines de vin. Les autres nuits, il est plein de désir, mais pas moi. Je lui demande d'attendre un peu. Je lui explique que je ne suis pas prête parce que je pense encore à Walter. Félix comprend qu'il devra patienter.

Mais quelques jours plus tard, il commence à tousser. Ce matin-là, Jeanne se montre particulièrement inquiète. Félix a une forte fièvre. Il se sent mal. Impossible pour lui de se lever tant il est perclus de courbatures, un mal de tête lui donne la sensation d'être pris dans un étau. On appelle le docteur.

En pénétrant dans la pièce, et à notre grand étonnement, le docteur met tout de suite un masque de tissu blanc devant sa bouche et son nez. Une vision étrange qui ne nous rassure pas. Il nous ordonne de nous éloigner. La température de Félix dépasse les 40 degrés. Le docteur l'examine longuement. Lorsqu'il ressort de la chambre, il descend dans le magasin pour nous rejoindre. Tout de suite, il se nettoie les mains dans la cuisine avant de nous parler, comme s'il voulait se débarrasser de microbes invisibles mais terrifiants. Son visage est blême. Il nous demande, à Jeanne et moi, d'observer une distance d'au moins deux mètres entre nous et de ne surtout pas nous approcher de Félix. Il m'ordonne également de faire chambre à part et de ne plus dormir avec mon mari.

Jeanne lui demande simplement :

– Que se passe-t-il ?

Le Dr Lacaille est un petit homme chauve avec des lunettes épaisses posées sur un nez proéminent. Malgré sa taille modeste et son caractère discret, il impose le respect. Il n'a pas l'habitude de prendre des pincettes avec les familles des malades qu'il visite. Il n'a pas la langue dans sa poche, comme le répètent les ménagères du village.

– Quand c'est grave, c'est grave ! répète-t-il à tout le monde. Et rien ne sert de cacher la vérité !

C'est ce qu'il dit à Jeanne en réponse à sa question.

– Jeanne et Marie, je vous interdis d'entrer en contact avec les gens du village. Vous devez fermer votre magasin immédiatement et vous isoler pendant dix jours sans rencontrer quiconque. La seule personne désormais habilitée à rentrer chez vous, c'est moi ! Est-ce que je suis bien clair ? Personne dans la maison ! Personne dans la chambre de Félix ! Il y va de votre vie ! Si ce n'est pas trop tard… ajoute-t-il en refermant sa sacoche et en plaçant son stéthoscope dans sa housse.

Je suis pétrifiée de terreur. Je me risque à poser une question :

– Pourquoi tout cela, docteur ?

Il nous fixe avec un air qui sent déjà la mort.

– Félix a la grippe espagnole. Je lui ai donné de l'aspirine. Il doit en prendre régulièrement. C'est tout ce que je peux faire en l'état des connaissances de la médecine. Il n'y a plus qu'à s'en remettre à Dieu. Je vous conseille de prier si vous voulez le sauver. Il n'y a que cela à faire. Quant à moi, je vais tout de suite à la mairie prévenir les autorités.

Puis il quitte rapidement la maison en lançant :

– Je reviens demain à la même heure.

La nuit, Félix a beaucoup de mal à respirer. Sa toux est violente. Nous l'entendons se tordre de douleur, mais comme le docteur nous l'a ordonné, nous restons chacune de son côté dans la maison, impuissantes face à la progression du mal.

Les trois journées suivantes sont un enfer. Le docteur vient tous les matins pour constater la dégradation physique de Félix. Il ne l'ausculte même plus. Il reste à la porte de la chambre, consigne des notes sur un petit carnet gris en regardant Félix sous tous les angles, tel un animal de laboratoire sur qui on vient de pratiquer une expérience et dont on relève les réactions pour la science. Maintenant, Félix crache du sang. Il a de plus en plus de mal à respirer. De temps en temps, quand le docteur est absent, je me hasarde à jeter un regard dans la chambre en ouvrant très légèrement la porte. Félix est prostré sur le lit. Il est tourné vers moi. Je vois très nettement désormais qu'il saigne aussi du nez et des oreilles. On distingue une mousse sanglante entre ses lèvres bleuies. Son râle est profond et permanent. Tous les matins, une infirmière des Hospices de Beaune vient le laver et nettoyer son lit. Elle s'occupe de lui très rapidement, sans s'attarder, avec un attirail de protections digne des poilus qui se protégeaient du gaz moutarde dans les tranchées. Nous avons ordre là encore de ne pas l'approcher. Nous le savons : Félix se meurt et nous ne pouvons rien faire si ce n'est, comme l'a dit le docteur, prier. Félix n'a pas beaucoup péché dans sa jeune vie. Cela nous rassure un peu, Jeanne et moi. Au moins Dieu aura pitié de son âme et l'accueillera à sa droite au paradis.

Dix jours après les premiers symptômes, Félix s'éteint dans la nuit. Jeanne est effondrée. Moi un peu moins, je dois l'avouer. Je suis désormais veuve. La veuve du bâtonnier. Cela ne me confère aucun droit mais le privilège d'obtenir une certaine tranquillité pour les semaines à venir et surtout de retrouver une forme de liberté.

Je ne sais pas par quel miracle, mais Félix a été le seul à attraper ce maudit virus parmi les villageois. L'infirmière qui le soignait n'étant pas de Bligny, elle n'a pas été comptabilisée par les services de santé comme une habitante décédée de la grippe espagnole. Pour elle, l'affaire a été réglée en trois jours : un jour la toux, un jour la forte fièvre l'a rendue toute transpirante, écarlate et privée de souffle, et le troisième la grande faucheuse a frappé à sa porte pour l'embarquer. Cette proximité de la mort subite qui vous frôle sans vous toucher a terrorisé Jeanne pendant de nombreuses semaines. La disparition de Fernand le jour de l'armistice l'avait déjà sérieusement affectée. Mais à l'époque, la crainte de la mort ne l'avait pas touchée directement. Fernand était loin. Seule l'absence définitive qui avait suivi lui rappelait au quotidien la douleur d'avoir perdu l'être le plus cher de sa vie. Mais avec Félix et l'infirmière, la mort s'est invitée directement dans la maison en lui volant ses derniers espoirs de bonheur. Et cela, Jeanne ne le supporte pas. Félix mort, Jeanne n'a plus de famille sur cette terre qui lui a apporté tant de malheurs et si peu de joies. Trop de douleur à supporter pour ces frêles épaules. Elle s'enferme dans un mutisme profond dont elle ne sortira jamais.

Un matin, un fracas assourdissant me réveille en sursaut.

Jeanne est allongée sur son lit. Un seul coup de feu avec le fusil de chasse de Fernand a suffi. Sa mâchoire a atterri sur le mur derrière son lit et la moitié gauche de son visage n'est plus qu'un trou béant. Des bouts de cervelle éparpillés et mélangés au sang souillent ses draps blancs. Dans sa jeunesse, Fernand avait appris à Jeanne à tirer. Elle avait retenu la leçon :

elle ne s'est pas ratée. Le docteur est revenu. Pas pour la grippe espagnole cette fois, mais pour un constat de décès. Jeanne a fait le grand saut, ce qui a surpris tout le monde, sauf moi. Comme tous les suicidés, elle n'a eu droit à aucune messe. Une simple bénédiction sur son cercueil avant sa descente définitive en terre dans sa boîte en acajou. À part le maire et moi, aucun habitant de Bligny ne se recueille devant la tombe. Les gens n'aiment pas qu'on rajoute du malheur au malheur. C'est Dieu qui choisit la date du rappel des siens, et non l'inverse. Les villageois l'ont fait savoir en restant chez eux le jour des obsèques de Jeanne.

Je dois l'avouer, l'envol de Félix vers d'autres cieux et le violent départ de Jeanne ne sont pas des épreuves difficiles à surmonter. Je ne suis pas très affectée. C'est même pour moi un ascenseur social et humain. Ces deux disparitions ont été comme un signe de faveur du destin, car depuis la mort de mon mari les villageois sont beaucoup plus prévenants. Trop même. Avec le suicide de Jeanne ils deviennent intrusifs. Ils s'inquiètent pour Nicolas et moi. Je ne suis plus à leurs yeux la Boche arrivée de l'Empire, mais la veuve qu'il faut consoler et aider pour soulager sa douleur. La solidarité des villageois est une belle chose, sauf quand elle dégouline pour remplir de manière abusive le vide de votre vie. Il faut que je reste sur mes gardes. Malgré mon jeune âge, je dois rester une veuve à leurs yeux. Je dois surtout préserver face à tout le monde ce subtil équilibre entre ma joie de nouvelle héritière et ma peine d'avoir perdu mon époux.

Le soir, je passe beaucoup de temps à rire avec Nicolas et je profite de mon bonheur d'être mère et seule. Le matin, je me glisse dans une peau de tristesse, qui aux yeux de tous doit passer pour un deuil infini. Je n'ai pas de mal à jouer ainsi au caméléon. Il suffit que je pense à Klaus et le désespoir remplit mes yeux. Mais ma tendance au quotidien est plutôt d'oublier très vite ce statut mortifère, d'autant que Jeanne a tout préparé dans les règles de l'art. Dans ses dernières volontés, elle a couché sur son testament que j'hériterai de tous ses biens : commerce, maison et quelques bouts de terrain, sans importance pour moi mais très vite convoités par des paysans du coin. Ma décision est rapidement prise. Le notaire me l'a conseillé. Devenue propriétaire par le hasard de la vie, je choisis de tout garder et de ne rien vendre, ce qui provoque des rancœurs et des jalousies. Quand il sera grand, mon petit Nicolas saura bien quoi faire de cette richesse. Certes, ce n'est pas le Pérou, mais au vu de la pauvreté qui m'entoure, c'est immense. Elle me suffira à élever Nicolas dans le confort. Ces six premiers mois, seule au magasin et dans cette maison avec mon enfant et malgré le malheur qui s'y est abattu, sont des moments de bonheur absolu. Jusqu'au jour où je reçois une lettre de toi, Bernhard.

Comme tous les matins Ferdinand, ouvre la porte et fait tinter la clochette du magasin avec un grand sourire :

– Lettre en provenance d'Allemagne ! me dit-il en me tendant le courrier et en me faisant un clin d'œil.

Puis il repart. La clochette retentit à nouveau lorsqu'il referme la porte. Dans la poche droite de ma blouse, ma main se crispe sur notre photo. Je ne la quitte jamais. Je guette cette troisième lettre de Bernhard depuis plusieurs mois. Cette fois je n'ai pas à attendre le soir pour l'ouvrir. Je suis seule avec Nicolas dans le magasin. Je le laisse gambader et décachette l'enveloppe. Je lis, fébrile, impatiente.

Munich, 6 février 1920

Ma chère Marie,

Je n'ai pas pris le temps de t'écrire depuis longtemps. Tous ces mois qui passent et nos enfants qui grandissent. Maintenant Klaus marche bien, il court vite mais il reste un enfant agité que j'ai du mal à contenir et à élever car je suis beaucoup à la tâche à la Bürgerbräukeller. Je sers les clients de 9 heures à 2 heures du matin. Il faut que je sois honnête avec toi, en raison de ces horaires, ce n'est pas vraiment moi qui élève notre petit Klaus. C'est la dame à qui je l'ai confié depuis que nous sommes arrivés dans cet immeuble qui s'en occupe. Elle le fait très bien. Mais Klaus rejette tout ce qu'elle peut lui apporter. Elle n'est pas sa mère, et visiblement il ne l'aime pas et ne lui rend pas l'affection que cette femme lui offre. Avec moi il se comporte aussi difficilement car je le vois très peu. Mais dans quelques mois il ira à l'école et tout ira sans doute mieux.

En attendant, je travaille beaucoup. Pour survivre, je n'ai pas le choix. C'est épuisant. J'ai une chance inouïe d'avoir un emploi, car l'Allemagne est un pays en ruine, rongé par le chômage, et dans certaines régions il y a même la famine. Tu te rends compte ! La famine ! Mon Dieu, regarde ce qu'est devenu notre Empire ! À la place, les politiciens gauchistes et corrompus ont installé une République. Ils l'appellent la république de Weimar. Mais tout cela, c'est pour garder le pouvoir et leurs privilèges. Et puis, il y a les communistes, les spartakistes, qui essaient de saper les fondements de notre patrie ! Ce sont tous des traîtres ! C'est à cause d'eux que nous avons perdu la guerre. Et ce traité de Versailles qui nous saigne à blanc ! Maudits Français ! J'ai un rêve, lointain bien sûr, de reconquérir notre Alsace, notre terre promise ! Notre Heimat *! Comme tu peux t'en rendre compte, je gamberge beaucoup. Lorsque je m'énerve en réfléchissant à la gravité de la situation dans laquelle est plongé notre pays et que je sens une violence monter en moi, je me calme en m'imaginant à tes côtés avec Nicolas et que nous nous retrouvons pour vivre tous les quatre en Allemagne. Vous revoir tous les deux et vous serrer dans mes bras très fort. Cette pensée atténue toutes mes douleurs.*

Fort heureusement, dans ce tableau si noir, nous sommes de plus en plus nombreux à garder espoir. Peut-être allons-nous remettre notre avenir entre les mains de celui qui nous sauvera de ce désastre ? Il vient souvent à la Bürgerbräukeller où il parle aux hommes autour des tables. Je m'approche pour l'écouter dès que j'en ai la possibilité, entre deux pintes de bière servies aux clients, en faisant attention que Ludwig ne me repère pas. C'est un vétéran de la guerre. Il a été caporal. Il a été blessé et décoré pour son courage. Il sait de quoi il parle. Avec sa fougue et son talent oratoire, il sait s'adresser au peuple et aux travailleurs qui souffrent. Pour autant, je me méfie de tous ces politiciens qui n'ont que des mots en bouche pour conquérir le pouvoir et qui seront les premiers à nous envoyer vers un nouveau massacre, nous les gens de rien, pendant qu'ils resteront planqués à l'arrière.

La semaine dernière, je suis tout de même allé l'écouter pendant mon jour de repos dans une autre taverne, la Eberbräukeller. J'ai amené Klaus avec moi. Il y avait une foule nombreuse pour applaudir chaque mot qu'il prononçait pour nous rendre notre honneur. J'ai écouté un homme de conviction qui partage nos ressentiments.

Il nous a dit qu'il venait de créer un nouveau parti, le parti national-socialiste des travailleurs allemands. À la tribune, il a développé son programme. Il est simple. Il exige l'abrogation des traités de Versailles et de Saint-Germain. Il exige la création d'une armée à laquelle nous n'avons plus droit. Il exige que seuls les citoyens allemands bénéficient de tous les droits civiques, sauf les bolcheviques et les juifs qui ont ruiné notre pays. Il veut reconstituer la grande Allemagne, redonner sa dignité à notre communauté nationale. Il dit que ce n'est pas notre faute si nous avons été battus à la guerre, mais bien celle de nos chefs qui se sont couchés devant les Français, les Américains, les Anglais, les Bolcheviques et les banquiers juifs. Il veut recréer le Troisième Reich et en finir avec cette République corrompue. Adolf Hitler conclut toujours ses discours par cette phrase : « Ein Volk, ein Reich, ein Führer ! » *Il a raison : nous sommes un seul peuple, dans un seul État, et il nous faut un seul chef qui nous rendra notre prospérité et notre fierté après toutes ces humiliations. Réveille-toi, Allemagne, retrouve ta puissance, reprends la place qui t'est due dans le monde ! Et pour commencer, nous allons nettoyer Berlin de la bande de vieilles crapules qui gouvernent ce pays ! a-t-il conclu.*

Ses mots étaient d'une violence rare pour un discours politique, et c'est ce qui m'a interpellé. Chaque phrase nous galvanisait, nous ressentions alors une exaltation collective à laquelle il semblait difficile de résister. Tout cela me semblait vide de sens, de simples mots lancés au peuple sans vraiment de consistance sérieuse, néanmoins je n'ai pas dormi de la nuit. Ce discours m'a perturbé car c'est la première fois depuis la fin de la guerre que j'entends quelqu'un se lever et demander au peuple de le suivre. Mais tu me connais assez pour savoir que je ne suis pas un homme à approuver comme un mouton les propos du premier venu. Pour autant, dans mon lit, les yeux grands ouverts, je n'ai cessé de repenser à cet homme, à la fois captivant, mais aussi répugnant dans sa manière violente d'aborder l'idée de revanche. Car parmi les hommes qui, comme moi, ont tant souffert au combat, ont vu de si près la grande boucherie, si beaucoup veulent mettre fin à l'humiliation, aucun n'est capable de supporter un nouveau conflit. Ce qu'ils désirent avant tout, c'est retrouver leur fierté et leur terre, mais sans repartir pour tuer ou être tué. J'ai toujours méprisé ces chefs qui dans les tranchées donnaient l'ordre d'aller à la mort sans se poser de questions à des soldats qui n'avaient pas le droit de contester.

Malgré mon attirance, j'étais loin d'être convaincu. Le lendemain, je voulais en avoir le cœur net. J'ai donc demandé à Ludwig si je pouvais quitter plus tôt le travail pour aller une nouvelle fois rencontrer cet homme dans une brasserie voisine.

Alors qu'il était comme chaque fois assis sur sa chaise devant sa pinte de bière, entouré de nombreuses personnes, je l'ai de nouveau écouté. Mêmes mots et même violence illuminée pour expression. Rien pour me séduire, d'autant qu'il n'a pas dit un mot sur les territoires perdus de l'Allemagne, sur la manière d'expulser les Français du bassin de la Ruhr ni sur comment il comptait s'y prendre, hormis par le biais d'une nouvelle guerre, pour reconquérir les territoires perdus d'Alsace-Moselle.

Alors, à la fin de son intervention, je me suis approché de lui avec Klaus dans les bras et je lui ai montré la photo où nous posons tous les quatre le jour de la naissance des enfants et je l'ai questionné : « Que comptez-vous faire pour les territoires d'Alsace-Moselle ? »

Il m'a regardé droit dans les yeux et m'a demandé où cette photo avait été prise. Je lui ai répondu : « À Strasbourg devant la cathédrale, le 11 novembre 1918. Le jour de la naissance de mes deux garçons. » Il m'a dit : « Alors vous êtes alsacien ? » Je lui ai répondu oui. Puis il a posé sa main sur la tête de Klaus, il a fermé les yeux et il s'est exclamé, d'un ton très déterminé, devant tout le monde : « Nous reprendrons notre terre d'Alsace, je vous le promets à tous. J'en fait la promesse sur la tête de cet enfant ! » Tout le monde s'est levé en tendant le bras et la main droite et en criant d'une même voix et plusieurs fois : « Heil Hitler ! Heil Hitler ! » *Cela a duré de longues secondes.*

Je suis resté stupéfait. Muet. Un peu apeuré, même, observant un à un avec un sourire forcé tous ces hommes qui hurlaient leur culte du chef. Mais c'était galvanisant, Marie, très enthousiasmant même. J'ai senti une énergie collective à laquelle il semblait vain de résister. Klaus, dans mes bras, fixait ces dizaines de visages sans comprendre, mais en leur souriant. Alors j'ai commencé moi aussi à sourire, puis à rire en tournant la tête dans tous les sens avec Klaus qui m'imitait. Tout le monde était heureux. Les hommes applaudissaient en nous regardant, comme si Klaus devenait, dans cet instant de liesse commune, le héros et le symbole de notre fierté nationale retrouvée. Je n'ai pas su résister. Je me suis laissé entraîner par cette allégresse générale, par la puissance vocale de ces hommes qui chantaient à la gloire de ce chef en devenir qui voulait nous mener avec ardeur vers le renouveau. À cet instant, nous étions tous unis vers un même destin : vaincre ensemble l'avilissement dans lequel la défaite nous avait plongés, et laver l'affront pour le salut de notre pays.

« Nous le ferons car Hitler l'a promis sur la tête de cet enfant ! » a crié quelqu'un.

Je ne sais pas pourquoi ma méfiance et mon hésitation se sont évanouies. Plus que l'homme et ses discours, c'est cette ferveur collective qui m'a convaincu. Elle n'est pas retombée. Bien au contraire. Elle a décuplé. Après les cris de soutien à ce nouveau Führer, et de nombreuses pintes de bière, tout le monde s'est mis à chanter. Je me sentais serein, heureux, avec l'espoir de retrouver le bonheur perdu parce que nous marchions tous dans la même direction, vers un but commun. Il ne manquait que toi et Nicolas pour que ma joie soit totale. Votre perte reste pour moi une immense douleur qui ne faiblit pas et qui ne cicatrisera que lorsque nous serons de nouveau réunis.

J'ai adhéré au NSDAP. Tous les hommes présents ont adhéré. Même les enfants, quel que soit leur âge, peuvent s'inscrire. J'ai signé pour Klaus. Un proche de cet homme qui nous redonne de l'espoir, un dénommé Joseph Goebbels, par ailleurs responsable de la propagande du nouveau parti, est venu me voir en souriant et m'a dit que Klaus était le plus jeune adhérent du nouveau mouvement national-socialiste. J'en suis très fier.

Le dimanche suivant, je suis allé l'écouter à nouveau. Il s'est passé une chose incroyable. Nous étions plus de deux mille à la Eberbräukeller. Cet homme nous redonne foi en l'avenir de notre peuple et de notre pays. C'est vrai qu'il y a quelques jours j'étais encore très hésitant devant ses incantations. Mais ce qui m'a convaincu c'est le dynamisme et la vitalité collective qu'il sait insuffler à notre peuple à la fin de chacune de ses réunions. Crois-moi, Marie, cet homme ne souhaite que du bon pour l'Allemagne.

Jointe à cette lettre, une photo du moment où Hitler embrasse la tête de Klaus avant de nous promettre le retour sur notre terre. C'est notre nouveau Frédéric le Grand. Notre nouveau Bismarck. Je te le dis, Marie, au fond de notre malheur de damnés et de notre honte de vaincus, cet homme est une lumière qui nous a été envoyée par Dieu lui-même. Désormais j'en suis certain.

Ton petit Klaus et ton Bernhard

Je relis ta lettre. Comme la première, une fois, deux fois, dix fois. Un seul client vient me sortir de ce monde dans lequel tu m'as plongée. J'attends le soir pour te répondre. Une fois Nicolas couché et endormi, je m'installe sur la table de la cuisine et je t'écris. Je t'explique d'abord pourquoi j'ai épousé Félix par intérêt, parce qu'il fallait que je m'intègre au village et non pas par amour. Tu le comprendras certainement. Mon amour, je le garde pour toi pour toute la vie. Je t'écris que Nicolas trottine dans le magasin, qu'il est très éveillé et qu'il commence à prononcer quelques mots, ce qui, pour un enfant de son âge, étonne monsieur l'instituteur. Il vient souvent au magasin pour acheter des fruits et du lait pour l'école.

« Nicolas fera un très bon élève. L'école de la République va l'élever. Je sens qu'il a du potentiel pour faire des études. Ma chère Marie, ne laissez pas passer votre chance. Il peut faire de grandes choses. Et en plus vous m'avez dit que vous lui parliez en français et en allemand. Il connaîtra deux langues et deux cultures ! C'est fabuleux ! C'est fondamental qu'il sache parler deux langues et surtout l'allemand. C'est un atout. Ce sera important pour son avenir. C'est important pour l'avenir de la France de savoir que ses enfants pourront faire un lien avec nos anciens ennemis. Vraiment, Marie, souvenez-vous toute votre vie de ce que je vous dis. »

Monsieur l'instituteur me le répète à chaque fois qu'il passe me voir et qu'il croise Félix avec le regard émerveillé d'un enfant qui découvre son jouet de Noël, tout en secouant son index comme pour me prévenir gentiment : c'est un homme bon, ouvert, tolérant. Les meurtrissures de la guerre semblent glisser sur lui comme l'eau d'une rivière sur les rochers. Pourtant la guerre l'a fauché au plus profond de son être quand il a perdu son fils unique à Verdun, mais rien ne semble arrêter son bonheur de profiter chaque seconde de ce que la vie peut lui offrir. Il a un certain âge, mais il est avide de transmettre son savoir à ses élèves. Il sourit en toute occasion.

« Tous mes élèves sont mes enfants », répète-t-il souvent.

Tu te rends compte, Bernhard, Nicolas peut aller très loin dans ses études! Mais avant, il faut qu'il soit un bon élève et nous avons encore quelques années devant nous. J'ai déjà hâte qu'il se rende à l'école pour apprendre, s'enrichir et découvrir la beauté des choses, la beauté de la vie, la beauté des âmes, la beauté tout court. Monsieur l'instituteur souhaite que Nicolas démarre la maternelle cette année, à la rentrée de septembre, alors qu'il n'a pas l'âge requis. Je lui ai répondu que je préférais attendre.

Je t'écris qu'au village, pour moi, les choses ont beaucoup changé depuis que Jeanne et Félix sont morts. Félix de la grippe espagnole et Jeanne d'un chagrin immense qui l'a menée à commettre l'irréparable. Désormais, je suis seule pour tout gérer car Jeanne m'a tout légué. Les gens du village sont beaucoup plus proches de moi. Ils ne m'appellent plus « la Boche » mais par mon prénom. Certains m'ont dit qu'ils aimaient ce prénom car c'est celui de la Vierge, et que mes parents ont été des saints de m'appeler ainsi. Les choses vont mieux.

Et puis je regarde la photo. Je regarde Klaus. Il a tellement changé ! Cette blondeur et ses cheveux si courts coiffés en brosse comme un militaire. Je ne le reconnais pas mais il te ressemble. Je suis tellement heureuse de le voir enfin ! Mais il y a cet homme que tu admires désormais et qui lui fait un baiser sur le front, avec sa petite moustache taillée au carré, son uniforme, son brassard rouge accroché au bras gauche et cette croix noire qui m'effraie. Une impression étrange m'envahit. Je regarde Klaus. Il fixe l'homme en recevant son offrande.

Il ne semble pas la refuser, bien au contraire, car c'est un enfant et il ne comprend pas. Tu parles de ce Hitler qui t'a visiblement conquis par l'énergie qu'il met à galvaniser le peuple allemand. Je ne juge pas tes actes, mais je te mets en garde, Bernhard : cet homme est-il vraiment bon ? Je ne le connais pas, mais il m'inquiète. Je ne veux pas que Klaus le fréquente, et je n'ai pas envie qu'il soit élevé dans une ambiance martiale avec à ses côtés des adultes en uniforme militaire. Ma volonté reste la même et je n'ai pas renoncé à te convaincre que Klaus vienne en France afin qu'il soit éduqué avec tout l'amour qu'une mère peut apporter à son enfant. Il ne convient pas à un petit homme d'entendre ces vociférations collectives au nom de la vengeance. Encore une fois, écoute ma prière. Ramène-moi mon enfant. J'ai besoin de lui et il a besoin de moi. Je n'en peux plus de ce vide qui nous sépare. Tes écrits me font peur, Bernhard. Tu me fais peur. L'avenir me fait peur.

Le détachement

Voilà quatre années que je ne reçois que de brèves nouvelles de toi et de Klaus. Quelques lettres courtes qui mettent plusieurs semaines pour arriver, et dans lesquelles tu me décris une situation chaotique en Allemagne, et ton admiration pour ce nouvel agitateur qui diffuse sa haine et en fait l'instrument de sa conquête du pouvoir pour amener de nouveau la guerre. Nous sommes le 24 décembre 1923, un jour de paix et de joie dans tous les foyers qui fêtent la venue du Christ, mais toi tu sembles avoir choisi ce jour-là pour qu'une nouvelle lettre porteuse de désespoir arrive dans mes mains.

– C'est ma dernière tournée de l'année, Marie ! me dit Ferdinand, le visage rougi par le froid, emmitouflé dans son écharpe et sa veste, en entrant dans le magasin. Prochaine distribution le 2 janvier !

Puis il me tend le paquet de courrier et prononce sa petite phrase complice avec un air cabotin en clignant son œil droit :

– Courrier d'Allemagne !

Je suis debout derrière le comptoir, et Nicolas est à l'arrière, dans la cuisine. Il a bien entendu. C'est la première fois que Ferdinand prononce sa phrase rituelle en sa présence. Nicolas boit son chocolat chaud. Il est assis sur un grand tabouret, ses jambes se baladent dans le vide d'avant en arrière. Il tient son bol entre ses deux mains près de sa bouche en soufflant doucement sur le liquide marron dont l'odeur imprègne toute la cuisine. À cinq ans, il est curieux de tout, et je ne m'étonne pas lorsqu'il me pose la question, d'un air étonné :

– Courrier de l'Allemagne ? Qui t'écrit d'Allemagne, maman ?

Je lui réponds que cela ne regarde pas un enfant de son âge. Il ne répond rien ce qui, pour lui, est une forme d'acquiescement.

Depuis que Nicolas sait lire et écrire, je me garde bien de lire les lettres de Bernhard en sa présence. Il ne sait pas. Il ne sait rien. Il sait simplement que son papa Félix est mort de la grippe espagnole quand il était bébé. Je regarde la lettre. Je la mets dans ma poche. Je l'ouvrirai quand Nicolas dormira.

Munich, 9 novembre 1923

Ma chère Marie,

C'est un grand jour, et je ne résiste pas à l'envie de partager avec toi ma fébrilité, mon enthousiasme mais aussi ma colère. Hitler est en prison. Quelle injustice ! Aujourd'hui à la brasserie j'ai vécu ce qui aurait pu être un tournant pour la politique de l'Allemagne et de la Bavière. J'étais de service. Je n'ai pas participé aux événements que je vais te raconter dans ce courrier, mais je les ai suivis comme si j'en étais un acteur et je les soutiens de tout mon être. Depuis que les Français et les Belges ont envahi la Ruhr pour nous forcer à payer les dommages de guerre, le prix de la nourriture augmente à une vitesse vertigineuse. Ce matin, je suis allé à la boulangerie pour acheter mon pain. Il valait moins de 1 mark il y a un mois, eh bien aujourd'hui le boulanger le vend près de 300 marks ! Nous sommes étranglés ! J'ai beaucoup de mal à acheter de la nourriture pour Klaus, et la situation politique est très tendue. Ici, à Munich, les hommes politiques n'en peuvent plus des diktats de Berlin. Ils ont proclamé l'état d'urgence et veulent se séparer de cette république corrompue de Weimar avec tous ces juifs à sa tête et ces bolcheviques qui n'arrêtent pas de lancer des grèves dans les usines pour nous faire tous mourir au nom de leur soi-disant révolution. Alors hier soir il s'est passé un événement fondateur pour notre avenir. Il y avait plus de trois mille personnes dans la brasserie pour une grande réunion politique. Tous les représentants des autorités élues, policières, militaires bavaroises, et toute la bourgeoisie de Munich étaient présents. Au moment où le commissaire général Gustav von Kahr, nommé par le gouvernement de Bavière, prononçait son discours à la tribune, et pendant que je servais des clients, Hitler, un pistolet à la main, est passé juste devant moi accompagné d'un groupe d'hommes. Ils avaient placé une mitrailleuse en batterie à l'entrée de la salle. Il est monté sur l'estrade en tirant un coup de feu en l'air, ce qui a effrayé la foule présente, et a ramené le calme. Il a prononcé quelques mots : « La révolution nationale a éclaté. La salle est occupée par six cents hommes armés. Si le calme ne s'établit pas immédiatement, une mitrailleuse viendra sur la galerie ! Le gouvernement bavarois est renversé et un gouvernement provisoire formé. »

Puis Hitler et sa troupe se sont enfermés quelques instants et sont tous ressortis en proclamant leur allégeance au nouveau gouvernement bavarois emmené par Hitler. Le public et moi-même nous sommes levés en criant : Heil ! Heil ! Heil ! *Nous étions tous comme électrisés. Ç'a été un moment intense. Nous étions unis par un même élan, une force intérieure collective qui nous poussait à faire corps derrière cet homme qui, de sa main levée, nous montrait le chemin vers nos futures victoires.*

Le lendemain matin, il y a eu une manifestation qui a rassemblé plus de deux mille putschistes, mais malheureusement la police et l'armée qui sont restées fidèles au gouvernement légal ont tiré sur la foule. Il y a eu seize morts chez les putschistes, et quatre victimes chez les policiers. Hitler lui-même a été blessé à l'épaule. Il paraît qu'un de ses gardes du corps a donné sa vie en faisant barrage de son corps pour arrêter les balles qui auraient pu le tuer. Hitler s'est enfui pour sauver sa vie, mais il a été finalement arrêté et il est aujourd'hui en prison. Il sera condamné, c'est sûr, mais notre chef sortira bientôt de sa cellule et nous reprendrons la lutte. Ces seize hommes deviendront des martyrs de notre cause. J'ai tout raconté à Klaus. Il m'a écouté attentivement. Il me donnait l'impression de tout comprendre malgré son jeune âge et déjà, dans son regard, j'ai vu cette volonté d'éliminer nos ennemis comme je le lui apprends tous les jours. Il sera bientôt prêt à se battre pour que nous retrouvions notre honneur et notre grande patrie perdue. Quand je lui parle, il serre ses petits poings, et la rage se lit dans ses yeux et sur son visage. Il sera bientôt prêt pour la revanche.

Ton Bernhard et ton Klaus

Je repose ta lettre sur la table. Pourquoi une si longue attente ? Tu me donnes à peine des nouvelles de Klaus. J'ai tant besoin de savoir comment il va, ce qu'il étudie, et s'il me réclame ! Lui as-tu au moins parlé de moi, sa mère ? Quand il était bébé tu le faisais, mais aujourd'hui ? Sait-il qu'il a une maman en France qui l'aime et qui l'attend, qui pense à lui chaque jour que Dieu fait, qui ne désespère pas de le revoir, de le serrer dans ses bras et de l'embrasser ? La seule chose qui t'intéresse, c'est la grandeur de l'Allemagne et la vengeance de l'honneur perdu de ce pays qui s'éloigne de plus en plus de mes pensées. Comme tu as changé, Bernhard ! Tu n'es plus le même. Tu ne sembles plus m'aimer ni te préoccuper de ce que nous devenons, Nicolas et moi. Tu écris cette lettre, mais pourquoi ? Elle n'annonce que du malheur et de la désolation pour le futur. Dans tes écrits tu ne transmets que la mort, la revanche, la haine. Mon plus grand malheur est de savoir que Klaus est éduqué dans cette ambiance de violence permanente ! Ici, notre vie à Nicolas et moi est le contraire de la tienne. Nous vivons en paix. Nicolas se rend à l'école tous les matins, seul comme un grand. Monsieur l'instituteur ne s'est pas trompé. Il est tellement surpris par sa vivacité d'esprit qu'il lui donne des heures de cours supplémentaires pour qu'il apprenne encore plus vite. Il parle déjà avec des mots savants qu'il apprend le soir après la classe.

« Nicolas retient tout ! » m'a confié l'instituteur un matin avant de démarrer l'école du jour.

Je suis impressionnée ! Il est très en avance. Curieux de tout. Il n'aura pas besoin de suivre son cours préparatoire. Il sautera une année et il ira directement au niveau supérieur.

Monsieur l'instituteur m'a expliqué qu'il lui enseigne aussi les valeurs de la République, comme à tous les écoliers français, ce que le monde entier nous envie : la liberté, l'égalité et la fraternité, mais aussi qu'il faut combattre l'injustice et la déraison des hommes car ils sont souvent pleins de haine.

Vois-tu, il apprend vite. Il est gai, il est heureux de découvrir le monde. Il chante souvent, il sifflote en partant à l'école le matin. Et quand, le soir, il ouvre la porte du magasin après une journée d'école, il sifflote encore. Il m'explique tout ce que monsieur l'instituteur lui a appris. Il n'a pas besoin de travailler le soir. Il sait déjà toutes ses leçons en arrivant à la maison. Alors généralement, quand les clients se pressent pour acheter leurs provisions, il m'aide au magasin. Il accueille tout le monde avec son grand sourire qui contamine de bonheur tout son entourage. Nicolas parle beaucoup. Il questionne les gens sans arrêt, au point que cela peut devenir gênant dans certaines occasions. Il rayonne. C'est un enfant du bonheur. Heureux de vivre, tout simplement.

Je n'aime plus cette signature : « Ton Bernhard et ton Klaus ». Parce que je n'ai plus conscience de t'appartenir. Je n'ai plus le sentiment que nous ne faisons qu'un corps, unis dans le bonheur de l'amour et dans la foi de l'avenir. Je ne me reconnais pas dans ta rancœur.

Je ne me détache pas de toi mais de ton pays, de ce que tu penses de cette idée de revanche, de haine, de guerre que tu as en toi comme une possession qui te hante. Ici les gens sont pauvres et durs au labeur. Le malheur les a frappés comme les Allemands. Ils ont gagné la guerre, certes, mais dans leur détresse ils ne montrent pas d'esprit de revanche. Il y a tant à faire pour reconstruire ce pays qu'ils refusent désormais la souffrance de la mort. Ils font tout pour l'écarter, l'éloigner de leur quotidien. Comme tous les survivants, ils aspirent seulement à retrouver les joies de la vie. Les Français ne veulent plus de trou béant dans leur existence. Ils aspirent à la paix, non à un nouveau conflit.

Maintenant je te parle de moi.

Au village je me suis totalement glissée dans mon personnage de veuve perpétuelle qui vit pour le don de soi. Je me suis rendu compte très vite que ce serait pour moi le meilleur atout pour m'intégrer et vivre en paix. À la mort de Félix, il s'est passé une chose étrange qui n'était jamais arrivée dans le village. Les membres de la confrérie de Saint-Sébastien m'ont demandé de prendre la place de mon défunt époux. Jamais une femme n'était devenue bâtonnière de la confrérie. D'abord pour une année. Et puis cela s'est prolongé. Ils me l'ont demandé parce qu'ils sont généreux et qu'ils ont compris que je faisais passer mon malheur après celui des autres. Tous les dimanches, nous allons aux offrandes et nous faisons procession vers l'église pour une messe à laquelle tout le village assiste. Notre confrérie partage un idéal de fraternité dans la paix du Christ. Nous sommes charitables et notre mission est de servir la pauvreté et d'aider ceux qui sont dans le besoin matériel et spirituel. Nous aidons les oubliés, les exclus, et nous faisons tout pour les aimer de tout notre cœur, quelles que soient nos différences. Nous pratiquons l'entraide au quotidien, mais sans rien attendre en retour. C'est cette éducation que je donne à notre fils. Je veux l'ouvrir au bonheur et à la paix, pas à la haine de son prochain.

La rupture

Nicolas a dix ans aujourd'hui. Klaus également. Il y a dix ans, nous étions tous les quatre devant la cathédrale de Strasbourg, ivres du bonheur de la paix retrouvée et de notre amour. Dix ans plus tard, en ce 11 novembre 1928, je suis devant le monument aux morts de Bligny pour célébrer l'armistice. Une femme couverte d'un voile y est sculptée et, telle une représentation de la Vierge, elle pose son bras sur une liste de poilus morts au front. Sous ses pieds un bas-relief représente des têtes de soldats en train de se parler. La peur se lit sur leur visage. Les villageois me disent souvent : « Cette femme te ressemble, Marie. » Elle est la grâce céleste qui désigne ces hommes morts au front. Fernand, le mari de Jeanne, est au centre du groupe de soldats. On ne peut pas le rater. Si elle aperçoit le monument depuis le ciel, elle doit être fière de voir que son homme est bien présent dans la mémoire du village.

Aujourd'hui, tous les Bélinéens sont réunis pour célébrer la victoire et l'héroïsme de ces hommes. Le conseil municipal est au premier rang et, en tant que bâtonnière de la confrérie de Saint-Sébastien, je suis aux côtés des élus. Ma présence est un symbole fort, celui de la réconciliation.

« Marie, m'a expliqué un jour le maire, tu es une passerelle pour la paix future entre la France et l'Allemagne. »

Pourquoi désormais tant de gentillesse, après avoir tant vilipendé « la Boche » à mon arrivée ? Les regards étaient pleins de suspicion et d'animosité à mon égard. La rancœur semble oubliée. Mes efforts n'ont pas été vains, mais peut-être

Nicolas y est-il pour quelque chose. Il est à côté de moi lors de la cérémonie. Tout le village adore cet enfant espiègle, rieur et énergique. Tout comme tu l'as fait avec Klaus pour le français, je lui ai enseigné l'allemand à la maison. Entre nous c'est un jeu. Je lui parle en français et il me répond en allemand. Je le corrige. Il progresse. Lui aussi, plus tard, sera un lien pour préserver l'entente entre nos deux peuples, entente que tes amis et toi, Bernhard, tentent d'ignorer et de détruire. J'ai emmené Nicolas avec moi et, parce qu'il aura vécu cette cérémonie le jour de son anniversaire, devenu adulte, il fera tout pour que cela ne se reproduise plus. J'en suis certaine. Il m'a déjà posé mille questions sur la guerre. Il sait beaucoup de choses, mais ce matin il est acteur de l'Histoire, parce que c'est son anniversaire et qu'il est un enfant de la paix. Monsieur le maire m'a donné son accord pour que Nicolas l'aide à déposer les deux magnifiques gerbes ornées d'un drapeau bleu-blanc-rouge au pied de la stèle. Musique, fanfare, sonnerie aux morts. Nicolas s'acquitte parfaitement de sa tâche. Après la cérémonie, le maire offre le verre du souvenir dans la grande salle des cérémonies. Nicolas, qui court dans tous les sens avec ses camarades, vient me voir. Il est inquiet :

– J'ai bien déposé les fleurs, maman ?

– Tout était parfait, Nicolas. Parfait.

– Tu sais, me dit-il, finalement, les poilus sont tous nos pères. Beaucoup de mes amis de l'école n'ont pas connu leurs papas parce qu'ils sont morts dans les tranchées, alors on a tous décidé ensemble que les soldats sur le monument seraient finalement nos papas. Comment trouves-tu cette idée ?

– Elle est excellente, Nicolas.

– C'est moi qui l'ai eue !

– Cela ne m'étonne pas.

Nicolas repart en courant. Les enfants ont cette faculté de s'inventer un monde où ils gèrent eux-mêmes leur douleur pour essayer d'en atténuer les effets. Dans leur univers, les visages des soldats sur le monument aux morts sont bien vivants. Il n'y a donc aucune raison d'avoir du chagrin. Mais dans celui des adultes, ils sont bien morts, et les blessures persistent. Elles sont simplement enfouies, prêtes à resurgir à chaque moment de la vie. Tes lettres, Bernhard, font désormais émerger plus de détresse que de bonheur. Elles n'effacent pas la souffrance cachée mais l'entretiennent, la font vivre et l'exhument au grand jour.

Il y a deux jours, j'ai reçu un nouveau courrier de toi. C'est la première fois que je ne l'ouvre pas juste après que Ferdinand me l'a donné. Je l'ai déposé sur la table de la cuisine et l'enveloppe s'y trouve toujours.

Quand je rentre à la maison, je la regarde. J'hésite encore à décacheter l'enveloppe. Le monde que je me suis construit et dans lequel je vis désormais est un monde de calme, de quiétude et de bonheur, imparfait, certes, mais un monde de bien-être quand même. Quand j'ouvrirai cette enveloppe, je sais que ton monde annoncera de nouveaux tourments. Mais parce que nous sommes le 11 novembre, que les jumeaux ont dix ans, que Klaus est mon fils et qu'une mère ne peut pas vivre sans connaître le devenir de son enfant, je décide de te lire.

Ma chère Marie,

Tu vas sans doute recevoir et lire cette lettre quelques jours avant, ou quelques jours après le jour de l'anniversaire de nos enfants : le 11 novembre. Cette journée funeste que je hais car elle n'est remplie que de deuil et de désespoir pour l'Allemagne. Mais heureusement, Klaus est présent, il est mon espoir, ma lumière, celui qui me redonne envie de vivre et de me battre pour reconstruire notre avenir.

Klaus est un enfant combatif. Il est énergique, mais indiscipliné. À l'école, son maître le gronde souvent car il provoque des bagarres avec ses camarades dans la cour pour des motifs souvent futiles. Il n'admet jamais la défaite. Un jour, à la suite d'un nouveau différend violent avec un copain, le médecin de l'école m'a convoqué pour me parler de lui. Lorsque Klaus et moi sommes entrés dans son cabinet médical, Helmut Müller était assis derrière son bureau. J'ai tout de suite remarqué la photo encadrée de Hitler en uniforme posée sur le meuble de travail derrière lui. Helmut Müller nous a lentement fixés droit dans les yeux, chacun à son tour, et nous a invités à nous asseoir. Même dans cette position qui cachait la moitié inférieure de son corps, il ressemblait à un ogre tout droit sorti d'un conte pour enfants. Helmut Müller est très grand. Il mesure sans doute plus de deux mètres. Il n'a pas besoin de se lever pour en imposer à ses visiteurs. On devine une largeur d'épaules impressionnante sous son costume de ville, sa cravate et sa blouse blanche de médecin. Ses cheveux blonds coupés en brosse, sa grosse tête posée sur un cou de taureau et sa voix grave et puissante suffisent à vous dissuader de l'interrompre lorsqu'il s'adresse à vous.

« Klaus aime se battre. La violence semble être dans sa nature mais je ne suis pas certain de cela. Comment l'avez-vous élevé ? » m'a-t-il demandé sur un ton plus empreint de curiosité que d'inquiétude.

J'ai réfléchi quelques instants car je ne savais pas quoi répondre. J'ai jeté un coup d'œil à Klaus, qui était assis à côté de moi avec un air renfrogné. Tel un animal traqué, il semblait prêt à bondir. Et puis j'ai tourné la tête, j'ai fixé du regard le médecin et je lui ai tout raconté. La naissance en Alsace, le choix du départ, de la séparation d'avec sa mère et l'arrivée en Allemagne avec toutes les difficultés qu'un père seul peut rencontrer au quotidien dans un nouveau pays pour éduquer son garçon.

« Docteur, c'est moi qui l'ai élevé comme cela. Je n'ai pas eu grand-chose à faire, juste à accompagner cette énergie. Tout petit, Klaus semblait déjà en guerre contre la terre entière. Peut-être que l'absence de sa mère lui a troublé son esprit. Un enfant qui n'a pas sa maman près de lui pour l'élever, c'est compliqué, vous comprenez, d'autant que moi, à la brasserie, je travaille beaucoup et je n'ai pas le temps de m'en occuper. Alors, afin qu'il puisse se débrouiller très vite tout seul, je lui ai simplement expliqué que la vie était un combat qu'il fallait gagner à chaque seconde. Qu'il fallait se battre aussi pour préparer son avenir et l'avenir de l'Allemagne. »

Je lui ai raconté que le jour de son anniversaire serait malheureusement une journée de deuil toute sa vie car c'est la date où l'Allemagne a été officiellement vaincue et humiliée devant le monde entier, que le 11 novembre ne serait jamais une journée comme les autres pour lui tant qu'il n'aurait pas récupéré sa terre natale : l'Alsace ! Je lui ai dit pourquoi ce combat n'attendait pas et qu'il commençait dès maintenant.

« Mais vous le savez autant que moi, docteur, vous qui travaillez avec des enfants, quand on a dix ans, on prend tout au pied de la lettre. Et Klaus a suivi mes recommandations sans se poser de questions. Alors je pense que si de temps en temps il réagit un peu violemment, ce n'est pas grave. Cela lui passera. Il suffit de lui dire de se calmer et il se calmera. »

Helmut Müller ne m'a pas contredit.

« Bien, m'a-t-il dit. Je ne pense pas qu'il se calmera et au fond peu importe, car l'Allemagne a besoin de tous ses enfants et particulièrement d'un enfant comme Klaus qui bouillonne intérieurement, mais il va falloir canaliser cette agressivité. Il ne peut pas continuer de la sorte dans la cour de l'école. Beaucoup de ses camarades se plaignent de lui, sans compter leurs parents qui passent leur temps dans le bureau de M. Schoeller, le directeur, à lui expliquer qu'il doit renvoyer Klaus car il perturbe trop son environnement. Il vous faut comprendre, monsieur Heinrich, que cela ne peut plus durer.

– Bien sûr, je comprends, docteur. Je comprends. Mais que faire pour canaliser son tempérament ?

– J'ai peut-être une solution à vous proposer. Est-ce que vous connaissez le programme Hitlerjugend ?

– Oui, bien sûr, j'en ai entendu parler. »

Helmut Müller m'a interrompu en levant son bras droit en mimant le salut de notre Führer.

« Eh bien je pense que Klaus devrait intégrer ce programme. Qu'en pensez-vous ?

– Oui, c'est une bonne idée. Cela le défoulera sans doute.

– C'est plus que du défoulement M. Heinrich. Dans ce programme, nous préparons les futures élites de la nation aryenne pour l'Allemagne. Klaus a les capacités pour devenir un chef de cette élite, j'en suis persuadé ! »

C'est ainsi, ma chère Marie, que Klaus a intégré les Hitlerjugend, les Jeunesses hitlériennes. Il est dans la Deutsches Jungvolk, qu'on appelle plus familièrement les Pimpfe, qui regroupent les enfants de dix à quatorze ans. Il part les samedis et dimanches dans des académies à la campagne. Là-bas il suit un entraînement physique et militaire. Il manie les armes. Ses instructeurs lui enseignent la philosophie de notre parti : éliminer les plus faibles et s'endurcir. Un dimanche, en rentrant à la maison, il m'a raconté ce qu'il avait fait : il avait rampé sous des fils de fer barbelés, il avait plongé en mer dans de l'eau glacée, appris à lancer des grenades avec précision sur des ennemis, invisibles pour l'instant, mais qui seront bien réels plus tard. Comme tous ses camarades, il a reçu un uniforme et un poignard : il est inscrit, sur le plat de la lame : « Blut und Ehre ». Sang et honneur. C'est la devise nazie, et Klaus en est très fier. Pendant ces week-ends, leurs chefs d'escouade exigent d'eux une obéissance et un dévouement totaux. C'est ce qu'on leur inculque : le Führerprinzip, la soumission totale au chef.

Klaus se plaît dans ces camps. C'est une bonne formation, qui canalise sa violence et le discipline un peu, car ils apprennent aussi la vie rustique et simple de la campagne, la traite des vaches et la coupe du bois. Lors d'un de ses discours à Nuremberg, Hitler a dit : « Le jeune Allemand de demain doit être svelte comme le lévrier, solide comme le cuir, et dur comme l'acier Krupp. » C'est exactement comme cela que Klaus doit construire son avenir. Dans ces campements, leurs chefs leur proposent un idéal de sacrifice pour la patrie. Ils seront la nouvelle Allemagne, celle qui vaincra de nouveau ! Des soldats allemands, anciens de 14/18, leur rendent souvent visite pour leur raconter leurs expériences du front. Ils leur rappellent la guerre et ses vertus, notamment celle de devoir éliminer son ennemi.

À dix ans, Klaus est le meilleur de sa section. Il sait déjà tirer. L'autre jour, il m'a raconté qu'il était en chasse dans les bois et qu'il a réussi à tuer un lièvre au premier coup de fusil. Il a dix ans, Marie ! Tu te rends compte ! C'est merveilleux ! À dix ans, notre fils sait déjà tirer au fusil et comment faire pour abattre son ennemi !

Mais ces enfants n'apprennent pas que la préparation à la guerre. Leurs chefs leur enseignent la préservation de la pureté du sang allemand, comment ils seront amenés à éliminer la vermine juive et française qui nous a fait tant de mal. Ils savent aussi qu'ils devront conquérir un nouvel espace vital pour la survie de notre pays, et cela passe par le retour de l'Alsace, notre très chère Alsace, dans le futur Reich. Ils reçoivent une éducation morale dans l'esprit du national-socialisme allemand. Depuis qu'il est dans la Hitlerjugend, il a changé. Il est plus calme, il réfléchit mieux quand il fait ses devoirs et son travail à l'école est meilleur. Maintenant il a de bons résultats. Il a appris à maîtriser ses forces. Dans la cour de récréation, il se bat encore un peu, certes, mais beaucoup moins qu'auparavant.

Tous les matins Klaus et sa section prêtent serment devant le Bann. *Cet étendard représente le Führer. C'est Klaus qui le tient devant ses camarades. Ses chefs l'ont choisi. Tous les enfants jurent de consacrer leur énergie et leur force au sauveur de notre patrie.*

Un dimanche, à son retour du camp, quand je suis allé le chercher à la gare de Munich, j'étais sur le quai lorsque son chef de section m'a tiré discrètement par la manche pour m'entraîner à l'écart : « Klaus à un grand potentiel, m'a-t-il glissé doucement pour que personne n'entende. Mais, j'ai une interrogation : c'est vous qui lui avez appris à parler français ? Pour quelle raison ? »

Je me suis senti défaillir quelques secondes. L'apprentissage du français serait-il un handicap pour l'avenir de Klaus dans la Hitlerjugend ? « Oui, je lui ai appris à parler français car je suis alsacien d'origine, et je considère qu'apprendre le français pourra lui servir et surtout servir l'Allemagne quand Klaus partira à la reconquête de sa terre nourricière. J'ai mal fait ? »

Il m'a regardé et a tourné son visage vers Klaus. « Non, non pas du tout ! Bien au contraire ! L'Allemagne aura besoin de tous ses enfants, de leurs capacités et de leurs talents quand l'heure de la revanche aura sonné. »

Je me suis senti soulagé. J'ai agi pour le bien de Klaus et de l'Allemagne. C'est l'essentiel.

Le chef de section a passé sa main dans ses cheveux blonds en secouant légèrement la tête.

« Ce petit a incontestablement l'âme d'un futur chef aryen. Si vous êtes d'accord, on peut l'orienter tout de suite de sorte que, lorsqu'il aura dix-huit ans, il pourra intégrer la Schutzstaffel. Qu'en pensez-vous ?

– Intégrer la SS à dix-huit ans ?! »

Je l'ai regardé, un peu interloqué, en me disant intérieurement : « Comment un enfant aussi instable pourrait-il devenir un chef de la SS à l'âge adulte ? »

Mais ma réponse ne s'est pas fait attendre : « Mais bien sûr. Vous avez mon accord. »

La conversation s'est arrêtée là. Depuis, Klaus fait l'objet de toutes les attentions de la part de ses chefs. On lui confie des tâches qu'un enfant de dix ans ne pourrait normalement pas réaliser. Un soir d'automne, alors qu'il était en camp dans le Harz, ses chefs lui ont ordonné d'emmener toute sa section du Jungvolk grimper l'Achtermannshöhe. Des enfants de dix ans, Marie ! Tu peux imaginer l'exploit que cela représente, toutes ces heures de marche pour des gosses de cet âge ! Cette montagne est haute de près de 1 000 mètres. Malgré l'orage, la pluie et les sacs à dos remplis de pierres, Klaus s'est acquitté de sa tâche. Certains dans sa section n'ont pas pu suivre le rythme qu'il imposait tant il marchait vite. Beaucoup ont abandonné. Klaus les a laissés sur le chemin, au bord de la route, pour rester fidèle aux trois mots qui sont la base de leur enseignement militaire : célérité, dureté, solidité. Les trois valeurs idéales pour promouvoir la jeunesse allemande.

Un jour il portera la Siegrune, le symbole de la SS, et il entrera en vainqueur dans notre ville tant aimée de Strasbourg. Klaus nous sauvera tous, j'en suis certain.

Ton Bernhard et ton Klaus

Je repose ta lettre sur la table de la cuisine. Je m'assois. Je suis choquée, abasourdie face à un tel déferlement de violence. Je regarde par la fenêtre. Elle est ouverte. Mon esprit est vide et il se perd dans une pensée de douleur infinie.

Bernhard, que fais-tu avec notre enfant ? De mon enfant ? Tu es en train de le transformer en un être haineux rempli de rancœur et de violence. Comment peux-tu oser dire que le 11 novembre est devenu un jour funeste alors qu'il y a dix ans cette journée était remplie de beauté et d'harmonie ? Ainsi, désormais, l'anniversaire de tes enfants ne représente plus qu'une longue complainte. Notre photo est dans la poche de ma blouse. Je la prends, la regarde et une nostalgie immense s'empare de moi. Pourquoi le malheur est-il toujours présent dans notre vie ? Pourquoi la paix nous a-t-elle apporté le chagrin et valu ce désastre qui touche notre couple aujourd'hui ? Que fais-tu de notre bonheur ? Tu sembles vouloir l'enfoncer dans un tunnel de ténèbres pour qu'il disparaisse à jamais.

Ta lettre est accompagnée d'une photo de Klaus. Il est en uniforme avec un poignard à la ceinture, un brassard noir qui semble grotesque sur un enfant de son âge, sur lequel est cousue une croix gammée difforme et monstrueuse, celle-là même que portait Hitler le jour où tu lui as parlé dans cette maudite brasserie.

Klaus est beau. Son visage est pur, mais son regard est dur. Ce n'est déjà plus le regard d'un enfant qui sourit à la vie. Il a les yeux d'un jeune homme qui envisage l'avenir de manière sombre. Il exprime déjà une violence qui m'effraie. Pourquoi Klaus devrait-il être méchant et violent par nature ? C'est notre enfant. C'est mon enfant. Il ne peut pas être celui que tu décris dans tes lettres. Klaus est un enfant de l'amour. Il ne peut être que rempli d'amour.

J'hésite un instant, mais finalement je me décide. Je me lève et je me dirige vers le poêle à bois. Je pensais que ma main allait trembler, mais elle ne faillit pas. Je jette la photo de Klaus dans le feu. Je la regarde se consumer, le papier se recroqueville sous l'effet de la chaleur et le visage de Klaus disparaît à jamais. Le voir s'évaporer ainsi en fumée n'est pas une souffrance, car je veux effacer de ma mémoire cette image de mon enfant déguisé de manière absurde en guerrier. Je ne veux pas garder une image de lui habillé en soldat. Puis je reviens à la table et je m'assois de nouveau, éreintée par le poids de la douleur sur mes épaules.

Je m'interroge. Si le 11 novembre ne représente que ce que tu écris dans cette lettre, pourquoi devons-nous poursuivre nos correspondances ? Pourquoi devrais-je poursuivre ma relation avec ce que tu es devenu, c'est-à-dire un monstre ? Cet amour pour Klaus est toujours ancré au plus profond de moi. Mais l'homme que j'aime n'existe plus, Bernhard. Or c'est à toi que j'écris, pas à notre enfant. C'est toi, avec ton éducation et ton esprit revanchard, qui a transformé Klaus en enfant de l'abject. J'ai décidé de rompre notre promesse.

Tes courriers tous plus horribles les uns que les autres provoquent désormais chez moi du rejet et du dégoût. Je ne t'écrirai plus. Seul mon amour pour Klaus, éternel, me permettra peut-être un jour de le revoir. J'en suis certaine et, ce jour-là, je lui transmettrai toute la douceur, la bonté et la générosité qui sont en moi. Mais toi, Bernhard, je ne veux plus entendre parler de toi. Plus jamais. Je sais qu'en arrêtant nos correspondances je prends le risque de me séparer à jamais de Klaus. Pourtant j'ai toujours su conserver foi en l'avenir. Une force intérieure me dit tous les jours que je reverrai Klaus et que, ce jour béni où nous serons de nouveau réunis, ma présence lui offrira l'occasion d'oublier ce que tu lui as fait subir et qu'il découvrira qu'un autre monde existe.

La décision

J'avais lu toute la nuit. Je refermai le cahier, trop fatigué pour continuer. Au lendemain de mon anniversaire, je revins brutalement à ma réalité. Je restai très longtemps assis, prostré sur mon lit, le regard perdu, un peu effrayé par ce passé mis à jour. Ma grand-mère, son histoire, ses origines, l'Alsace, l'Allemagne, mon père, mon oncle, cette photo de mon grand-père en uniforme au mur de la chambre de Marie et qui n'était finalement pas mon grand-père. Tout s'embrouilla dans ma tête, comme un vertige sans fin, prêt à me faire chuter. La révélation de ce passé mit violemment en évidence des douleurs enfouies au plus profond de mes racines familiales. Ce premier voyage provoqua chez moi un malaise. Je craignais désormais de poursuivre cette exhumation. Une question trottait dans ma tête qui ne me quittait pas : « Que vais-je découvrir encore ? »

Je remis le cahier dans la boîte. D'un mal peut naître un bien, nous répétait souvent ma mère, alors affrontez le mal, n'ayez pas peur ! Facile à dire. Mais pas à réaliser quand on ressentait l'étrange sensation que ce mal pouvait être absolu et pouvait ébranler à jamais des certitudes familiales ancrées depuis le plus jeune âge, sans possibilité de retour à la normalité d'une vie heureuse. Ce mal absolu, je le sentais tournoyer autour de moi, il cherchait à pénétrer mon être en décochant autant de flèches dans mon corps que le cahier contenait de mots.

De ce passé, je connaissais simplement quelques histoires de guerre que mon père nous racontait de temps en temps, le dimanche, au cours du déjeuner. Il rappelait régulièrement ses maigres exploits en les minimisant, le tout sur un ton léger et badin, comme si la guerre à ses yeux n'avait été qu'un bref, anecdotique, mais exaltant moment de sa jeunesse.

À la table mon oncle se taisait. Ma grand-mère également. Un mutisme qui ne pouvait pas éveiller ma conscience d'enfant. Pourtant, je leur avais souvent posé cette question, en toute innocence :

– Et vous, que faisiez-vous pendant que papa faisait la guerre ? Vous combattiez également ?

Ils ne m'avaient jamais répondu. J'avais fini par cesser de poser des questions. Et aujourd'hui, j'avais peur d'affronter leur mutisme.

Ce matin-là, sur mon lit, je savais donc qu'aller plus loin dans la découverte de ce passé pouvait s'avérer terriblement déstabilisant. Si j'avais fait la promesse à ma grand-mère de conserver ses écrits, voire d'ouvrir la boîte, je ne m'étais pas engagé à les lire, après tout. Je me mis à maudire ce jour où elle m'avait appelé dans sa chambre pour me confier les secrets de notre histoire familiale inconnue de tous, sauf de mon père et de mon oncle, et que je serais peut-être le seul à découvrir. Pourquoi moi ? J'ai en souvenir cette phrase stupide qu'elle avait prononcée sur son lit de mort : « Parce que c'est une histoire d'hommes tu dois la connaître ! » Une réflexion que je jugeais totalement incompréhensible. C'était Marie qui était au centre de tout, et elle me parlait d'une histoire d'hommes !

Je décidai finalement de me donner quelques jours de réflexion pour savoir si je devais poursuivre ma quête, ou laisser à jamais ces maudites lignes au fond d'un trou où personne n'aurait l'idée de venir les déterrer.

Quelques instants plus tard, comme tous les matins, je pris la direction de la cuisine où se trouvait Nicolas, mon père. Il était en train de préparer son petit déjeuner. Je n'entrai pas tout de suite. Je le regardai s'activer derrière la porte vitrée, prendre les tasses, mesurer ses doses de café, attendre quelques secondes debout devant la cafetière le temps que s'écoule le liquide noir qu'il avalerait ensuite d'un trait. Il s'aperçut de ma présence.

– Pourquoi tu me regardes comme ça ? Tu as mal dormi ?

Je continuai de le fixer sans bouger.

– Tu viens t'asseoir ?

– Non, je n'ai pas faim, pas maintenant.

Je ne pris pas mon café avec mon père comme je le faisais chaque matin. Impossible. Il y avait trop de questions sans réponses dans ma tête. Qui était finalement cet homme qui se tenait debout devant moi ? Qui était son frère qu'il semblait protéger ?

Tout au long des journées suivantes, je me réfugiai dans le silence, évitant la présence de mon père. Le matin, je me levais tard, quand il était déjà parti au travail. Le soir, je prétextais des révisions pour m'enfermer dans ma chambre.

Il y avait trop de craintes enfouies. Je sentais au plus profond de moi que je devais connaître la suite de cette histoire, même si elle devait me révéler une effrayante et monstrueuse réalité. Revenir à ce passé devint une absolue nécessité pour construire mon avenir. Aussi je me décidai : d'une main tremblante, je saisis le marque-page et repris la lecture des écrits de Marie.

Le retour du passé

La lente et inexorable montée de l'horreur s'est poursuivie tout au long des années suivantes. J'ai suivi régulièrement dans le journal l'ascension vers le pouvoir de tes amis nazis. Je n'ai ouvert aucune des lettres que tu continuais de m'envoyer. La dernière, c'était il y a une éternité. Nous sommes en juin 1940 et elle remonte au 11 novembre 1938, le jour des vingt ans de nos enfants. Elles s'étaient espacées dans le temps. Elles devaient être la traduction dans votre vie de cette aube du mal qui se levait, qui allait nous aveugler et nous brûler. Je n'ai pas lu tes lettres, parce que je ressentais au plus profond de ma détresse de mère que tes écrits pouvaient être infamants pour notre enfant. Qu'ils racontaient la montée de l'ignominie et que tu l'accompagnais en en étant l'un des acteurs.

Ce n'était pas l'envie qui me manquait de les décacheter et de les lire. J'ai hésité longtemps : fallait-il que je les fasse disparaître ? Que je les brûle comme je l'avais fait avec la dernière photo de Klaus en 1928 ? Je ne m'explique pas pourquoi, mais je les ai finalement gardées. Elles sont enterrées sous une dalle du garage, loin de ma vue, hors de portée de quiconque.

Les Allemands entrèrent le 17 juin 1940 dans la ville de Dijon quasiment désertée et déclarée ville ouverte par les autorités militaires françaises pour éviter un bain de sang. Terrorisée par les exactions de la Wehrmacht, la majorité des Dijonnais avait pris le chemin de l'exil. Je me souviendrai toute ma vie de cette journée.

Elle scella mon destin, notre destin à tous les quatre : Bernhard, Nicolas, Klaus et moi. Bernhard, dont j'ignorais alors la disparition. Et Klaus ? Qu'était-il devenu ? Faisait-il partie de ces milliers d'hommes qui s'emparaient chaque jour de la France pour l'asservir, ou alors le Reich avait-il fait le choix de l'envoyer vers d'autres terres d'Europe pour les martyriser ? Cette question hantait mes pensées. Pendant toutes ces années, je n'ai jamais désespéré de le revoir.

Ce matin du 17 juin 1940, à 5 heures, il faisait à peine jour lorsque Firmin, le maire, vint frapper fort à ma porte :

– Marie ! Marie ! Dépêche-toi ! Réveille-toi, il faut que tu descendes !

J'ouvris les volets, sortis ma tête encore endormie.

– Qu'est-ce qui se passe ? Pourquoi tout ce raffut ?

– Viens, descends que je te dis ! Mais descends donc !

J'attrapai à la volée une robe et un chemisier noir et dévalai l'escalier. Dans la rue, j'avais peine à suivre Firmin qui marchait très vite. Quelques secondes plus tard, nous arrivâmes sur la grande place devant la mairie.

Le spectacle était effrayant. Se tenait là une foule immense d'exilés avec leurs charrettes attelées à des chevaux maigres, et leur dizaine de baluchons reposant au sol. Quelques voitures étaient mal garées, à l'intérieur desquelles des personnes dormaient. Le silence qui régnait n'était interrompu que par des cris et des pleurs de bébés allongés dans des landaus que des mères agitaient d'avant en arrière dans l'espoir de calmer la douleur de leur enfant qui criait famine. Toute cette masse grise respirait la crasse, la misère et le malheur.

Jusqu'à présent, Bligny avait été épargné par les affres de la guerre. L'exode pour nous, ce n'était qu'une voix nasillarde entendue dans les postes de radio, mais il restait lointain, hors de nos réalités de paysans. C'était terminé. Ce fut un tournant pour le village et ses habitants. Situé au sud-ouest de Dijon, Bligny était devenu le temps d'une nuit le passage obligé de ceux qui fuyaient la mort allemande. Ces exilés avaient décidé de prendre la direction du sud, vers Lyon, espérant échapper aux mitraillages journaliers et incessants des stukas allemands, à leurs sirènes effrayantes et à leurs bombes qui frappaient à l'aveugle pendant la journée, scellant le destin d'hommes, de femmes et d'enfants unis dans un même effroi.

Avec les membres de la confrérie, nous organisâmes rapidement une aide aux réfugiés qui s'arrêtaient épuisés, en quête de vivres. Mon magasin d'alimentation était au cœur de ce dispositif de secours. À l'époque, on ne manquait encore de rien dans les campagnes. Pas trop du moins. Firmin se démenait comme il pouvait. Il me demandait en permanence de l'eau, de la nourriture, du lait pour les enfants. Je donnais sans rien demander, car il n'était pas question de faire payer quoi que ce soit à ceux qui n'avaient eu d'autre choix que de fuir. Me voyant soucieuse, Firmin me répétait :

– La mairie te paiera, Marie, ne t'inquiète pas.

Ce n'était pas le manque d'argent qui m'inquiétait, mais les stocks de vivres. Ils diminuaient au fur et à mesure que les cohortes de fuyards arrivaient dans le village. Un jour, il n'y eut plus rien dans les réserves ni dans l'arrière-boutique. Plus de quoi apaiser la faim d'un enfant. Rien.

Fort heureusement tout cela prit fin le jour de l'armistice, le 22 juin. Après les paroles du maréchal Pétain à la radio, que certains jugeaient rassurantes puisqu'il faisait don de sa personne à la France, beaucoup d'exilés décidèrent de rentrer chez eux ou de poursuivre leur route au-delà de la ligne de démarcation qui passait en Saône-et-Loire, plus au sud. Le flux de l'exode s'interrompit. Le village se vida doucement et se referma comme un coquillage sur ses propres douleurs. Certains exilés prirent la route de Beaune, vers la ligne, dans l'espoir de retrouver une nouvelle liberté. D'autres décidèrent de repartir vers le nord pour rentrer chez eux, à Dijon, remplis d'inquiétude et d'incertitude face à leur nouveau destin de Français vaincus et humiliés.

Le soir du 22 juin, j'invitai Firmin et les membres de la confrérie à venir boire une goutte de gnôle dans le magasin. Nous avions besoin de nous retrouver et de parler. Nous étions une dizaine, que des hommes à part moi, assis sur les chaises autour du comptoir, fatigués, épuisés, à nous raconter la folie de ces cinq journées passées à inventer mille solutions pour sauver des vies. Chacun y allait de son anecdote, décrivait le moment qui lui avait permis de venir en aide à ces pauvres gens.

Soudain, Firmin se leva et porta un toast :

– La confrérie peut être fière d'elle ! C'est tout ce que j'ai à vous dire. Fière d'elle !

Il but cul sec le contenu de son verre et se rassit. Tout le monde l'applaudit, satisfait du devoir accompli, avant de descendre son verre d'une rasade.

Malgré les mots de Firmin, une immense tristesse se lisait dans les regards. La France était un pays vaincu, et les vaincus n'ont jamais le cœur à la fête.

Les hommes qui étaient autour de cette table n'avaient pas été mobilisés. Certains étaient trop âgés. Quant aux autres, le gouvernement avait besoin qu'un minimum de main-d'œuvre ouvrière reste à son poste pour faire tourner les usines d'armement. Celle de Bligny en particulier, une petite fonderie qui livrait des pièces aux industries de Saint-Étienne. Ils avaient donc été mis à disposition du ministère de la Guerre, mais uniquement pour la défense passive. Ils ne pouvaient plus être convoqués qu'à titre de requis civils et encore, pour devenir employés dans les services administratifs et économiques du recrutement de l'armée. En attendant ce service hypothétique pour la nation, ils étaient restés à leur poste de travail. Ils avaient leur titre de libération définitive du ministère de la Guerre en poche, mais ne rêvaient que de prendre les armes. Ils se regardèrent en silence. Pendant quelques instants on aurait pu entendre une mouche voler. Et puis une voix se mit à chanter doucement :

« Allons enfants de la… »

Ils se levèrent les uns après les autres et reprirent en cœur.

« … la patrie, le jour de gloire est arrivé. »

Ce fut une *Marseillaise* chantée à pleine voix, puissante au point que les murs de la maison en tremblèrent. Puis tout le monde se rassit.

Je les regardai un à un dans les yeux puis leur posai la question qu'ils avaient tous en tête :

– Et maintenant, que faisons-nous ?

Un long silence s'ensuivit. Firmin prit la parole :

– J'ai la haine contre tous ces politiciens véreux qui nous ont abandonnés et sont partis se réfugier à Vichy. C'est une honte. Il faut prendre les armes ! Se défendre. Bligny doit rester une commune libre !

– Oui ! crièrent-ils tous haut et fort. Il faut prendre les armes !

Les idées ne manquaient pas. Comme les Allemands n'étaient pas encore entrés dans le village, certains proposèrent d'entrer en résistance et d'ériger des barricades sur les trois principaux accès qui permettaient de pénétrer dans la commune : la route d'Arnay-le-Duc, celle de Pont-d'Ouche et celle de Lusigny. D'autres proposèrent de ne pas attendre et de dynamiter tout de suite le pont qui enjambait la rivière et le canal de Bourgogne à Pont-d'Ouche pour nous isoler et empêcher les Allemands d'envahir la vallée. D'autres encore, d'attaquer les colonnes de la Wehrmacht qui descendaient du nord, par Sombernon, pour rejoindre Dijon, d'autres…

– Stop !

Ma voix ne se fit pas entendre du premier coup.

– Stop, ce n'est pas possible ! Taisez-vous ! répétai-je plus fort.

Mon problème était le même depuis des années : lorsque j'élevais la voix, mon accent à consonance germanique reprenait le dessus. Tout le monde se tut. Les regards se tournèrent vers moi. Firmin, un peu interloqué, me demanda sur un ton agressif :

– Qu'est-ce que tu as, la Marie. Tu n'es plus des nôtres ?

Cette question me fit l'effet d'une flèche en plein cœur. Je le vis dans leurs yeux. Il y avait encore de la suspicion à mon égard. Depuis vingt-trois ans maintenant que j'étais arrivée dans ce village, vingt-trois ans que la Boche alsacienne avait fait irruption dans leur vie, ils savaient que des lettres en provenance d'Allemagne m'arrivaient. Ils ignoraient tout de mon histoire et de celle de Bernhard, de Klaus et de Nicolas, mais ils étaient au courant que j'avais appris l'allemand à Nicolas. Avec son esprit farceur, celui-ci prenait un malin plaisir à parler la langue ennemie devant ses copains, ce qui les énervait profondément. Dans les moments de tension dans la cour de récréation, ou lors des bagarres, Nicolas, qui ne tolérait aucune forme de violence, s'amusait à hurler des insultes en allemand pour ramener le calme. Sa voix portait si fort sous les marronniers qu'elle provoquait un moment de sidération collective, stoppant net toute agitation.

Mais certains enfants ne supportaient pas « la langue des Boches », comme ils disaient. Alors, ils demandaient au « Boche alsacien » de se taire, ce que Nicolas faisait afin de ne pas exacerber leur agressivité. J'avais beau lui répéter qu'il devait cesser de parler allemand en public, rien n'y faisait. Nicolas s'en fichait complètement. Son esprit rebelle et taquin prenait le dessus. Il me répétait régulièrement que cela lui donnait une force supérieure vis-à-vis de ses copains paysans souvent peu lettrés. Je lui répondais qu'il ne fallait pas jouer sur cette corde-là avec eux car cela entraînerait forcément des rancœurs et des jalousies et que certaines blessures n'étaient pas refermées.

Sans relever la défiance qui transparaissait dans leur dernière question, je dévisageai calmement chacun des membres de l'assemblée avant de prendre la parole :

– Toutes ces idées sont bonnes, bien sûr, mais elles ne seraient efficaces que quelques heures et cela se terminerait par le massacre du village. Il y a d'autres moyens de résister plus discrètement, et avec autant de réussite, mais ce n'est pas ce soir que nous trouverons la solution. Nous sommes fatigués.

Nous disons n'importe quoi et nous risquons de faire n'importe quoi car nous sommes aveuglés par la haine.

Je les congédiai tous. Moi aussi j'étais exténuée. J'avais besoin de repos pour mettre de l'ordre dans ma tête. Nicolas devait rentrer de Dijon le lendemain matin. L'École normale et l'université venaient d'être fermées sur ordre de l'occupant. Les étudiants étaient agités. Certains avaient été traduits devant un tribunal militaire. Ils avaient été fusillés. Les bourreaux étaient bien présents. Ils commençaient à réprimer. Nicolas avait échappé de peu à une rafle. L'ordre allemand se mettait en place de manière violente. Sans attendre. Il n'allait pas tarder à s'imposer chez nous, ici, dans le village. Il fallait trouver une bonne stratégie pour résister à l'envahisseur sans effusion de sang mais de manière efficace. Nous n'eûmes pas à réfléchir trop longtemps. Les circonstances décidèrent pour nous.

Le lendemain matin, tôt, alors que je n'avais pas encore ouvert le magasin et que j'étais affairée à ranger le peu de vivres qu'il restait sur les étagères, Firmin frappa à ma porte et entra, l'air préoccupé. Firmin était un maire bon et généreux. Sa voix forte et son énergie compensaient largement sa petite taille. Sous son chapeau, son visage très émacié était surmonté d'une fine moustache. C'était un homme au caractère bien trempé, avec une volonté farouche de faire le bien de ses administrés. Il était totalement dévoué à la commune . « Le Firmin, c'est un gars bien », disaient de lui les habitants qui l'avaient réélu à une très large majorité aux dernières élections. Mais là, « le Firmin », il avait un truc dans son attitude qui ne tournait pas rond : il avait l'air terrorisé.

– Qu'est-ce qui se passe, Firmin ? Tu as l'air soucieux…

Il me regarda fixement avec un air d'effroi que je ne lui connaissais pas et se mit à parler :

– Cette nuit, une famille, le père, la mère et leurs quatre enfants se sont installés dans la cour arrière de la mairie. Ce sont des juifs. Ils sont arrivés de Dijon. Ils veulent passer en zone sud mais leur voiture est tombée en panne à Oucherotte, à l'entrée du village. Ils ont fini leur chemin à pied jusqu'à la mairie. Ils ne savaient pas où aller. Ils auraient pu se rendre à l'église mais bon, comme ils sont juifs, ce n'était pas possible. Alors ils sont là. Je suis allé voir si je pouvais les dépanner, mais impossible de faire redémarrer la voiture. Ils disent qu'un homme les attend à Montceau-les-Mines pour leur faire franchir la ligne, mais pas avant deux jours. Cela m'étonne beaucoup. Comment des passeurs peuvent-ils être déjà à l'œuvre alors que l'armistice est à peine signé et la ligne de démarcation à peine installée ? Mais bon, c'est ce qu'ils disent, Marie. On est obligés de les croire, hein ?

Visiblement, la situation le dépassait complètement. Le Firmin, il parlait, parlait et parlait encore en faisant de grands moulinets avec ses bras. Il était en panique.

– Je ne sais pas comment faire. Je ne peux pas les garder à la mairie. Tôt ce matin, j'ai reçu un coup de téléphone de la préfecture de Dijon. Les Allemands arrivent dans la matinée. Des soldats sans doute. Je ne sais pas s'ils vont s'installer définitivement dans le village, je ne connais pas leurs intentions. La préfecture m'a dit qu'ils réquisitionnent tout et, en plus, il faut leur préparer la liste de tous les habitants de la commune. Ils veulent savoir s'il y a des juifs qui habitent Bligny-sur-Ouche. Tu te rends compte, Marie ! Me demander cela, à moi ! Heureusement, il n'y a pas de juifs à Bligny, cela se saurait. Mais maintenant il y a cette famille… Ces gens ne peuvent pas rester à la mairie, les Allemands vont les découvrir. S'ils s'aperçoivent que la mairie héberge des juifs, ils vont nous demander des comptes et peut-être des otages. Des otages, mon Dieu, tu te rends compte ! Il paraît que les Allemands demandent au maire de choisir lui-même les otages. Ce n'est pas possible, Marie, je ne pourrai jamais faire cela ! Jamais ! Il faut les cacher !

La zone sud. Je ne comprenais pas encore très bien ce que cela pouvait signifier comme espoir de liberté pour des réfugiés juifs. Depuis la signature de l'armistice la veille, je n'avais pas encore pris conscience que la France était coupée en deux. En quelques minutes, j'intégrai très vite la signification d'un nouveau mot : ligne de démarcation. Des frontières encore et toujours pour installer le malheur, séparer les familles, humilier les peuples.

Nous sortîmes avec Firmin. En arrivant dans la mairie, je découvris cette famille et pris tout de suite la mesure de leur désarroi. Firmin les avait fait rentrer dans une petite salle sans fenêtre, attenante à la salle du conseil au premier étage, pour que personne ne puisse les apercevoir. Le regard du père et celui de cette maman étaient remplis de suppliques. Les enfants, eux, ne disaient rien. Ils ne réclamaient même pas à manger alors qu'ils étaient visiblement affamés. La vision de cette famille terrorisée et épuisée fit remonter en moi les souvenirs de ces Alsaciens allemands expulsés de leur terre à la fin de la Grande Guerre par les Français, mais surtout la douleur de ma séparation d'avec Bernhard et Klaus. Leurs yeux étaient un miroir qui me renvoyait mes propres souffrances, enfouies mais toujours présentes. J'étais venue à Bligny pour fuir et oublier cette désespérance. En quelques secondes, elle me submergeait de nouveau comme une monstrueuse vague que je n'attendais pas. Cette famille devant moi, c'était mon passé qui revenait violemment pour me rappeler que les brûlures ne s'apaisent jamais. Les barbares, d'un côté ou de l'autre d'une frontière, quels qu'ils soient, n'en n'auront donc jamais fini avec la haine ! Puis, un immense sentiment de révolte m'envahit. Je repensai rapidement aux mots que les hommes de la confrérie avaient prononcés hier soir. Inutile de chercher. La réponse était simple. Elle me sauta aux yeux : il fallait aider. C'est tout. Apporter de l'aide est la seule chose à faire quand on est désarmé. Aider son prochain à échapper aux griffes de ses bourreaux. Il fallait sauver ces gens. Ce fut le début de mes actes de résistance.

C'est ainsi que je cachai mes premiers juifs en partance pour la zone sud dans mon garage. Nicolas, qui était maintenant installé au village, les emmena jusqu'à Montceau-les-Mines où il avait un ami étudiant, également revenu dans sa ville pour échapper à la répression des Boches à Dijon. En arrivant sur le lieu du rendez-vous, comme nous le craignions, il n'y avait aucun passeur. L'ami de Nicolas expliqua que personne n'attendait ces gens et leur conseilla de retourner le plus vite possible à Bligny. Ce qu'ils firent. Au péril de leur vie, ils firent demi-tour. Une journée à emprunter des chemins détournés à travers le Morvan. La chance était avec eux. Ils ne rencontrèrent aucun Allemand. Un miracle. Depuis son retour, la famille dormait dans le garage en attendant que l'on s'organise pour trouver un vrai passeur.

Comme Firmin l'avait annoncé, les Allemands débarquèrent dans la matinée. Nous eûmes juste le temps de cacher la famille juive. Les Allemands ne réquisitionnèrent rien. Ils voulaient seulement récupérer la liste et les archives familiales des habitants. Sans doute espéraient-ils trouver des ancêtres juifs dans le passé de quelques villageois. Firmin m'avait expliqué juste avant leur arrivée qu'ils employaient la même tactique dans tous les villages du canton : terroriser les populations en faisant comprendre qu'ils pouvaient revenir à tout moment, et qu'ils leur suffiraient de consulter n'importe quelle fiche d'état civil centralisée à Dijon pour arrêter la personne concernée. L'effet dissuasif était garanti.

Ils saisirent toutes les archives municipales. Puis, ils nous convoquèrent tous sur la place de la mairie. Les récalcitrants se plièrent rapidement à l'ordre : ceux qui rechignaient à venir étaient expulsés de chez eux à grands coups de crosse. En moins d'une heure, tout le monde était présent.

Sur l'esplanade surélevée de quelques marches qui permettait l'accès à l'entrée de la mairie, un colonel allemand attendait en regardant la foule. Il était jeune. Très jeune même.

Son uniforme noir ne laissait planer aucun doute sur son appartenance à la SS. Il y avait une tête de mort sur le front de sa casquette et deux petits « S » cousus sur le côté droit du col de sa veste militaire. Son regard était brillant, haineux. Ses yeux allaient et venaient de gauche à droite. Il s'assura que tout le monde était présent avant de prendre la parole. À mes yeux, les bottes de cet Allemand plantées sur cet espace surplombé de notre devise, « Liberté, égalité, fraternité », était une souillure de plus pour nous, les Français, qui dansions encore devant ce bâtiment républicain quelques mois plus tôt pour fêter la révolution. À ses côtés se tenait Firmin. Il était blême de peur, le Firmin.

Il était venu me voir quelques secondes avant l'intervention du SS et m'avait soufflé dans le creux de l'oreille :

– Marie, le colonel sait parler français mais il cherche quand même un interprète pour que les choses soient bien comprises.

J'avais hésité. Je ne voulais pas me mettre au service de l'ennemi. Sur l'insistance de Firmin j'avais néanmoins accepté de faire la traduction.

De chaque côté de l'estrade, des soldats tenaient leur mitraillette au niveau de leur taille et menaçaient la foule. Firmin se plaça à droite du colonel et moi à sa gauche.

Le colonel prononça un discours ferme et rapide. Je traduisis ses paroles au mot près sans rien oublier. Il n'y avait pas d'alternative. Soit on collaborait avec l'occupant et le gouvernement de Vichy, soit on était considéré comme un traître. Et les traîtres, il fallait les dénoncer. Le colonel le répéta plusieurs fois. Je le répétai plusieurs fois. Il dit que ceux qui cacheraient des juifs ou des fuyards, ceux qui résisteraient seraient traduits à Dijon devant un tribunal militaire et qu'il n'y aurait aucune clémence : ils seraient fusillés. Comme si nous n'étions pas capables de comprendre, il sortit son Luger et le pointa d'abord sur la tempe gauche de Firmin, qui ferma les yeux, puis sur ma tempe droite. Je restai impassible. La sauvagerie ne m'impressionnait pas. Je ne sais pas pourquoi, mais j'étais moi-même surprise de n'éprouver aucun sentiment de peur. Puis le colonel se plaça devant moi. Il me demanda en allemand où j'avais appris sa langue. Je lui répondis en le fixant avec un air de défi :

– Je suis alsacienne.

– Traître !

Les deux gifles claquèrent sur mes joues, aussi rapides que deux balles de fusil. Je vacillai et tombai lourdement sur le sol. Firmin vint à mon secours et s'agenouilla près de moi. J'avais mal, très mal, mais je ne laissais transparaître aucune émotion pour ne pas contenter mon bourreau.

Le colonel m'insulta en allemand. Il n'avait pas aimé la manière dont je l'avais défié avec mon air d'insoumise. Il me fit signe de me relever. Firmin me prit par les épaules pour m'aider. Une fois debout, je vis l'uniforme s'approcher de moi. Son visage était désormais presque collé au mien.

– Je vous materai, me dit-il doucement, dans un français aux consonances germaniques. Ne me regardez plus comme cela. Devant moi, on baisse les yeux !

Je ne baissai pas les yeux. Il me donna alors un violent coup de genoux dans le bas-ventre, qui eut pour effet de me faire plier en deux. Firmin me soutenait toujours par les épaules pour éviter que je ne m'affaisse de nouveau au sol.

De toute sa hauteur, l'homme me regarda d'un air méprisant puis tourna les talons, descendit les quelques marches jusqu'à sa voiture, suivi de sa cohorte d'uniformes vert-de-gris. Tous prirent aussitôt la route de Dijon.

Nous restâmes un long moment silencieux. Tout le monde se regardait, terrorisé. La pure bestialité venait de nous toucher. Cela ne fit que décupler mon sentiment de révolte. Firmin me demanda :

– Ça va, la Marie ? Comment te sens-tu ?

Je me relevai doucement.

– Ça va, Firmin, ça va. Ne t'inquiète pas. La douleur se surmonte quand on est rempli de haine.

J'ajoutai calmement en redressant le buste, les deux mains posées sur mes hanches :

– L'heure de la résistance a sonné, Firmin.

Le soir, il convoqua un conseil municipal extraordinaire. Rien ne filtra de ces discussions où il fut décidé… de ne rien décider, pour préserver la tranquillité du village. Nicolas était membre de l'équipe. Il me raconta les débats de la soirée, faits de petites lâchetés et de grands renoncements. Certains voulaient se battre, mais ils étaient très minoritaires. En réalité, personne ne voulait prendre le moindre risque avec les Allemands ni se mettre à dos l'administration et la police de Vichy. Au bout d'une heure, les élus s'étaient séparés dans la nuit, chacun préférant retourner vaquer à ses occupations plutôt que de risquer sa vie en essayant de sauver ce qui pouvait l'être encore.

Au conseil, il n'y avait aucun membre de la confrérie de Saint-Sébastien mis à part Firmin, notre maire et bâtonnier. Il était très clair qu'aucune initiative pour s'opposer à l'envahisseur ne viendrait de l'équipe municipale. Les actes de résistance ne pouvaient être qu'une décision de la confrérie. Mais elle n'avait pas vocation à recourir à la violence. Sa devise, « Faire fidèle devoir », était à l'opposé de toute forme de haine de l'autre, même vis-à-vis des Boches. Il fallait donc trouver le moyen d'apporter assistance aux plus faibles tout en s'opposant sans violence à nos ennemis. Nous devions rester en accord avec nos valeurs. Cette résistance ne pouvait être que passive et non armée.

Le lendemain du conseil municipal, à ma demande, tous les confrères se réunirent le soir dans mon salon. N'étant pas un confrère, Nicolas n'avait pas vocation à se trouver là, mais à situation exceptionnelle, autorisation exceptionnelle. Personne ne s'opposa à sa présence. Il avait quitté Dijon quelques jours auparavant, après avoir assisté à l'arrivée des Allemands. Il savait donc où ils étaient installés et ce qu'ils faisaient. Ses renseignements pouvaient nous être précieux. D'autant que, parmi les confrères assis autour de la table, peu étaient au courant de ce qui s'était réellement passé. Quel degré de répression les Allemands avaient-ils mis en place et surtout, de quels réseaux disposaient-ils pour piéger et anéantir toute velléité de résistance dans les villages de Côte-d'Or ? Pour nous préparer à lutter, il fallait connaître leurs intentions, essayer d'anticiper leurs actions et leurs réactions. Ici, au village, nous savions juste qu'ils étaient entrés dans Dijon, ce qui avait provoqué un exode vers le sud.

Juste avant son retour, Nicolas m'avait vaguement écrit dans une lettre que les étudiants avaient décidé de résister, sans rien m'expliquer, de peur de m'inquiéter. Finalement il avait fait le choix de revenir. Cela m'avait rassurée mais pas totalement. Face à l'ennemi, les jeunes sont souvent exaltés. Ils sont pris par l'envie de se battre de manière impulsive. L'exaltation, je l'avais connue lors des départs des trains militaires sur le front en 1914. Elle me faisait peur. Elle avait abouti au massacre. Je préférais donc savoir Nicolas près de moi plutôt qu'à Dijon, à risquer sa vie dans une vaine résistance face au rouleau compresseur militaire des Boches. Il ne s'agissait pas d'être lâche face aux bourreaux, mais de faire preuve d'intelligence et de ruse pour les tromper et les vaincre sans perdre la vie. Prendre un fusil relevait alors sans doute plus du suicide que de l'acte de résistance. Le temps viendrait de recourir aux armes.

Nicolas se mit debout pour nous détailler tout ce qu'il savait. Il nous expliqua que les Allemands étaient entrés dans Dijon le 17 juin, cinq jours avant l'armistice, comme la lame d'un couteau pénètre dans du beurre : sans rencontrer aucune résistance.

– Avance, on le sait déjà ça, Nicolas !

C'était la voix de Firmin. Nicolas s'interrompit, un peu surpris, puis continua.

– J'étais place Darcy. J'ai vu les premières colonnes de soldats entrer dans la ville avec à leur tête, en selle sur leurs chevaux, les officiers en train de parader, sabre au clair, sous les yeux effrayés des habitants qui n'avaient pas réussi à fuir. Je ne suis pas resté longtemps à les regarder. Je suis parti très vite aux renseignements. À l'École normale, nous avions créé quelques jours auparavant un comité de résistance étudiant. C'est Lucien, un de mes amis dont le père est colonel de réserve dans le renseignement militaire au ministère de la Défense, qui en avait pris la tête. Lucien savait déjà tout. Son père l'avait bien renseigné. Aujourd'hui, il est à Vichy, avec Pétain, auprès du ministre de la Défense Maxime Weygand, c'est vous dire s'il connaît tout des intentions des Allemands. Le père de Lucien ne lui a pas caché son inquiétude. Les Boches veulent faire de Dijon leur place forte du renseignement et de la répression pour toute la zone nord. Il a demandé à son fils de quitter les lieux au plus vite car ils avaient décidé d'investir massivement la ville. Cet officier savait que la répression serait tout de suite féroce. Lucien n'a pas écouté son père. Il a eu tort. Il s'est caché dans une cave en attendant de pouvoir fuir, mais il a été dénoncé. Les Boches l'ont arrêté et fusillé pour l'exemple. Lucien n'a même pas eu droit à un procès. Aucun jugement, rien. Ils ont juste pris le temps de le torturer pour qu'il donne des noms de membres du comité d'étudiants. Mais il n'a rien dit. Quand j'ai appris son arrestation, j'ai tout de suite pris la fuite.

Il se tourna vers moi comme pour me rassurer :

– Les Boches ne savent pas que j'étais au comité des étudiants, Marie. Ils ne savent rien. Soit rassurée. Il n'y avait aucune liste, heureusement. Mais ils soupçonnent tout le monde. Si tu es un étudiant, à leurs yeux tu es forcément un suspect. Alors ils raflent et ils fusillent. Tout le monde est terrorisé.

Nicolas s'interrompit quelques instants. Il avait les larmes aux yeux, la voix brisée en parlant de son ami disparu si jeune. Il eut du mal à poursuivre. Mais il se reprit :

– Pour les Allemands, Dijon occupe une place centrale dans le dispositif d'occupation de la zone nord. Hitler n'a pas envoyé n'importe quelle troupe en Bourgogne. C'est la 4e Panzerdivision du général Stever. Il y a douze mille hommes. C'est la plus grosse division blindée de la Wehrmacht, vous vous rendez compte ! Pourquoi autant de troupes allemandes, pourquoi un tel déploiement de force pour une petite ville comme Dijon ? Lucien m'a expliqué ce que lui avait dit son père. Pour les Allemands, c'est une place stratégique. Un carrefour central pour les transports militaires entre Paris, Lyon et Marseille. L'endroit idéal pour organiser la répression sur toute la partie est de la France, du nord au sud. Les Boches ont donc tout réquisitionné. L'état-major s'est installé à l'hôtel de la Cloche. La Kommandantur est au palais de justice. Tous les services allemands sont concentrés au centre-ville pour être plus efficaces dans la mise au pas et la surveillance de la population. Cette proximité n'est pas un hasard, car au palais les tribunaux militaires ont commencé leur sale besogne. Ils ne désemplissent pas. La Kommandantur arrête puis amène les Français devant les tribunaux où ils appliquent des jugements décidés à l'avance. Ils condamnent à mort les jeunes patriotes étudiants qui collent des affiches appelant à la résistance. Ils sont fusillés aussitôt après un simulacre de procès. Les Boches font cela à l'aube, sur la colline de Montmuzard. Ils font aussi des rafles, beaucoup de rafles. Mais le pire est encore à venir, m'a prévenu mon ami. Dans les jours qui viennent, les Allemands vont installer l'Abwehr, leur service de renseignement, pas uniquement pour la ville ou pour le département ou la région, mais pour toute la France. Vous vous rendez compte ! Ils vont installer aussi la Sipo. La Sipo, c'est terrible, m'a-t-il expliqué. La Sipo, c'est leur police politique. On l'appelle aussi la Gestapo. Retenez bien ce nom. La Gestapo. Elle n'a qu'une mission : la répression. En Allemagne, elle a arrêté, torturé et fait disparaître tous les opposants à Hitler. Elle va faire pareil en France. Ils ont déjà leurs locaux : l'hôtel de l'Urbaine pour le renseignement, et des appartements rue du Docteur-Chaussier pour la Sipo. Le colonel qui est venu hier matin avec ses troupes, c'est lui qui est à la tête de la Gestapo. Juste avant mon départ de Dijon, je suis passé devant l'immeuble qui a été réquisitionné. Ce colonel, je l'ai vu passer en revue ses troupes : prise d'armes et levée des couleurs, puis il a pénétré dans les locaux. Les gens en ville disent que quand il a donné les ordres de réquisition au concierge de l'immeuble et qu'il a fait expulser les juifs qui étaient à l'intérieur, il parlait en français. Voilà, vous savez tout. Je n'ai pas d'autres informations. Mais le peu de choses que je connais doit nous alerter, si nous souhaitons entrer en résistance. Nous n'avons pas les moyens de prendre les armes.

– Merci, dit Firmin.

Nicolas quitta la pièce. S'il avait été autorisé à venir faire un point de la situation à Dijon, le règlement de la confrérie était très strict : aucune personne extérieure n'avait le droit d'assister aux prises de décision. Elles devaient rester secrètes. Les membres étaient tenus par un pacte de silence. Cela avait toujours fonctionné ainsi pour préserver une certaine sérénité. Même en temps de paix, faire le choix d'apporter de l'aide à une personne ou une famille plutôt qu'à une autre pouvait provoquer des jalousies très violentes dans les villages. Personne ne devait connaître les raisons qui poussaient les confrères à accorder leur préférence.

Nous gardâmes le silence quelques secondes. Tout le monde avait le regard baissé sur son verre de gnôle. Nous étions comme sonnés par ce que venait de nous révéler Nicolas. Firmin ne savait pas quoi dire. Il avait le regard perdu d'un naufragé à la recherche d'une bouée de sauvetage.

– Et toi, la Marie, qu'est-ce que tu en penses ?

Je réfléchis quelques secondes. Je savais que le choix de mes mots serait important pour ces hommes qui avaient fini par m'accepter et me respecter mais qui restaient méfiants en raison de mes origines alsaciennes. Aucun d'eux n'avait un mauvais fond. Mais nous étions de nouveau en guerre contre les Allemands, et même après toutes ces années passées à œuvrer ensemble au sein de la confrérie pour le bien commun, un mot de travers de ma part pouvait réduire ces efforts à néant. Je redeviendrais alors l'Alsacienne, la Boche.

La douleur de la mort de Félix, cet homme tant aimé dans le village, puis mon attitude de veuve généreuse et dévouée, jamais remariée, m'avaient permis d'être dans un premier temps tolérée, puis acceptée par les villageois. Mais les doutes concernant mon attitude pouvaient reprendre le dessus. Les vainqueurs de 1918 devenaient les humiliés de 1940. Ils étaient blessés au plus profond d'eux-mêmes et un homme meurtri est un homme dangereux. Ils pouvaient devenir menaçants pour Nicolas et moi.

Je pris lentement ma respiration. Ils m'écoutèrent, silencieux, attentifs mais circonspects.

– Dans les semaines qui viennent, il y aura de plus en plus de juifs, de démobilisés, de prisonniers évadés ou tout simplement de Français qui voudront rejoindre la zone libre. Bligny est trop loin de la ligne pour être un point de passage, mais nous pouvons être une zone d'attente provisoire pour ceux que l'on doit envoyer de l'autre côté. En Saône-et-Loire, les points, on les connaît, puisque Nicolas les a repérés quand il a tenté de faire passer la famille hier : Buxy, Lux, Chalon-sur-Saône, Montceau-les-Mines. Il faut prendre contact avec les habitants, les maires et organiser un réseau de transport et de passeurs à partir de Bligny. Nicolas a des amis étudiants de l'École normale sur place. Ils sont prêts à nous donner un coup de main. Il faut monter ce réseau. La descente dans le sud par les routes de montagne du Morvan ne devrait pas poser trop de problèmes car elles sont encore sécurisées. La résistance, elle, est là : héberger et faire passer en zone sud tous les fuyards quels qu'ils soient. Nous sommes dans le temps de la lutte souterraine et devons faire de notre mieux pour sauver des vies. Nous ne sommes pas dans le temps des armes. Pas encore !

Comme pour mettre un point final à mon discours et avec un étrange sentiment de soulagement, je levai le coude, bus ma gnôle cul sec et reposai le verre vide sur la table dans un bruit sec et violent. Un geste que peu d'entre eux avait l'habitude de voir chez une femme. Ils restèrent interloqués devant tant d'assurance. En fait, je craignais leur réaction. À raison. L'attaque ne se fit pas attendre :

– Qu'est-ce qui nous garantit qu'une fois le réseau installé tu ne vas pas nous donner aux Boches, Marie ? Après tout, tu viens de chez eux. C'est peut-être pour cela que tu ne veux pas prendre les armes ?

Ferdinand m'avait habituée à beaucoup de gentillesse et de sollicitude lorsqu'il me livrait le courrier chaque matin. Le fait que cette première salve assassine vienne de lui m'étonna, mais à moitié finalement. Je repensais à cette phrase qu'il prononçait à chaque fois que je recevais une lettre de Bernhard : « Courrier d'Allemagne ! » Cet air un peu taquin qu'il adoptait et que j'avais pris pour une complicité secrète n'était peut-être en fait qu'une suspicion déguisée. Ferdinand était au contact de tous les villageois. Le magasin était juste à côté de la poste. Chaque matin, j'étais sa première visite. Mais qui sait ce qu'il racontait après avoir quitté la boutique ? À Germain le cafetier, à Joseph le maréchal-ferrant, à Lucien l'aubergiste, à René le libraire ? Que confiait-il durant sa tournée à tous ces fermiers et leurs femmes qu'il visitait chaque jour ?

Tout le monde était au courant dans le village. Ferdinand, il pédalait rarement tout droit car il ne restait jamais sur le palier des maisons à se contenter de distribuer ses lettres. Régulièrement, il entrait, restait quelques minutes, buvait un coup de rouquin, puis reprenait son circuit. En fin de matinée, quand sa besace était vide, il terminait son circuit rond comme une barrique à dire tout et n'importe quoi. Une fois, Firmin l'avait retrouvé en pleine chaleur dans un fossé entre Bligny et Lusigny. Il était tombé au fond du trou avec son vélo tellement il était ivre. Il dormait et ronflait. Firmin avait eu du mal à le sortir. Ferdinand avait cuvé pendant deux jours et personne n'avait eu de courrier. Quand il avait repris sa tournée, il avait promis à tout le monde que c'était fini, juré, craché sur la tombe de sa mère, il ne boirait plus. Mais Ferdinand n'avait jamais eu de mère car il était de l'orphelinat.

– C'est vrai ça ! Il a raison, Ferdinand !

Tous se mirent à parler en même temps :

– Oui, il a raison, Ferdinand !

– Qu'est-ce que l'on sait de toi, la Marie ?

– Et puis, ton petiot, tu lui as appris l'allemand. C'est bizarre, non ?

– Pourquoi tu as fait ça ?

– Marie, on ne sait pas trop ce que tu penses en fait. D'accord, tu es à la confrérie. Tu fais le bien depuis des années mais là, avec ce que tu nous dis, on ne sait plus trop bien où tu te situes !

– D'accord, tu es une bonne veuve, mais bon… Faut nous comprendre. La situation est compliquée, on est en guerre. Et toi tu viens du pays des Boches. C'est une réalité. Tu nous proposes de ne pas combattre ! C'est bizarre, non ?

– Alors pourquoi donc qu'on te croirait ?

Des phases et des regards qui me clouèrent définitivement au mur des souvenirs, moi l'Alsacienne qui avait fait le choix de la France. La douleur était insupportable. Après tant d'années, j'étais donc restée à leurs yeux la Française d'origine boche. Tous mes efforts semblaient réduits à néant. Ces gars étaient aveuglés par leur défaite, leur rancœur, leur douleur et leur détresse. Seul Firmin restait silencieux. Je me tournai vers lui. Cette fois, c'est moi qui avais besoin d'une bouée pour ne pas me noyer sous ces vagues de soupçon et de haine.

– Firmin, tu ne dis rien ?

Firmin se leva.

– Personne ici ne peut traiter Marie de Boche ! La Marie, elle fait le bien dans le village depuis des années. Elle a fait le choix de venir vers nous, donc elle est des nôtres. Personne ne peut la suspecter de vouloir nous trahir. Que ceux qui ne sont pas d'accord avec moi quittent cette table.

Tous se levèrent.

Sauf Firmin.

Sauf René le libraire.

En quelques secondes, la salle à manger fut vide.

Firmin semblait désespéré. René, pas étonné. Nous étions plus que trois autour de la table.

Je les regardai tous les deux, nullement effrayée, mais très déterminée :

– Vous pensez qu'ils vont prendre les armes et qu'ils vont finir par nous tuer, Nicolas et moi ? Cela m'étonnerait beaucoup ! Ce sont des lâches. Ils ne me font pas peur, ne vous inquiétez pas. Ils reviendront nous manger dans la main à la fin de la guerre.

Firmin et René ne répondirent pas. René, c'était un livre sur deux pattes. Parfois on aurait même dit qu'il avait appris à lire avant de naître, tant il était cultivé. Il avait fait des études de lettres à Dijon. Il serait même, d'après les bruits qui couraient dans le village, monté à Paris pour devenir un grand écrivain avant d'atterrir ici en 1923. Sa simple présence donnait l'impression de devenir plus intelligent. « Les livres m'ont permis de survivre dans les tranchées quand j'étais au bout du désespoir », m'avait-il confié un matin, en m'achetant une botte de carottes.

À Verdun, quand il était en permission, René avait essayé de monter une bibliothèque à l'arrière pour que les poilus s'instruisent un peu avant de grimper au paradis. L'affaire était remontée jusqu'à l'état-major pour qu'il donne son autorisation. « Quelle idée saugrenue ! lui avait dit un colonel. C'est de la Bible dont les soldats ont besoin, pas de vos satanés bouquins ! Donner des livres à ces morts vivants, à quoi cela va-t-il servir ? » René ne s'était pas démonté devant l'arrogance et la bêtise de l'officier : « À ce qu'ils soient un peu plus intelligents, et qu'ils ne croient pas toutes les fadaises que leur racontera saint Pierre en les accueillant à la porte du paradis », avait-il répondu.

Autant dire qu'à ce moment-là, le René, il avait perdu des points pour son projet de rendre l'humanité plus intelligente. Sa réponse avait énervé les hauts gradés. « Les planqués du chauffage », comme il les appelaient. Ceux qui restaient bien au chaud à ordonnancer l'anéantissement et le bain de sang en évitant d'en être éclaboussés. Son idée de bibliothèque avait été mise aussitôt au rebut.

Il était comme ça, René. Un bouffeur de curés et de militaires. Un gars qui croyait aux valeurs de la République mais se méfiait des uniformes et des costumés de noir qui les représentaient. Il pensait que l'on pouvait élever les âmes, non pas dans la croyance d'un Dieu que personne n'avait jamais rencontré, sauf peut-être dans l'au-delà, mais par la lecture, en faisant progresser les humains par la connaissance. Un lettré au milieu des bouseux. René, c'était comme une bibliothèque plantée au milieu des vaches, des cochons, des poules et des charrettes à foin.

Quand il était arrivé au village, l'affaire s'était annoncée compliquée. Firmin lui avait fourni une vieille grange désaffectée dans le centre du bourg, juste à côté de l'église, pour y installer sa librairie. Il avait tout aménagé de ses propres mains. Mais pour un maigre résultat. Personne n'y mettait les pieds pour deux raisons : les travaux aux champs étaient trop prenants, et beaucoup ne savaient tout simplement pas lire. Quant aux enfants, l'instituteur avait déjà tellement de mal à les faire venir à l'école qu'il était impensable qu'ils prennent encore du temps sur les semis et les moissons pour acheter ou emprunter un livre à la librairie. Mais René était du genre tenace, et il avait une vision de l'avenir. Il se mit en cheville avec l'instituteur. Ils décidèrent que, tous les matins, la première heure de classe se passerait à la librairie. Personne ne s'y opposa. Le maître apprenait aux enfants à lire, et René leur mettait aussitôt sous le nez des passages de contes, d'histoires de sorcières, de démons et de clowns, pour leur transmettre le goût des belles pages. En dehors de l'école, et quand il ne m'aidait pas au magasin, Nicolas passait son temps à la librairie à dévorer des livres.

Son pari, René l'avait tout de même réussi. Quand les enfants étaient arrivés à l'âge adulte, ils avaient envoyé leurs rejetons chez René et la librairie ne désemplissait plus. Les années avaient passé, et maintenant tout le village, mis à part quelques vieux paysans, savait lire. René pouvait être fier. Mais il ne s'était pas arrêté pas en si bon chemin. Au début des années trente, après avoir donné le goût des mots aux paysans et aux ouvriers, il avait entrepris de diffuser sa connaissance à ceux qui ne pouvaient pas venir à la librairie. Il avait acheté une petite presse d'imprimerie pour créer deux journaux : le premier, il l'avait nommé *L'Ouvrier*. C'était un journal illustré qui paraissait tous les samedis, dans lequel il écrivait la semaine des feuilletons pour emmener l'imaginaire de villageois vers d'autres mondes que leur labeur quotidien. Le second avait pour titre *La Côte-d'Or combattante*. Il le publiait tous les dimanches et l'exposait bien en vue dans sa vitrine. Comme la librairie était juste à côté de l'église, tout le monde achetait le journal à la sortie de la messe. Une publication le dimanche, René le faisait exprès pour remettre les idées en place aux villageois après le sermon du curé. À la une, il posait chaque semaine la même question : « Si Dieu existe, qu'a-t-il fait pour ton bien cette semaine ? » Les ouailles avaient beau réfléchir après leur dernier signe de croix, la réponse allait de soi : rien. La question énervait le curé qui s'en était plaint auprès du maire. Mais comme le maire ne fréquentait pas trop les lieux saints et les bénitiers, il laissait courir. Le curé avait alors porté l'affaire en justice, pour faire interdire le journal au nom de la morale chrétienne bafouée. Peine et énergie gaspillées. La justice avait donné raison à René au nom de la liberté de penser. Le curé avait remballé son aigreur. Le journal avait continué de paraître et René de froisser la bien-pensance des bigots.

René avait toujours l'idée de se battre contre les oppresseurs pour le bien-être des opprimés. Alors quand les Boches étaient arrivés dans le village, la première chose qu'il avait faite avait été de décrocher du mur son fusil et son sabre de la Grande

Guerre et de planquer sa petite presse et ses livres pour les combats futurs. Autant dire que mon idée de créer un réseau pour aider les victimes des Boches lui plaisait.

– Je te soutiens, Marie. Faire passer les gens en zone sud est une très bonne idée.

Firmin acquiesça, mais il semblait tourneboulé depuis que les autres avaient quitté la table.

– Oui, mais comment faire ?

Je le fusillai du regard.

– Si toi, le maire, tu ne sais pas quoi faire alors c'est moi qui vais prendre la direction de ce réseau. On réunit nos quatre énergies en une seule. Nicolas, vous deux, et moi.

Firmin avait peur, c'était évident, mais il n'était pas un lâche. Il était tout simplement dépassé par la situation. Il était peut-être un bon maire en temps de paix, mais n'avait rien d'un chef de guerre. Quant à René, je n'avais aucune inquiétude. Même s'il semblait un peu inquiet, la perspective d'en découdre avec les Boches l'excitait au plus haut point.

– Marie, tu n'as pas peur que quelqu'un du village nous dénonce ?

Firmin était toujours dans la tourmente. Ma réponse fut sans équivoque :

– C'est un risque à courir. De toute manière, on n'a pas le choix. Ce sont les courageux qui finiront par vaincre. Et puis on a une famille de juifs à faire passer le plus rapidement possible car désormais tout le monde est au courant. C'est notre priorité.

Nicolas nous avait rejoints dans la salle. Je me tournai vers lui. Mon ton était devenu sec et autoritaire.

– Toi, tu as déjà une première expérience en ayant tenté de les faire passer par la Saône-et-Loire. Tu en penses quoi ?

Nicolas réfléchit quelques secondes puis répondit :

– C'est très risqué. Lorsque je suis descendu avec la camionnette à Montceau-les-Mines, on a eu beaucoup de chance de ne pas croiser de convois allemands. J'ai deux amis à Autun qui ont aidé un soldat français à passer par Moulins et Nevers, ensuite il a pu franchir la ligne de démarcation dans l'Allier. Je pense qu'ils pourraient nous aider.

– Tu penses, ou tu en es certain ?

J'avais haussé le ton, un peu énervée par sa réponse alambiquée. Nicolas fut surpris par ma détermination et le ton agressif de ma question. Il ne m'avait jamais entendue lui parler comme ça.

– Nous sommes en guerre, Nicolas, et quand on est en guerre, on ne pense pas, on est certain ou on se tait ! On ne peut pas se contenter de réponses floues. Des vies sont en jeu. Alors ?

Il balbutia, l'air interloqué.

– J'en suis… disons… à peu près certain.

– Alors débrouille-toi pour en être sûr rapidement, compris ?

Et pour bien faire passer le message, je les regardai tous les trois, plus que jamais inspirée par la nécessité d'agir et de ne pas subir, plus déterminée que jamais à résister, à lutter contre l'ennemi et à retrouver notre liberté en me battant pour éliminer cette barbarie incessante qui revenait continuellement dans nos vies et qui n'avait jamais quitté la mienne.

Je leur expliquai :

– Voilà ce que nous allons faire. Nous allons créer un réseau de passeurs, mais nous ne serons pas directement en lien avec la Saône-et-Loire, c'est trop risqué. Ici, nous ne pouvons être qu'un relais. Pour atteindre la ligne de démarcation, la Saône-et-Loire et l'Allier sont beaucoup trop éloignés. C'est un vrai problème. En revanche, nous habitons à bonne distance de Dijon. On peut recueillir ceux qui quittent la ville et désirent passer en zone sud et les amener à Autun. La route qui relie Bligny à Autun n'est pas surveillée par les Allemands. La nuit, cela ne devrait pas poser de problèmes pour rouler. Même en journée, il n'y a pas grand monde. Avec la camionnette du magasin, un aller-retour pour nous c'est maximum deux heures. Il faudra passer par Ivry-en-Montagne, Épinac, Veuvrotte. Ce sont des petites routes, c'est plus sûr. Cela limite les risques. Nicolas, tu as encore des connaissances à Dijon. Ils peuvent nous envoyer du monde. Notre problème ce sera la route Dijon-Bligny. Elle est très surveillée. Il y a un poste de garde allemand à Pont-de-Pany, à l'entrée de la vallée. C'est là que ce sera compliqué pour récupérer ceux qui veulent passer au Sud. Il faudra donc agir la nuit malgré le couvre-feu.

Je me tournai vers Firmin :

– Tu m'as dit quand tu es rentré l'autre soir de Dijon, qu'il n'y avait qu'une sentinelle. Ils ne surveillent pas les alentours, les champs, les forêts. Mais il faut être prudents. Il ne sera pas possible de garder les personnes que l'on récupérera plus d'une journée ici, à Bligny. Ce serait trop risqué. Il sera nécessaire de leur prévoir un peu de nourriture et d'eau. On les cachera dans mon grenier et toi, Nicolas, tu repartiras avec eux le soir même direction Autun pour les confier à tes amis. La réussite de ce réseau, ce sera la rapidité d'exécution et la discrétion. Est-ce que vous êtes tous les trois d'accord avec ce plan ?

Ils acquiescèrent sans un mot d'un signe de la tête. C'est ainsi que je devins une chef de guerre.

Dès la nuit suivante, Nicolas prit la direction d'Autun et confia la famille juive à ses contacts sur place. Ils les emmenèrent à Montceau par les petites routes du Morvan et franchirent la ligne quelques jours plus tard à Chalon-sur-Saône. Puis il repartit à Dijon en secret, où il renoua avec deux de ses amis étudiants. Leur mère, Blanche-Marie, s'était engagée comme infirmière volontaire à l'hôpital de Dijon en septembre 1939. Elle s'occupait désormais des prisonniers de guerre détenus au camp de Longvic. Blanche-Marie et son mari Alphonse, un grand blessé de 1917, avaient déjà monté leur propre réseau avec leurs deux fils, fournissant des vêtements civils et des faux papiers aux prisonniers qui parvenaient à s'échapper et cherchaient à passer en zone sud. Leur problème, c'était de gagner la Saône-et-Loire à partir de Dijon. Une fois que les fuyards avaient reçu discrètement leur nécessaire, ils étaient impatients de partir. Beaucoup étaient repris et certains fusillés, car en dehors des trains, très contrôlés, il n'y avait pas beaucoup d'issues pour rejoindre la ligne de démarcation.

La route directe par Beaune et Chagny, à travers les vignes, était trop surveillée. Il ne restait donc qu'une voie : passer par la vallée de l'Ouche, beaucoup plus discrète : Pont-de-Pany, Bligny, puis Autun, Le Creusot, Montchanin et enfin Montceau-les-Mines ou Chalon pour franchir la ligne de démarcation ou encore l'Allier, pour ceux qui préféraient cette voie. Aussi quand Nicolas proposa au couple de résistants que la base de Bligny serve de relais avant d'expédier les évadés vers Autun, sa proposition fut vite acceptée. Le réseau était lancé. Blanche-Marie, Alphonse et leurs deux fils servaient de premiers passeurs. Ils s'occupaient de ramener les hommes à Pont-de-Pany la nuit, puis René ou Firmin prenaient le relais. Chacun à son tour, un soir sur deux, l'un ou l'autre attendait avec la camionnette dans un champ à l'entrée du village, à quelques kilomètres du point de garde allemand. Les évadés marchaient à travers champs, puis ils étaient récupérés et tout le monde rentrait sur Bligny. Quand ils arrivaient, comme convenu, on les gardait au secret une journée pour ne pas éveiller les soupçons, et la nuit suivante, Nicolas reprenait la camionnette et les transférait à Autun où ils étaient pris en charge jusqu'à la ligne. Les soldats que l'on récupérait à Pont-de-Pany avaient tous déjà des faux papiers en poche. Mais pour les civils, il fallait absolument leur en procurer.

La presse de René fut rapidement mise à contribution. Puis son appareil photo pour les photogravures de tampons ou des formulaires vierges de l'administration que Firmin subtilisait à la mairie. On savait tous que Céleste, la secrétaire de mairie, était curieuse comme une pie. Firmin travaillait bien avec elle, mais il s'en méfiait. Il fallait qu'il soit prudent.

Un soir cependant, alors que la mairie était fermée, Céleste sortit de son bureau et vint trouver Firmin pour lui dire qu'elle était au courant pour le réseau et qu'elle voulait aider. Comment savait-elle ?

Céleste lui expliqua qu'elle soupçonnait que quelque chose se tramait et qu'un soir elle avait vu Firmin prendre des documents vierges. Elle l'avait suivi jusqu'à la librairie où elle s'était cachée dans la cour juste derrière le bâtiment. Malgré le bruit de la presse, elle avait entendu des bribes de conversation, « faux papiers, soldats, *Ausweis*, ligne de démarcation, famille, juifs, évadés, prochains arrivages », entre Firmin, René et Nicolas.

– Ce soir-là j'ai compris ce qui se passait, avoua-t-elle à Firmin.

Très en colère de s'être laissé berner de la sorte, Firmin lui fit promettre de garder le silence. Elle promit. Firmin était inquiet. Il ne voulait pas que le réseau s'agrandisse. Moi non plus. Mais nous n'avions pas le choix. Je pris Céleste entre quatre yeux et je lui annonçai sur un ton glacial :

– Si tu parles je te tue, tu comprends ! Tu disparais ! Un accident est vite arrivé ! Maintenant, tu n'as plus le choix. Tu marches avec nous ou tu crèves avec nous !

En nous rejoignant, Céleste n'avait aucune conscience de l'enjeu. Au début, elle fut totalement terrorisée par mes mots. Et puis elle reprit ses esprits et aida du mieux qu'elle le pouvait. La bureaucratie de Vichy imposait à toute personne qui circulait une tonne de documents à avoir sur soi pour rallier la ligne sud sans encombre. Elle se mit à réaliser de faux documents d'identité plus vrais que nature. De faux certificats de travail, de faux tampons de la préfecture, de faux *Ausweise*, de fausses cartes d'identité, de faux permis de conduire et de fausses cartes de ravitaillement. Firmin découvrit avec surprise le talent de faussaire de sa secrétaire, qui mettait beaucoup de cœur à réaliser son travail clandestin. René, toujours enclin à trouver le bon mot, l'avait surnommée « la Michel-Ange du faux ». Le soir, après ses heures de bureau à la mairie, elle se rendait chez moi, s'installait dans une des chambres à l'étage et se mettait à la tâche. Céleste avait même trouvé une technique afin de donner aux faux papiers un aspect usagé et leur conférer une plus grande authenticité. Elle les salissait avec de la terre et les cornait. Elle était très fière de sa trouvaille. Nous aussi. D'autant qu'elle fit preuve d'une autre initiative à laquelle aucun d'entre nous n'avait songé.

Elle consigna dans de petits registres tous les renseignements que les fugitifs devaient connaître sur Bligny, puisque leurs faux papiers étaient estampillés du nom de la commune. Le nom du curé, du notaire, du maire, les propriétaires des commerces, le nom du médecin, les noms des rues, la connaissance de la confrérie. C'était un véritable manuel du faussaire qui fut d'abord ronéoté puis imprimé afin de permettre aux passagers clandestins d'éviter les pièges. Ainsi, disait-elle, s'ils sont arrêtés et qu'on leur demande des renseignements sur le village, ils sembleront plus bélinéens que les vrais Bélinéens. Cela nous rassura. Mais très vite, nous nous heurtâmes à un problème. Il nous fallait de plus en plus de documents vierges à falsifier.

Depuis des années, tous les lundis, Céleste se rendait dans les services de l'état civil départemental et communal à Dijon pour récupérer les documents nécessaires au bon fonctionnement de la mairie. En période de paix, il y avait peu de besoins car les paysans n'étaient pas nombreux à demander des papiers officiels. Mais maintenant l'exercice était devenu très délicat. Heureusement, Céleste connaissait bien le responsable des services. Elle savait qu'il était sensible à l'argent. Elle cachait donc systématiquement dans son manteau une enveloppe que lui donnait Firmin après avoir tiré quelques billets de la caisse de la mairie. En arrivant elle glissait l'enveloppe sur le bureau du responsable. L'homme n'était pas dupe. Il n'avait aucun doute sur la destination de ces documents que Céleste enfouissait dans son sac.

– Prends-en autant que tu veux, lui disait le fonctionnaire corrompu qui conservait finalement au fond de son âme un minimum de patriotisme.

Et Céleste se servait sans compter. Firmin lui avait dit qu'il ne fallait jamais se retrouver en manque de matière première. Elle revenait à Bligny avec un gros sac de documents vierges en tout genre. De quoi alimenter la mairie d'une capitale plutôt que celle d'un village. Le lundi, à Dijon, elle courait le risque de se faire contrôler par une patrouille avec son sac plein à craquer de feuilles compromettantes. Elle avait toujours avec elle son justificatif d'employée de mairie pour prouver qu'elle avait le droit de transporter ces papiers. Mais les Allemands et la police de Vichy ne seraient pas dupes. Et elle restait également à la merci d'une dénonciation possible du fonctionnaire de Vichy. Firmin le savait, mais il ne regrettait plus le recrutement de Céleste dans le réseau. Courageuse, elle était devenue un personnage indispensable dans son fonctionnement. Il lui en était très reconnaissant.

Et puis il y avait la distribution de *La Côte-d'Or combattante* que René continuait de publier toutes les semaines. Il n'avait pas changé la date de parution. C'était toujours le dimanche. Mais l'ennemi n'était plus le même. Les curés avaient laissé place aux Boches. Le journal ne faisait qu'une page. René écrivait plus vite que son ombre, mais il n'avait pas le temps d'en produire davantage. Et avec sa vieille Ronéo à duplicateur à alcool, il ne pouvait imprimer que mille à mille cinq cents exemplaires. Tous les dimanches, il appelait à la résistance, écrivait que le combat ne faisait que commencer, qu'il fallait rejoindre ceux qui avaient fait le choix de se battre pour la liberté. De sa plume vive et tranchante, il fustigeait également les décisions du gouvernement de Vichy. Les feuilles étaient ficelées par cent, puis chargées dans la camionnette et, le samedi soir, une fois le bouclage terminé, Nicolas et Firmin emmenaient dans la nuit les ballots de journaux à Pont-de-Pany où ils retrouvaient les deux fils de Blanche-Marie et Alphonse. Léon et Jean ramenaient le tout à Dijon. Le samedi soir, il n'y avait pas de fugitifs à transporter ou à planquer. C'était le jour impérativement réservé à la livraison hebdomadaire du journal. C'était au petit matin, juste avant la levée du couvre-feu, que les numéros étaient distribués par des volontaires dans les boîtes aux lettres, glissés sous les portes et les porches ou posés négligemment sur les bancs du jardin Darcy, le parc principal de la ville où les Allemands et les collaborateurs se retrouvaient après la messe pour écouter la fanfare de la Wehrmacht jouer des airs militaires. La simple vue d'un exemplaire sur un banc suffisait à rendre fou l'occupant et à gâcher sa promenade ainsi que son concert dominical. À Dijon, tout le monde connaissait *La Côte-d'Or combattante*, mais personne ne savait qui étaient les auteurs des articles, ni où il était imprimé. Depuis sa petite imprimerie, la simple pensée des Allemands découvrant son journal et le déchirer de rage faisait le bonheur de René.

Au fur et à mesure que les semaines passèrent, les passages s'accélérèrent. Blanche-Marie et Alphonse envoyaient de plus en plus de soldats, de familles, de fugitifs, d'hommes et de femmes prêts à risquer leur vie pour la liberté. Nous étions obligés de restreindre les flux tant il y avait de demandes. Même si nous limitions le nombre de fugitifs à quatre par passage, exception faite des familles avec enfants, mon grenier était devenu trop voyant pour accueillir les fuyards. Garder tout ce monde en plein centre du village devenait trop risqué. Je pris la décision de trouver un nouveau point de relais. La ferme de Firmin se trouvait à quelques kilomètres de Bligny, à Saussey, un lieu-dit sur le chemin du Morvan. À côté de son étable, il y avait une grange à foin. L'endroit était isolé, son accès difficile, et personne à part Firmin ne s'y rendait. Je savais qu'il serait réticent à prendre le risque d'accueillir tout ce monde. Mais nous n'avions pas le choix. C'était ma décision et il s'y plierait.

Chacun connaissait sa tâche sur le bout des doigts. Je préparais les vivres pour les réfugiés. Firmin et Nicolas faisaient les allées et venues de nuit avec la camionnette entre Pont-de-Pany, Bligny, Saussey et Autun. Céleste s'usait les yeux à faire des faux documents et René décortiquait les décisions de Vichy pour les démolir dans son journal. Tout le monde remplissait son devoir de patriote.

Personne d'autre que moi ne donnait d'ordre. Tous m'obéissaient sans contester. Lorsque je pressentais que la situation pouvait devenir trop dangereuse, par exemple lorsque Céleste revenait de la ville avec de mauvaises sensations, nous interrompions les passages. Cela pouvait durer quelques jours, voire quelques semaines. J'avais décidé de ne prendre aucun risque. Mais le secret fut impossible à garder. Petit à petit, tout le village fut au courant de nos activités. Ceux qui avaient mis en cause mon manque de patriotisme et brandi le soupçon d'un pacte avec l'ennemi en raison de mes origines alsaciennes me rendirent raison. Tous s'inclinèrent devant ma détermination. Il faut dire que je prenais des risques insensés : les Allemands pratiquaient une répression féroce à Dijon. Les cheminots dijonnais qui aidaient au franchissement de la ligne de démarcation par la ligne sud et se faisaient prendre étaient ainsi systématiquement fusillés.

Faute de pouvoir combattre les armes à la main par crainte pour leur vie, certains villageois demandèrent à intégrer le réseau. Je refusai. Le réseau devait rester étanche, limité à quelques personnes afin de demeurer efficace. Malgré mon opposition à toutes ces bonnes volontés, la solidarité s'organisa tout de même dans le silence. Personne ne nous dénonça, car la confrérie œuvra discrètement en mettant la pression sur les plus fragiles, ceux qui, par crainte de voir la répression s'abattre sur Bligny, auraient pu être tentés d'envoyer une lettre de dénonciation aux Boches. Mais il y avait Ferdinand. Il continuait à picoler et faisait partie de ces villageois qu'il fallait surveiller de près. Il parlait trop pendant sa tournée. Je l'avertis plusieurs fois qu'il devait se taire. Mes paroles restèrent sans effet. À maintes reprises, Firmin le menaça.

Peine perdue.

Vie perdue.

Ma décision était prise. René et Firmin étaient d'accord. Un matin, on retrouva Ferdinand écrasé, piétiné par un troupeau de vaches dans la grange de Firmin. Ferdinand avait une vilaine plaie à la tête. Un coup de sabot sur la tempe, ou plutôt celle d'un dérivoir de maréchal-ferrant. La gendarmerie ne chercha pas plus loin. Elle conclut à un accident dû à un excès de boisson.

Pendant ces mois de lutte clandestine, je prenais chaque jour quelques instants pour me rendre à l'église. Les Allemands n'occupaient pas le village, mais on ressentait leur présence permanente et invisible, avec la crainte qu'à chaque instant ils débarquent pour nous arrêter, nous torturer, nous fusiller. La peur nous tenaillait les tripes sans cesse. À l'église, j'allumais un cierge et priais quelques instants. C'était une façon de me rassurer. Puis je revenais au magasin pour organiser les passages.

Tous les soirs, dans le salon, je me livrais au même exercice. Sur le buffet il y avait une petite statue sculptée de la Vierge. J'allumais une bougie que je plaçais à côté de Marie, ma protectrice. Même si elle était quelque peu jaunie par le temps, je sortais régulièrement de ma poche la photo du 11 novembre 1918. Je la posais quelques instants à côté de la statue et de la bougie et je priais le cœur serré en la regardant et en pensant à mon bonheur perdu, avant de la cacher de nouveau au fond de ma blouse grise. La bougie scintillait dans le salon jusqu'au moment où Nicolas revenait sain et sauf de Pont-de-Pany ou d'Autun. C'était un rituel entre nous : j'allumais la bougie à son départ, il l'éteignait à son retour. Tant qu'il n'était pas rentré à la maison, je ne savais pas s'il était vivant ou mort mais tant que cette lumière brillait dans le noir elle me donnait de l'espoir. J'avais en moi ce besoin vital de penser qu'une force invisible mais lumineuse pouvait assurer notre protection.

Et puis un soir, tout bascula.

En juillet 1942, un soir de livraison de *La Côte-d'Or combattante*, Firmin et Nicolas tardèrent à rentrer. Ils avaient chargé dans la camionnette plus de mille exemplaires. Dans ma tête, je calculai le temps nécessaire à leur parcours. Avec un tel stock de journaux ils avaient peut-être mis plus de temps à décharger. À minuit, ils auraient dû être rentrés et la bougie éteinte. Il s'était sans doute passé quelque chose.

Arrestation ?

Fusillade ?

La mort peut-être ?

Aucune nouvelle.

À 2 heures, la bougie scintillait encore et j'étais incapable de trouver le sommeil tant la peur me tenaillait le ventre. À 3 heures, au moment où Nicolas ouvrit doucement la porte d'entrée de la maison, la bougie, au bout de son parcours de cire, s'éteignit d'elle-même. Son visage et son regard étaient ceux d'un homme qui revenait d'entre les morts. Il eut tout de même la force de me raconter le pire. Victimes d'une lettre de dénonciation, Blanche-Marie et Alphonse avaient été arrêtés. Blanche-Marie était détenue à la prison de Dijon, rue d'Auxonne. Elle était entre les mains du SS qui m'avait giflée deux ans auparavant, en juin 1940. Blanche-Marie avait subi onze interrogatoires. Mais elle n'avait pas parlé. Alphonse, lui, était détenu et torturé au siège de la Gestapo. Le même colonel SS faisait des allers-retours entre la rue du Docteur-Chaussier et la prison et pour s'occuper personnellement de leurs interrogatoires. Mais Alphonse n'avait pas parlé non plus. Pour combien de temps ? Personne ne peut savoir à quel point un humain peut résister à la douleur.

Si Nicolas et Firmin avaient mis si longtemps à revenir au village, c'est parce que Léon et Jean étaient arrivés avec trois heures de retard au rendez-vous pour récupérer les journaux. Ils étaient passés à travers le piège que leur avaient tendu les Allemands. Quelques instants avant que les soldats investissent leur immeuble, ils avaient réussi à prendre la fuite. C'était un miracle qu'ils soient encore libres, car tous leurs voisins avaient été arrêtés et leurs appartements saccagés. Heureusement, les Boches n'avaient rien trouvé. Ils avaient marché depuis Dijon. Plus de vingt kilomètres à travers les bois pour échapper aux patrouilles lancées à leurs trousses. Léon et Jean connaissaient parfaitement la géographie de la vallée de l'Ouche. Depuis Dijon jusqu'à Pont-de-Pany, ils avaient remonté la rivière les pieds dans l'eau pour échapper au flair des chiens allemands. Désormais, ils avaient changé de camp. Ils avaient endossé le costume des fuyards, à l'image de tous ceux qu'ils avaient aidés ces derniers mois. Nicolas et Firmin les avaient amenés directement à la grange. Ils attendaient là-bas avant de prendre la direction de la ligne sud. Il ne me restait qu'une chose à faire. Mettre le réseau en sommeil total et faire disparaître toute trace de notre activité. Heureusement, Alphonse et Blanche-Marie ne conservaient jamais de documents pouvant nous compromettre.

– C'est impossible !

La voix forte me réveilla. Il était 6 heures du matin. Je m'étais endormie dans le canapé.

– C'est impossible !

Je sursautai. Firmin était assis à côté de moi. Nicolas avait oublié de fermer la porte cette nuit en rentrant, et Firmin en avait profité pour pénétrer à l'aube sans bruit dans la maison.

Cette fois-ci, il ne faisait pas de grands moulinets avec ses bras pour marquer sa détresse, mais il se prenait la tête entre les mains et répétait sans cesse :

– C'est impossible ! Ce n'est pas possible ! C'est impossible ! Ce n'est pas possible !

Il s'arrêta net et me regarda.

– Si, c'est possible ! assénai-je sèchement.

Il avait des yeux effarés.

– Et ce qui est possible, c'est que les Allemands débarquent ici tout à l'heure et nous arrêtent tous pour nous emmener à Dijon. Mais cela m'étonnerait fort. Alors, s'il te plaît, garde ton sang-froid !

– Pourquoi donc cela t'étonnerait ?

À chaque fois qu'une situation le stressait, Firmin perdait les pédales, je le savais. Alors il me fallait le raisonner.

– Il n'y a aucune raison de s'inquiéter. Le réseau était totalement étanche. Personne n'est au courant à Dijon. Personne ne sait qui nous sommes ni ce que nous faisons. Alphonse et Blanche-Marie ne parleront pas, sinon ils auraient déjà tout déballé et les Allemands seraient déjà ici. Mais il y a une chose qui m'inquiète.

– Laquelle ?

– Céleste.

J'appelai Nicolas qui dormait dans sa chambre. Il descendit et je demandai à Firmin d'aller chercher René. Dix minutes plus tard, ils étaient tous les trois autour de la table de la cuisine. Il faisait froid dans la pièce. Je mis du bois dans le poêle. L'atmosphère se réchauffa. L'odeur du café envahit peu à peu la maison. Je pris la parole.

– Aujourd'hui, c'est lundi. Il ne faut pas que Céleste se rende à Dijon. Elle pourrait se faire arrêter. C'est trop risqué de se promener avec des documents. Il faut mettre le réseau en sommeil quelques semaines, le temps que les Boches se calment et que l'on retrouve un correspondant à Dijon pour nous envoyer à nouveau du monde. Céleste n'aura pas besoin de faire de faux papiers pendant plusieurs semaines. Inutile qu'elle prenne des risques.

Firmin était trop terrifié pour s'exprimer, Nicolas encore traumatisé par les événements de la veille. Ils restèrent silencieux tous les deux. Je pris cela comme une approbation. René réfléchit quelques secondes. Il n'était pas d'accord.

– C'est une erreur de ne pas laisser Céleste se rendre à Dijon.

– Pourquoi ?

– Cela fait des années qu'elle se déplace tous les lundis pour la mairie. Elle n'a pas débuté ses allers-retours avec l'arrivée des Allemands. Tout le monde la connaît. Le fonctionnaire qui lui donne les documents attend son enveloppe. Si elle n'y va pas, il se posera fatalement des questions sur son absence. Il est forcément au courant des raisons qui ont poussé les Allemands à arrêter Blanche-Marie et Alphonse. Il sait que les Allemands sont à la recherche des complices du réseau. Il se doutera qu'il lui est arrivé quelque chose, et il fera tout de suite le lien avec Bligny. Il la dénoncera. Si Céleste ne va pas à Dijon, autant leur donner les clés de la porte pour qu'ils viennent nous chercher. Ils débarqueront ici dès ce soir. Il ne faut rien changer. Le risque c'est que Céleste se fasse suivre. Il faut donc que l'on fasse tout disparaître ici à Bligny. Mais surtout il ne faut rien lui dire.

Un doute s'empara de moi. Le raisonnement de René, qui réfléchissait en permanence et plutôt bien, était juste. Je m'en voulais d'avoir soutenu une hypothèse contraire.

Je me tournai vers Nicolas et Firmin.

– Et vous deux, vous en pensez quoi ?

– Ne rien lui dire, ce n'est pas possible. Ce serait une trahison. Un manque de confiance totale.

Firmin ne comprenait pas que l'on puisse ainsi faire prendre des risques à Céleste. Nicolas non plus. Tous les deux étaient d'accord avec mon idée initiale. Elle devait rester au village. L'alternative était risquée dans les deux hypothèses. Laissez Céleste partir, c'était prendre le risque qu'elle se fasse arrêter, qu'elle parle. Elle serait torturée et les Allemands débarqueraient. Mais cela nous laissait un peu de temps pour nous retourner. Une hypothèse fondée sur la capacité de Céleste à résister le plus longtemps possible à la torture. Ne pas la laisser partir, c'était prendre le risque que les Boches nous arrêtent dès aujourd'hui. Nous avions besoin de temps. René avait raison. Il fallait laisser partir Céleste, tout en l'avertissant ou au minimum en lui faisant comprendre que ce lundi nous n'avions pas besoin d'obtenir beaucoup de documents vierges. Pour autant, elle ne devait quand même pas revenir les mains vides. Cela aurait attiré la suspicion. L'équilibre à trouver était subtil. Seuls quelques bordereaux administratifs suffiraient. Je décidai de la mettre au courant de la situation. Peu importe ce que pouvait penser René. Elle ne partirait pas sans être prévenue du danger qu'elle courrait.

– Je n'ai pas peur !

Céleste était assise devant moi, le regard fier. J'avais pris sur moi d'aller la voir chez elle, tôt le matin, avant son départ pour Dijon. Elle habitait une petite maison dans la rue qui montait vers l'église. Un salon et une cuisine au rez-de-chaussée, une chambre et une salle de bains au premier étage. Chez Céleste, tout respirait l'ennui et le passé. La vie l'avait quittée depuis longtemps. Elle était célibataire et vivait dans un monde abîmé et tordu par la tristesse et le deuil depuis des années. Dans chaque pièce, il y avait des photos de Raymond, son mari. Il n'avait pas eu de chance. Dans la loterie du grand massacre, un boulet de canon l'avait pulvérisé dès le 6 septembre 1914 du côté de Vitry, aux premiers jours de la bataille de la Marne. En recevant quelques jours plus tard la lettre annonçant sa mort au champ d'honneur, Céleste s'était promis de ne pas se remarier. Elle avait tenu sa parole pendant près de trente ans, malgré tous les prétendants endimanchés qui s'étaient présentés devant sa porte.

– Je n'ai pas peur que je te dis ! Et puis qu'est-ce que tu veux qu'il m'arrive de pire que la mort de Raymond ? Les Boches, ils peuvent toujours m'arrêter. Ils peuvent toujours me torturer, je m'en fiche pas mal. Ils ont pris mon Raymond en 14, s'ils me tuent maintenant, ce sera finalement une bonne chose car je le retrouverai là-haut. Je sais qu'il m'attend ! Et puis tiens, regarde.

Elle se leva, prit son sac et sortit d'un fourreau marron un couteau à cran d'arrêt.

Clic !

Une longue lame jaillit. Elle s'approcha et me glissa à l'oreille d'une voix douce mais déterminée :

– Avant qu'ils m'arrêtent, j'espère bien que j'en crèverai un de mes propres mains. Qu'il saignera comme un porc. J'attends cela depuis tellement longtemps.

Elle replia le couteau, le rangea, puis s'assit de nouveau en face de moi avec un sourire glaçant que je ne lui connaissais pas.

– J'irai à Dijon. Ne vous inquiétez pas pour moi.

Et dire que je percevais Céleste comme une femme dont la faiblesse pouvait devenir un handicap et un danger pour nous tous ! Je les avais sous-estimés, elle, sa force et son courage.

Il était 7 heures lorsque je sortis de chez elle.

Comme tous les lundis, Céleste prit le car de 9 heures qui l'amenait à 10 h 30 en gare de Dijon. Pour rallier la mairie et les services administratifs départementaux, elle devait remonter à pied l'avenue de la Gare, traverser la place Darcy en laissant sur la droite la rue du Docteur-Chaussier et le siège de la Gestapo. Puis, elle devait descendre la rue de la Liberté pour enfin aboutir sur la place d'Armes et franchir les grilles du Palais des ducs de Bourgogne, monter au troisième étage où, dans son bureau, l'attendait l'homme à l'enveloppe.

Un long chemin risqué.

Elle n'eut pas le temps de faire un pas. À sa descente du car, quatre mains l'agrippèrent par les épaules. Elle se débattit comme une lionne, essayant de sortir son couteau. Un violent coup de crosse de fusil en plein visage annihila toute velléité de résistance. Les agents de la Gestapo la poussèrent violemment dans une traction noire.

Céleste ne plia pas. Elle résista pendant trois jours aux pires tortures. Le quatrième jour, elle finit par rejoindre son Raymond. Quatre journées qui nous permirent de tout déménager, tout faire disparaître, tout effacer et plonger notre réseau dans une invisibilité totale. Le cinquième jour, sans prévenir cette fois, les Allemands arrivèrent. Le colonel SS à leur tête. Il était toujours aussi agressif et violent, accompagné d'un fonctionnaire de Vichy, sans doute l'homme qui glissait les enveloppes de Céleste dans son tiroir. Une nouvelle fois, ils nous réunirent tous sur la place du village. Le colonel s'en prit à Firmin comme s'il avait identifié le point faible d'une digue qu'il souhaitait faire céder. Il le convoqua sur l'estrade de la mairie, l'accueillit d'un violent coup de cravache sur les épaules et d'un deuxième au visage. Firmin ne tomba pas mais fléchi en arrière sous la violence des coups, le visage ensanglanté.

– Bonjour, monsieur le maire !

Ses yeux exultaient de rage. Son visage n'exprimait que haine et mépris. Le SS expliqua qu'il était à la recherche de terroristes qui faisaient passer des hommes et des femmes en zone sud. Il voulait des noms, sinon il y aurait des otages, qui seraient pris au hasard et fusillés. Puis il sortit son Luger de son fourreau, mit en joue Firmin qui ferma les yeux, leva le bras et tira en l'air deux coups de feu dont l'écho résonna sur les murs de la mairie. Tout le monde sursauta. Un court silence suivit ce moment d'effroi. Enfin le colonel SS vociféra au cas où nous n'aurions pas bien compris le message.

– Dernier avertissement !

Firmin prit son courage à deux mains, mais il eut beau expliquer en tremblant de tous ses membres et d'une voix chevrotante qu'il n'y avait aucun réseau à Bligny, il reçut un nouveau coup de cravache sur le visage en guise de réponse. Cette fois il se retrouva à terre. J'étais dans la foule au pied de l'estrade.

L'homme allait et venait maintenant. Il fulminait de colère en maugréant, mais cette fois en allemand, pendant que les soldats s'affairaient dans les maisons. Ils fouillèrent chaque recoin du village. Rien ne leur échappa. Nous avions vu juste. Si Céleste ne s'était pas rendue à Dijon, les Boches seraient venus beaucoup plus tôt, c'est certain. Le fonctionnaire avait bien fait le rapprochement entre les activités de Céleste et l'arrestation d'Alphonse et Blanche-Marie. Il l'avait dénoncée aux Allemands. Ces derniers attendaient ses aveux pour espérer mettre la main sur notre réseau. Son sacrifice n'avait pas été vain. Elle nous avait laissé du temps. Les Allemands ne trouvèrent rien car nous avions tout déménagé dans la grange de Firmin. Le colonel repartit bredouille, avec sa colère, non sans avoir une nouvelle fois frappé Firmin. Il promit qu'il reviendrait très vite. Quelques jours plus tard, c'est le réseau d'Autun qui tomba. Deux hommes furent arrêtés. Ceux à qui Nicolas et René livraient les fugitifs pour qu'ils passent en zone sud. Aucun ne parla. Ils moururent sous la torture. Les Allemands avaient réussi à saisir une partie de leurs proies et nous avions conscience que l'étau se resserrait sur nous. Mais sans aucune preuve concernant nos activités, les Allemands finirent par nous laisser tranquilles. Un miracle.

Nos deux années de travail étaient réduites à néant. Mais nous pouvions être fiers. Pendant cette période, c'était plus de trois cents hommes, femmes, enfants qui s'étaient glissés dans la grange de Firmin pour filer ensuite vers la zone sud. Plusieurs avaient été arrêtés avant le passage de la ligne. Mais beaucoup avaient retrouvé la liberté. Les Allemands n'ont jamais rendu le corps martyrisé de Céleste. Nous n'avions aucune idée du jour ni de l'heure de son décès.

Alors, en attendant d'en savoir davantage, nous décidâmes de lui faire une petite place au cimetière. Un carré vide, qui n'était pas une tombe, avec une épitaphe clouée sur une croix en bois plantée sur un simple monticule de terre – Maurice, le marbrier, était prisonnier en Allemagne.

Ici repose Céleste, morte pour la patrie sous la torture
un matin de juillet 1942.
Elle a fini par rejoindre son Raymond.
Paix à son âme.

L'appel du combat

Les semaines suivantes se passèrent dans le calme et une torpeur générale.

La mort de Céleste avait traumatisé tout le village. Personne n'en parlait, mais tout le monde y pensait. Le choc avait été terrible. Pendant plusieurs mois, les âmes des hommes et des femmes se figèrent. Elles étaient comme tétanisées, enfouies, anéanties sous cette croix dans le cimetière. Tout le monde voulait oublier et plus personne ne souhaitait agir. Chaque habitant intériorisait sa terreur de voir les Allemands revenir. Toute volonté de se battre semblait annihilée. Nicolas et moi-même ne savions comment canaliser notre révolte contre l'occupant. Face aux réquisitions allemandes, notre activité au quotidien était de trouver de quoi se nourrir pour survivre.

Jusqu'à ce jour maudit du 16 février 1943.

À la radio, j'entendis Pierre Laval annonçant l'instauration du Service du Travail Obligatoire :

« À la suite des décisions qui ont été prises hier au Conseil des ministres, le Journal officiel publiera demain matin le texte d'une loi portant institution du Service du Travail Obligatoire. [...] Fixée en principe à deux ans, la durée de ce service pourra être réduite par décret pris en Conseil des ministres. [...] Les jeunes gens astreints au service obligatoire du travail bénéficieront des mêmes conditions de travail et de salaire que les travailleurs libres occupant les mêmes emplois. La loi stipule enfin que des amendes allant de 200 à 100 000 francs et que des sanctions d'emprisonnement allant de trois mois à cinq ans, susceptibles, en cas de récidive, d'être portées au

double, seront applicables à toute personne ayant saboté ou tenté de saboter pour son compte ou pour le compte d'autrui cette nouvelle institution du Service du Travail Obligatoire. »

Ce jour funeste sonna le réveil.
Un jour damné parce qu'il allait m'enlever Nicolas.
Il appellerait à la révolte.
Il enclencherait une nouvelle résistance.

Nicolas se tenait debout face à moi dans la cuisine, je lui demandai :

– Tu as entendu Laval ?

– Oui. Et je n'irai pas.

– Ils vont venir te chercher si tu ne te rends pas à la convocation que tu vas recevoir, et ils te mettront de force dans le train.

– Je n'irai pas. Je ne veux pas partir travailler en Allemagne. Je ne veux pas mettre ma force de travail au service de l'ennemi. Désormais, je veux me battre !

Un long silence s'installa entre nous. Au fond de moi-même, je redoutais ce moment. La mort n'avait pas encore touché ni atteint nos deux vies. Elle les avait simplement effleurées, mais elle commençait à rôder autour de nous. Nicolas cria :

– Je n'irai pas !

Puis il sortit en claquant violemment la porte. René passait sur le trottoir d'en face au moment où Nicolas était en train de sortir.

Leurs regards se croisèrent, ils n'échangèrent pas un mot. Nicolas partit en courant. René traversa la rue et entra dans la maison.

– Que se passe-t-il ?

– Il va être appelé au STO. Il refuse de partir. Je ne sais comment il compte s'y prendre.

Comme pour me rassurer, il me prit par les épaules, me força à m'asseoir sur une chaise. Puis il s'assit en face de moi et me fixa droit dans les yeux :

– Marie, l'heure du combat a sonné.

Je le regardai étonnée.

– Comment cela l'heure du combat est arrivée ? Quel combat ?

– Nous avons des armes et des munitions.

Je le regardai de plus en plus surprise et interloquée.

– Des armes ? Des munitions ? Comment ça ? Comment as-tu rapporté des armes ici ?

– Elles ne sont pas à Bligny. Ce sont des fugitifs qui nous les ont données. Des déserteurs et des militaires évadés que l'on faisait passer au sud. Le réseau n'a pas servi uniquement à faire transiter des gens en zone libre pendant toutes ces semaines. Alphonse et Blanche-Marie nous ont également fourni des armes en secret. Avec Nicolas, nous avions ordre de les stocker en attendant le moment de pouvoir s'en servir. Ce moment est venu.

– Où sont-elles ?

– Dans la grange de Firmin. Mais il ne le sait pas.

– Il ne le sait pas ? Mais pourquoi donc ?

– Blanche-Marie et Alphonse n'avaient pas confiance en Firmin.

– Ils se connaissaient ?

– Peu importe. Entre eux, ce sont des vieilles histoires d'avant-guerre, quand ils étaient ensemble au lycée à Dijon. Les armes sont bien cachées. Firmin ne peut pas les trouver.

– Pourquoi ne m'en as-tu pas parlé ?

– C'est Nicolas qui m'a demandé de garder le silence. Il ne voulait pas t'inquiéter. Nous avons fait le serment de préserver le secret.

Ma colère était immense. Mon dépit aussi. Je me sentais trahie par mon propre fils. Je frappai un grand coup sur la table.

– Tu aurais dû m'en parler ! C'est moi qui ai monté le réseau et qui le dirigeait !

– Je sais, mais Alphonse et Blanche-Marie ne pouvaient et ne voulaient pas prendre le moindre risque. Ils ne te connaissaient pas. Aujourd'hui, ils ne sont plus là. Les circonstances ont changé. Si tu le souhaites, on a pensé à toi pour diriger le futur maquis. Tout est prêt pour passer à l'action.

– Comment ça ?

– Un jour, parmi les évadés que nous avons fait passer en zone sud, il y avait un colonel anglais du SOE britannique. Il s'était fait pincer par les Boches pendant qu'il espionnait leurs lignes à la frontière suisse dans le Doubs. Il était condamné à mort. Quand Alphonse et Blanche-Marie ont réussi à le faire évader, il nous a laissé un Midget, un petit poste récepteur radio qui nous permettait de rentrer en contact régulièrement avec Londres. Dans le plus grand secret, les Anglais nous ont parachuté beaucoup d'armes et de munitions en plus de celles que Blanche-Marie et Alphonse parvenaient à nous fournir. Marie, tous les hommes du village sont décidés à se battre. Dans d'autres villages, beaucoup de réfractaires au STO ont déjà rejoint la grange de Firmin. Mais il manque un chef pour coordonner les opérations. Les Anglais sont au courant. Ils attendent ta réponse.

– Merci de ta sollicitation et de ta confiance, mais pourquoi moi ? D'autres peuvent s'en occuper. Je ne veux pas me battre, prendre les armes et de nouveau subir la méfiance de ceux qui me considèrent comme une Boche !

René me fixa durement.

– Tu n'as pas le droit de refuser ! Ce serait un acte de lâcheté. Tout le monde te connaît pour le bien que tu faisais avant-guerre, avec la confrérie. Et puis Nicolas va combattre, lui aussi. Tu comptes le laisser mourir sans réagir ?

Je me levai brutalement en pointant un doigt vers René. J'étais ivre de colère.

– Jamais ! Jamais un Boche ne touchera à un cheveu de mon fils ! Tu entends !

– Alors viens te battre !

J'inspirai profondément et me rassis, accablée par le poids de cette nouvelle responsabilité qui se présentait à moi. Un court silence s'installa, puis René poursuivit :

– Les hommes aussi souhaitent que ce soit toi qui prennes le commandement du maquis, Marie, ils lui ont déjà donné un nom.

– Lequel ?

– Le MC…

– MC ?

– Oui, pour Marie-Céleste, parce que Céleste a été très courageuse, et qu'elle représente pour eux l'esprit de résistance face à la barbarie. Ils pensent que le maquis doit être dirigé par une femme. Tu t'appelles Marie et, surtout, ils pensent que ce prénom les protégera.

– Ils ne disaient pas cela, il y a quelques mois, quand ils me soupçonnaient d'être une traître à la patrie parce que j'étais d'origine boche et que je refusais de prendre les armes !

– Ne sois pas têtue, Marie. Les villageois ont changé. Le regard qu'ils posent sur toi a beaucoup évolué. Aujourd'hui, les circonstances montrent que tu avais raison. Rappelle-toi : cette soirée où tu leur as expliqué pourquoi il n'était pas possible de se battre, tu leur as aussi dit que le temps des révoltes et des combats viendrait aussi. Ils ne l'ont pas oublié. Et ce temps est venu. Si tu le souhaites, tu ne prendras pas les armes. Tu resteras au village dans ton magasin. Tu coordonneras les opérations d'ici.

À nouveau, je me levai brusquement.

– Hors de question !

J'étais rouge de colère.

– Hors de question de rester assise dans mon fauteuil ! Si je dois prendre la tête d'un maquis, ce sera les armes à la main. Tu as compris ?

René me regarda avec un air à la fois inquiet et satisfait : ma réaction impulsive le déconcertait, mais j'avais accepté sa proposition.

En arrivant à la grange de Firmin, je constatai qu'ils étaient une cinquantaine à m'attendre. Il y avait une femme : Odette. Je la connaissais un peu. Avant la guerre, Odette avait fait ses études d'infirmière à Beaune avant de revenir travailler à la ferme de ses parents du côté de Pouilly-en-Auxois. Je l'avais rencontrée quelques fois lors de la tournée du dimanche de la confrérie. Les travaux de la ferme, ce n'était pas son truc.

Elle, ce qu'elle désirait le plus au monde, c'était aider les gens, pas soigner les vaches et les cochons. Cela tombait bien. Dans les semaines à venir, Odette aurait de quoi s'occuper. Les combats amèneraient forcément leur lot de blessés. Odette avait emporté avec elle de quoi soigner tout un régiment en campagne. Une infirmière dans le maquis. Voilà un luxe dont on ne pouvait pas se passer et que bien d'autres maquisards pourraient nous envier. Nous étions les deux seules femmes du maquis Marie-Céleste.

Nicolas était parmi eux. Il vint vers moi et nous nous étreignîmes longuement. Je connaissais tous les autres hommes. Mes nombreuses tournées dans les fermes avec la confrérie m'avaient permis de découvrir leur vie, leur douleur, leur souffrance morale lorsque la terre ne donnait pas de quoi faire vivre leur famille. Aujourd'hui, je sentais dans leurs regards une détermination sans faille à lutter contre l'ennemi… sauf Firmin. Il était assis à l'écart du groupe sur une botte de paille, la tête entre les mains, et il regardait le sol, perdu. Je ne l'avais jamais vu dans un tel état. Je marchai vers lui.

– Que se passe-t-il, Firmin ?

Il se leva d'un coup. Son désespoir s'était transformé en colère.

– Qu'est-ce qui se passe ? C'est toi qui me demandes ce qui se passe ? Regarde ! Vous m'avez trahi, Nicolas, René et toi ! Pendant des semaines, vous avez caché des armes, ici, chez moi ! Et maintenant, toujours sans m'en parler, vous avez créé un maquis ! Un maquis ! Tu te rends compte, Marie ! Les Allemands vont tous nous massacrer. Ils vont prendre des otages dans le village, le colonel l'a dit. Tu m'as trahi, Marie ! Tu as trahi ma confiance ! Je ne l'oublierai jamais !

– C'est une menace ?

Les propos de René me faisant part de la méfiance d'Alphonse et Blanche-Marie vis-à-vis de Firmin résonnaient toujours dans ma mémoire. La peur et la faiblesse de cet homme m'alertèrent de manière instinctive.

Je m'approchai de lui. Nos visages se touchaient presque. Je lui glissai doucement à l'oreille, afin que personne n'entende :

– C'est la colère d'avoir été trahi qui te rend si nerveux, Firmin, ou ta lâcheté ?

Déstabilisé, il recula d'un coup, comme soufflé par la violence de mon propos.

– Tu. Tu… ne peux pas dire ça, Marie. De quelle lâcheté parles-tu ?

Sans dire un mot, je m'éloignai de lui à reculons, en continuant de le fixer droit dans les yeux pour lui faire comprendre qu'il y avait désormais une faille entre nous.

Il y avait tout à organiser. Pendant deux ans, nous avions été de simples passeurs de vies. Désormais, nous étions des maquisards. Des combattants pour la liberté. Avant d'envisager les premières opérations, il fallait un symbole fort pour nous unifier. Ce serait un brassard. Joséphine, la mercière du village, s'en chargea. Un simple ruban tricolore sur lequel était brodée en lettres jaunes la devise : « Vivre libre ou mourir ».

– C'est une belle devise, me dit René qui en avait eu l'idée. Tu sais d'où elle vient ?

De temps en temps, « René la science » comme l'avaient surnommé les maquisards, crispait un peu son monde avec ses connaissances. Je lui répondis assez froidement :

– Non. Aucune idée.

– Pendant la Révolution, les membres de la Convention l'utilisaient. Elle figurait également en en-tête du journal de Camille Desmoulins, *Le Vieux Cordelier*.

– Merci de ces précisions, René. C'est un beau symbole effectivement.

Ce qu'il y avait de bien avec René, c'est que l'on était certain de ne pas mourir idiot. Par les temps qui couraient, c'était toujours ça de pris ! Le lendemain, tous les maquisards avaient leur brassard au bras.

Il était impossible de rester tous ensemble dans cette grange. Nous étions trop à découvert. Je pris la décision de séparer le maquis en deux groupes. L'un d'eux aurait ses quartiers dans le bois de Ruère. Il contrôlerait la vallée de l'Ouche par le nord. L'autre serait basé dans la forêt de Lusigny pour contrôler l'entrée sud. René prit la tête des hommes dans le bois de Ruère. Nicolas commanderait ceux de la forêt de Lusigny. Les combattants se séparèrent très vite pour rejoindre leurs nouveaux lieux de vie respectifs.

Finalement, je fis le choix de rester au village et de ne pas m'installer dans la grange de Firmin, je ne pris donc pas les armes. Cela me permettait de mieux coordonner l'action des deux groupes. Je veillais attentivement à leur ravitaillement depuis les fermes alentour. La solidarité était immense. Chaque famille avait un père ou un fils dans un des deux maquis. Chaque femme restée à la ferme désirait que son homme soit bien nourri pour combattre. Alors la nourriture ne manquait pas. Elles apportaient les provisions dans mon magasin, et la nuit nous chargions le tout sur une camionnette avec deux hommes, direction les hauteurs de Ruère et de Lusigny. Ce n'était pas le manque de vivres qui m'inquiétait, mais plutôt le manque d'armes. Les parachutages à côté de la grange de Firmin étaient assez rares. Dès qu'une cargaison était annoncée, je m'occupais de récupérer les caisses avec Firmin. Nous les stockions dans l'arrière-cour de la ferme, avant que Nicolas et René viennent les récupérer avec leurs hommes. Nous devions nous contenter de ce que Londres nous envoyait.

Nos premières opérations ne se firent pas attendre. C'est moi qui faisais le choix des cibles et qui donnais les ordres. Personne ne les contestait. La guerre ne supporte pas l'indécision et l'absence de chef. Nous étions trois à encadrer le maquis : je planifiais les opérations de sabotage des pylônes électriques, mais aussi les embuscades de convois allemands, surtout la nuit, sur les deux routes qui menaient à Bligny en provenance de Beaune et de Dijon. Nicolas et René assuraient le relais de mes ordres sur le terrain. Je savais que Nicolas risquait sa vie à chaque instant. J'étais terrifiée à l'idée qu'on vienne un jour m'annoncer sa mort. Mais nous étions tous embarqués dans le même navire. Il n'y avait pas d'autre issue possible, si ce n'est la mort des Boches, la nôtre, avec la liberté au bout du combat. Vivre libre ou mourir.

Tout au long des semaines et des mois qui suivirent la création de nos deux groupes, d'autres maquis de la région multiplièrent également les attentats et les sabotages contre l'occupant. Mais les nouvelles n'étaient pas rassurantes. Les Allemands et les miliciens opéraient une répression féroce. C'était une lutte à mort. Certes, en quelques mois, nous leur avions porté un bon nombre de coups très durs mais il fallait être réaliste, l'ennemi nous affaiblissait lentement mais sûrement.

Je n'en parlais pas à René et Nicolas quand je les voyais. Mais je sentais monter en moi un doute quant à notre capacité à pouvoir vaincre, sans aide extérieure et avec aussi peu de ravitaillements en armes. Pour faire face à la pénurie de munitions qui nous guettait, il nous arrivait de rester silencieux pendant plusieurs jours alors que les Allemands étaient à portée de nos fusils. Les hommes étaient cachés dans les bois, inactifs. Cette situation minait le moral des deux groupes. Nous avions perdu énormément d'hommes ces dernières semaines. Des douleurs immenses, car tout le monde se connaissait depuis l'enfance. « "De la cour de récré au maquis", il y aurait un beau livre à écrire avec toutes vos histoires de gamins, d'adolescents et d'hommes », disait René.

Disposer de deux groupes séparés n'avait plus vraiment de sens tant nos pertes avaient été importantes. Il ne restait plus qu'une vingtaine de maquisards en état de combattre. Les autres avaient été tués ou faits prisonniers. Je décidai donc d'abandonner l'accès à l'entrée de la vallée et de regrouper nos forces vers le sud, au bois du Pommeret à Lusigny. C'est Nicolas qui prendrait le commandement des opérations. Se sentant mis sur la touche, René décida de nous quitter et rejoignit un autre maquis plus au nord.

Mais avant ce regroupement, nous devions frapper fort. Il nous fallait un coup d'éclat, un acte fédérateur pour ce maquis, dont les forces s'évanouissaient chaque jour tant il peinait à combler ses faiblesses face à un ennemi qui le harcelait. Un acte fort qui redonnerait de la fierté et le moral aux hommes mis à mal par les coups de boutoir des miliciens et des Allemands. Un acte allant au-delà de la simple destruction du matériel militaire.

Il nous fallait la mort symbolique d'un chef boche. Un acte sacrificiel pour nous, car la répression qui suivrait serait terrible.

Je cherchais une solution, elle se présenta à moi par le plus grand des hasards. Cette information en provenance de Londres fut captée par l'un de nos hommes dans le petit poste anglais grésillant : accompagné de deux officiers, le major chef de la police et de la sécurité allemande à Dijon devait se rendre à la Kommandantur de Montbard. Allez savoir comment Londres l'avait appris, mais l'information semblait exacte. Ils passeraient forcément par Pont-de-Pany. Londres ne nous donnait pas d'ordre précis. Charge à nous d'évaluer la situation et de juger si une action était possible. La décision ne dépendait que de moi. Et une action était possible.

J'étudiai l'endroit de l'embuscade à la sortie ouest de Pont-de-Pany sur la nationale 5, qui jouxtait le canal de Bourgogne en direction de Pouilly-en-Auxois. Nicolas prit la tête d'un commando de cinq hommes. J'avais peur. Je ne voulais pas que ce soit lui, mais il insista. Un chef doit être à la tête de ses hommes quand ils risquent leur vie, sinon sa crédibilité est mise à mal. À contrecœur, je me rangeai finalement à son avis. Mes ordres étaient clairs. Une fois l'opération terminée, je les attendrais avec une camionnette à Sainte-Marie et je les conduirais moi-même à Lusigny au bois de Pommeret où ils retrouveraient le maquis. Ils s'y cacheraient pendant quelques jours le temps que les choses se calment.

L'opération se déroula sans accroc.

Nicolas et ses hommes prirent en tenaille le VW 82 Kübelwagen dans lequel s'étaient installés les trois hommes et ne leur laissèrent aucune chance. Tous furent abattus en quelques secondes, la voiture incendiée à la grenade et les corps consumés laissés dans l'habitacle. Puis le repli tactique se fit sans encombre vers Lusigny.

Dans le bois de Pommeret à Lusigny en revenant de l'embuscade et en retrouvant le groupe, nous eûmes la surprise de découvrir qu'il y avait un nouveau venu. Il n'était pas du canton mais arrivait de Dijon. Il s'appelait Henry. Cela ne sonnait pas très paysan, mais plutôt de la ville, je restai donc très méfiante. J'avais toujours refusé que des inconnus rejoignent notre maquis. Par peur des traîtres et par crainte d'être dénoncés. Cette fois c'était différent. Nicolas connaissait Henry, ils s'étaient rencontrés avant la guerre à l'École normale. Mais il avait très vite abandonné son idée de devenir instituteur. Sa passion à lui, c'était de dire le droit et de rendre la justice comme saint Louis sous son chêne. Ils étaient comme cela dans la famille d'Henry. De père en fils, ils ne pouvaient pas s'empêcher de juger. Contrairement à Nicolas, Henry avait pu terminer ses études de droit tout en s'accommodant de l'arrivée des Allemands. Pour son premier poste, grâce à l'entremise de son père, il avait été nommé au tribunal de Dijon. Et c'est là que les choses avaient commencé à se compliquer pour lui.

Son père, président de la cour d'appel de Dijon, était un adorateur de Pétain, l'homme qui, selon lui, avait sauvé deux fois la France : à Verdun, et en signant l'armistice avec les Boches en 1940. Le père de Henry était pétainiste jusqu'au bout de la toge, viscéralement anticommuniste mais aussi antigaulliste.

En 1941, à sa demande, il était devenu président de la section spéciale de la cour d'appel de Dijon. Les sections spéciales avaient été créées par Pétain en août 1941. C'étaient des tribunaux d'exception destinés à juger sans instruction préalable tout ce qui ressemblait de près ou de loin à un anarchiste, un communiste ou toute personne dont les agissements seraient de nature à nuire au peuple français. En 1942, quand les Allemands avaient envahi la zone libre, une nouvelle loi avait transformé les sections spéciales en juridictions compétentes en matière de subversion sociale et nationale, mais aussi pour tout ce qui concernait les attentats à la sûreté extérieure de l'État. Puis leur champ d'action s'était encore élargi à l'ensemble des infractions pénales liées au terrorisme de manière très large, c'est-à-dire tout ce qui avait pour but de provoquer la rébellion contre l'ordre social de l'État français. Autant dire que les anarchistes et les communistes n'étaient plus les seuls dans la ligne de mire de ces juridictions d'exception. Tout le monde était concerné et pouvait du jour au lendemain se retrouver dans le box des accusés. Et à ce jeu-là, il ne fallait pas tomber entre les mains du père d'Henry. Au mieux, on s'en tirait avec une condamnation aux travaux forcés, au pire c'était un aller simple pour la guillotine. Jamais de peine avec sursis, encore moins d'acquittement. Mais le père d'Henry n'était pas seulement pétainiste. Il était patriote. Super patriote même. Il avait tendance à voir des traîtres à la nation dans chaque recoin de la ville de Dijon. Un regard de travers si vous aviez la malchance de le croiser, et vous aviez toutes les chances de vous retrouver accusé de haute trahison. Il surveillait la terre entière, à commencer par sa propre famille et son fils. Son fils dont il ne doutait pas un instant qu'il s'était rallié à la révolution nationale du vieux maréchal, même s'il valait mieux être certain de sa loyauté…

Les sections spéciales étaient composées de cinq magistrats : le président, deux conseillers et deux membres du tribunal de première instance. Pour son premier poste de magistrat, Henry se vit proposer par son père l'un des deux postes de conseiller auprès de la section spéciale. Du jamais-vu. Le monde judiciaire dijonnais s'en étonna, mais personne ne contesta la décision puisque le père d'Henry, en tant que premier président de la cour d'appel, avait le pouvoir de nommer qui il voulait à ses côtés. Autant dire que désormais il avait tout le loisir de surveiller son fiston. Une condamnation trop légère et le père soupçonnait le fils de haute trahison. Une condamnation à mort et le doute sur la droiture de sa progéniture était levé. Or, Henry n'avait jamais osé prononcer de condamnation à mort. Lorsque les cinq magistrats délibéraient, lui s'opposait systématiquement à la guillotine ou au peloton d'exécution. De temps en temps, il réussissait même à alléger une peine. La défiance entre le père et le fils s'installa. Le piège s'était refermé sur lui.

Rendre la justice dans ces conditions posait un vrai problème de conscience à Henry. Ce n'était pas de la justice, mais de l'injustice, se répétait-il. D'autant qu'il devait souvent condamner des résistants, que les Allemands, son père et les policiers de Vichy s'acharnaient à qualifier de terroristes. La sentence était souvent décidée à l'avance, soit par son père, soit par les autorités allemandes elles-mêmes. Des dossiers faisaient la navette entre les juridictions française et allemande. Certains étaient même directement transmis aux Boches. Henry s'était également rendu compte que des accusés avaient été remis aux Allemands après leur jugement et qu'ils avaient connu un sort différent de la peine que la section spéciale avait prononcée. Ils avaient été fusillés ou déportés alors que les cinq magistrats de la section n'avaient prononcé qu'une peine de prison d'une durée limitée. Son père ne s'en offusquait pas. Henry, lui, ne pouvait plus supporter cette situation.

Alors, un matin, il avait décidé de se faire la belle et de prendre le maquis pour se battre aux côtés des résistants. Il avait marché longuement dans la forêt avant de croiser par hasard notre groupe. En se reconnaissant, Nicolas et lui tombèrent dans les bras l'un de l'autre.

– Tu es certain qu'il est des nôtres ?

Nicolas me fixa d'un regard réprobateur.

– Ne me pose plus cette question. Henry est comme un frère pour moi.

Cette phrase me remua les tripes. Je ressentis comme un coup au cœur.

La photo du 11 novembre un peu jaunie par les années ne quittait jamais une des poches de ma veste en cuir. Je l'emportais partout comme un talisman. Au moment où Nicolas prononça cette phrase, de manière instinctive, je la touchai du bout des doigts. Nicolas ne pouvait pas savoir.

– Et un frère ça ne trahit pas, poursuivit Nicolas.

Je le regardai dans les yeux. Je ne pouvais que lui faire confiance. Désormais, nous devions nous faire discrets. N'organiser aucune opération, rien. Le silence absolu.

J'avais fini par rejoindre le groupe de manière quasi permanente. Mais il m'arrivait de temps à autre de redescendre au village. La nuit le plus souvent, pour ne pas attirer l'attention. Le groupe s'était installé dans la grotte dite du « Peu trou », un endroit connu de tous dans le canton. Enfants, tous y avaient joué aux gendarmes et aux voleurs. Il y avait trois salles, ce qui permettait à chacun de s'isoler et évitait une trop grande promiscuité. Le soir, nous avions quelques lampes à acétylène pour nous éclairer et un poêle à bois que j'avais fait installer de sorte que la fumée s'échappe par une haute crevasse pour éviter d'être repérés. Les hommes souffraient du froid et de l'humidité. La proximité de l'Ouche nous permettait de ne jamais manquer d'eau. Pour le reste, le seul lien qui nous restait avec le village était Firmin. J'avais pris la décision qu'il deviendrait notre agent de ravitaillement. Firmin était trop fébrile pour se battre. Il n'aimait pas les armes. Depuis l'incident de la ferme, il avait décidé de rester à l'arrière des embuscades. Je respectais ce choix, mais ma méfiance envers lui ne s'était pas dissipée. Depuis que nous avions installé le maquis au bois de Pommeret, il allait et venait avec ses mules pour assurer le ravitaillement que fournissaient les habitants de Bligny, mais aussi de Lusigny et Écutigny, les villages voisins.

Agent de ravitaillement.

Agent de liaison.

Traître.

– Firmin est un traître !

– Comment peux-tu dire cela, Henry ?

Nicolas n'était absolument pas de cet avis. Moi non plus, malgré mes doutes.

Nous étions tous les trois à nous réchauffer autour du poêle pendant que les hommes faisaient un peu d'exercice dans les sous-bois pour se maintenir en forme et tuer le temps.

– C'est un truc que je sens.

– Comment peux-tu dire ça ? Tu le connais à peine.

Nicolas, visiblement énervé, repoussait toujours cette éventualité. Pourtant, Henry était catégorique. Rien ne pouvait le faire douter ni changer d'avis. Henry était un juge. L'observation et l'analyse de l'humain, des gens, de leur langage corporel, le fond de leur âme, la vérité des faits, rien que la vérité, ou la recherche et la découverte des faux-semblants, c'était son métier. Henry était un être à part. En quelques heures de présence à nos côtés, j'avais réussi à cerner sa personnalité. C'était une personne qui ne parlait jamais pour ne rien dire. Lorsqu'il s'exprimait, sa vérité était toujours LA vérité. Aussi dure fût-elle à admettre.

– Depuis que vous m'avez accueilli son visage m'interpelle, mais je ne savais pas pourquoi. Hier soir, lorsque je l'ai vu remonter du village devant ses mules avec sa vareuse marron, son pantalon à velours côtelé, son béret vert et sa visière vissée sur la tête, je n'ai plus eu aucun doute : c'était lui. Il était habillé de la même façon lorsque, il y a deux jours, avant de prendre la fuite, je l'ai vu discuter avec des Allemands à Dijon. Et puis, il y a sa moustache et ses yeux trop bleus ! Uniques ! Des yeux comme ça, on ne les oublie pas !

Je savais que Firmin s'était rendu à Dijon lundi pour récupérer des registres de l'état civil dont certaines familles du canton avaient besoin. Malgré les risques, je lui avais donné l'autorisation de se déplacer pour éviter d'éveiller les soupçons. Mais je n'étais pas encore convaincue de sa trahison. Firmin était un trouillard, et j'avais du mal à l'imaginer en homme capable de nous livrer aux Boches. Les affirmations d'Henry étaient insuffisantes. Il m'en fallait plus pour que je condamne Firmin comme un vendu à l'ennemi.

– Beaucoup de gens parlent aux Allemands sans que ça en fasse forcément de traîtres, Henry.

Henry nous fixa chacun son tour. Les siens étaient embués de larmes.

– Ne doutez pas un instant de ce que je vous dis. Firmin ne s'est pas contenté de parler aux Allemands. Il nous a trahis. Ce sont les Allemands eux-mêmes qui me l'ont fait comprendre. À Dijon, la Feldkommandantur est installée au palais de justice. Tous les ordres militaires qui arrivent de l'état-major passent par la section spéciale et sont exécutés du palais. Les Allemands nous préviennent systématiquement quand ils prévoient des rafles ou des opérations contre les maquis pour que nous soyons prêts à juger de manière expéditive les prisonniers qu'ils ramènent.

Tout en nous parlant, Henry s'était assis sur une pierre, comme s'il ne supportait plus cet immense poids de regrets qui s'était abattu sur ses épaules. Il se prenait la tête dans les mains avec un regard de désarroi terrible.

– Je n'ai jamais condamné un résistant à mort, seulement à de la prison. Je n'avais pas le choix. Mais les Allemands se fichent totalement des sentences. Une fois qu'elles étaient prononcées, je connaissais le sort qui attendait les patriotes. Eux n'en savaient rien. Ils étaient guillotinés, fusillés ou déportés. Mais quand je vous dis que Firmin nous a trahis, c'est la vérité.

Nicolas s'accroupit devant Henry et lui dit doucement, d'une voix rassurante, en lui tenant les épaules :

– Tu n'as rien à regretter, Henry. Tu as fait ce que tu devais faire. Maintenant tu es avec nous c'est l'essentiel.

J'étais restée debout. Henry avait maintenant les yeux baissés vers le sol. Il sanglotait.

– Continue ! lui intimai-je d'un ton sec.

– Lundi en fin de matinée, je suis arrivé un peu plus tôt au tribunal. En passant devant le 9 de la rue du Docteur-Chaussier, le siège de la Gestapo, j'ai vu Firmin sortir et serrer la main d'un colonel SS. Il était habillé de la même manière. Comme hier. Je n'ai aucun doute. Lorsque je suis arrivé au tribunal, le greffier m'a informé qu'il venait de recevoir un coup de téléphone de la Gestapo. Nous avions ordre de nous préparer parce que les Allemands allaient lancer une opération. Mais je ne savais pas de quoi il s'agissait. Je n'ai appris que plus tard dans la journée que leur objectif était un maquis du côté de Bligny. Je m'en souviens parfaitement. C'est ce qui m'a décidé à rejoindre les maquisards pour les prévenir, tout en sachant que je partais sans repère car je ne savais pas où ils étaient.

Je restai sceptique :

– Pourquoi tu ne l'as pas dit plus tôt ?

– Parce que je n'étais pas certain d'être tombé sur le bon maquis.

– Il n'y a qu'un seul maquis ici.

Henry leva les yeux.

– Je ne le savais pas. Tu doutes de moi, Marie ?

– Non, mais la vie de nos hommes est en jeu. Il me faut plus que des affirmations sans preuves. Et qu'est-ce qui me dit que ce n'est pas toi le traître ?

Nicolas me jeta un regard ahuri. Henry se releva, énervé.

– Puisque je te dis que j'ai reconnu Firmin ! Je n'ai plus aucun doute là-dessus ! C'est un traître !

J'étais totalement déstabilisée, mais pas vraiment surprise. Au plus profond de moi-même, je croyais Henry.

Nicolas ne disait rien. Il était abasourdi. Il regardait dans le vide comme s'il était parti dans un autre monde. Puis il se reprit :

– Henry, on veut bien te croire, mais tu connais le sort que l'on réserve aux traîtres. Il n'y a pas d'alternative, alors il faut être vraiment sûr de toi, de ce que tu nous dis. Firmin, ce n'est pas n'importe qui tu comprends, c'est le maire du village. C'est notre maire !

Henry haussa le ton face à notre scepticisme.

– Je sais tout cela ! Mais Firmin vous a vendus. Les Allemands vont investir la vallée. Ils savent où nous sommes !

La nasse

À 5 heures le lendemain, le bruit des moteurs des camions chargés de troupes dont les bottes claquèrent sur la place de la mairie, les hurlements des officiers allemands et les aboiements des chiens réveillèrent tout le village. En moins d'une heure, deux mille soldats bouclèrent Bligny, Lusigny et le bois de Pommeret.

L'aube du mal.
Le maquis est cerné.
Ma terreur est immense.
Je suis dans mon lit.

La veille, j'avais quitté le bois en début de soirée. Après les révélations d'Henry, Nicolas et moi avions décidé que je descendrais dans la soirée à Bligny pour demander des explications à Firmin. Nicolas voulait s'y rendre à ma place, mais j'avais refusé. C'était à moi, en tant que chef du maquis, de prendre mes responsabilités. Les ordres de Londres étaient clairs concernant les traîtres. Si Firmin nous avait donnés, j'étais déterminée à faire le nécessaire. Mais je n'y croyais pas encore. Par précaution, j'étais quand même passée chez moi prendre le vieux fusil de chasse avec lequel Jeanne s'était envoyée dans l'au-delà. Depuis toutes ces années, l'arme était restée cachée dans l'armoire de ma chambre. Les cartouches se trouvaient dans une boîte un peu rouillée. Mais l'ensemble paraissait en état de marche. Nicolas l'avait parfaitement entretenu.

Je savais que si Firmin était vraiment un mouchard, il vendrait chèrement sa peau.

Il n'habitait plus sa ferme. Depuis qu'il avait rejoint le maquis, le curé l'hébergeait de temps en temps au presbytère. Une petite maison située dans une rue perpendiculaire à celle qui grimpe et enlace le village jusqu'à l'église.

Il était près de 23 heures quand j'arrivai devant la bâtisse paroissiale. Il n'y avait aucune lumière. Je frappai à la porte deux fois, trois coups rapides espacés d'un silence, notre code de sécurité.

Aucune réponse.

J'essayai une nouvelle fois.

Rien.

Encore et encore.

Toujours rien.

Je décidai d'escalader la grille blanche à gauche de la porte d'entrée.

Le fusil sur l'épaule, j'atterris lourdement dans la cour tapissée de graviers. Puis je me dirigeai vers la seule fenêtre qui donnait sur le jardin derrière la maison. Je frappai à nouveau contre le carreau.

– Firmin, tu es là ? C'est Marie.

Quelques instants de silence et puis soudain Firmin apparut après avoir allumé la lampe de la salle à manger. Il se tenait debout au milieu de la pièce, une bouteille de vin à la main. Trois autres bouteilles vides étaient renversées sur la table. Au mur, le portrait de Pétain semblait surveiller le moindre de ses mouvements. Firmin se dirigea vers la porte du jardin en titubant.

Il m'ouvrit :

– Je t'attendais.

Tenant à peine debout, il s'approcha de moi. Nos visages se touchaient presque.

–Tu as bu.

Il me toisait d'un air supérieur avec un sourire mauvais. Tous mes sens étaient en alerte. Moqueur, il fixa mon fusil.

– Qu'est-ce que tu viens chercher, Marie, avec ce pétard ? Tu penses arrêter l'armée allemande toute seule, hein ? Tu penses que tu vas arrêter tes amis boches ?

Il éclata de rire et se fit menaçant en me saisissant violemment par l'encolure de ma veste en cuir, comme pour m'intimider.

– Alors ? Réponds ! Qu'est-ce que tu viens chercher ?

J'avais décidé de savoir coûte que coûte la vérité.

– Tu semblais m'attendre, Firmin. Pourquoi ? Tu as des regrets ? Tu as mauvaise conscience ? Pourquoi tu nous as trahis ?

Il recula au milieu de la pièce en titubant, chercha un appui de sa main droite, qui ne rencontra que le vide, et finit par heurter le dossier d'une chaise qu'il renversa. Son regard était rempli de fureur. Il se mit à hurler :

– Je n'ai trahi personne, Marie ! Je n'ai aucun regret. Je suis fidèle à Pétain, moi ! Tu ne peux pas comprendre. En 1917 j'étais à Verdun. S'il n'avait pas été là, nous serions tous morts. Je serais mort. C'est lui qui nous a sauvés ! C'est lui qui m'a sauvé !

Firmin n'était pas un cul béni. Les gens d'Église et lui vivaient dans deux mondes bien distincts qui ne se côtoyaient jamais. Mais là, il fallait bien reconnaître que son admiration pour le sauveur de Verdun virait à la dévotion mystique.

Il se rapprocha de moi. Avec mon fusil, je réussis à le repousser à distance, le canon touchant presque son ventre.

– Et puis qui es-tu, toi, pour venir me donner des leçons de patriotisme ? Qui es-tu, l'Alsacienne, celle qui a abandonné son pays pour venir s'installer ici ? Toi aussi tu es une Boche ! Une Boche alsacienne. Ne l'oublie jamais ! Tu devrais être à nos côtés pour combattre ceux qui veulent mettre en péril la France et l'Allemagne, tes deux pays, les communistes et les gaullistes ! En 1918, grâce à Pétain, tu es redevenue une Française, mais depuis 1940, avec l'annexion de l'Alsace, Hitler a refait de toi ce que tu as toujours été : une Boche ! Tu devrais être fière de cela ! Et combattre avec nous !

Puis sa voix s'adoucit.

– L'armistice, en 1940, c'était finalement l'entente parfaite en quelque sorte, ma petite Marie. La paix et la réconciliation entre nos peuples. Seul Pétain a été capable de comprendre le destin de la France et d'accomplir cette prouesse en acceptant de signer la paix avec les Allemands pour lutter contre les communistes et ces traîtres de gaullistes qui se sont enfuis en Angleterre.

Ce n'était pas que de la dévotion, mais carrément du fanatisme.

– Tu ne sais plus ce que tu racontes, Firmin. Tu dis n'importe quoi ! Je n'ai jamais été une Allemande. Et puis l'Alsace a toujours été française ! Je suis française ! Tu es un traître, Firmin, tu mérites la mort, c'est tout. J'ai quitté mon pays, comme tu dis, pour fuir les fanatiques, les nationalistes et les ordures comme toi. Ton maréchal s'est couché devant les Allemands, et il a vendu l'Alsace à Hitler. Tu es un lâche, Firmin, comme lui ! Tu dois mourir parce que tu nous as tous vendus !

– C'est vous qui allez tous mourir, Marie. Demain matin, à l'aube, les Allemands vont investir la grotte, le bois, le village et ils vous…

Je tirai une première fois en le regardant dans les yeux sans faiblir.

– … tueront…

Le deuxième coup partit.

– … tous.

Firmin recula. Au seuil de la mort, son regard me transperça, à la fois étonné et éberlué par mon audace d'avoir froidement appuyé sur la gâchette.

Puis il s'écroula dos sur la table, les bras en croix.

Sa chemise blanche rouge sang.

Le ventre ouvert.

Les tripes à l'air.

Mort sur le coup, Firmin.

Parti de l'autre côté, le traître.

Il n'y avait pas de place pour le pardon.

Je laissai le corps de Firmin à sa place. Je ne retournai pas au bois ce soir-là.

Après tout, Dieu et le curé sauraient quoi en faire. Saint Pierre ne l'enverrait peut-être pas en enfer, qui sait ? Firmin n'était finalement pas un mauvais gars. Il avait juste choisi le mauvais camp. Il sauverait peut-être son âme. Quant au curé, il lui trouverait bien une place parmi les morts.

Je rentrai chez moi et m'endormis.

Jusqu'à l'aube et l'arrivée du mal.

J'avais anticipé des dizaines de fois cette scène dans ma tête. Nicolas m'avait fabriqué une cachette derrière le mur, à côté de la cheminée. On y entrait par l'intérieur gauche. Recroquevillé, il suffisait de tirer vers soi un faux mur, plus vrai que nature. Nicolas avait fait du bon boulot. Une fois à l'intérieur, on devenait invisible. Je m'y glissai.

Les coups s'abattent sur ma porte. Les hurlements aussi. Un fracas des tirs de fusil dans la serrure pour forcer l'ouverture. La maison qui tremble et moi qui sursaute de terreur. Puis un semblant de calme. Une voix donne des ordres en allemand.

– Fouillez toute la maison ! Elle ne peut pas être loin. Il me la faut vivante, cette chienne !

Bientôt, les bruits d'un violent saccage. La vaisselle, les verres, les assiettes, ma vieille étagère de salle à manger renversée. Puis le néant. Le silence. Je me dis que les monstres n'ont plus grand-chose à massacrer. Quelques murmures me parviennent. En sourdine. Ils sont incompréhensibles. Je serre la photo du 11 novembre dans ma poche. Je pense de nouveau à cette date bénie où nous étions tous les quatre : heureux. Elle me donne la force d'avoir moins peur. Mais je pleure et, la tête entre les genoux, je prie. C'est à ce moment-là que j'entends un bruit de bottes qui montent l'escalier. La salle de bains est située tout de suite à droite, sur le palier du premier étage. Un craquement effroyable me signifie que la porte vitrée vient de voler en éclats. Il n'y a rien à trouver à part des brosses à dents, des savons et des serviettes. Puis de nouveau le bruit des bottes dans le couloir. Le parquet qui craque. L'homme prend visiblement son temps pour tout fouiller et me débusquer. Dans la première chambre, il n'y a personne. Dans la deuxième non plus. Enfin la mienne. Ma cachette est légèrement en contrebas. Mes yeux au niveau du parquet. Nicolas m'a aménagé un trou de souris dans le mur pour respirer et surveiller l'entrée de la chambre. Je ferme l'œil gauche pour regarder du droit dans l'orifice. La porte s'ouvre lentement. Son grincement aigu s'éternise. C'est terrifiant.

J'aperçois une paire de bottes noires qui marque un temps d'arrêt. Puis le pied droit avance d'un pas, suivi du pied gauche et de nouveau un temps d'arrêt. De son regard, l'homme passe sans doute en revue toute la pièce. Je retiens ma respiration. Puis il avance vers la cheminée, se saisit du tisonnier et se met à frapper tout ce qui tombe à sa portée. Sa rage est décuplée par le fait de n'avoir trouvé personne dans la maison. En quelques secondes, ma chambre devient un champ de ruines et de désolation. De mes souvenirs, il ne reste que quelques vestiges éparpillés sur le parquet. Tout le reste n'est que néant. Puis il laisse tomber au sol la barre de fer et hurle à ses troupes restées au rez-de-chaussée :

– Il n'y a personne ici. Tout le monde dehors !

Il sort et descend rejoindre ses hommes. La chambre est de nouveau silencieuse. J'entends tout de même le bruit lointain de bottes et des paroles de soldats dans la rue. J'attends quelques instants. Il m'est impossible de rester cachée plus longtemps dans cet endroit beaucoup trop étroit pour moi. Ma position accroupie m'occasionne d'insoutenables courbatures aux jambes, au dos, aux bras. Dans la rue, les voix se sont éloignées. C'est sans doute le bon moment pour m'enfuir et rejoindre la porte dérobée située à l'arrière du comptoir du magasin. Elle permet d'accéder à mon jardin potager puis à une basse-cour attenante à un bois, ce qui me permettrait de quitter le village. La semi-obscurité du matin devrait m'aider à filer entre les lignes allemandes. Quand j'étais arrivée à Bligny, Jeanne m'avait malicieusement expliqué que le propriétaire précédent avait fait construire cette porte cachée pour permettre à ses maîtresses de s'échapper en toute discrétion. Parmi les légendes non vérifiées du village, une de ces femmes, dans son empressement à fuir face à l'arrivée de son mari, aurait glissé dans la boue et terminé les quatre fers en l'air dans la mare au cochon. Tout le monde en riait. Mais personne n'était capable de dire qui était cette femme qui, pour regagner le domicile conjugal, avait dû traverser le village toute crottée. Malgré la tragédie du moment, cette image me fait légèrement sourire. Je suis certaine que dans leur rage de tout fracasser, les Allemands n'ont pas découvert ce passage vers la liberté.

Sans bruit, je quitte ma chambre. Je fais quelques pas pour atteindre l'escalier. Puis je descends jusqu'au comptoir. J'avais raison, les bourreaux n'ont pas découvert le passage. J'actionne rapidement le levier situé sous la caisse enregistreuse. La porte s'ouvre. Je me glisse dans le couloir. Au bout, à droite, la très faible lumière du jour m'indique la sortie. J'avance puis je tourne vers cette lumière et la porte qui mène au jardin pour retrouver ma liberté.

Mais…

Il apparaît brusquement. En contre-jour.

Je ne distingue pas son visage.

Seulement l'ombre d'une immense silhouette portant une casquette et un uniforme sombre. J'arrive à peine à la distinguer, mais je me doute bien qu'il s'agit d'un SS.

Effrayée, je pousse un cri.

Une gifle d'une force inouïe me fait vaciller et tomber. Ma tête heurte le sol.

L'homme s'acharne. En silence. Il ne dit rien. Seul le bruit de ses bottes sur mon corps résonne dans le couloir. Je reçois des coups de pied dans le ventre, sur le visage. Ma tête n'est plus qu'un ballon qui se balance de gauche à droite au gré de la raclée qu'elle reçoit, de face, de profil, sur les trempes, sur le haut du crâne. Je me recroqueville pour me protéger. Cela ne sert à rien. Les coups redoublent dans mon dos et sur mon visage. Je sens le goût du sang dans ma bouche. La douleur devrait me faire hurler. Et pourtant je ne dis rien. Je m'apprête à mourir silencieusement, avec dignité. Je ne veux pas renvoyer à cette ordure de Boche l'image d'une femme humiliée par la souffrance. Si je dois mourir maintenant, ce sera sans un cri. Je veux mourir. Je n'ai pas peur. Je veux simplement quitter ce corps meurtri pour échapper à ce supplice. Les coups se poursuivent jusqu'à ce qu'il juge que je ne suis plus en état de me révolter, que je ne représente plus un danger pour lui, que je suis anéantie. Il me saisit alors par les cheveux et me traîne jusqu'au magasin.

Il me fouille. Trouve la photo dans ma veste, la regarde rapidement puis la glisse dans sa poche. Je pousse un hurlement de protestation. Mon premier cri depuis qu'il a commencé à me frapper. Un cri de révolte. Je lui attrape le bras dans un geste désespéré pour reprendre le cliché. Il me repousse violemment. Jamais depuis le jour de l'expulsion de Bernhard cette photo ne m'a quittée. Je subis ce vol comme un viol de mon âme et de ma vie. Cette perte est une douleur ultime qui rend secondaires les blessures physiques qui m'ont été infligées.

Mes paupières sont tellement gonflées que je ne distingue plus rien. Ma vision du monstre reste une forme vague, obscure, qui se déplace autour de moi et par-dessus moi lorsqu'il m'enjambe. Je regrette de ne pas pouvoir soutenir son regard et lui montrer que je n'éprouve aucune terreur, et que tous les coups qu'il pourra désormais me porter ne feront que décupler ma haine et mon envie de le tuer.

Il se met à hurler :

– Où sont les armes ? Où sont les terroristes ?

Je reçois un grand coup de pied dans le ventre. La respiration coupée, je suis incapable de parler.

Malgré tout, il continue de s'acharner sur mon dos à grands coups de schlague.

Il hurle encore plus fort :

– Où sont les terroristes, chienne de Française ! Et les armes ?

Je ne dis rien. Je ne peux pas parler. Je ne veux rien lui dire.

Il s'arrête enfin.

J'entends un vague claquement de doigts, puis un mot en allemand :

– Emmenez-la !

Deux hommes me saisissent brusquement sous les bras et me relèvent. L'un me couvre le visage d'une cagoule. L'autre m'attache solidement les mains dans le dos. Ils me forcent à marcher mais je suis incapable de rester debout. Alors ils me traînent sur les quelques mètres qui séparent l'intérieur du magasin de la rue. Une fois dehors, je perçois au loin des coups de feu, des claquements de mitraillettes et le bruit du moteur d'un camion qui tourne. Mais j'entends aussi des hommes poursuivre leur sale besogne en cassant tout à l'intérieur de ma maison. Ce lieu de vie ne doit désormais plus être qu'un champ de ruines.

Une voix crie en allemand. C'est celle du SS.

– On l'embarque ! On la ramène à Dijon !

Sur la benne du camion, deux autres soldats me saisissent par les bras, me soulèvent puis, comme s'il s'agissait d'un vulgaire sac de gravats, jettent violemment sur le plancher ce corps qui ne semble plus m'appartenir. Aussitôt, un pied me broie le dos pour m'empêcher de bouger. Comme si, dans mon état, j'étais capable de tenter une évasion. Plusieurs autres corps sont jetés à côté de moi. Ils attendent que le chargement humain soit complet pour démarrer. Le bruit du moteur couvre les râles de douleur. Je tente de parler.

– Silence !

Un violent coup de pied m'écrase à nouveau la colonne vertébrale pour me rappeler que je dois me taire. Je m'exécute. Combien sont-ils ? Qui sont ces morts vivants allongés à côté de moi ? Nicolas ? Henry ? Tous les autres camarades du maquis ont-ils été massacrés ? Où êtes-vous ? J'ai envie de savoir. Je ne suis plus terrorisée pour moi mais pour Nicolas. La simple pensée qu'il soit mort annihile toute volonté de résister et de me battre pour survivre. Si Nicolas est mort, qu'elle peut être désormais la raison de poursuivre ce combat pour la vie ? Pour quelle raison affronter cette inhumanité qui s'attache à mes pas depuis tant d'années ? Si Nicolas est mort, la bête aura gagné et je n'aurai plus de raison de vivre.

Le camion démarre. Nous roulons. Longtemps. Chaque seconde est un instant de gagné sur la vie. Je suis ballottée. Je heurte d'autres corps au gré des virages et des soubresauts du camion. Malgré les douleurs, ma pensée reste structurée. Les nazis peuvent toujours me supprimer, ils ne posséderont jamais mon âme ni ma liberté de penser. Je réfléchis aux dernières lettres que Bernhard m'a envoyée et que j'ai refusé d'ouvrir. Pourquoi ai-je finalement fait ce choix de les garder et de les cacher ? Si les Allemands les ont découvertes en mettant la maison à sac, que vont-ils en faire ? Les détruire ? Faire disparaître à jamais les traces de ce passé jonché de bonheur et de détresse ? Les conserver ? Que vont-ils penser ? À leurs yeux, je serai plus qu'une simple résistante. Je serai une Alsacienne allemande qui aura doublement trahi la nation aryenne en ayant quitté sa terre nourricière et fait le choix de la France. Les nazis ne respectent pas leurs ennemis. Encore moins ceux qu'ils considèrent comme des traîtres. Sans beaucoup d'illusions sur le temps qu'il me reste à vivre, j'essaie de mémoriser les lieux que nous traversons à chaque seconde, qui m'éloignent de ma vie, et me rapprochent du moment final. Je connais tous les virages de la route qui mène à Dijon. La façon dont ils épousent chaque méandre de l'Ouche, chaque village traversé. J'ai parcouru ce chemin tant de fois en allant chercher des provisions au marché de Dijon pour ravitailler le magasin…

Nous sortons de la vallée à Pont-de-Pany et la route s'étend désormais le long du canal de Bourgogne jusqu'à l'entrée de la ville, fixée à jamais dans ma mémoire.

Je crains par-dessus tout le lieu où ce camion m'amène sans doute : le siège de la Gestapo. Il est situé au numéro 9 de la rue du Docteur-Chaussier. En plein centre-ville, à quelques centaines de mètres de la gare. Cet immeuble de sept étages aux formes douces et arrondies en gigantesque U semble vous tendre les bras pour vous accueillir dans ses rondeurs. Mais aucune douceur n'est à espérer dans ce lieu maudit. Henry avait eu le temps de nous décrire ce qui se passait derrière ces murs : des dizaines de personnes, du simple passant raflé dans un bar au patriote le plus engagé, étaient passés dans ces locaux. Il nous l'avait signifié : personne ne ressortait indemne des mains des bourreaux. Personne.

Le camion entre dans la cour en marche arrière. Il se colle à la porte d'entrée pour éviter la vue des suppliciés depuis les fenêtres de l'école élémentaire située juste en face de l'abîme.

J'entends les cris d'enfants qui jouent.

L'heure de la récréation aux portes de l'enfer.

Le moteur s'arrête.

J'entends de nouveau les hurlements des soldats qui couvrent les voix des écoliers. Ils me saisissent sans ménagement par les bras. Je suis toujours aveuglée par la cagoule sur ma tête. Je trébuche en descendant de la benne. Un coup de crosse de fusil dans le dos m'envoie violemment au sol. Puis un coup de pied dans le ventre me force à me relever. Je suis maintenant soutenue et je marche presque dans le vide. Soudain, quelqu'un derrière moi m'arrache ma cagoule. C'est le colonel SS. Je ne le vois pas. Je perçois juste sa présence dans mon dos, son odeur. Il me donne une grande claque sur la nuque pour éviter que je me retourne et m'obliger à regarder devant moi. S'il m'a rendu la vue quelques instants, c'est qu'il a clairement la volonté d'exercer sur moi une pression psychologique en me faisant découvrir l'horreur qui m'entoure.

Les deux soldats qui me soutiennent descendent avec moi un escalier vers une ancienne cave-abri de l'immeuble. Des odeurs d'humidité et de sang me parviennent. À droite, j'aperçois dans une salle une baignoire sur pieds, rouillée, remplie d'une eau opaque. À gauche, j'entrevois une pièce au milieu de laquelle se dresse une grande console à claire-voie maculée de sang, sur laquelle un homme gît, immobile, entouré de deux soldats qui s'acharnent sur son corps avec leurs schlagues. Les soldats hurlent. Le supplicié non. Alors que j'ai les bras toujours entravés, les soldats me remettent la cagoule, puis je suis jetée dans une cave à l'odeur de moisi, située au fond du couloir. On m'ordonne de me déshabiller. Je ne suis pas assez rapide, alors les coups redoublent. Une frappe plus forte que les autres sur mon épaule droite me fait hurler et tomber au sol. Je suis nue. Les deux hommes me traînent au fond de la pièce et accrochent mon poignet droit en hauteur. Puis, j'entends le bruit d'une porte qui se referme et des clés qui verrouillent la serrure. Il fait froid. Je tremble. Mon corps touche le mur glacé. J'essaie de me recroqueviller un peu pour m'écarter de l'humidité qui suinte du mur. Mais il m'est impossible de bouger. Des hurlements sauvages me font sursauter régulièrement, ils sont pareils à des rugissements d'animaux, mais il s'agit d'hommes que l'on torture, des cris à peine couverts par les vociférations des bourreaux. Je n'ose penser que Nicolas se trouve parmi eux. Il n'était pas dans le camion, j'en suis certaine, sinon j'aurais senti sa présence. Peut-être a-t-il réussi à s'échapper de la nasse que les Boches ont tendue dans les bois ? Imaginer cela est un réconfort immense. Mais comme je n'en suis pas certaine, je m'autorise à ne plus penser. Réfléchir devient trop douloureux. Une nouvelle fois, j'attends la mort. Je souhaite qu'elle me fauche en douceur et m'emmène loin de cet enfer.

En silence.

Libératrice.

Je ferme les yeux.

Les heures passent. Avec ma cagoule, je suis dans une obscurité permanente et je perds la notion du temps. Je ne sais plus si nous sommes le jour ou la nuit. La nuit, sans doute, car les cris et les gémissements ont cessé. Un calme étrange règne dans la cave. Les bourreaux fourbus ont arrêté de cogner. Le cerveau humain est ainsi conçu : même l'esprit le plus pervers doit se reposer, pour mieux poursuivre sa tâche.

Je regrette que la mort m'ait épargnée. Je la traite de lâche, elle qui n'a pas voulu me sortir de cet abîme, qui m'a offert ce maigre supplément de vie que je n'ai pas désiré. Je sais au plus profond de moi que même si je vends l'un de mes camarades, je terminerai sur la guillotine dans la cour de la prison de la rue d'Auxonne, ou devant un peloton d'exécution, sur la colline de Montmuzard, là où la plupart des résistants finissent leur vie, qu'ils aient avoué ou non. Alors je prends une décision : je ne trahirai personne. Quelles que soient les douleurs à venir, je me tairai. Je ne parlerai pas. Je protégerai ceux qui, comme Nicolas, ont peut-être eu la chance de s'échapper. Je ne donnerai aucun nom.

Ils n'auront rien. Ils n'apprendront rien.

Le temps passe. Je n'arrive pas à dormir. Puis, j'entends le retour des bourreaux. L'aube les accompagne sans doute. Les cris reprennent. Toujours ces hurlements entrecoupés de courts silences, eux-mêmes interrompus par des bruits de bottes sur le carrelage, des corps que l'on traîne au sol dans le couloir, et les voix ennemies. Mon bras tendu le long du mur m'empêche de me boucher les oreilles pour ne pas sombrer dans la folie. Cela dure des heures. Je me demande quand mon tour viendra. Sur la table ou dans la baignoire ?

Le bruit des clés et la porte qui s'ouvre.

L'un des deux SS me détache. L'autre me donne des coups de pied dans le dos pour me presser. Ils me soulèvent. Je suis trop faible pour tenir debout. Ils me traînent par les bras.

C'est la baignoire.

Une fois, deux fois, dix fois, quinze fois, ils plongent ma tête cagoulée dans l'eau glacée. Elle heurte plusieurs fois le robinet. J'ai à peine le temps d'inspirer entre deux immersions. Je suffoque. L'eau sale pénètre dans mes poumons. Je tousse, puis je vomis. Étrangement, les deux hommes qui me broient les épaules en me faisant plonger puis ressortir ne disent rien. Ils ne me posent aucune question. Ils marquent un temps d'arrêt. Un troisième bourreau entre dans la pièce, il est derrière moi. Je ne le vois pas mais je devine à son pas lent que c'est lui. Cette ombre qui m'a massacrée à l'entrée du jardin à Bligny, et dont j'ai senti le souffle chaud sur ma nuque à l'entrée du bâtiment. Une fois encore, il me saisit la tête et me plonge à nouveau dans l'eau pendant un moment qui me semble durer une éternité. Il s'acharne sur moi. Les deux autres tortionnaires se sont écartés.

Il me ressort la tête de l'eau et hurle en français :

– Qui es-tu ?

Il continue. Il reprend son œuvre monstrueuse.

Il quitte enfin la pièce, et la séance se poursuit, encadrée par les deux molosses enragés. Je ne dis rien. Ils finissent par me ramener dans mon caveau. Mon tombeau peut-être. Je reste un temps indéfini accrochée à mon mur. Ils me jettent ce qui ressemble à un morceau de pain noir.

Puis le supplice reprend. La table cette fois. C'est lui qui s'en charge. Il est seul. Il me bâillonne avec un bout de tissu. Toujours placé derrière moi, il retire ma cagoule pour me bander les yeux. Il me pousse et m'allonge nue sur le ventre sur une sorte d'établi, les bras en croix, pieds et mains solidement attachés. Pendant des minutes interminables, sa schlague ne s'interrompt pas.

Il ne me pose qu'une question, avec de plus en plus de violence dans sa voix :

– Qui es-tu ? Réponds !

Un autre fauve est dans la pièce. Il regarde. Il attend. Puis il prend le relais, mais les coups de mon premier bourreau me semblaient plus douloureux, comme s'il ressentait un besoin de cogner plus fort que les autres pour faire disparaître mon corps de sa vie.

Chacun à son tour, ils s'acharnent sur moi. Mes bras, mes jambes, mon torse, mon dos sont couverts de plaies et de meurtrissures. Et toujours la même question de sa part :

– Qui es-tu ?

Rien à propos du maquis et des autres camarades.

Mes hurlements s'évanouissent dans une étoffe sale coincée jusqu'au fond de ma gorge. Puis ils me détachent et me traînent à nouveau vers la baignoire. Sa main puissante appuie sur mon crâne, le maintient sous l'eau et l'en ressort juste à temps pour m'éviter l'asphyxie. Longtemps. Très longtemps. C'est sans fin. J'ai oublié le monde extérieur. J'ai oublié la vie. Je suis dans l'antichambre de la mort. Je l'attends toujours, cette garce qui me fuit alors que je la supplie de m'emporter.

Je suis ramenée dans mon trou. On m'enlève mon bâillon et le tissu sur mes yeux. En refermant la porte, l'un des gardes me jette mes vêtements. Il ne m'a pas accrochée au mur.

– Habille-toi !

La porte claque.

Tous mes membres tremblent.

Je ramène lentement mon pantalon et ma chemise vers moi. Effectuer ces gestes me demande un effort surhumain. Mes vêtements qui collent sur mon corps ensanglanté sont autant de douleurs supplémentaires. Je me recroqueville sur le sol, en me bouchant les oreilles. Je souhaiterais être sourde et ne plus entendre les longs gémissements des autres martyrs enfermés. J'attends. Je ferme les yeux un long moment.

Mon rapport au temps n'est plus le même qu'avant. Il n'y a plus d'heures, plus de minutes, plus de secondes. Seuls les moments de silence après le départ des bourreaux puis, à leur retour, les plaintes et les sanglots des autres prisonniers rythment ce que j'analyse comme le jour et la nuit. J'ai compté : j'ai passé deux jours et deux nuits dans ce puits monstrueux à me poser toujours les mêmes questions. Qu'est devenu Nicolas ? Pourquoi ce SS ne cherche-t-il pas à connaître mes complices ? Pourquoi veut-il tant savoir qui je suis ? Depuis l'opération de Pont-de-Pany et l'assassinat du major et de ses deux sbires, les Boches sont comme des lions en cage. Ils tournent en rond, à la recherche de ceux qui ont perpétré cet attentat, comme ils disent. Ils n'ont aucun indice. Nous avons tout effacé. Alors ils tirent dans tous les sens, à l'aveugle, en espérant que la terreur fera remonter les informations. Ils ont arrêté des otages, les ont fait fusiller dans de nombreux villages. Je ne sais pas où sont Nicolas, René et Henry. Ma seule certitude, c'est que s'ils ont été arrêtés, ils ne parleront pas. Je continue d'essayer de comprendre. Pourquoi ce SS s'acharne-t-il à vouloir découvrir mon identité, et uniquement cela ? Il la connaît forcément, car s'il y a bien une chose qui fonctionne parfaitement dans la collaboration c'est la coopération des administrations française et allemande. Elles sont aussi tatillonnes et précises l'une que l'autre. Chaque identité, chaque geste des habitants des deux pays est minutieusement consigné grâce à un réseau de délateurs zélés dans les villes et les villages. Tout est noté sur des registres. Le fer rouge de la dénonciation est la marque de la police allemande et vichyssoise. Si ce SS veut savoir qui je suis réellement, il dispose de tous les instruments et d'un plus particulièrement : mon nom. Le vrai, celui qu'il saura forcément retrouver. Il parle de lui-même : Marie Heinrich, devenue Vogel.

Deux soldats reviennent me chercher. Je me recroqueville contre le mur du fond, tel un animal effrayé. Je ne veux pas y retourner. Je hurle. Ils me prennent de force. Mais cette fois, pas de table, pas de baignoire. Nous remontons à la lumière, dans une grande salle. Les deux soldats me forcent à m'asseoir sur une chaise qui fait face à un immense bureau, sur lequel sont posés de multiples papiers. La pièce est sombre, éclairée seulement par une petite lampe posée sur la table. Ils m'attachent les poignets aux barreaux de la chaise, derrière le dos. Je suis incapable de me tenir droite. Ma tête ensanglantée penche en avant, mon buste également. Ma chemise est maculée de sang. Chaque mouvement que je fais engendre une douleur indicible. J'essaie de rester immobile pour atténuer la souffrance. En vain. Une fois qu'ils m'ont solidement attachée, les deux soldats quittent le bureau et me laissent seule. Depuis cette pièce, contrairement à la cave, je n'entends aucun cri, aucun hurlement. Ces longues minutes où je suis seule semblent durer une éternité. Mais je tente de profiter de ce long répit pour reprendre quelque force, malgré ma terreur.

Puis la porte s'ouvre et se referme.

Je sursaute légèrement. Je suis assise assez loin du bureau. Suffisamment pour qu'un homme se place devant moi, debout, les mains croisées dans le dos, les jambes légèrement écartées. Le gonflement de mes paupières trouble encore ma vue. Mais je le distingue quand même.

Il est vêtu de noir. Intégralement. Sa casquette est ornée d'un aigle et d'une tête de mort. Sur les deux côtés du col de sa veste brille le sigle cousu de la SS. Une ceinture en bandoulière descend jusqu'à sa culotte de cheval rentrée dans des bottes souples et brillantes qui remontent jusqu'au-dessous du genou. L'homme ressemble à un ange de la mort prêt à faucher les vivants. Ses cheveux, ou tout du moins ce qu'il en reste, sont coupés en brosse au millimètre, couleur blé d'été. Une vraie gravure de mode destinée à la propagande de la race des seigneurs. Et puis, il y a cette dague accrochée à une chaînette qui descend jusqu'à sa cuisse gauche. Je reconnais cette marque : la Siegrune des Waffen-SS. Les tueurs du Reich. Elle est gravée d'une phrase : *« Meine Ehre heißt Treue »*, « Mon honneur s'appelle fidélité », le serment des SS.

Seuls ceux qui ont prêté serment de fidélité au Führer jusqu'à la mort peuvent la porter. J'ai conscience que j'ai devant moi de la bonne graine de fanatique endoctrinée, prête à tuer pour défendre l'idéologie nazie.

Il me regarde quelques secondes, puis contourne le bureau, y pose sa casquette délicatement, s'assoit en enlevant ses gants noirs et scrute d'un air interrogatif les papiers qui couvrent le haut de sa table. Il en écarte plusieurs, les déplace et sort du tiroir de son bureau un dossier marron, dans lequel il n'y a visiblement pas grand-chose, vu sa minceur.

S'ensuit un long silence durant lequel il ouvre le dossier, le feuillette, pour le refermer délicatement comme s'il avait peur d'en abîmer le contenu. Enfin il parle :

– Nous avons mené avec succès l'opération contre votre maquis, le maquis de Pommeret à Lusigny. Un succès au-delà de nos espérances. Votre maire, M. Firmin Legrand, a fait un excellent travail de renseignement. Il est bien dommage qu'il ait été assassiné. Chez les terroristes de votre espèce, on n'aime pas trop les patriotes, ceux qui luttent avec nous contre les communistes et les gaullistes. Quelle misère…

Abattue sur ma chaise, je n'ai même plus la force de relever la tête. Le défier du regard serait ma seule et dernière fierté. Même cela, j'en suis incapable, tant ma fatigue et ma souffrance sont immenses. L'homme parle un français presque parfait. Je ne supporte pas son ton hautain empreint d'une fausse politesse méprisante. Il me scrute, de haut en bas, puis de bas en haut.

Son timbre de voix ne m'est pas étranger… retentissant, grave.

– Oui, au-delà de nos espérances… Tous les maquisards ont été abattus. Trois seulement ont réussi à s'échapper. Mais nous sommes sur leur trace. Leur arrestation n'est qu'une question de temps. Nous avons nos réseaux d'informateurs. Vous autres, les Français, vous êtes des spécialistes de la dénonciation anonyme. Alors nous ne nous faisons pas trop de souci. Le temps travaille pour nous.

« Tous les maquisards ont été abattus. Trois seulement ont réussi à s'échapper. » Cette phrase s'imprime dans mon esprit et ne me quitte pas.

Qui sont les trois rescapés ?

Nicolas est-il parmi eux ?

Est-il ici, enfermé avec moi ?

Ou bien a-t-il été assassiné avec tous les autres ?

La seule pensée de sa mort ajoute un effroi supplémentaire à ma douleur physique. Je repousse cette idée. Je me persuade très vite qu'il est encore vivant. Cette pensée m'est nécessaire, car elle est aussi un acte mental de résistance au bourreau. Nicolas est donc forcément vivant. J'en suis certaine. Cette idée m'aide à tenir.

Et il y a des intonations… très incantatoires, aussi douces que glaciales.

« Tous les maquisards ont été abattus. Trois seulement ont réussi à s'échapper. »

Mais aussi cette gestuelle, ce corps, cette manière de s'asseoir et de se lever, tout ça ne m'est pas inconnu. Tout cela était enfoui et oublié au plus profond de mon âme depuis toutes ces années. La présence de cet homme fait tout resurgir comme un volcan endormi dont l'éruption soudaine m'explose en plein visage. En un instant, cet être me semble familier. J'ai l'impression de le connaître et d'entendre une voix éteinte depuis des années, de redécouvrir les attitudes corporelles d'un autre homme… de mon homme… De… Bernhard.

Je fais un effort surhumain pour le regarder alors qu'il a les yeux posés sur mon dossier qu'il parcourt. Je suis tétanisée. Je ne peux pas y croire. Je ne *veux* pas y croire. La pureté de ce visage… Malgré toutes les années passées, je n'ai aucun doute. C'est lui. Klaus est bien là, devant moi.

Il fait maintenant danser ses dix doigts sur le bureau de part et d'autre du mince dossier qu'il regarde d'un air soucieux. Il fronce les sourcils. Klaus me donne l'impression d'avoir pris une certaine distance avec l'opération qu'il a organisée contre notre maquis. Il réfléchit. Son esprit est ailleurs, dans une autre dimension mentale à lui seul accessible. Il est visiblement préoccupé par autre chose, une énigme à résoudre. Soudain il se lève brusquement, contourne à nouveau le bureau, se tient debout devant moi et se met à crier en me frappant selon un rythme simple : une gifle, une question, toujours la même.

– Qui es-tu ? Qui es-tu ?

Ma tête valse de droite à gauche, de gauche à droite. Mon nez se met à saigner, ma bouche également. Puis il va se rasseoir et hurle mon état civil :

« Nom : Vogel.

Prénom : Marie.

Née à Strasbourg le 7 mars 1896.

Mariée à Walter Vogel, soldat mort pour la France à Verdun. »

Il se lève, se penche par-dessus le bureau et crie encore plus fort :

– Sauf que Walter Vogel n'a jamais existé ! Nous avons fait des recherches dans les archives militaires. Il n'y a jamais eu de Walter Vogel en Alsace mort dans les tranchées. Tu comprends cela ? Jamais ! Tu as été mariée à un fantôme ! Alors parle !

Il se lève, me frappe une nouvelle fois et exhibe sous mes yeux meurtris la photo du 11 novembre 1918.

– Et cette photo ! Elle te dit quelque chose ? Bien sûr, puisque je l'ai trouvée dans ta poche ! Et la carte d'identité française de cet enfant que j'ai découverte dans un de tes tiroirs ? Pourquoi est-elle en ta possession ?

Je ne dis rien. Je ne veux rien dire tant que je n'ai pas la certitude que Nicolas est vivant. Pourtant un doute surgit en moi. Si à cet instant j'avouais à Klaus que je suis sa mère, peut-être arrêterait-il de me torturer ? Peut-être qu'il n'oserait plus me faire subir cet enfer ? Mais il ne me croirait pas. Alors je me tais.

Il ne s'arrête pas.

Après les gifles, la schlague de nouveau. De toutes ses forces. Sur mon dos ensanglanté.

Je m'affaisse encore plus sur ma chaise.

Je n'ai même plus la force de crier ma douleur.

J'entends s'éloigner les hurlements du loup.

Je m'évanouis.

Il me jette un verre d'eau froide sur le visage.

Je me réveille.

J'ai fait le serment. Tant que je n'aurai pas la certitude que Nicolas est vivant, quelle que soit la douleur, je ne dirai plus rien.

Mon corps ne répond plus.

Je suis devenue inerte, insensible. Je flotte entre deux mondes, celui des morts et celui des vivants. Le fauve s'en rend compte. Il lâche sa prise quelques instants. Je ne dois pas mourir, du moins pas maintenant.

Il a besoin de comprendre. Moi aussi. Puisque la mort m'a ignorée, je décide de m'accrocher à la vie.

Il s'est assis derrière son bureau. Il reprend son souffle.

Ma vue reste brouillée mais je distingue tout de même qu'il y a trois feuilles étalées sur son bureau. Trois lettres manuscrites.

Il en prend une dans la main droite. Ses yeux papillonnent de bas en haut et de haut en bas, il lit, en même temps qu'il guette la moindre réaction sur mon visage tuméfié :

Berlin le 30 janvier 1933

Ma petite Marie,

Je reçois ces premiers mots comme autant de balles dans le cœur. Il a trouvé les trois dernières lettres de Bernhard, son père, celles que je n'ai jamais ouvertes et que j'ai enterrées dans la cave. La première est arrivée en 1933 ; la seconde en 1938 ; la troisième en 1940. Pour réussir à dénicher ces courriers, les Boches ont dû mettre à sac toute la maison. Je m'en veux de ne pas avoir détruit ces messages de haine. Je ne veux pas entendre le contenu de ces lettres. Je veux me boucher les oreilles et ne rien écouter. Mais je suis entravée et obligée de subir une deuxième torture, mentale cette fois. Il poursuit, lentement. Chaque mot me pénètre comme une flèche enflammée.

Je ne t'ai pas écrit depuis bien longtemps parce que tu n'as jamais répondu à ma dernière lettre, celle du 11 novembre 1928, pour les dix ans de nos enfants. J'ai compris que tu voulais rompre définitivement nos liens en laissant ton désarroi de l'autre côté de cette frontière devenue pour nous infranchissable. Mais aujourd'hui n'est pas une journée comme les autres, et c'est pour cette raison que je reprends la plume pour te donner de nos nouvelles. Plusieurs années ont passé et notre Klaus est presque devenu un adulte.

Avec lui, nous avons fêté dignement un événement immense : l'arrivée au pouvoir de notre Führer. Adolf Hitler est devenu le chancelier de notre pays.

Le vieux maréchal Hindenburg l'a appelé pour qu'il forme un gouvernement. Il n'avait pas le choix, car les communistes étaient aux portes du pouvoir dans notre chère Allemagne. Six cent mille voix de plus pour les communistes aux dernières élections et nous, le NSDAP, nous avons perdu deux millions de voix. Les communistes au pouvoir ! Ils clamaient déjà partout qu'ils écraseraient la social-démocratie de la république de

Weimar et qu'ils installeraient une révolution bolchevique. Tu te rends compte, Marie, ce n'était pas envisageable ! Notre Président a pris la plus belle décision qui soit en nous protégeant d'une telle horreur. Le peuple allemand ne veut pas des communistes. Il ne veut pas de la guerre civile qui pointe à nos portes. Il veut un chef qui lui redonne sa grandeur nationale après la honte du traité de Versailles. Le peuple veut un gouvernement fort qui le guide vers le renouveau. Hitler est le seul à pouvoir mener à bien cette mission. Alors, tu comprendras qu'il était impossible pour moi de ne pas partager ce moment d'allégresse avec toi, tant il nous réjouit Klaus et moi. Toute la journée de ce lundi a été spéciale. Dans les rues, le temps était suspendu. Les gens dans les brasseries étaient à l'affût de la moindre information. Tout le monde se doutait que quelque chose se tramait. Puis la nouvelle est tombée. Quand le président a ordonné à Hitler de former son cabinet, les drapeaux se sont levés, des milliers d'uniformes marron se sont rassemblés spontanément dans les rues pour se rendre vers la porte de Brandebourg. La foule était exaltée. Nous étions des milliers à faire le salut de la victoire en l'honneur de notre chef qui dirigeait maintenant notre grande nation. Puis le soir, une gigantesque retraite aux flambeaux a été organisée sur l'avenue Unter den Linden et sous la porte de Brandebourg.

Au son des roulements de tambour des bruits des bottes, de nos chants patriotiques et des flambeaux, les SA ont défilé sous les murs de la chancellerie. Le vieux Hindenburg a fait une apparition rapide derrière un rideau. Puis tous les regards se sont tournés vers le deuxième étage. Hitler est sorti à la fenêtre, agitant son bras vers le haut avec frénésie pour nous saluer. Les milliers de SA lui ont répondu en défilant le bras levé et en hurlant : Sieg Heil ! Heil Hitler ! *Je ne fais pas partie des SA, mais en marchant à leurs côtés pour suivre Klaus, j'ai ressenti l'immense fierté du peuple allemand de se retrouver uni autour d'un homme qui allait le porter vers de multiples victoires et lui rendre son honneur.*

Depuis son intégration dans les Jeunesses hitlériennes, Klaus est devenu un magnifique SA. Il était aux avant-postes de cette soirée en défilant au premier rang. Il est presque un adulte maintenant. Il est immense par sa taille et dans son cœur. Il porte désormais fièrement l'uniforme et le brassard des SA. Avec ses camarades, il a chanté et défilé pratiquement toute la nuit à la gloire de notre patrie. Hitler est maintenant au pouvoir. Il va mettre tous les communistes et les sociaux-démocrates en prison. Ils ne méritent que cela. Avec Hitler et une jeunesse allemande aussi déterminée à le suivre, nous sommes prêts à reprendre le chemin de nos conquêtes jusqu'à la victoire et rendre l'Alsace-Lorraine à notre patrie éternelle. Klaus m'en parle souvent. Il ressent une profonde haine pour la France et les Français qui ont humilié notre pays. Il veut faire la guerre contre la France. Il veut revenir en conquérant victorieux à Strasbourg. Je ne doute pas un instant qu'il y arrivera. Bientôt la victoire sera de notre côté et nous nous retrouverons tous les quatre pour la fêter dignement.

Ton Bernhard

Klaus marque un long silence. Il ne dit rien. C'est une évidence. Il ne s'explique pas pourquoi il a trouvé ces lettres dans la maison, envoyées par son père à une femme qu'il ne connaît pas. Bernhard ne lui a jamais parlé de moi. Les interrogations de Klaus en sont la preuve. Il ne comprend pas que je suis sa mère. Une nouvelle fois je ressens ce courrier comme une abjection. Un reniement de toutes les valeurs humaines auxquelles je crois. Je ne te retrouverai jamais, Bernhard. Je vous hais, toi et ta haine. Je hais ce que tu as enseigné à notre enfant et ce qu'il éprouve vis-à-vis de la France, mais aussi l'ignorance de sa famille dans laquelle tu l'as élevé. Je pense à cet instant à Nicolas dont tu ne fais pas état dans ce courrier.

Klaus pose délicatement la première lettre à la droite du bureau puis, de sa main gauche, il saisit la deuxième, la regarde quelques instants et poursuit mon calvaire. Il veut connaître la vérité sur son passé. Je ne suis pas encore prête à la lui livrer. J'ai besoin de la présence de Nicolas pour cela.

Berlin, 11 novembre 1938

Ma petite Marie,

Cinq années ont passé depuis mon dernier courrier. Cinq longues années pendant lesquelles notre petit Klaus est devenu un homme. Comme Nicolas, je suppose ? Ils ont vingt ans. Le temps des rêves et le temps de réfléchir à construire un avenir qui s'annonce radieux. Cette année 1938 a été exaltante pour le renouveau de notre patrie. Hitler poursuit ses conquêtes pour redonner toute sa grandeur et sa splendeur à l'Allemagne. Il a réalisé l'Anschluss avec l'Autriche et annexé les Sudètes. Quoi de plus normal que de réunifier les populations allemandes et autrichiennes au sein d'une même nation germanique ? Seul un grand chef pouvait réussir une telle prouesse, d'autant que la France et la Grande-Bretagne se sont couchées en signant les accords de Munich. Les démocrates et les communistes ne sont que des lâches qui fuient la peur au ventre devant notre honneur retrouvé. Le temps de la reconquête arrive. Il est proche et Klaus continue de se préparer pour cela.

Il y a deux jours, il a prêté serment à notre Führer. Il est devenu SS-Untersturmführer, un lieutenant. C'est le premier grade d'officier dans la Waffen-SS. Cette cérémonie était magnifique. Elle s'est déroulée, comme chaque année, la nuit du 9 novembre, deux jours avant les vingt ans de Klaus. Le 9 novembre est une date historique pour notre Reich puisque les nouvelles recrues font allégeance à Hitler en présence du drapeau ensanglanté des martyrs du putsch de 1923. Klaus a touché ce drapeau comme tous les jeunes SS puis il a prononcé la phrase rituelle actant dans son serment qu'il donne sa vie à notre Führer : « Ich schwöre dir, Adolf Hitler, als Führer und Kanzler des Deutschen Reiches Treue und Tapferkeit. Ich gelobe Dir und den von Dir bestimmten Vorgesetzten Gehorsam bis in den Tod ! so wahr mir Gott helfe[1] ! »

Klaus fait désormais partie de l'élite de notre nouveau pays. La sélection pour intégrer l'ordre noir a été draconienne. Mais il est arrivé premier de sa promotion. Il s'est battu pour cela. Il est promis à un grand avenir. Les unités de la SS Leibstandarte rassemblent les hommes les plus purs de notre race germanique. Son parcours exceptionnel dans la jeunesse hitlérienne lui a permis d'accéder directement au grade d'officier. Tu peux être fier de notre fils. Il appartient à l'élite qui va mettre l'Europe au pas en nous vengeant de toutes nos humiliations passées et subies.

D'ailleurs Klaus n'a pas attendu très longtemps pour mettre en application l'éducation politique qu'il a reçue pendant sa formation et qui tient dans le mépris et la haine les sous-hommes tels les juifs, les Slaves et les Français.

1. « Je te jure, Adolf Hitler, Führer et Chancelier du Reich, fidélité et vaillance. Je te promets solennellement, ainsi qu'à ceux que tu m'as donnés pour chefs, obéissance jusqu'à la mort, avec l'aide de Dieu ! »

Dès le 9 novembre au soir, avec sa section, il a participé à la Nuit de cristal. Les membres de la SA, de la SS, de la Jeunesse hitlérienne et la Gestapo ont tous reçu l'ordre d'aller s'attaquer aux juifs, à leurs magasins, à leurs entreprises pour les pousser à quitter l'Allemagne qui doit devenir une terre lavée des sangs impurs. C'était aussi un acte normal de légitime défense après la mort d'Ernst vom Rath, le secrétaire de l'ambassade allemande à Paris, assassiné deux jours plutôt par un juif polonais réfugié en France.

Klaus m'a raconté que pendant toutes ces heures il a participé à l'incendie de plusieurs synagogues, qu'il a, avec ses hommes, saccagé des commerces de juifs et qu'il a assassiné de ses propres mains, avec la nouvelle dague SS qu'on venait de lui remettre, un rabbin qui refusait de quitter son appartement. Vois-tu, Marie, après cette nuit de liesse du 9 novembre à laquelle notre petit Klaus a participé, je n'ai plus aucun doute sur sa volonté de faire triompher notre cause. Il est capable d'éliminer sans remords ses ennemis. Nos ennemis. Voilà sa force. Voilà notre force. La force de la reconquête et du renouveau de l'Allemagne.

Ton Bernhard

Le silence. De nouveau. Je relève la tête légèrement. Klaus me dévisage. Je distingue à peine son regard qui se pose sur moi, mais il m'apparaît froid, sans âme, bien qu'interrogatif et suspicieux. Toutes ces années sans nouvelles de lui ont été cruelles, mais c'est moi qui ai choisi ma propre pénitence, sans doute parce que je voulais étouffer au fond de moi cette vérité que je ne souhaitais pas découvrir. Klaus ne pouvait être un tueur. Klaus ne pouvait devenir un assassin. Pas lui. Pas mon fils tant aimé. Je me refusais à cette réalité, espérant au plus profond de moi, et malgré ton éducation, Bernhard, qu'un minimum de bonté pouvait l'amener à rester sur la voie de l'humanité. Désormais, je sais que je me suis trompée. Le mal l'a emporté. Je suis la mère d'un meurtrier. Ce bambin que toi, Bernhard, tu tenais dans tes bras le 11 novembre 1918 a assassiné un homme de ses propres mains. Simplement parce qu'il était juif.

Pendant ces journées et ces nuits de torture, je n'ai jamais pleuré.

Mais à cet instant, des larmes coulent lentement sur mes joues. Je pleure une douleur infinie. Mon âme est meurtrie, abîmée. Seule la pensée de savoir que Nicolas est peut-être en vie m'empêche de sombrer.

Si ce supplice se poursuit je vais devenir folle.

Klaus n'a toujours pas obtenu ses réponses.

J'ai froid.

J'ai faim.

J'ai mal.

Je ferme les yeux pour essayer d'échapper à cette prison monstrueuse.

Mais l'horreur se poursuit.

Il pose la deuxième lettre sur la première, sur sa droite.

Prend le troisième courrier.

Il lit.

Berlin, 19 juin 1940

Ma petite Marie,

Comment ne pas bénir une telle journée ? Ce jour tant attendu où notre croix gammée a flotté sur la cathédrale de Strasbourg. Ce jour où l'Allemagne a de nouveau récupéré notre terre en annexant définitivement l'Alsace. « L'Alsace est de nouveau comme Dieu l'a créée ! » a proclamé le nouveau Gauleiter Wagner en arrivant sur notre terre. Hitler doit se rendre sur place, dans quelques jours, le 28 juin, le jour anniversaire de ce maudit traité de Versailles qui nous a tant humiliés. Tu as quitté l'Alsace ! Quel dommage que tu ne puisses pas vivre ce moment du retour de notre terre nourricière à l'Allemagne ! Ce moment où l'humiliation nationale prend fin. Les Français sont définitivement des lâches. Ils ont fait évacuer toute la ville de Strasbourg et les habitants sont partis se réfugier dans le Sud-Ouest de la France avant l'entrée de nos vaillantes troupes. Mais peu importe ! Hitler l'a promis : avec le retour des exilés, toute l'Alsace sera « défrancisée ». L'heure de la revanche a sonné. Tu te rappelles tout ce que les patriotes français nous ont fait endurer en 1918. Eh bien, nous allons faire la même chose. Tous ces « indésirables » seront expulsés pour laver l'affront de ce que nous avons subi lorsque nous avons été obligés de quitter notre terre en 1918. Mais maintenant que l'Histoire est de retour, tu dois revenir rapidement avec Nicolas pour que nous puissions nous retrouver avec nos deux enfants et reprendre la vie des jours heureux. Il le faut ! Tu n'as pas le choix ! Il faut choisir ton camp, Marie. Il est définitivement du côté de l'Allemagne. C'est le camp des vainqueurs qui font l'Histoire. Tu sais ce qu'a dit, devant Hitler, le Gauleiter Wagner lorsqu'il lui a confié la tâche de germaniser l'Alsace : « Si un Alsacien vient et me déclare : "Je ne suis pas allemand, mais français", je ne puis que lui dire : "Tu n'es pas un Français, tu es un traître allemand. Tu es un traître à ton nom, à ta langue, à ta nationalité, à ton sang." »

Tu vois, ma petite Marie, tu n'as plus vraiment le choix. Si vous ne revenez pas, toi et Nicolas, vous serez considérés comme des traîtres au Reich. Vous aurez trahi définitivement votre destin et vous serez fusillés. Est-ce cela que tu désires ? Non, je ne pense pas. Alors je garde espoir. Je conserve cette espérance que notre famille se réunisse très vite, que l'on se retrouve tous les quatre dans notre appartement de la rue Mercière et que nous réalisions de nouveau cette photo magnifique vingt-deux ans plus tard au pied de la cathédrale. Ce serait magnifique ! Nous effacerons pour l'éternité la honte et la défaite. Ce serait la photo du renouveau pour notre famille alsacienne et allemande. Pour l'instant, je ne peux pas me déplacer car je suis malade. Rien de bien grave me dit le docteur, même s'il se refuse à poser un diagnostic. Mais peu importe. Ma santé n'est pas la chose la plus importante dans ce moment d'histoire, car Klaus nous ouvre la voie de cet avenir tourné vers le bonheur. Avec sa section de SS, il a été envoyé en France. En Alsace tout d'abord. Puis en France. Mais je n'en sais pas plus. Sa mission était secrète. Je sais qu'il nous venge au quotidien de toutes nos humiliations. Je sais qu'il est parti à la reconquête de notre passé perdu pour le rendre à notre présent. C'est tout ce qui m'importe. Il faut que tu rentres, Marie. Maintenant que l'Alsace est revenue un land du Reich, il faut que tu ramènes Nicolas à la maison et, quand la guerre sera terminée, Klaus reviendra également. Alors notre avenir familial se construira et l'Alsace restera éternellement allemande.

Ton Bernhard

Klaus lève son regard qu'il pose sur mon visage. Il ne dit rien. Je me sens comme dans l'œil d'un cyclone, ce moment de répit avant le déferlement d'une immense vague et d'un nouveau souffle de violence qui pulvérise tout sur son passage. Mes mains et mes bras entravés aux barreaux provoquent une décharge électrique insupportable dans tout mon corps dès que j'esquisse le moindre mouvement. Je n'ai plus la force de relever mon visage tuméfié et ensanglanté pour défier le monstre. J'attends. En silence. Seule la pensée que Nicolas puisse être en vie m'éloigne de cette sauvagerie.

Quelqu'un frappe à la porte.

– *Herein !* Entrez !

Elle s'ouvre dans mon dos. Un soldat pénètre dans la pièce et se dirige derrière le bureau. Il se penche vers Klaus et lui glisse quelques mots à l'oreille. Un léger sourire apparaît à la commissure de ses lèvres. Puis le soldat recule d'un pas, claque des bottes, lance son bras et sa main en l'air tel un automate et crie :

– *Heil Hitler !*

Il quitte la pièce et referme la porte.

Je le distingue toujours à peine, mais il me sourit, l'air visiblement satisfait.

– Je vous avais dit qu'il ne nous faudrait pas longtemps pour attraper vos amis terroristes. Eh bien c'est fait. Ils étaient réfugiés sur la colline d'Urcy. Ils ne sont pas en grande forme, mais suffisamment pour pouvoir être interrogés. Ils viennent d'arriver.

Cette annonce est un nouveau coup de massue. Nicolas est sans doute entre les mains des fauves. Au fond de mon gouffre de douleur, j'éprouve quand même une joie infime de savoir qu'il est probablement en vie. Mais l'imaginer ici, entre les griffes de ces tortionnaires, redouble mon angoisse. Je sais que je ressentirai au plus profond de ma chair chaque coup qui lui sera porté et que cela m'affaiblira encore plus.

Soudain la masse noire se lève. Il contourne son bureau et fond sur moi à la vitesse d'un faucon en piqué sur sa proie. Il me secoue d'avant en arrière brusquement. La chaise suit ses mouvements. Une de ses mains me lâche et me gifle à nouveau dans des allers-retours interminables.

Il me saisit par le cou comme pour m'étrangler et hurle.

– Qui es-tu ? Parle ! De toute manière tu ne sortiras pas vivante d'ici !

Toujours la même réponse. Mon silence. Je n'ai pas la force d'exprimer quoi que ce soit, pas même mes douleurs. Ce mutisme préserve mon âme. Enfin, il défait mes liens et se poste derrière moi. Sa main droite bloque mes deux bras et sa main gauche tire mes cheveux en arrière pour que je redresse la tête. Je ne vois plus que le plafond.

– Avance !

Il me pousse fermement et me force à marcher. Je ne suis plus qu'un pantin sans vie entre ses griffes. Nous dévalons les escaliers, moi devant, lui derrière, et il doit me retenir pour m'éviter de chuter. Lorsque nous arrivons au rez-de-chaussée, dans le couloir qui mène aux caves, nous croisons deux soldats qui traînent plus qu'ils ne portent un malheureux. Nous sommes dans la pénombre. Je jette un regard furtif. Ses vêtements sont en sang. Mais je n'ai pas le temps de mémoriser quoi que ce soit.

Le SS me pousse violemment dans la cave.

Il attache de nouveau mon bras à l'anneau, puis s'approche de moi, s'accroupit et soulève mon menton avec sa cravache en me fixant dans les yeux.

– Tant que tu ne me diras pas qui tu es vraiment, tu resteras là, à crever dans ton trou ! Les autres parleront pour toi.

Il m'assène plusieurs coups de pied dans le ventre et me laisse enfin tranquille.

Les autres parleront pour toi.

Les autres ne diront rien.

Plus que jamais, je suis seule face à mon destin.

Que peuvent-ils avouer d'ailleurs, mis à part leurs faits d'armes et leur connaissance des réseaux maquisards ?

Personne ne connaît mon histoire. Au village, j'ai toujours été Mme Vogel. Je n'ai jamais rien dévoilé de mon passé ni de mes origines, et surtout pas à Nicolas. Enfant, il ne comprenait pas pourquoi je le forçais à apprendre l'allemand. Quand il m'interrogeait à ce sujet, je lui posais cette simple question :

– Tu souhaites faire la guerre ?

– Non, bien sûr, me répondait-il.

Alors, je lui expliquais que savoir parler allemand et français, c'était comme devenir un pont qui unit deux rives ennemies.

– Deviens ce pont pour la paix, pour découvrir que même chez nos pires adversaires il y a des gens de bien.

Il s'était contenté de mes mots. Adolescent, puis devenu adulte, il ne m'avait plus rien demandé. Quand la guerre avait éclaté et que les Allemands avaient envahi la France, Nicolas m'avait dit un soir, en me faisant un clin d'œil :

– Merci de m'avoir appris cette langue, maman. Je vais essayer de la mettre au service de la paix.

Puis il avait ajouté d'un ton malicieux :

– Même si cela s'annonce compliqué…

Avant que Klaus ne me lise tes lettres, j'avais presque oublié l'abjection. Mais tes mots, Bernhard, m'ont rappelé à quel point nous ne vivons définitivement plus dans le même monde. Au fond de mon abysse de malheur, je préfère penser à Nicolas qui maintenant souffre par ta faute. Je me souviens de toutes ces années de bonheur passées avec lui à Bligny, avec le secret espoir que cela lui donne de la force pour résister à la souffrance. Des années heureuses parce que nous étions tous les deux loin de toi, Bernhard, loin de Klaus, loin de tes héros et de leurs délires meurtriers.

Il y a quelques années, j'ai voulu t'écrire une dernière lettre pour t'expliquer quelle éducation je donnais à Nicolas et l'espoir que je plaçais en lui pour que peut-être, un jour, une lumière vienne éclairer ta conscience pervertie par la haine. Comment, contrairement à toi, je lui insufflais la tolérance, les livres, l'écriture, l'éducation du bien, l'ouverture vers le monde et l'aide de son prochain. Comment, contrairement à toi, dans ce que je le lui transmettais, il n'y avait aucune détestation, aucune volonté de vengeance, aucune rancœur à l'égard des Allemands, nos anciens ennemis. Nicolas a toujours été un être vif, facétieux, drôle, intuitif et doué. Enfant, sa curiosité était infinie. Je l'ai souvent emmené avec moi dans les tournées de générosité lorsque j'étais bâtonnière de la confrérie de Saint-Sébastien. Il a compris très vite la nécessité qu'il y avait à aider les autres pour développer sa personnalité, son bonheur, et trouver une satisfaction intellectuelle. Devenu adulte, sa passion a toujours été de transmettre les beautés de l'existence aux autres telles qu'il les avait apprises à l'école, mais aussi grâce à mon éducation. C'est pour cela que Nicolas est devenu l'instituteur du village, même si la guerre l'a empêché de commencer à travailler. Mais quand la paix sera revenue, il me l'a promis, il poursuivra ce chemin. Il souhaite devenir chercheur. Il veut apporter son savoir et enseigner aux étudiants pour faire avancer la science et la conscience des hommes. Bernhard, tu penses que le monde ne peut se construire que sur la douleur et l'asservissement de ceux qui ne pensent pas comme toi. Tu te trompes. Ton monde s'écroulera bientôt. Ton monde ne survivra pas au chaos que vous avez semé avec Klaus et vos amis nazis, un chaos basé sur une idéologie meurtrière qui sépare nos deux peuples. Sur ce champ de ruines, c'est nous qui reconstruirons un nouveau monde. Tu as éduqué Klaus en lui faisant admirer les laideurs de la haine, de la vengeance et de la mort. J'ai enseigné à Nicolas les beautés de la vie. C'est cette lettre que je voulais t'écrire, et que je n'ai pas eu la force de t'envoyer, à laquelle je pense aujourd'hui pendant que les fauves massacrent notre enfant. J'ai renoncé à t'envoyer cette lettre car je savais qu'elle était sans espoir.

Les cris.

Les hurlements.

Ils me ramènent à la réalité.

Le bruit des clés qui s'entrechoquent et qui ouvrent la porte.

Toujours les mêmes brutes qui me détachent et me soulèvent à nouveau par les bras pour me ramener dans le bureau où je suis entravée et attachée les mains dans le dos, avec cette douleur permanente qui m'électrise tout le corps. Il contourne le bureau et s'assoit. Mon regard est toujours flou, mais je devine qu'il me dévisage. Quelqu'un frappe à la porte.

Il hurle

– Entrez !

Je tourne légèrement la tête. J'entends des bruits de pas et les faibles gémissements d'un homme porté par deux soldats car il n'a pas la force de se tenir debout. Ils le poussent à s'asseoir à côté de moi, légèrement en arrière.

C'est Nicolas.

Défiguré.

Son visage est noir, boursouflé tant il a reçu de coups.

Son corps est ensanglanté.

Je le reconnais à peine.

Je ferme les yeux.

Je pleure de douleur.

Pour la première fois depuis que je suis entrée dans cet enfer, je me mets à hurler. Un son qui n'a rien d'humain. Klaus se lève de nouveau.

Il s'approche de moi.

Il me frappe.

Sur tout le corps.

Il veut me faire taire.

Il n'y arrive pas.

Il me frappe encore plus durement.

Plus il me frappe et plus je hurle.

J'ai besoin d'évacuer toutes mes souffrances.

Mes cris qu'il ne supporte pas sont ma seule arme pour m'opposer à sa bestialité.

Seule la mort pourrait m'empêcher de hurler.

Elle qui n'a pas voulu de moi.

Elle qui ne veut toujours pas de moi.

Je perçois un léger mouvement de Nicolas.

Un vain mouvement de rébellion, une légère insurrection physique pour essayer de me défendre en attirant l'attention du bourreau sur lui pour soulager mon mal.

Klaus s'arrête.

Il lâche un dernier coup de cravache sur la tête de Nicolas puis retourne s'asseoir derrière son bureau.

Le silence revient dans la pièce.

Il reprend son souffle.

Puis il se lève, les deux poings posés sur la table, et se met à hurler :

– Je suis le fils de Bernhard Heinrich !

Dans un geste de haine, il lance la photo du 11 novembre dans ma direction mais, comme elle est trop légère, elle ne m'atteint pas et retombe sur le bureau.

S'ensuit un immense silence.

Je veux prendre Nicolas dans mes bras et quitter ce monde définitivement. Son visage est ensanglanté, penché sur sa poitrine, il ne réagit pas. Il est à peine conscient. Je ne sais pas s'il nous entend, tant il semble loin de cet enfer.

Klaus reprend la photo dans ses mains, tend le bras vers moi pour me la montrer. Il parle de nouveau. De manière rapide, saccadée, ce qui accroît la tonalité de son accent allemand. J'ai l'impression d'entendre Bernhard dans ses moments de colère. Je détecte dans sa voix une certaine inquiétude. Une voix en quête de certitude et de vérité face à ses interrogations. Mais elle ne recèle aucun point de faiblesse, aucune mansuétude. Le monstre est toujours bien présent, prêt à bondir s'il n'obtient pas les réponses à ses questions :

– L'homme qui est sur cette photo est mon père. Bernhard Heinrich. À Munich, chez moi, j'ai des photos de lui au même âge avec ma mère, Marta.

Il attend quelques secondes.

Je ne dis rien.

Il poursuit et déroule sans le savoir le gigantesque mensonge d'une vie qu'il croit réelle.

– Mon père et ma mère, Marta, étaient alsaciens. Toute ma jeunesse, mon père m'a raconté notre exil dû à la défaite de la guerre. Notre départ de Strasbourg, où nous étions devenus indésirables sous les huées de ces chiens de Français qui se disaient patriotes en agitant leur drapeau bleu-blanc-rouge sous notre nez. Le départ de la rue Mercière avec nos *Befehle* dans la main, nous les Allemands de souche, sous les menaces des fusils, moi dans les bras de ma mère qui tentait de me protéger des coups de poing et des gifles. Tous les jours, mon père me racontait en secret l'humiliation de ces heures sombres et il m'a préparé toute ma vie à l'heure de la revanche et de la victoire. Il m'a appris aussi le français. « Comme cela, disait-il, quand la guerre reviendra, ce sera un atout pour toi pour demander ton affectation en France afin de nous venger. » C'est mon père qui m'a élevé malgré son absence car il travaillait tout le temps dans une brasserie. Ma mère ne disait jamais rien. Elle restait muette et cloîtrée toute la journée dans notre appartement sans s'occuper de moi. Elle souffrait en silence, traumatisée, refusant d'entendre parler de l'Alsace. Sa terre était désormais la Bavière. Elle est morte juste après mon père, emportée par la souffrance d'avoir été arrachée à ses racines. Son mal était trop grand pour qu'elle s'occupe de moi. Mon père, jusqu'à sa mort, ne rêvait que d'une chose : revenir sur cette terre alsacienne que les Français lui avaient volée. Il en a été empêché par la maladie. Sur son lit de mort, il m'a fait promettre de le venger. De ramener sa sépulture à Strasbourg pour qu'il y soit enterré. Je l'ai fait. Son rêve s'est réalisé.

Il s'énerve de nouveau.

– Alors pourquoi mon père figure-t-il sur cette photo au pied de la cathédrale de Strasbourg ? Pourquoi ai-je trouvé une carte d'identité française à mon nom dans un tiroir de ta maison ? Que faisait cette photo dans ta poche ? Ce n'est pas ma mère qui est aux côtés de mon père ! Ce n'est pas ma mère ! Cette femme, c'est toi ! Marie Vogel ! Je te reconnais. Une terroriste française qui se bat contre le Reich et qui finira fusillée ! Mais avant que tu meures, je veux savoir ! Pourquoi es-tu avec mon père ? Qui est cet autre enfant que tu tiens dans les bras ? Réponds !

Je lève lentement la tête. Je le fixe dans les yeux. Ma vision s'éclaircit et devient plus limpide, comme si une force soudaine et inattendue me donnait l'énergie de surmonter cette nouvelle épreuve. La force d'affronter le cauchemar de voir sous mes yeux Klaus, mon fils, être le monstre qui me torture depuis tant de jours et de nuits.

Mais cette énergie n'est que fugace. Elle s'évanouit aussitôt quand il s'en prend de nouveau à Nicolas.

– Pourquoi as-tu reçu ces lettres ? Pourquoi mon père te les a-t-il envoyées, à toi, Marie Vogel ?

Il s'énerve de nouveau, saisit sa cravache, contourne le bureau.

– Qui est ce Nicolas dont il parle ?

Il regarde Nicolas :

– C'est toi ?

De nouveau il le frappe.

Sa tête.

Ses épaules.

Tout son corps.

Nicolas ne réagit pas.

Ne réagit plus.

Je ne supporte plus le calvaire de mon enfant.

C'est le moment de tout dire.

Nicolas doit rester vivant.

C'est tout ce qui m'importe. Alors je décide de parler. J'ai pourtant conscience que mon silence reste ma meilleure arme contre cet homme et qu'il faudrait que je le laisse seul avec ses incertitudes, ses questionnements, avec cette nuit qui pèse sur son passé et qu'il souhaite éclaircir. Je sais que ma seule et mince revanche serait de le laisser dans l'obscurité éternelle. Il n'oserait pas me tuer car, alors, il plongerait toute son existence dans cette confusion mentale sur le mystère de sa vie. Mais je n'ai plus le courage de résister et de me battre.

Mon enfant est devenu un monstre qui me torture et qui torture son frère. Ce nouveau poids du destin est trop lourd à porter pour que je me mure dans le silence. Nicolas est ma faiblesse. Je ne supporte plus qu'on lui fasse du mal. Sa douleur double la mienne. Ma souffrance physique n'est rien par rapport à celle que j'éprouve quand Klaus s'acharne sur lui. Alors, je décide de m'abandonner entre ses mains pour la première fois depuis mon entrée en enfer. Des larmes coulent sur mes joues avant qu'une phrase se forme enfin sur mes lèvres tremblantes. Ma voix est faible. Mon corps brisé. Tout est anéanti chez moi.

– Marta n'était pas ta mère, Klaus.

Il arrête de frapper.

Je répète à demi-mots :

– Je ne sais pas qui était Marta, mais elle n'était pas ta mère. Je suis ta mère, et l'homme que tu es en train de frapper à mort c'est Nicolas, ton frère. Tu tortures ta mère et ton frère, Klaus.

Klaus est interloqué.

Un court silence s'installe.

Il est surpris, mais il se reprend très vite

– Toi, ma mère ! Ce type, mon frère ! Quelle blague ! Je n'ai jamais eu de frère !

Puis il se remet à me frapper le visage. Il éclate de rire, un rire fort et puissant. Un rire effrayant mais qui n'attise plus mes craintes. En ayant libéré mes pensées enfouies pendant toutes ces années, je ressens au plus profond de moi une forme de soulagement.

– Tu ne peux pas être ma mère. Ma mère n'était pas une terroriste !

– Je suis ta mère, Klaus, et Nicolas est ton frère. Tu ne l'as jamais connu parce que vous avez été séparés quand vous étiez bébés. C'est la vérité. Je suis et je serai toujours ta mère. Nicolas sera toujours ton frère. Tu peux nous tuer mais alors, toute ta vie, tu auras notre mort sur la conscience. Si tu nous exécutes avant de m'écouter tu ne connaîtras rien de ton passé.

Il se tait.

Je perçois dans ses yeux une première faiblesse, une hésitation.

– Es-tu prêt à supporter la vérité ?

Il ne me répond pas. Il reprend son souffle en me regardant.

– Laisse-moi parler et arrête de nous frapper.

De nouveau son poing cogne violemment la table.

– Parle !

Alors je puise dans mes dernières ressources mentales et physiques et je lui raconte tout. La réalité des destins saccagés et la part de mensonge que Bernhard lui a fait subir en pillant notre histoire familiale pour la sceller sur le destin de cette femme. Cette Marta qu'il a dû rencontrer quand il est arrivé en Allemagne, alors que Klaus était encore nourrisson, une femme qu'il a fait passer pour sa mère. Cette Marta, dont il ne m'a jamais parlé dans ces lettres, sans doute pour ne pas me froisser alors qu'il m'effaçait de sa vie en falsifiant notre passé dont il ne voulait plus. Je lui détaille les raisons de notre séparation, mon départ sous ma fausse identité. Le gros sergent Vogel, ce fantôme dans l'histoire de mon existence. Je lui explique que tout est vrai de cette Alsace, cet espace géographique que lui a décrit son père, mais que tout est faux pour ce qui touche à notre vie. Je le tutoie.

– Tu peux vérifier dans les registres municipaux de Strasbourg, de l'état civil de l'Alsace allemande, dans tous les registres de la guerre de la Wehrmacht. Dans tous les registres du monde et de la terre entière si tu veux : Bernhard, ton père, est mon mari, et tu es né le 11 novembre 1918 avec ton frère Nicolas à Strasbourg. Je suis Marie Heinrich, sa femme, devenue Marie Vogel par la grâce de papiers falsifiés et d'un obscur fonctionnaire français corrompu. La carte d'identité que tu as trouvée est la tienne. Tu es allemand, mais tu as également la nationalité française. Cette carte, c'est moi qui l'ai fait faire pour que vous restiez avec moi et que vous ne soyez pas expulsés, Nicolas et toi. Mais par un malheureux concours de circonstances, la tienne est arrivée trop tard. Alors ton père et toi avez été obligés de quitter l'Alsace en 1918. Marta n'est pas ta mère. Ton père t'a menti. Il t'a raconté une histoire en partie vraie, mais pas avec la bonne personne. Tu es bien d'origine alsacienne, comme ton père, comme moi, comme ton frère Nicolas. Tu es mon fils, Klaus, même si je maudis ce que tu représentes, ce que ton père est devenu et ce qu'il a fait de toi. Vous représentez à mes yeux l'aube d'un mal qui s'est levé sur les décombres et les cendres du désastre que fut la Grande Guerre. Ce mal connaîtra bientôt son crépuscule. Tu peux faire de nous ce que tu veux. Tu peux nous tuer, nous torturer, nous faire disparaître, désormais, tu vas devoir supporter cette vérité jusqu'à la fin de tes jours. Tu vas devoir faire un choix, Klaus : tuer ta mère et ton frère et vivre avec cette réalité enfouie sous le déni jusqu'au Jugement dernier, ou nous laisser en vie et essayer de racheter ta conscience au mépris des valeurs misérables dont tu as hérité.

Je m'arrête.

Sa schlague frappe de nouveau le bureau dans un claquement sec.

Il crie.

– Ça suffit ! Ce ne sont que des mensonges !

Je ne dis rien. Je tourne la tête avec difficulté, légèrement vers l'arrière, là où est assis Nicolas. Je ne sais pas s'il est assez lucide pour entendre et comprendre ce qui vient de se passer. Il ne bouge toujours pas. Plus rien ne m'inquiète. J'ai le sentiment d'être arrivée au terme de ma vie. S'il est mort, je veux mourir pour le rejoindre, lui qui semble déjà absent de cette existence empreinte de désespoir.

Klaus a retrouvé son calme. Je ne sais pas si mes mots ont eu une portée suffisante. Je n'y crois pas. Je n'imagine pas un quelconque changement d'attitude de sa part. On ne balaye pas des années d'endoctrinement en quelques secondes. Son regard est fuyant, tourné vers la fenêtre comme s'il cherchait les réponses dans le ciel gris. Ses doigts tapotent sur le bureau, comme ceux d'un pianiste qui chauffe ses mains avant un concert. D'aucun pourrait penser qu'il cherche une inspiration. Mon instinct de mère ne me trompe pas. À cet instant, je ressens au plus profond de moi-même ce qui se passe dans l'esprit et la tête de mon enfant. Il n'est plus cet automate noir gavé de certitudes. Les SS apprennent la férocité, l'hésitation ne fait pas partie de leur monde. Elle est pour eux le symbole d'un échec, une fragilité qu'ils ne peuvent pas admettre. Klaus reste une figure du mal, mais mes aveux l'ont ébranlé.

Il doute. J'en ai la certitude. Il est désormais comme un immeuble qui se lézarde et vacille au plus fort d'un tremblement de terre.

Mais il ne tombe pas.

Un SS ne peut pas être défait par de simples mots, aussi puissants soient-ils. Prononcés qui plus est par une terroriste.

Alors il hurle et se retranche dans le déni :

– Tu mens ! Tu es une traître alsacienne qui a renié sa mère patrie l'Allemagne. Tu es de la pire espèce : celle qui a vendu sa terre aux Français et qui est devenue française. Mais tu n'es pas ma mère. Tu mens pour m'embrouiller l'esprit et tenter de sauver ta peau et celle de ton fils. Tout est faux. J'en ai la conviction. Rien de ce que tu racontes n'est vrai ! À qui pourrais-tu faire croire une sottise pareille ? Vous autres, les Français, n'êtes que des menteurs, des terroristes, des assassins. Tu n'es pas ma mère ! Demain à l'aube vous serez fusillés ! Tous les deux !

Il se lève. Les coups de schlague tombent de nouveau sur nos visages. Je trouve la force de lui parler une dernière fois.

– C'est toi qui as voulu connaître la vérité en me posant ces questions, Klaus. Tu auras la mort de ta mère et de ton frère sur la conscience.

Puis je me renferme dans mon mutisme.

Il appelle les sentinelles de porte. Quatre soldats nous soulèvent violemment. Ils nous traînent. Dans le couloir. Puis dans l'escalier. Quatre étages à dévaler.

Nicolas est enfermé dans la cave juste à côté de la mienne. Je suis de nouveau attachée au mur.

Trois journées et trois nuits sans manger et sans boire, à entendre de nouveau les cris de douleur, les hurlements des autres suppliciés, les coups de feu des exécutions sommaires dans la nuit.

Tout recommence.

Dans cet enfer, rien ne semble avoir de fin.

Et pourtant.

Nous devrions être tous les deux morts, Nicolas et moi, or il ne nous a pas encore fait fusiller.

J'ai raison.

Le bourreau doit hésiter.

Son doute le poursuit.

J'ai essayé de parler à Nicolas à travers la paroi, mais il ne m'a pas répondu. Ma voix est devenue trop faible pour porter un son à travers les pierres .

Et puis arrive la quatrième nuit…

Les portes de la cave de Nicolas s'ouvrent.

J'entends des cris en allemand.

Je reconnais la voix hurlante de Klaus.

Deux coups de feu claquent.

Ils sont assourdissants.

Klaus a tué son frère.

Mon fils.

Il a pris mon sang.

Il a pris ma vie.

Je hurle. Toutes les insultes en allemand et en français qui me passent par la tête. Je me lève. La chaîne qui me retient est assez longue, alors je bouge de droite à gauche comme une lionne en cage en faisant des allers-retours d'un mur à l'autre. J'essaie d'arracher mon emprise d'acier dans des mouvements de désespoir absolu, mais cela n'aboutit qu'à faire saigner mon poignet droit.

J'entends le bruit sourd d'un corps que l'on tire sur le sol. Dans cette cave noire, je sombre dans la folie en écoutant partir Nicolas que je ne reverrai sans doute jamais. Je tombe à genoux sur le sol et pleure de douleur et de désespoir. Je suis prostrée dans un coin quand la porte s'ouvre.

Klaus apparaît.

Sa faux à lui, c'est son Luger qu'il tient dans sa main droite.

Il est seul.

Il s'avance vers moi.

Il arme son pistolet et me demande de me mettre à genoux, le visage contre le mur. Il vient sans doute d'exécuter son frère dans cette position. Il va faire de même avec sa mère. J'ai une sensation étrange à la porte de la mort. Je ne ressens aucune peur, aucune terreur, mais une plénitude et le sentiment d'une libération qui se rapproche. Nicolas est déjà parti et je n'ai plus aucune raison de rester dans ce monde. Je sais qu'il m'attend et que nos âmes seront ensemble pour l'éternité.

Klaus se rapproche.

J'entends ses pas dans mon dos.

Il pose le canon froid sur ma nuque.

Marque un temps d'arrêt.

Je n'ai plus de conscience.

Suis-je déjà partie ?

Le passage vers la mort est-il si doux qu'il ne se passe rien ?

Le canon froid quitte ma peau.

Il tire.

Un bruit monstrueux amplifié par l'écho des murs.

Une odeur de poudre envahit la pièce.

Un deuxième tir.

Il me rend un instant sourde.

Mais je suis toujours en vie.

Je hurle à me casser la voix :

– Tue-moi si tu es courageux ! Tue-moi si tu n'es pas un lâche ! Tu viens d'abattre ton frère ! Tu n'as donc pas le courage de tuer ta mère ?

Klaus remet l'arme dans son fourreau puis recule sans rien dire et sort de la cave.

Le lendemain, je suis extraite de mon trou et enchaînée à d'autres malheureux dans un couloir. Parmi la dizaine de suppliciés qui sont à mes côtés, je cherche en vain des visages familiers, mais je ne reconnais personne. Je suis la seule femme.

Nous sommes poussés dans le silence de la nuit à coups de crosse de fusil dans un camion qui démarre en direction de la gare, à quelques centaines de mètres de là. Sur l'un des quais, les SS nous bousculent pour nous faire grimper dans un wagon à bestiaux. Au petit matin seulement le train s'ébranle. Au cours des trois jours de notre voyage vers l'Allemagne, j'apprends que je suis dans un convoi de déportés « Nuit et brouillard », destiné à disparaître dès notre arrivée dans un camp.

L'existence

Pourquoi tout faire pour survivre en enfer et vouloir revenir vers un lieu de douleur ? Je me suis souvent posé cette question pendant mon séjour au camp. Je m'interroge une nouvelle fois, alors que le train qui me ramène avec d'autres rescapés entre en gare de Dijon.

Je descends avec difficulté du wagon. Je suis maigre, faible, sans force. Des bénévoles nous aident à monter dans des bus. Je m'assois, déjà épuisée par ces quelques pas. Puis nous roulons quelques instants dans la ville libérée. L'atmosphère est printanière en ce mois d'avril 1945. Les gens marchent dans la rue et vaquent à leurs occupations comme si le passé n'avait jamais réellement existé. Je pose ma tête sur la vitre du bus. Le soleil caresse ma joue et me réchauffe. Je ferme les yeux. Je ne sais pas de quoi mon avenir sera fait.

Aucun bonheur ne m'attend. Je n'ai que le chagrin et le désespoir d'avoir une nouvelle fois vu un monde englouti par la haine.

Nicolas est mort. Si Klaus est vivant et que je le retrouve, aucune joie ne pourra naître de cette rencontre. Une question me hante. Qu'est-il devenu ? Dans la débâcle allemande, a-t-il été tué ? Mon autre fils est-il mort ? Suis-je désormais seule au monde ?

Enfin, le bus arrive à l'intersection de la rue de la Liberté et de la rue des Godrans. Les Dijonnais appellent ce carrefour le « Coin du miroir ». En 1926, lors de travaux, dans les gravats d'un immeuble, les ouvriers ont découvert des carreaux émaillés. Un seul était intact, de petite taille, mais suffisamment grand pour qu'on décide de le conserver et de l'accrocher au sommet d'un poteau qui domine ce carrefour. Son ornementation assez simple se compose d'une rosace dans laquelle se perdent des entrelacs jaunes qui serpentent dans un cercle de même couleur, le tout sur un fond brun assez terne. Situé à un endroit d'où l'on peut embrasser la rue de la Liberté et la rue des Godrans d'un regard, le « Coin du miroir » est devenu au fil des années le lieu où les amoureux de la ville se donnent rendez-vous, le point de ralliement des jeunes en goguette. L'un des quatre immeubles qui surplombent cet endroit stratégique de la vie dijonnaise a été transformé en centre d'accueil. Un premier refuge pour abriter les spectres que nous sommes devenus, égarés et sans repère dans cette atmosphère de paix retrouvée que l'on commence à peine à goûter. Un lieu où des bénévoles de la Croix-Rouge s'activent pour nous venir en aide. L'endroit d'où nous revenons est encore inconnu de la plupart d'entre eux, pour qui nous ne sommes que des victimes parmi les millions d'autres d'une guerre désormais terminée. Mais nous, nous savons que nos corps et nos âmes porteront pour toujours les meurtrissures des camps nazis qui feront à jamais de nous des morts vivants.

Le rez-de-chaussée de l'immeuble a été transformé en réfectoire dans lequel on nous sert des repas chauds. On m'aide à m'installer à une grande tablée. Je regarde autour de moi et découvre des êtres fantomatiques aux yeux hagards, sans énergie, sans couleur, sans espoir. Certains portent encore sur leurs épaules la veste rayée des camps. Ils n'ont plus d'âge. Je n'ai plus d'âge. Si nous avons laissé la mort en Allemagne, nous ne revenons pas pour autant à la vie, avec cette carapace de douleur qui nous enserre à jamais.

Une infirmière me propose un repas. Mais je n'ai pas faim. Je demande à me reposer. On me fait monter au premier étage qui a été transformé en dortoir. Je m'allonge. Je ferme les yeux. Je pleure et finis par m'endormir.

Soudain, une voix me réveille. Plus forte que les autres qui lui répondent en murmurant, elle provient d'une conversation au rez-de-chaussée. Autour de moi tout le monde dort. C'est la nuit et j'ai perdu la notion du temps.

Cette voix ne m'est pas inconnue.

Je l'ai déjà entendue.

Je pense la reconnaître.

Mais je n'en suis pas certaine.

Il ne faut pas que je la laisse s'éloigner. Elle me raccroche à ma vie passée, j'en suis certaine.

Je me lève avec difficulté. Je réussis tout de même à faire quelques pas pour atteindre le haut de l'escalier. J'hésite, je m'accroche à la rampe. Mes jambes ne me portent presque plus. Je pose mon pied droit sur la première marche inférieure, puis mon pied gauche le rejoint lentement.

Pied droit en bas.

Pied gauche qui le retrouve.

J'entreprends une descente risquée.

Et soudain.

Une lumière troue la noirceur du monde.

Faisant face à trois infirmières, René me tourne le dos.

L'une d'elles lève les yeux et me dévisage d'un air étonné et anxieux.

Elle se précipite pour m'aider mais, d'un geste de la main, je lui signifie que tout va bien.

René se retourne.

Son visage hésite entre la stupeur et la joie de retrouver un être cher qu'il croyait perdu à jamais.

– Marie !

Il se précipite vers moi. Son bras droit m'entoure pour me soutenir. Une fois que nous sommes arrivés au pied de l'escalier, il m'installe dans un fauteuil, saisit une chaise et s'assied en face de moi. Il me prend les mains.

– Marie ! Mon Dieu, comment vas-tu ?

L'humour reste toujours une porte ouverte sur la vie, même dans les situations les pires, aussi je lui réponds avec une certaine ironie :

– Ça pourrait aller mieux…

– Je pensais que tu étais morte… Quand es-tu arrivée à Dijon ?

– Hier après-midi.

– Où étais-tu en Allemagne ?

– Ravensbrück. Un camp de femmes.

René veut tout savoir. Il est devenu président du Comité régional de libération. Il m'abreuve de questions. Je lui fais le récit de ce qui s'est passé lorsque je suis descendue du maquis au village pour voir Firmin, quelques heures avant l'arrivée des Allemands, notre conversation qui valait aveux de trahison. Les circonstances pour lesquelles je l'ai tué, mon arrestation à l'aube, mon séjour dans les geôles de la Gestapo, la torture et mon transfert en Allemagne. Une question me brûle les lèvres, car j'ai toujours gardé le mince espoir que Klaus n'ait pas assassiné Nicolas, même au plus profond de ma détresse, lorsque j'étais à Ravensbrück.

– Sais-tu si Nicolas est vivant ?

À son tour, il se met à me raconter ce matin funeste :

– Lorsque les Allemands sont arrivés, les combats ont été très violents, mais nous nous sommes rendu compte avec Nicolas et Henry qu'il était vain de résister. Alors nous avons décroché et fui dans les collines au-dessus de Lusigny. Une dizaine de jeunes ne nous ont pas écoutés. Ils ont préféré couper à travers champs vers l'Ouche et se sont fait faucher par la mitraille allemande. Nous étions neuf à nous en être sortis. Avec le groupe de rescapés, nous avons marché pendant plusieurs jours dans la vallée. Mais les Boches étaient à nous trousses. Ils nous ont traqués comme du gibier. Nous étions sans ressources. Nous avions faim, froid, et ce qui devait arriver arriva. Un matin, nous sommes tombés dans une embuscade. Nous avons réussi à nous enfuir avec Henry. Nicolas, lui, a été légèrement blessé à la jambe, il était incapable de marcher. Il a été pris par les Boches avec trois autres camarades du maquis. Les quatre derniers sont morts. Abattus sur place parce qu'ils refusaient de se rendre. Avec Henry, nous sommes remontés vers le nord. Nous avons rejoint le maquis Montcalm dans le

Châtillonnais. C'est là que nous avons combattu les Allemands jusqu'à leur départ de Dijon, le 10 septembre dernier.

Il marque un temps d'arrêt.

– J'ignore si Nicolas est encore vivant. Désolé.

René n'est pas au courant. Il ne peut pas savoir que je suis la dernière personne à avoir vu mon fils dans les mains des tortionnaires.

Je me contente d'une simple phrase :

– Nicolas était avec moi dans les caves de la rue du Docteur-Chaussier.

Je n'en dis pas plus. René cache son émotion mais, à son regard, je perçois bien qu'il comprend ma douleur.

– Je ne savais pas, me dit-il.

Il réfléchit un instant.

– Tous les patriotes qui ont été arrêtés sont passés dans ces geôles. Si Nicolas a été dans les mains de la Gestapo, il doit en rester des traces administratives. Les Allemands consignaient tout. S'il est mort ou s'il a été envoyé dans un camp, cela doit être notifié quelque part. Ils ont brûlé beaucoup de documents au moment de leur départ, mais il reste pas mal de choses.

Je l'arrête.

– Et Henry, qu'est-il devenu ?

– Tu te souviens que son père présidait la section spéciale du tribunal de Dijon ? C'était un collaborateur pétainiste. Le lendemain de la libération de Dijon, les FFI ont déboulé dans son bureau et l'ont fusillé sur la colline de Montmuzard, là où tous les patriotes avaient été assassinés par les Allemands. Les FFI voulaient faire un exemple. Quand je suis devenu président du Comité régional de libération, les ordres de Paris et du gouvernement provisoire de de Gaulle étaient très clairs : il fallait à tout prix éviter l'anarchie, les vengeances individuelles, les massacres de l'épuration. Ordre a été donné de rétablir rapidement l'ordre républicain. Il fallait de manière urgente que des cours de justice fonctionnent. Alors, vu ses états de services dans le maquis, Henry a été nommé président de la Cour de justice de la Côte-d'Or. Ça a été compliqué pour lui de succéder à son père…

René prend soudain un air gêné, comme s'il n'osait pas m'avouer une vérité que j'aurais du mal à supporter.

– Mais… il y a autre chose que tu dois savoir…

– Quoi donc, René ? Avec moi, tu n'as rien à cacher, tu le sais. On se connaît depuis trop longtemps. Alors parle !

– Quand les Allemands ont évacué la ville, la première chose que les FFI ont faite, c'est de se rendre au siège de la Gestapo. Mais ils n'ont trouvé personne.

– C'est normal, non ? Les Allemands n'allaient pas laisser leurs officiers sur place…

Ma remarque le contrarie.

– Bien sûr, je m'en doute ! Mais les FFI avaient ordre d'arrêter le colonel Heinrich et surtout de le garder en vie.

Mon sang ne fait qu'un tour.

– Pourquoi ?

René réfléchit quelques instants, comme s'il hésitait à me mettre dans la confidence de certaines décisions politiques. Finalement il lâche :

– Comme je t'ai dit, de Gaulle veut éviter les effusions de sang. Il ne souhaite pas de règlement de comptes, mais une vraie justice.

René semble toujours aussi gêné. Mes mains sont glacées.

– Et alors ? Ils ont fini par le trouver ?

– Oui.

Toujours cette gêne.

– Où donc ?

– À Bligny.

– À Bligny ?

– Il était réfugié dans ta maison, Marie. Dans ton garage.

Vertige.

– Personne n'a compris pourquoi il est venu se cacher dans ce lieu plutôt que de fuir avec ses hommes. Personne n'a compris son attitude.

René insiste.

– Dans ta maison, Marie ! C'est vraiment bizarre, tu ne trouves pas ?

Je ne réagis pas malgré mon mal-être. Mais dans les interrogations de René, je sens une légère marque de suspicion. Je choisis de ne pas relever.

– Il s'est laissé arrêter sans résister ?

– Oui.

J'encaisse le choc. Aucune émotion ne transparaît sur mon visage. Si mon corps est fatigué et usé, mon esprit, lui, fonctionne parfaitement. Bien sûr que personne ne peut comprendre… Même si je décidais de raconter à cet instant à René qu'un tortionnaire nazi, d'origine alsacienne, pris de remords ou à la recherche de réponses sur son passé troublé, est venu se réfugier dans la maison de deux chefs d'un réseau de résistants, qui prétendent être sa mère et son frère, il n'en croirait pas un mot.

Il me regarda comme si je pouvais l'éclairer.

– Je ne sais pas, René. Une coïncidence probablement.

René, ce n'est pas le genre de gars à croire au hasard des choses de la vie. Il agit de manière trop rationnelle. Je vois dans son regard qu'il ne me croit pas, mais il comprend que ce n'est pas le moment d'insister.

– Où est-il ?

– Henry l'a fait enfermer à la prison de Dijon en attendant son procès. Mais cela ne devrait pas durer trop longtemps. Son destin est scellé. Il sera condamné à mort, c'est certain. Il n'a aucune chance de s'en sortir.

– Il faut que je lui parle.

– Lui parler ?

René a l'air d'un hibou pris dans les phares d'une voiture.

– Mais tu n'y comptes pas ! Henry l'a mis au secret. Personne n'a le droit de le rencontrer, personne ! Même ses gardiens ont ordre de ne pas lui adresser la parole quand ils lui donnent à manger. Il est surveillé vingt-quatre heures sur vingt-quatre. Pourquoi veux-tu t'infliger cela ?

– Parce que lui seul peut me dire si Nicolas est vivant ou mort ! Je veux savoir s'il l'a tué ! C'est important pour moi ! Tu peux comprendre ça !

René réfléchit quelques secondes, et il cède :

– D'accord. Je vais faire la demande à Henry. Il sera trop heureux de te savoir en vie. En attendant, retourne te reposer. Demain, tu quitteras ce foyer. Tu viendras chez moi dans mon appartement avenue Victor-Hugo en attendant ton retour à Bligny.

Le lendemain, ce n'est pas très compliqué de convaincre Henry de me laisser parler à Klaus. En quelques mois, Henry a changé. Il n'est plus le jeune homme effarouché, perdu, que j'ai vu débarquer dans le maquis. Les horreurs de la guerre l'ont transformé. Son visage s'est creusé, son regard est désormais plus dur, et l'innocence de ses jeunes années semble un lointain souvenir. La mort de son père l'a profondément traumatisé. Sa mère a échappé de peu à la honte du cérémonial dégradant de la tonte. Mais pour le peloton d'exécution, rien n'est encore décidé. Elle est assignée chez elle avec interdiction de sortir en attendant que le Comité de libération décide de son sort. Henry sait que les convictions politiques de son père ont amené ses parents à pencher du mauvais côté du « bateau France » en perdition. Mais même s'il n'en dit rien, il est leur fils unique et trouve profondément injuste le sort qui leur a été réservé quand les Allemands ont quitté Dijon. Surtout celui de sa mère, petite-bourgeoise mariée à un bon parti à vingt ans et qui n'a finalement fait que suivre les choix politiques de son mari. René m'explique que, dans l'ombre, il active ses réseaux parisiens pour espérer sauver la mère d'Henry. Une situation qui va jouer en ma faveur quand je demande à Henry l'autorisation de voir Klaus.

– Je comprends que tu cherches à connaître la vérité, me répond-il. Moi aussi, d'une certaine manière, je cherche une lumière qui m'aiderait à comprendre l'attitude de mon père.

Il me donne son accord.

Deux jours plus tard, nous nous retrouvons avec René dans le square semi-ovale situé devant les portes de la prison de Dijon, rue d'Auxonne. Je suis toujours faible. Je m'accroche à son bras en marchant lentement vers l'entrée où nous attendent deux gardiens. Ils nous conduisent vers une tour centrale où les autres surveillants sont installés dans une rotonde qui surplombe l'ensemble du bâtiment, ce qui leur permet de contrôler les huit ailes qui s'éparpillent en étoile et dans lesquelles s'alignent les box individuels où sont isolés les prisonniers. Ces longs couloirs sont séparés de l'immeuble principal par de grosses grilles d'acier. À chaque fois que nous franchissons une porte grillagée, le bruit des clés me fait sursauter, ravivant de mauvais souvenirs et le cauchemar de la rue du Docteur-Chaussier. Mais cette fois je suis du bon côté des portes : celui de la liberté. Dans les cellules, les résistants emprisonnés par la Gestapo et la police française ont laissé la place aux collabos du régime de Vichy et aux miliciens qui attendent leur procès. Seul le bruit de nos pas résonnent dans ces immenses couloirs où le silence est imposé par les matons.

Malgré la guerre, René n'a pas changé. Il sait toujours dispenser sa science au moment opportun. Trouver les mots et les phrases qui relient le passé à l'instant que vous êtes en train de vivre, même dans les situations les plus obscures.

– Tu vois, me chuchote-t-il à l'oreille, cette prison a un intérêt architectural et historique. Elle a été construite il y a cent ans sur le modèle pennsylvanien. Une forme de gestion des prisons fondée sur le maintien des prisonniers en isolement de jour comme de nuit. Ce type de peine avait pour objectif d'enfermer les criminels tout en les poussant à méditer sur leur comportement et leurs crimes en leur faisant regretter amèrement la société humaine.

Je regarde René disserter. Il me fait penser à un guide à la tête d'un groupe de touristes en visite dans ces couloirs sinistres.

Je lui réponds assez sèchement :

– Tous ces salopards ont bien le temps maintenant de méditer sur leur comportement et leurs crimes.

René se tait et se contente de m'escorter. Nous marchons encore quelques mètres.

– Il est au bout du couloir à droite, nous indique le gardien.

Puis il nous montre une autre porte sur la gauche :

– Voilà le parloir. Attendez-nous ici. Nous allons le chercher.

Je remarque le numéro de la cellule de Klaus : 1118. Un hasard, sans doute. Mais je ne peux pas quitter ces quatre chiffres du regard. Ils sont comme une marque de fer dans mon âme. Les chiffres du bonheur, devenus aujourd'hui une brûlure éternelle.

Nous rentrons dans la pièce. La salle est hostile, avec des murs gris foncé qui accentuent l'obscurité et la noirceur du lieu. Il n'y a pas de fenêtre. Une lampe au plafond jauni éclaire faiblement une table en bois et deux chaises qui se font face. Le gardien me sort de mes pensées en m'aidant à m'installer. Je demande à René de me laisser seule.

– Je ne pense pas que ce soit une bonne idée. Il peut être dangereux. Il n'a rien à perdre.

Je hausse légèrement le ton :

– Dehors, je te dis. Je dois être en tête à tête avec mon bourreau.

René hésite quelques secondes. Devant ma détermination, il s'éclipse.

Je regrette d'avoir été si brutale avec lui. Mais il ne peut pas comprendre. Le temps de la vérité sur mon passé n'est pas encore venu.

Le gardien ne semble pas vraiment rassuré lui non plus à l'idée de me laisser seule dans la pièce :

– Madame, nous serons juste derrière la porte. En cas de problème, vous criez et nous entrerons tout de suite, dit-il avant de sortir.

Je tourne le dos à la porte, ce qui ravive en moi les souvenirs douloureux de la rue du Docteur-Chaussier. J'entends derrière moi les mêmes bruits de pas dans le couloir, les mêmes bruits de clés qui déverrouillent la cellule de Klaus. Les bruits qui se rapprochent de chaussures sur les dalles. Des hommes pénètrent dans la pièce. J'ai l'impression de revivre un cauchemar. Je suis prise d'une subite crise d'angoisse. J'ai envie de fuir.

Impossible.

Il est trop tard.

Klaus entre, encadré par trois gardiens. Ses mains sont attachées et une chaîne les relie à ses pieds entravés également par une autre paire de menottes en acier. D'un violent mouvement de bras, les trois matons le forcent à s'asseoir. Ses vêtements sont presque des guenilles. Il porte une veste usée et poussiéreuse en velours noir à grosses côtes, une chemise blanche sale et tachée de sang, et un pantalon en toile marron déchiré en plusieurs endroits. La tenue civile de fuyard qu'il devait porter le jour de son arrestation. Les gardiens sortent. Nous sommes face à face. Nous nous regardons. Sans son uniforme noir impeccablement taillé, sa schlague, ses bottes soigneusement cirées et ses cheveux brossés, il est devenu un être ordinaire, banal, humilié, tombé dans le camp des vaincus et qui sait que ses jours sont comptés. Son visage n'est pas rasé, ce qui lui donne l'air d'un gaspard affamé que l'on aurait sorti de force de son trou après l'avoir enfumé. Pourtant, il n'a rien perdu de son arrogance. Son regard bleu acier me fixe. Le mépris ne l'a pas quitté.

– Que veux-tu, la Française ?

Je ne dis rien. Je soutiens son regard pour tenter d'y déceler une faille, un sentiment d'humanité qui me permettrait de commencer à l'aimer comme une mère peut aimer son fils. Je ne vois rien de tout cela.

Il hausse légèrement la voix.

– Hein, que veux-tu ?

Je laisse passer quelques secondes :

– Qu'as-tu fait de ton frère, Klaus ? Qu'as-tu fait de Nicolas ?

Ma question semble le déstabiliser.

– Quel frère ? Je n'ai jamais eu de frère. Tout cela n'est que pure invention. Tu essaies de me faire croire à une histoire qui n'existe pas.

– Stop !

Je hausse le ton.

– Si tu ne crois pas à l'histoire de ta famille, pourquoi es-tu allé te réfugier dans ma maison ? Que cherchais-tu là-bas ?

Les résistants ont retrouvé dans tes poches la photo du 11 novembre et les lettres de ton père. Ces lettres que tu m'as lues pendant que tu me torturais ! Pourquoi es-tu parti te réfugier dans ma maison ? Réponds !

Son regard se trouble. Il ne me fixe plus. Ses yeux s'évadent dans la pièce comme pour me fuir et tenter d'échapper à un passé qu'il ne veut toujours pas accepter.

– La réalité, Klaus, c'est que tu t'es réfugié dans ma maison pour trouver des réponses. Tu n'étais pas en possession de ces lettres et de cette photo par hasard. Tu cherchais à vérifier si je t'avais dit juste. Tu cherchais des preuves, mais tu n'as rien trouvé parce que les réponses que tu espérais n'existent pas. La seule vérité, elle est en face de toi. Je suis ta mère et tu n'as pas osé me tuer. Mais ton frère, où est-il ? Réponds ! Où est Nicolas ? Est-ce que tu l'as tué ?

J'ai conscience de me retrouver à nouveau dans la posture d'une victime implorant son tortionnaire de mettre fin à un supplice mental.

– Réponds, je t'en supplie, j'ai besoin de savoir !

S'ensuit un long silence.

Il hésite.

J'ai toujours pensé qu'au plus profond des âmes sales il restait forcément un brin d'humanité qui traînait, perdu dans la conscience.

J'avais raison.

Il se met à parler.

La phrase que j'attendais.

– Je n'ai pas tué ton fils.

Il reste dans le déni. Il n'admet toujours pas l'existence de son frère.

– Nicolas est ton jumeau. Tu dois l'accepter. Tu n'as pas le choix.

Il répète :

– Je n'ai pas tué ton fils.

J'insiste, le mot frère est important pour une mère.

– Si tu n'as pas tué ton frère, alors où est-il ?

Il débite alors simplement des mots, comme un postier assis derrière son guichet qui parlerait d'un colis dont on aurait perdu la trace :

– Je ne sais pas où il se trouve. Le soir où je suis venu dans sa cave, j'ai exécuté son compagnon de cellule pour te faire croire que je l'avais tué. Ensuite, j'ai fait expédier ce terroriste en Allemagne. Il est parti le lendemain dans un autre convoi que le tien. Tout ce que je peux dire, c'est qu'il est sorti vivant de la rue du Docteur-Chaussier. En sale état, mais vivant. Je ne sais pas ce qu'il est devenu.

Ces mots me rassurent et m'inquiètent tout à la fois. Il appelle :

– Gardien, ramenez-moi !

Puis il s'adresse à moi :

– Ne reviens plus jamais me voir. Jamais ! Tu n'es pas ma mère et je n'ai jamais eu de frère !

Je frappe le sol d'un grand coup de canne.

– Je reviendrai ! Parce que tu ne peux pas fuir la vérité !

Trois matons entrent brutalement dans la pièce. Ils le soulèvent et l'emmènent sans ménagement. Je ressens à ce moment-là, au plus profond de moi, une émotion naissante vis-à-vis de Klaus. Est-ce mon amour maternel enfoui depuis toutes ces années qui soudainement resurgit ?

– Ne lui faites pas de mal !

Les matons me regardent, interloqués. Puis ils le poussent jusqu'à sa cellule.

Je reste assise seule quelques instants. Je n'ai que la moitié de la réponse à ma question. Je ressors néanmoins de la prison avec un infime espoir. Je rejoins René dans le couloir et lui dis simplement :

– Nicolas est peut-être en vie.

Nous marchons en silence jusqu'à la sortie. Une fois la porte franchie, René ne dit toujours rien, mais il s'aperçoit que quelque chose ne tourne pas rond. Je suis arrivée ici avec la haine aux tripes et la nécessité de savoir si mon fils était encore vivant ou mort, j'en ressors bouleversée, chancelante, tant je suis submergée par des émotions contradictoires : l'espérance et la joie de peut-être retrouver Nicolas vivant d'un côté, de l'autre l'anéantissement et le désespoir de savoir que Klaus sera mort dans quelques jours.

René tente de me rassurer :

– Nicolas est vivant, j'en suis certain. Cette semaine, il y a trois convois de déportés qui reviennent. On devrait vite savoir s'il en fait partie.

– René, mon état émotionnel n'a rien à voir avec Nicolas. Moi aussi, une force invisible me murmure qu'il est encore en vie.

René s'interroge mais garde le silence. Nous nous installons dans la voiture, lui derrière son volant et moi à côté de lui. Je regarde à travers le pare-brise les gens qui marchent dans la rue.

Mes pensées sont ailleurs.

René se tourne vers moi.

– Qui est Klaus pour toi, Marie ? Personne ne va à la rencontre de son ancien bourreau par hasard.

Je ne réponds pas tout de suite. René ne démarre pas. Il attend ma réponse. Le vide, le silence dans l'habitacle sont lourds. Il persiste :

– Qui est-ce ?

Le moment est venu.

Celui où l'être humain ressent le besoin de partager un fardeau trop lourd qui l'empêche d'avancer.

Mes yeux se perdent dans le lointain.

Je me mets à parler.

Je raconte tout à René.

Sans lui jeter un regard.

René est un homme qui sait mettre sa curiosité de côté quand vient le temps des aveux. Il ne me pose aucune question. Il ne fait qu'écouter.

Il est le premier à découvrir qui sont Klaus, Nicolas et Bernhard. La photo, les lettres. Nos destins séparés, qui se sont rejoints dans une impensable tragédie. Je parle, pendant un quart d'heure, une demi-heure, une heure, je ne sais plus car je perds le fil du temps. Puis je m'arrête. J'ai terminé. Je suis au bout du chemin. René connaît désormais tout de mon existence. Je me tourne vers lui en pleurant.

– Je ne désire qu'une chose, René, que Klaus, mon enfant, reste en vie. Pour l'instant il est tout ce qui me reste.

René se penche en avant, comme si partager mon fardeau le faisait doucement plier, il pose ses avant-bras sur le volant, avant de joindre ses deux mains et de croiser ses doigts. Il regarde devant lui.

– Klaus est ton fils. Les années et les lettres de Bernhard n'ont rien enlevé à l'amour que tu lui portes. Mais la justice des hommes n'est pas la justice de Dieu qui, seul, peut accorder son pardon.

Je l'interromps, étonnée :

– Toi, le laïc, l'homme de lettres et de science, tu me parles du pardon de Dieu ?

– Oui. Je te parle du pardon de Dieu parce que si tu veux qu'il soit gracié et qu'il reste en vie, ce sera le seul argument que tu pourras invoquer devant le tribunal. La rédemption, mais aussi l'amour d'une mère pour son fils, qui lui pardonne ses actes, comme le fait d'avoir apporté un matin, à l'aube d'une journée qui aurait pu être belle, le mal absolu sur un village, en massacrant des dizaines d'innocents. Le prix que tu devras payer pour espérer que Klaus reste en vie est immense, Marie. Tu devras dire toute la vérité sur ton destin à la foule qui réclamera vengeance. Aujourd'hui, chacun sait dans le canton de Bligny, et même à Dijon, quel a été ton sens du sacrifice en dirigeant ce maquis pour nous libérer de l'oppression. Les habitants de Bligny, et les membres de la confrérie, tout le monde attend votre retour avec impatience, Nicolas et toi. Je crois en la justice des hommes, en leur foi à construire un monde nouveau. L'avenir passe par la réconciliation. Mais tu devras jeter ton existence et celle de tes deux fils en pâture à une foule avide de haine et de sang. Tu n'auras pas le choix si tu veux que Klaus soit épargné, et cela sans aucune garantie que le tribunal s'apitoie sur ton sort de mère, car Klaus est un boucher. Ta seule chance, c'est qu'à Paris ils souhaitent que la justice passe de manière sereine et sans désir de vengeance aveugle. Il y a peut-être une infime possibilité de réussite. Mais je n'y crois pas beaucoup…

René démarre enfin la voiture. Il m'accompagne dans son appartement avant de retourner au bureau du comité.

– Si tu veux, je vais en parler à Henry. C'est lui qui dirigera le procès.

– Non, surtout pas ! Pas maintenant ! Ne dis rien !

– D'accord. Je vais simplement me renseigner pour Nicolas. Ce soir j'aurai la liste des prochains retours en gare de Dijon.

Il ferme la porte.

Je reste seule dans l'appartement, à regarder les arbres fleuris du jardin Darcy situé juste en face de l'immeuble, de l'autre côté de l'avenue. J'ouvre une fenêtre. Il fait beau. Un moment de douceur. Je m'assois dans un fauteuil et laisse le soleil du printemps pénétrer dans la pièce et caresser mon visage. Je m'endors, épuisée.

Dans la soirée, un bruit de clé qui tourne dans la serrure me fait sursauter. Je n'ai pas bougé.

C'est René qui rentre.

Un large sourire traverse son visage.

Je le regarde.

– Il est vivant ?

– Oui.

– Il est où ?

– À Paris, à l'hôtel Lutetia. Il est arrivé avec un convoi de déportés de Buchenwald il y a trois jours. Il est en transit. Il arrive à Dijon demain.

– Dans quel état se trouve-t-il ?

– Je n'ai aucune information supplémentaire. Mais si la Croix-Rouge qui accueille les déportés et les oriente pour qu'ils rentrent chez eux le laisse partir, c'est qu'il peut supporter quatre heures de train.

Je suis submergée par une émotion qui me rend incapable du moindre mouvement. Nicolas est vivant. J'ai beaucoup de mal à y croire. Je ressens une profonde satisfaction et remercie intérieurement Dieu de m'avoir accordé ce moment d'euphorie. Je sais que ce bonheur sera court. Car la joie des retrouvailles laissera bientôt place au malheur des adieux, quand Klaus sera fusillé.

Le lendemain, nous sommes René et moi sur le quai à attendre le train de Paris. Lorsque la locomotive à vapeur siffle son entrée dans la gare, mon cœur n'a jamais battu aussi vite. Je prends la main de René et la serre violemment, à la recherche d'une force pour me soutenir. La machine s'arrête. Le rituel est désormais bien rodé. Les rapatriés descendent des wagons puis ils sont pris en charge par les bénévoles de la Croix-Rouge qui les accompagnent vers les bus en attente sur le parking. D'autres, plus chanceux, tombent dans les bras de leurs proches qui les entourent avant de les ramener chez eux.

Nicolas quitte sa rame parmi les derniers voyageurs. Il descend avec hésitation les quelques marches du wagon. Une infirmière l'aide dans ce mouvement qui paraît surhumain.

Sa maigreur est monstrueuse. C'est un vieillard que je découvre.

Son visage comme son corps ne semblent faits que d'angles saillants. Aucune trace de pensée n'émane de ses yeux creusés et atones, juste une immense douleur. Son crâne rasé, cabossé, gris comme un mur de pierre est couvert de croûtes pourpres ou marron, souvenirs sans doute des coups reçus au camp. Nos regards se croisent. Il me fait un signe de la main, mais n'a pratiquement pas la force de marcher vers moi. Soutenu par une infirmière, il tente de faire bonne figure en se redressant. Je m'approche et je dis à la femme en blanc que nous prenons le relais, René et moi, que je la remercie. Elle s'éloigne. Enfin nous nous étreignons en silence. Il semble tellement léger que malgré mon épuisement je pourrais presque le porter. Nous sommes serrés l'un contre l'autre, tout à notre enchantement de savourer la chance absolue de nous retrouver vivants.

Nicolas est tellement faible qu'il met une demi-heure à monter les trois étages qui mènent à l'appartement. Il s'appuie sur René. Chaque mot qu'il prononce, chaque geste qu'il effectue me donne l'impression que c'est une force qui s'évapore de son corps et qui l'abandonne. Alors nous ne parlons pas. Tant qu'il sera dans cet état où la vie ne l'a pas emporté totalement sur la mort, nous décidons de ne rien dire et de communiquer simplement par gestes. Nous revenons tous les deux du même enfer et nous n'avons pas besoin de mots pour nous comprendre et lutter afin de rester en vie. René a bien fait les choses, il a tout organisé pour nous faciliter la vie : un médecin passe chaque jour pour s'enquérir de notre santé et nous prodiguer des soins. Une femme de maison s'occupe de l'intendance, de la cuisine, du ménage. Nous n'avons rien à faire, si ce n'est reprendre des forces et de remonter vers la lumière. Nicolas passe la majeure partie de ses journées allongé dans son lit. Il essaie de lire, mais sa concentration est éphémère. Sa vie n'est plus qu'un long tunnel qui se résume à dormir, manger, et revivre intérieurement ses cauchemars. Je connais les mêmes tourments permanents. Les nuits agitées, la peur du noir, l'effroi de s'endormir avec la sensation que la nuit qui tombe sera éternelle. Il suffit qu'on se regarde dans les yeux pour déceler chez l'autre une détresse qui reflète ce que nous venons de vivre.

Au fond de moi, cette situation de retour progressif à la vie me rassure. Elle me permet de repousser le temps des explications. D'écarter momentanément cet instant où il faudra de nouveau affronter notre passé. Lorsque je devrais raconter à Nicolas que je lui ai caché l'existence de son frère toute sa vie. Cet instant de douleur pourrait nous séparer Il m'en voudra terriblement de ce mensonge, c'est certain. Il faudra que je trouve les bons mots.

Et puis tôt un matin, au bout de quelques semaines sans avoir échangé un mot, Nicolas se réveille avant moi. L'aube pointe sa lumière pâle dans l'appartement.

Il se tient debout dans le long couloir qui mène au salon.

Il est beaucoup moins faible. Son regard est vif. La vie est revenue en lui.

Nous sommes tous les deux l'un en face de l'autre dans cet immense couloir qui relie nos chambres.

Depuis notre installation dans l'appartement, c'est la première fois qu'il me parle :

– J'ai tout entendu, malgré la douleur.

Le silence.

Je ne lui réponds pas.

Il marche lentement vers le salon et finit par s'asseoir dans un fauteuil. Je l'imite. Nous nous faisons face.

– J'ai tout entendu, dans le bureau du SS. Je ne peux pas croire que ce monstre soit mon frère et toi sa mère, que Félix, ce héros de Verdun, dont tu m'as conté si souvent les exploits, ne soit pas mon père. Je ne peux pas accepter être d'origine allemande et que mon père soit un Allemand pétri de haine envers mon pays, car mon père ne peut pas être un homme du mal, c'est impossible. Il est impensable pour moi d'accepter que tu aies pu épouser un tel individu. Je ne peux pas imaginer non plus que le mensonge dans lequel tu m'as éduqué toute ma vie soit réel. Alors rassure-moi et dis-moi que, ce jour-là, tout ce que tu as avoué à cette brute qui désirait notre mort était faux, que tu as inventé tout cela pour nous sauver la vie.

Je ne réponds rien. Il poursuit :

– Au camp, chaque jour, je me faisais la promesse de survivre pour découvrir s'il y avait une part de vérité dans ta conversation avec notre tortionnaire. Cette histoire n'a cessé de hanter mes pensées. Je veux savoir la vérité. Il n'y aura de pardon que si je comprends.

J'encaisse le choc, même si je m'y attendais. C'est un homme que je ne reconnais pas qui s'adresse à moi. Ce n'est plus le ton de mon fils. Sa voix est distante, cassante, glaciale, sans émotion. Il est déterminé dans sa quête de compréhension et, à ses yeux, je suis la cause de son déchirement, pas encore la source de son apaisement. J'ai conscience que ce moment de vérité peut devenir celui où je risque de perdre mon second enfant. Alors je prends mon temps pour lui détailler ce qu'il va devoir accepter pour démarrer sa nouvelle vie.

– Tout est vrai. Klaus est ton frère. Bernhard est ton père. Lorsque vous êtes nés nous avions vingt ans, c'était la fin de la guerre. L'avenir, c'était la paix après quatre années d'enfer. Nous étions insouciants, nous n'aspirions qu'à vivre, tout simplement. Personne ne pouvait nous enlever notre bonheur avec cette arrivée de frères jumeaux. Ayant accouché le 11 novembre, j'y ai vu un signe du destin. Vous ne pouviez devenir, Klaus et toi, que des enfants de la paix.

Il m'arrête.

– Impossible ! Tu mens ! Comment as-tu réussi à épouser un homme qui tuait des Français dans les tranchées ? Tu étais sa complice ! Tu étais une Allemande à l'époque !

J'élève le ton :

– Arrête ! Si tu veux comprendre, laisse-moi parler ! Quand tu m'auras écoutée, tu feras ce que tu veux, mais je t'interdis de juger mes actes !

Il se calme. Je reprends le fil de notre passé familial, en lui expliquant ce choix volontaire et cohérent de nous séparer, Bernhard et moi, en raison des circonstances politiques mais aussi de notre amour fracassé suite aux décisions de la République qui ne voulait pas garder en son sein les Alsaciens d'origine allemande. Des décisions qui n'ont fait qu'attiser les braises du nationalisme qui couvaient dans l'esprit de Bernhard, incapable d'accepter la défaite de son pays. Des braises qui se sont enflammées avec l'arrivée d'Hitler au pouvoir. Je lui explique mon choix de quitter l'Alsace pour la France et de ne pas rejoindre son père en Allemagne car je croyais beaucoup plus dans les vertus de la liberté, de l'égalité et de la fraternité que dans celles de la revanche qui serait forcément meurtrière. Mon choix de la vie plutôt que de la haine.

– Ton père a choisi de partir parce que nous n'étions plus en mesure de nous retrouver sur un chemin de vie commun. Mais nous nous aimions plus que tout au monde. Alors, lorsque l'heure de nous séparer est arrivée, la douleur était immense, tu dois me croire. Ton père tenait ton frère dans ses bras sous les déchaînements de violence des Alsaciens redevenus français, pétris de haine envers les Alsaciens d'origine boche. Malgré nos divergences, nous nous étions promis de nous écrire et de nous retrouver un jour. Et puis, il y a eu ensuite les nombreuses lettres qu'il m'a envoyées, dans lesquelles il me racontait l'avènement de l'horreur nazie et son adhésion aveugle à cette idéologie, l'éducation qu'il avait décidé de donner à Klaus. Chaque lecture de ses lettres me détruisait mentalement comme un lent poison. C'est pour cette raison que j'ai décidé de ne plus lui répondre et de rompre.

Loin de l'apaiser, mes mots mettent Nicolas dans une colère noire. Il fulmine et redouble d'une agressivité que je ne lui connaissais pas.

– Pourquoi tu m'as menti toute ma vie ? Pourquoi ne m'as-tu rien dit sur mon passé ? Pourquoi cet immense mensonge ?

Je marque un temps d'arrêt. Inspire profondément. Le silence calme souvent les réactions impulsives, aussi légitimes soient-elles.

– Parce que je voulais te protéger de ce venin toxique et mortifère que m'envoyait ton père. Je voulais préserver ce qui restait d'humanité dans notre famille. Lorsque je l'ai épousé, c'était un homme bon et généreux. Il n'avait jamais tué personne. Mais la haine des Français, l'humiliation de la défaite et la volonté de vengeance l'ont transformé. Lorsqu'il a quitté l'Alsace, il n'avait que la revanche et la haine de la France à la bouche. Je ne voulais pas que tu vives avec ce passé et que tu en supportes le poids. Je désirais par-dessus tout, en changeant de vie, oublier cette part d'ombre et te donner les armes pour te construire un autre avenir fait de lumière. Nous sommes des Français d'origine alsacienne, toi et moi. Ton père et Klaus sont des Allemands d'origine alsacienne. Quelle différence cela fait-il ?

Je marque un nouveau silence.

– Tu as le droit de me reprocher mon mensonge. Mais en conscience, tu ne peux pas me blâmer d'avoir désiré ton bien et d'avoir fait le choix d'évacuer de ta vie ceux qui voulaient nous faire du mal.

Nicolas ne répond pas.

Il se lève et retourne dans sa chambre.

Il n'en sort que trois jours plus tard. Un matin, il me surprend dans la cuisine.

– Je veux aller voir Klaus. Je veux rencontrer cet homme.

Je le fixe en portant à ma bouche la tasse de café qui me réchauffe les mains. C'est un premier pas. Mais je remarque que dans la représentation mentale qu'il se fait de Klaus, celui-ci n'est qu'un « homme » et pas encore « son frère ».

– D'accord.

Il quitte la cuisine sans dire un mot.

Le lendemain, nous sommes tous les deux devant l'entrée de la prison. Silencieux. Nous n'avons pas échangé un mot depuis la veille.

Aujourd'hui, Bernhard est mort. Il ne me reste que mes deux fils, séparés par une fosse géante remplie d'une rage en fusion, prête à déborder pour poursuivre son entreprise de destruction. Alors au plus profond de moi, je me surprends à faire un vœu, à espérer qu'ils s'entendent malgré les douleurs. Que Klaus soit dans la repentance et le regret. Nicolas dans le pardon. Malgré les tourments et le venin qui se sont installés en eux, j'aspire à ce que mes fils se rencontrent sur le chemin de la réconciliation, alors que Klaus vit sans doute ses dernières heures. Cela fait vingt-cinq ans que j'attends ce moment.

Nous entrons dans le parloir. Deux chaises sont installées l'une à côté de l'autre devant une table derrière laquelle une troisième chaise vide attend. Nous nous asseyons sans dire un mot. Le scénario se répète : les bruits de pas et de chaîne dans le couloir. Puis, dans notre dos, l'entrée de Klaus encadré par deux gardiens. Ils le forcent à s'asseoir en face de nous.

La dernière fois que nous étions réunis tous les trois c'était à la Gestapo, rue du Docteur-Chaussier.

Klaus dévisage Nicolas qui soutient son regard. Ils m'ignorent, comme si je n'étais plus entre eux qu'une ombre oubliée, triste et silencieuse. Ils restent ainsi quelques secondes, sans rien dire, sans bouger, à se jauger comme deux fauves prêts à s'entretuer.

Je lis la haine dans leurs regards. Une bulle de violence, invisible, suspendue, mais bien perceptible s'est installée entre eux, prête à exploser.

Klaus me parle sans détourner son regard de Nicolas.

– Je t'avais dit de ne jamais revenir !

– C'est moi qui ai fait ce choix ! Pas elle !

Klaus semble déstabilisé par la réponse de Nicolas. Le pardon est loin, il ne viendra jamais, j'en prends conscience immédiatement. La voix de Nicolas est glaciale comme le bruit de la lame de la guillotine sur le cou d'un condamné.

– Je voulais voir de mes yeux comment se comporte un bourreau à l'aube de sa propre mort.

Klaus ricane.

– Je n'ai pas peur de mourir.

Nicolas se lève.

– Tu mens. Tu es comme tous les humains. Plus la faucheuse approchera, plus tu seras terrorisé. Tu as semé tellement de mort que j'attends la tienne avec impatience.

Je tire la manche de Nicolas pour le forcer à se rasseoir. Il résiste et persiste à rester debout. Ma main lâche prise après un brusque mouvement de son bras.

– Aucun pardon n'est possible face à tant de barbarie. Tu mérites la mort et rien d'autre. Gardiens, la porte !

Elle s'ouvre.

Sans rien dire, Nicolas tourne les talons et quitte la pièce.

Je me retrouve de nouveau face à Klaus. J'éprouve sur le moment un sentiment de déception. Tout espoir de les voir un jour se réconcilier semble perdu. Mais en une fraction de seconde, je crois percevoir une nouvelle attitude chez lui. Son corps s'affaisse légèrement sur sa chaise, comme s'il adoptait la posture d'un homme vaincu par l'adversité. Il ne dit rien.

Son regard semble se perdre dans un espace infini rempli de nostalgie et de regrets. Ce n'est pas une illusion. Nicolas a raison. N'importe quel humain est terrorisé à l'heure de franchir le grand passage. Klaus ne fait pas exception. Il a peur. C'est une évidence.

J'en profite.

– Pourquoi tu ne te repens pas ? Pourquoi tu n'essaies pas de tendre la main à la vie ? Si tu expies tes fautes, peut-être que tu échapperas à la mort. C'est une chance que tu ne peux pas laisser échapper, même si l'espoir est mince. Je connais ton frère, il ne te pardonnera peut-être jamais, mais il finira par accepter ton existence car il n'a pas le choix.

– Mon existence ! Mais je ne suis qu'un mort vivant ! Je vais être exécuté ! Et tu parles d'existence ! Où as-tu inventé cette histoire que j'allais vivre dans ce monde de vainqueurs revanchards ! Je vais mourir, tu n'y peux rien ! Quant à cet homme, qu'il accepte ou non ma présence, c'est bien le dernier de mes soucis.

Il hausse le ton :

– Je vais mourir, tu comprends cela ! Ton fils va mourir !

« Fils ».

Il a prononcé le mot.

Il le reconnaît.

Pour la première fois.

À ses yeux, je suis désormais sa mère.

Je reçois ses mots comme un cadeau divin.

Cela me donne la force, l'envie de me battre pour lui sauver la vie.

Face à l'échéance ultime, Klaus est en train de s'effondrer. Il n'y a pas de lâcheté dans cette attitude, seulement de la peur. Chez les SS on apprend à donner la mort. Mais dans l'imaginaire de la race supérieure, les seigneurs ne perdent jamais. Leur propre mort est occultée, car ils sont façonnés pour être des vainqueurs et perpétuer leur supériorité. Chez eux, l'idée de mourir est inconcevable.

– J'ai subi la violence de mon père. J'étais un enfant turbulent, déséquilibré. Ils n'ont eu aucun mal à canaliser cette colère qui était en moi. Mon destin était tracé. Je ne peux pas le regretter puisque je ne l'ai pas choisi. Aujourd'hui je sais que je vais mourir et le seul regret que j'ai c'est que tu m'aies abandonné. Oui, je regrette ce que je suis devenu par la force des circonstances, mais aussi celui que j'aurais pu devenir si tu avais été présente, si tu ne m'avais pas laissé te quitter. Je ne suis pas un monstre. Ma mort sera ton fardeau. Une pénitence que tu devras supporter toute ta vie. La mort de ton fils pour n'avoir pas su le garder auprès de toi.

Il s'arrête. Laissant un bref espace de silence. Mon cri de colère s'engouffre dans ce vide.

– Tu ne peux pas me reprocher ça ! C'est une décision que nous avons prise d'un commun accord avec ton père. Il s'est enfermé dans son enfer et son délire nationaliste et il n'a jamais voulu en sortir. Tu veux te dédouaner sur moi de tes fautes. C'est ignoble !

Il hurle plus fort, le visage levé au ciel.

– C'est toi qui as fait le choix de la France ! Celui de la trahison et non pas de la raison. Si je suis devenu un SS, c'est de ta faute ! Tu m'as abandonné ! Tu comprends : abandonné !

Ses longs bras retombent lourdement sur la table, il se cache le visage avec les mains et bégaye :

– Mes actes ne sont que les conséquences de ce destin que je n'ai pas choisi. Je découvre une mère aimante que j'ai torturée ! Je regrette mon destin. Oui. Profondément. Mes actes aussi sans doute…

Je me lève et demande aux gardiens de m'ouvrir la porte. Avant de sortir, je me retourne vers lui. Il me regarde. La terreur se lit dans ses yeux. Il semble implorer une grâce venue du ciel.

– Je ne sais pas si tes remords sont sincères. Mais pour te sauver la vie, je suis obligée de te croire. Je suis une mère, et mon devoir est de tout mettre en œuvre pour te sauver et t'éviter la mort, quelle que soit l'horreur de tes actes.

Je sors de la pièce. Devant la prison, Nicolas m'attend, assis sur un banc.

Je lui raconte tout, y compris mon doute sur la bonne foi de Klaus, malgré ma détermination de tout faire pour éviter sa mort.

– Je ne lui pardonnerai rien.

– Je ne te demande pas de lui pardonner.

Il ne se calme pas.

– Nous ne devons pas le croire ! Ce qui importe, c'est le mal qu'il nous a infligé. C'est un lâche qui n'a pas osé nous tuer et a préféré nous envoyer dans un camp afin que d'autres bourreaux se chargent de cette sale besogne, mais je suis certain qu'au plus profond de son âme il espérait notre mort. Aujourd'hui, il tremble car il sait qu'il va mourir. Cet homme ne mérite aucune grâce. Et surtout pas la tienne.

Je sors la photo du 11 novembre de ma poche, la lui tends.

– Tu t'en souviens ?

– Non.

Je me rends alors compte que c'est la première fois que Nicolas la voit. Quand Klaus l'avait sortie dans son bureau, il était trop inconscient pour la regarder.

– Qui sont ces gens ?

– Ton père, Klaus, toi et moi. Elle a été prise le jour de votre naissance, le 11 novembre 1918. Ce jour-là, nous nous sommes promis de nous aimer et de vous aimer toute la vie… Je ne reviendrai pas sur cette promesse…

– Qu'espères-tu, en me montrant cette photo ? Me faire changer d'avis ? Cet homme doit expier ses fautes. La seule issue est la mort.

Je regarde Nicolas dans les yeux.

– Je n'espère rien. Mais tu ne peux pas non plus échapper à la réalité de ton passé. Je sais que tu ne pardonneras rien, mais tu ne pourras jamais nier que ton frère existe. Je ne te demande pas de l'aimer et de l'aider, mais au moins de ne pas t'opposer à ma volonté de le sauver. Le pardon ne signifie pas l'oubli. Je mettrai toute mon énergie à sauver la vie de Klaus.

Nicolas réfléchit. Il prend quelques instants pour me répondre.

– La nature humaine idéale telle que tu la décris n'existe pas. Tu as su te battre contre les oppresseurs, mais la paix ne revient que lorsque la justice est passée. Tu as agi selon ta conscience et par amour, c'est en ce sens que ton choix de vie a été le meilleur pour toi.

– Pour toi aussi !

Il marque un silence.

– Laisse-moi désormais faire le mien. Klaus est un meurtrier. Il a perdu. La paix ne se fera que lorsque la justice sera rendue au nom de tous ceux qu'il a martyrisés. Et la justice le condamnera à mort parce qu'il n'y a pas d'autre issue. La réconciliation et l'instauration d'un État de droit passe par une justice efficace. Tu ne veux pas le sauver en raison de ses états d'âme et regrets, mais parce qu'il est ton fils. C'est une bonne raison, mais je ne croirai jamais à sa repentance.

Il se lève et nous commençons à marcher.

Il me prend par le bras et sur le ton de la confidence, mais un brin intrigué tout de même par ma détermination, il me demande :

– Et que comptes-tu faire pour sauver la vie d'un homme déjà condamné à mort ?

– Je vais demander à témoigner au procès et raconter notre histoire, nos liens, notre famille. Je vais leur expliquer pourquoi, moi, sa mère, je lui pardonne. Pourquoi la société peut aussi s'élever en faisant acte de justice en préservant sa vie. Je vais demander qu'il soit condamné pour ce qu'il a fait, mais pas mis à mort, au nom de la rédemption à laquelle chacun a droit un jour dans sa vie.

Nicolas m'interrompt :

– Personne ne te suivra sur ce terrain-là. Les plaies sont trop vives. Le peuple réclame vengeance. Il ne tolérera pas qu'il ne soit pas exécuté. Tous les maquisards qui viendront témoigner demanderont sa mort. Tu n'as aucune chance de réussir. Tout le monde t'accusera des pires abjections, d'avoir vendu le maquis de Lusigny à ton fils allemand, n'oublie pas que nous avons eu la vie sauve tous les deux en étant envoyés dans un camp au lieu d'être fusillés comme tant d'autres. Une déportation qui apparaîtra comme un moindre mal au regard des supplices endurés par nos camarades. Ils te soupçonneront même d'avoir survécu au camp grâce à sa complicité. Tu passeras pour une traîtresse parce que ton fils est un nazi. Tu n'as aucune chance.

Je le regarde. Je n'ai pas envie de croire ce qu'il me dit. Il poursuit d'un ton froid et lucide :

– Henry ne fera rien car il n'est pas très courageux et il ne sortira pas de son rôle de président de la cour de justice. Il ne pourra rien dire, sinon la défense pourrait l'attaquer et mettre en cause son impartialité. Il ne faut pas que tu te lances dans ce combat perdu d'avance. Tu seras de nouveau insultée, traînée dans la boue, traitée de sale Boche alsacienne. Voilà ce qui t'attend. C'est trop tôt pour le pardon. La seule chose qui pourrait t'aider serait une décision politique de Paris, du ministère de la Justice, qui demanderait que l'on commue la peine de mort de Klaus en peine à perpétuité au nom de la paix et de la réconciliation entre l'Allemagne et la France.

Je lui prends le bras, le serre fort, pour lui faire comprendre que ma volonté est sans faille.

– Je vais le faire, Nicolas, n'en doute pas. Toutes les mères qui seront dans la salle finiront bien par me comprendre, même si j'ai conscience que ce grand déballage risque de te porter préjudice.

Un court silence. Puis la réponse que j'attendais :

– C'est un combat vain, l'ouragan qui s'annonce sera dévastateur, mais tu as sans doute raison. Il faut essayer d'élever la société vers la paix, la justice, pour construire l'avenir.

L'orage

Depuis que le procès avait débuté trois jours auparavant, le 12 novembre 1945, tout ce que la région comptait de résistants de la première et dernière heure se pressait dans la salle de la cour d'assises du palais de justice. Elle était le lieu le plus récent du bâtiment, qui avait fait office de Parlement de Dijon pendant plus de trois siècles, jusqu'à la Révolution. Sur les murs étaient accrochées les armes de France et de Navarre, entourées du collier de l'ordre de Saint-Michel. Cette confrérie de chevaliers, installée sur le mont normand en référence à leur résistance aux Anglais pendant la guerre de Cent Ans, venait rappeler à ceux qui oseraient le contester que la France avait retrouvé sa fierté ainsi que tous les attributs d'un État souverain, à commencer par une justice indépendante. Dans cette salle également, une peinture relativement récente, *La Famille*, ornait un mur. Une maxime y était gravée : *« Non omnis moriar »* (« Je ne mourrai pas tout entier »), qui renvoyait à cette idée de vie éternelle de l'âme indépendante de notre corps. L'esprit séparé du corps. Dans ces murs qui avait vu passer ces dernières années tant de gens sur le chemin de la mort, ces quelques mots ne manquaient pas d'une certaine ironie.

Mais la foule se fichait pas mal de ces ornements. Ce qu'elle attendait, c'était la condamnation à mort d'un homme qui avait passé quatre années à la meurtrir. Tout le monde n'avait pas pu accéder à la salle d'audience car elle était trop petite. Avant de pouvoir pénétrer dans ce qui était également l'ancienne chambre des comptes où se tenaient maintenant tous les procès, dont celui de Klaus, il y avait la salle des pas perdus. Elle avait été sonorisée pour que le peuple puisse suivre les débats. Elle ne désemplissait pas. La foule était présente à ce rendez-vous. Ces trois journées avaient vu défiler des hommes et des femmes impatients qui se relayaient, entrant et sortant du palais, au rythme des audiences. Une fois à l'intérieur du bâtiment, ce magma humain, massif et compact, s'agglutinait sous la magnifique voûte en nef de bateau inversé, les oreilles tendues et les yeux rivés vers les haut-parleurs accrochés aux murs. Cette masse mouvante pouvait devenir bruyante, hurlante, voire menaçante, au gré de ses émotions et des phrases échangées par les parties aux procès. Le palais de justice était devenu un navire ballotté par les flots et les vagues successives, réagissant à l'impatience du peuple en colère qui attendait que la mort soit prononcée, car il ne pouvait en être autrement.

Le premier jour d'audience, lorsqu'Henry, président de la Cour, avait appelé Klaus à se lever pour répondre aux questions concernant son identité, des cris, nombreux – « À mort le Boche ! », « Gredin ! Douze balles dans la peau ! » – s'étaient élevés dans la salle. Henry avait menacé d'évacuer ce monde en furie en prononçant le huis clos si le silence ne revenait pas. Le calme était retombé. Mais on sentait bien que cette foule, plutôt adepte d'une justice expéditive, pouvait à tout moment se mettre à hurler sa soif de sang, voire décider de se passer de la lenteur des débats pour investir la salle et régler son compte à Klaus une bonne fois pour toutes. Le préfet avait dépêché des forces de police pour éviter que la situation ne dégénère. C'est dans ce chaudron bouillant que j'avais décidé de me jeter. Le ministère public m'avait sollicitée, en tant qu'ancienne chef du maquis Lusigny, pour être citée comme témoin à charge. J'avais refusé. En revanche, juste avant l'ouverture du procès, j'avais demandé en secret à l'avocat de la défense de m'appeler comme dernier témoin surprise juste avant sa plaidoirie. Dernier est un bien grand mot, car je savais que je serais la seule à être appelée à la barre par la défense.

L'avocat me connaissait. Il était au courant de mes faits d'armes dans le maquis et ce que je représentais aux yeux de la foule : Marie Vogel, Française alsacienne qui avait fait le choix de venir vivre dans la France de l'intérieur, comme disent les Alsaciens. Mais personne ne savait réellement pourquoi j'avais fait ce choix, mis à part René : chef de maquis et chef de guerre, j'avais été torturée puis déportée sur ordre de cette pourriture de nazi qui comparaissait aujourd'hui devant le tribunal du peuple français. À mon corps défendant, j'étais devenue une icône pour les gens de la vallée de l'Ouche. « Pas touche à Marie ! » René me rapportait souvent ce que lui racontaient les gens aux champs et dans les rues des villages. Dans les rues de Dijon, c'était parfois : « C'est notre Sainte Vierge à nous ! Notre protectrice ! »

Beaucoup de gens m'avaient sollicitée, René le premier, pour que je me présente à Bligny-sur-Ouche aux élections municipales du 29 avril. J'étais certaine d'être élue et de devenir la première femme de France maire d'un village. Mais j'avais renoncé. J'étais encore trop faible. En revanche, je n'avais pas raté l'occasion de devenir députée lors des premières élections législatives du 21 octobre 1945. Candidate sous les couleurs du MRP de Maurice Schumann. Cela avait été un séisme local. Pendant plusieurs jours, ma photo s'était affichée à la une du *Bien public*. Une femme à l'Assemblée ! Pensez donc ! Beaucoup d'hommes n'avaient pas apprécié la plaisanterie. Certains avaient osé le dire publiquement. Ils avaient vite été renvoyés dans les cordes : « On ne touche pas à Marie ! Ni à Nicolas, son fils, nos deux héros de la vallée. »

Seule contre tous

– Vous voulez être citée comme témoin de la défense ?

L'avocat me regarde, totalement interloqué.

– Je ne comprends pas. Si je vous cite, c'est que vous souhaitez prendre la défense de l'accusé, c'est cela ? Vous qui l'avez combattu, vous qu'il a torturée et quasiment envoyée à la mort, vous voulez prendre sa défense ?

– J'ai des choses à raconter qui peuvent changer la tournure de ce procès.

Il lève les yeux au ciel avec un léger soupir d'agacement.

– Cela m'étonnerait…

Il réfléchit quelques secondes.

– Dites toujours. Lesquelles ?

– Contentez-vous de me faire citer à comparaître. Je n'en dirai pas plus.

Il refuse tout d'abord.

– J'ai besoin de savoir. Je dois connaître votre dossier.

– Je ne suis pas un dossier, maître. Quand vous entendrez mon témoignage, votre surprise sera immense.

Cet avocat est commis d'office. Il est jeune, il vient de Paris et personne ne le connaît. Il n'est pratiquement pas intervenu pendant les trois journées d'audience pour défendre son client. Il hésite mais, devant mon insistance, conclut d'un ton désabusé :

– Pff… Si vous voulez. Je vous ferai citer. Tenez-vous prête dans la salle. Je ne veux pas y laisser ma réputation. Quand je vous fais signe, approchez-vous de la barre. De toute manière, pour la bonne marche d'une justice équitable, le président ne peut pas me le refuser.

Notre entretien s'arrête là.

Henry n'est pas au courant, bien sûr. Dans les procès de l'épuration, les résistants et les victimes du nazisme sont souvent aussi les jurés et les juges, ce qui ne laisse aucune autre issue que celle déjà décidée dans les têtes.

Je suis assise au fond de la salle, parmi le public, au dernier rang. Après la plaidoirie de l'avocat général qui demande sans surprise la mise à mort de Klaus sous les hourras et les applaudissements de la foule, Henry, avec l'air distant de celui qui est déjà passé à autre chose, donne la parole à la défense, comme si la plaidoirie à venir, dont tout le monde se fiche éperdument, était déjà vouée à l'échec : personne ne l'écoutera, et on sent bien qu'Henry s'adresse à l'homme en noir assis devant le box de l'accusé par pur souci de respect du droit.

– Maître ! Vous avez la parole.

L'avocat se lève.

– Monsieur le président, je vous demande de citer un témoin de moralité pour la défense de mon client.

Première surprise.

Henry marque un certain agacement.

– De moralité ? Parce que, aujourd'hui, votre client a une morale ? À la bonne heure…

La salle éclate de rire. Henry poursuit :

– Maître, on ne vous a pas entendu pendant toute cette audience. Pourquoi dès lors cette requête ? Vous ne pouviez pas présenter cette demande pendant le déroulement du procès plutôt que maintenant ?

– C'est une requête qui m'a été faite il y a quelques instants. J'insiste.

Henry accepte, mais il est visiblement pressé d'en finir.

– Allons-y ! Dépêchons ! Faites entrer votre témoin de… moralité, c'est cela ?

Nouvel éclat de rire général.

L'avocat se tourne vers la salle.

– J'appelle à la barre Marie Vogel !

Deuxième surprise.

Telle une vague ondulante, un murmure collectif d'étonnement se propage dans la salle, suivi d'un silence religieux.

Je me lève. Je m'excuse discrètement de déranger quelques personnes qui doivent se lever pour me laisser rejoindre l'allée centrale. Henry, assis derrière son pupitre, me dévisage. Il est totalement décontenancé, immobile, incapable de réagir. Toute la cour semble stupéfaite. Je ressens un immense moment de solitude en traversant la salle pour atteindre la barre. À mon passage, je perçois des visages éberlués qui me fixent, des gens qui se poussent du coude, s'interrogent et s'agitent, cherchant auprès de leurs voisins des réponses aux questions qu'ils se posent. Quelques chuchotements me parviennent :

– C'est Marie, tu as vu ?

– Mais qu'est-ce qu'elle vient faire ?

– C'est la défense qui l'appelle.

– Moralité ? C'est elle, le témoin de moralité ?

– Ce n'est pas possible. Pas elle !

J'arrive à la barre. Je regarde Henry droit dans les yeux. J'attends. Il ne dit rien. Il est toujours sans voix. Dans sa toge rouge, il semble bloqué mentalement et physiquement par la surprise que lui procure cette situation. Il se reprend et balbutie :

– Marie. Euh. Madame… Veuillez décliner votre identité…

– Je m'appelle Marie Vogel.

– Jurez-vous de dire toute la vérité et rien que la vérité ?

– Je le jure.

Un court silence. Il jette un coup d'œil rapide à la défense, me fixe, puis se carre au fond de son fauteuil capitonné de rouge, comme assommé par ce coup de théâtre.

– Maître, je vous laisse la parole.

L'avocat est assis devant Klaus qui ne me quitte pas du regard. Il cherche lui aussi à comprendre. L'homme en noir quitte lentement son box pour s'approcher de moi et m'interroger :

– Mada…

Je tourne la tête vers lui et je l'arrête d'un geste de la main.

– S'il vous plaît, laissez-moi parler et ne m'interrompez pas !

Henry se redresse et, dans un bruissement de tissu noir, l'avocat s'assied, tout en me faisant signe de m'exprimer.

– Je m'appelle Marie Vogel, née allemande à Strasbourg en 1898, devenue française en 1918 à la fin de la guerre. Mon vrai nom est Marie Heinrich, mariée à Bernhard Heinrich, lui aussi de nationalité allemande, né à Illkirch-Graffenstaden et aujourd'hui décédé. Vogel n'est qu'un nom d'emprunt acquis de manière frauduleuse au lendemain de la guerre après avoir soudoyé un fonctionnaire de l'État français.

Je parle lentement. Sans élever la voix. Je déroule tout le fil de ma vie : le déchirement du départ, la souffrance de la séparation obligée à cause de la République et sa politique des *Befehle*, mais aussi en raison de l'intransigeance de Bernhard, l'exil dans la France de l'intérieur pour tenter de reconstruire un bonheur fracassé par le désespoir. La justification du mensonge dont j'ai entouré ma vie et gardé toutes ces années auprès des Bélinéens et des habitants du canton, qui n'auraient pas accepté ce passé douloureux. Ma volonté de construire une nouvelle vie dans un pays en paix. Je dis tout. J'explique tout. Je livre le moindre détail de mon existence. Dans ma voix qui s'élève dans la salle, ce sont toutes mes douleurs intériorisées qui s'envolent et me quittent. Chaque mot qui sort de ma bouche me rend plus forte et légère, me libérant du poids qui me pèse depuis toutes ces années. Je ressens le besoin d'exprimer ce que je suis. Une femme issue d'une double culture, française et germanique, qui habitait une terre déchirée par les nationalismes français et allemand. Deux pays qui ont montré leur impossibilité à faire la paix pour construire un avenir à leurs enfants, préférant les envoyer à la mort afin de préserver l'intégrité de leurs frontières.

Au terme des très longues minutes de ce monologue, je mets la main dans ma poche et la tiens au bout de mes doigts. Je lève le bras et la montre à la salle.

– Regardez bien cette photo. Je suis avec Bernhard Heinrich. Il y a deux enfants dans nos bras. Ces deux bébés sont mes fils. Nicolas et Klaus. Klaus ici présent à la barre, et que vous, vous voulez envoyer à la mort pour de justes raisons, est…

Je marque un temps d'arrêt.

– … mon fils.

Je baisse le bras, puis je regarde Henry toujours immobile derrière son bureau. Son visage est livide, décomposé. Ses yeux grands ouverts me fixent d'un air absent. Il semble au bord de faire un malaise. Dans mon dos, je perçois des murmures, je devine des bouches qu'on cache derrière le dos de sa main pour rester discrets et qui interrogent :

– Comment ? C'est son *fils* ?

– Ce Boche, c'est le fils de la Marie !

– Ce n'est pas possible…

J'hésite, avant de surmonter ma difficulté et de parler à nouveau :

– Une mère ne se résoudra jamais à ce que son fils meurt avant elle. L'éternel ne nous a pas créés pour que les enfants partent avant leurs parents. Au nom de la paix retrouvée, de l'amour qu'une mère porte à son fils, je vous demande de ne pas recommencer à semer la mort. Le pardon doit être plus fort que la haine et la revanche. Je ne vous demande pas de l'absoudre des horreurs qu'il a commises, mais d'épargner sa vie. Et n'oubliez jamais une chose avant de rendre votre verdict.

Je marque un temps d'arrêt pour capter l'entière disponibilité des esprits et souligner l'importance de ce que je vais dire :

– N'oubliez pas que cet homme est allemand, mais qu'il est aussi français. Il est né le jour de la victoire. C'est un tortionnaire allemand, mais il aurait pu aussi devenir autre chose qu'un bourreau s'il n'avait pas été imprégné des délires nationalistes revanchards de son père.

Cette dernière phrase provoque dans la salle un murmure plus fort que les précédents, comme une violente protestation indignée. Alors que je m'apprête à revenir m'asseoir, le grincement de la porte principale se fait entendre. Toutes les têtes se tournent : Nicolas se tient dans l'encadrement de la porte. Il la referme, reste immobile quelques secondes, puis s'approche lentement de la barre pour me rejoindre.

Dans le silence, chacun de ses pas fait grincer le parquet. Tous les yeux sont rivés sur lui. Quand il arrive à ma hauteur, il m'étreint longuement puis prend ma main. Il examine, les uns après les autres, la cour, la défense, la salle et enfin Klaus. Henry n'ose pas prendre la parole pour lui demander de décliner son identité. Aucun mot ne peut sortir de sa bouche.

Nicolas se retourne alors vers les jurés. De sa voix grave qui fait autorité, il se met à parler doucement. Lentement. Sans haine ni violence, pour que tout le monde comprenne bien la portée de ses mots.

– Je suis Nicolas Vogel, l'autre fils de Marie. Cet homme est mon frère jumeau. Vous avez devant vous un être qui a brisé trop de vies. Condamnez-le, oui, parce qu'il doit payer sa dette envers nous tous et pour ce qu'il a fait. Mais épargnez sa vie, car sa mort ne résoudra rien. Elle ne vous procurera qu'une satisfaction immédiate, inutile à la construction de la paix pour l'avenir.

Il lâche ma main.

C'est tout.

Rien de plus.

Il se tait.

Ces quelques phrases sont essentielles pour moi, pour nous deux, pour nous trois. Elles me réconfortent et me font vivre dans l'illusion instantanée que notre famille pourrait survivre et se reconstituer un jour.

Puis Nicolas repart.

Personne ne réagit.

Le silence est absolu.

Dans la salle des pas perdus, j'imagine qu'il fend déjà la foule silencieuse qui s'écarte sur son passage.

À peine a-t-il quitté la salle et refermé la porte derrière lui que la curée débute.

Un premier cri jaillit dans la salle.

Un cri qui semble nécessaire pour expurger toutes les souffrances.

– Mère de Boche, Boche toi-même ! À mort les traîtres !

Il sonne l'hallali.

D'autres cris suivent.

– À mort les Boches !

– La tête coupée ! Voilà ce qu'ils méritent tous !

La mort, présente dans les esprits depuis le début du procès mais qui restait au fond des âmes, s'exprime désormais sans retenue ni pudeur à travers des voix haineuses. La mort, estiment-elles, est un dû qui doit éteindre leur souffrance. Elles la réclament pour le bourreau et ceux qu'elles considèrent désormais comme ses complices.

Les spectateurs se lèvent un à un. Leurs yeux se tournent vers moi. Ils brillent de haine, d'envie de meurtre.

De nouveau des cris.

Ils sont scandés en chœur, doucement d'abord, puis de plus en plus fort, accélèrent, épousant inconsciemment le rythme d'une locomotive à vapeur lancée sur ses rails :

– À mort !

– À mort !

La foule rugit.

Menace.

Un homme crie plus fort que les autres :

– Notre sang a coulé. Celui des traîtres doit aussi se répandre pour que justice soit rendue !

Je reçois ces phrases comme des lances qui se plantent une à une dans mon corps.

Henry frappe violemment avec son marteau et demande le silence. Mais il a perdu le contrôle de l'audience. Plus personne ne l'écoute. Je suis terrorisée. René n'est pas très loin. Il fait signe aux gendarmes de venir me protéger. Six uniformes bleus m'encadrent aussitôt. Ils repoussent les hommes et les femmes qui forment un barrage humain devant nous. Des bras vengeurs et anonymes tentent de me frapper avec leurs poings et leurs mains levées. Je reçois de temps en temps des coups sur la tête, sur les épaules et sur le corps. Mais aucun n'atteint mon visage. Je me protège avec mes bras. Je suis devenue aveugle, et seules les mains des gendarmes qui m'ont agrippée pour me faire sortir me permettent de tenir debout. Ils me portent en dehors de cette nasse qui m'enserre. Je vis cette violence comme un retour vers le passé : ce matin du 15 janvier 1919, lorsque Bernhard et Klaus ont été expulsés de l'appartement de la rue Mercière sous les quolibets et les coups des patriotes français pour être emmenés de l'autre côté de la frontière. C'est la même haine, le même flot d'insultes et de menaces pétries de nationalisme répugnant qui s'expriment. L'oubli collectif du bien que nous avons pu apporter, Nicolas et moi, dans la vallée, est instantané. Il ressort de ces visages la volonté d'éliminer l'ennemi d'hier qui reste celui d'aujourd'hui. La boucle se referme. Vingt-six ans plus tard, je suis revenue à la case départ de l'abomination. Deux guerres n'auront pas suffi à apaiser la détestation de l'autre.

Enfin, les gendarmes et Henry arrivent à m'extraire du palais et me poussent dans une traction garée devant la porte d'entrée. Nous démarrons en trombe. Je ne suis plus qu'une femme qui a volé et violé la confiance du peuple. Un être qui a trahi et qui doit mourir pour cela. Je savais que je deviendrais une pestiférée. Qu'en l'espace de quelques secondes, mon statut d'héroïne du maquis s'effondrerait pour laisser la place à celui de traître à la nation française. Je m'y étais préparée. Mais ce que je n'avais pas mesuré, c'était le degré de haine que cela engendrerait à mon égard. René avait raison : les blessures de la guerre sont encore trop vives pour être cicatrisées. Seule la mort doit faire office de justice. Le pardon n'est pas encore dans les têtes et dans les cœurs. La haine du Boche et de ses proches est trop forte.

Le jury n'a pas traîné. Pour calmer la foule en furie qui commençait à tout dévaster devant le palais, Henry a fait le choix d'une justice expéditive. Sans doute la prise de décision la plus rapide de l'histoire des assises françaises. En moins d'une demi-heure, l'affaire a été expédiée. Klaus a été condamné à mort. Le déchaînement de rage s'est transformé en cris de joie qui se sont calmés à l'approche de l'heure de la soupe. Crier sa vengeance, c'est bien. Mais pas avec la faim au ventre. Tout le monde est sagement rentré chez lui.

Bien sûr, l'avocat a décidé de faire appel. Un appel de pure forme et sans espoir. Mais cela donnait encore une petite chance de sauver Klaus, ou tout du moins de le maintenir encore en vie quelques semaines, même si je ne me faisais aucune illusion sur son sort.

Le lendemain, en me réveillant, j'ai l'étrange sensation que c'est toute une nation qui s'est soulevée contre moi.

René m'a apporté les quotidiens du matin. Il est accompagné d'Henry, et à ma grande surprise de Nicolas, que je n'ai pas revu depuis son témoignage. Avec Henry, il reste silencieux. René a déposé les journaux sur la table du salon.

– Tiens, regarde ! s'écrit-il. Ton affaire de famille est devenue politique ! Une affaire d'État. C'est peut-être une bonne chose.

Les unes des journaux s'étalent sur la table, toutes aussi agressives les unes que les autres.

L'Aurore : « Dijon, Coup théâtre aux assises : Marie, l'héroïne du maquis, défend son bourreau. Trahison ! »

Combat : « Marie Vogel, qui es-tu ? Traître ou héroïne ? »

France-Soir : « Marie Vogel redevient Heinrich. Elle passe à l'Est et trahit la France. »

Le Franc-Tireur : « À mort Marie Vogel née Heinrich ! La résistance sous le choc ! »

Le Populaire : « Trio Heinrich, les maudits de la nation ! »

Je suis tétanisée.

Henry tente quelques mots :

– Je n'ai rien pu faire, Marie. Le jury était très remonté. Ils ont voté la reconnaissance de tous les chefs d'accusation à l'unanimité. Ils voulaient en finir au plus vite. Et puis il y avait la foule. Cette foule haineuse qu'il fallait calmer très vite, tu comprends… Tous ces hommes et ces femmes en furie. Ils allaient tout casser dans le tribunal. Cela pouvait tourner à l'émeute.

– Je ne t'en veux pas, Henry. Avec ou sans la haine de ces hommes et de ces femmes, il n'y avait aucune chance de sauver la vie de Klaus. C'est ça, la réalité, et non pas cette stupide foule, avide de sang et braillant sa haine de l'Allemand.

Nicolas ne dit rien. Mais depuis qu'il est entré dans la pièce, je le sens préoccupé. Un ouragan souffle dans sa tête, sans qu'il puisse contrôler les rafales d'émotions qui l'agitent. J'essaie de le rassurer :

– Merci de ce que tu as dit à la cour, Nicolas.

Ma phrase produit l'effet contraire. Il se lève brusquement.

– Pourquoi tu me remercies ? C'est ridicule. L'heure n'est pas aux remerciements, mais à la nécessité de sauver mon frère et ton fils. J'ai réfléchi ! Cet homme est abominable, pour autant, il ne nous a pas tués. Il aurait pu le faire lorsque nous étions entre ses mains à la Gestapo. Il aurait pu tuer sa mère et son frère dans son refus d'affronter la réalité, quitte à vivre le reste de sa vie avec ses interrogations, ses remords et ses regrets. Il aurait pu effacer à jamais son passé en le reniant avec notre mort. Il a certainement hésité, mais il ne l'a pas fait. Je ne lui pardonne aucun de ses actes, mais je suis persuadé qu'il a gardé un soupçon d'humanité. Rien que pour cela, nous devons tout faire pour lui sauver la vie.

– Est-ce que tu es retourné le voir à la prison ?

Ma question surprend Nicolas dont la réponse est sèche et définitive.

– Non ! Et je n'irai pas, car je pense que toute discussion avec le diable est vaine. Je ne crois toujours pas à sa repentance. Elle n'est pas sincère, et je suis persuadé qu'elle ne le sera jamais.

Je ne sais pas ce qui a poussé Nicolas à changer d'attitude vis-à-vis de Klaus. Au fond, cela m'importe peu. Maintenant, il est à mes côtés dans cette nouvelle bataille et, pour moi, c'est le plus important. J'ai besoin de toute sa force pour les combats à venir.

Henry est assis en face de moi. Quels que soient les actes commis par Klaus, la quête d'une justice équitable est son seul guide. La condamnation à mort d'un être humain représente un recul dans l'idée qu'il se fait des progrès que l'humanité peut accomplir.

– Nous sommes d'accord sur la nécessité de sauver la vie de Klaus. Nous allons tout faire pour cela d'un point de vue juridique, mais je doute fort que cela aboutisse. Le verdict sera très certainement confirmé en appel. Il ne restera à mon sens que la demande de grâce présidentielle, mais celle-ci est illusoire.

Je continue de passer en revue les journaux puis je me tourne vers René :

– Pourquoi as-tu dit que c'était une bonne chose que ce soit devenu une affaire d'État ?

Je le dévisage en attendant sa réponse qui tarde à venir.

Il réfléchit.

René a deux grands défauts : il est impulsif et colérique. Il n'est capable de réfléchir qu'en situation de paix et de sérénité. Dans l'action, il perd ses capacités pour devenir un écervelé hâtif et irréfléchi. Ces deux traits de caractère l'avaient conduit à commettre plusieurs fautes dans la conduite des maquis qui lui avaicnt été confiés après la chute de Lusigny. Un jour, une désastreuse analyse de la situation sur le terrain l'avait amené à prendre une mauvaise décision. Le repli aurait dû être ordonné. Il avait préféré attaquer les Allemands sans réfléchir aux conséquences. Résultat : des hommes avaient été massacrés, d'autres faits prisonniers. Il s'en était sorti, seul, par miracle. Mais dans la Résistance, les miraculés, personne n'y croyait vraiment. Des rumeurs de trahison avaient commencé à circuler. Sans aucune preuve, bien entendu. Le Comité national de la Résistance lui avait alors retiré tous ses commandements et l'avait mis en retrait en l'expédiant à Londres le temps que l'affaire se tasse. Il ne l'a jamais supporté car il refuse toujours de reconnaître ses fautes.

Piètre chef de guerre, René n'en est pas moins un brillant intellectuel et un redoutable animal politique. Son séjour à Londres lui avait permis de tisser rapidement des liens privilégiés avec de Gaulle. Celui-ci l'avait pris sous son aile, décelant un potentiel d'homme politique de premier rang qui pourrait l'épauler dans sa conquête du pouvoir. René est rusé comme un renard. De Gaulle, le militaire victorieux, lui avait pardonné ses errements militaires. Il avait besoin d'un manœuvrier hors pair pour le guider dans les méandres de la politique intérieure française. Surtout pour contenir les communistes, les anciens camarades de route de René. Très peu de monde le savait à Bligny, mais avant de trahir les idéaux de l'Internationale en devenant gaulliste, pendant le Front populaire, René avait été militant au parti communiste, conseiller de l'ombre de Maurice Thorez. Seulement, le pacte germano-soviétique avait constitué pour lui la trahison ultime de la maison mère soviétique. Une trahison doublée de celle des communistes français, lorsque le secrétaire général avait déclaré que ce pacte était une grande victoire pour la paix. René n'avait pas supporté. Il avait pris ses distances avec ses amis révolutionnaires, tout en conservant ses relais dans les maquis.

Lorsqu'il était arrivé à Londres, son ancienne proximité avec Thorez lui avait permis d'être reçu très vite par de Gaulle qui avait besoin d'une antenne pour recevoir toute information utile sur ce que tramaient les dirigeants communistes français. « Je n'aime pas les traîtres, lui avait dit le Général sans ambages. Mais puisque vous trahissez pour la France, je vous prends à mes côtés. Et puis, vous êtes communiste, donc j'ai besoin de vous. » René lui avait répondu sèchement qu'il n'était pas un traître, qu'il avait déchiré sa carte du Parti et qu'il ne fallait plus l'appeler communiste, mais gaulliste. « Nous verrons cela avec le temps », lui avait répondu de Gaulle, toujours méfiant.

Petit à petit, s'était tissée une relation de confiance entre les deux hommes. De Gaulle avait su faire de René un agent de liaison redoutable auprès des communistes. Certes, ces derniers se méfiaient de René, mais le temps de la guerre était à l'unité.

Et puis il s'était bien gardé de leur dire qu'il avait déchiré sa carte. René s'était rendu indispensable aux deux camps. Son réseau de confiance au sein du Parti était intact. Pas une information émanant des réunions clandestines du comité central ne lui échappait. Une aubaine qui lui avait permis de sauver sa peau lorsqu'il avait été relevé de ses commandements du maquis, alors que certains le soupçonnaient de trahison. À Londres, au bout de quelques semaines, de Gaulle lui avait discrètement décerné le titre de compagnon de la Libération. Malgré sa fierté, René ne s'en était pas vanté. Il tenait à préserver ses réseaux chez les rouges.

Pour tout cela, il est devenu un conseiller très apprécié du Général, l'un de ses plus proches collaborateurs. Le Général est toujours à l'écoute de ses précieux avis. Autant de raisons qui font penser à René qu'il a une carte à jouer auprès du chef du gouvernement provisoire de la République française pour obtenir la grâce de Klaus, au nom de la paix retrouvée, de l'amour d'une mère pour son fils, mais aussi de la construction de l'avenir, en appelant à la réconciliation entre les Français et les Allemands, sur fond d'une Alsace redevenue définitivement française. René est un opportuniste. Mais c'est aussi quelque part un idéaliste qui croit en la bonté des hommes et en leur humanité pour rendre le monde meilleur. C'est pour cela qu'il a l'intention de jeter ses forces dans la bataille destinée à sauver son pire ennemi.

Je dois me battre, même si ma douleur est terrible et que je suis désemparée. L'impasse me semble totale. Le pays entier s'est dressé contre Nicolas et moi. Une vague d'indignation si puissante qu'elle dévaste tout sur son passage. Comment la politique pourrait-elle me sortir de ce désarroi et sauver mon fils criminel ? Mon amour pourra-t-il inverser le cours de l'Histoire, dans ce moment où le châtiment suprême s'impose à tous, sans réflexion, pour satisfaire un peuple avide de répression ? Je n'aspire qu'à une chose : disparaître de la vie publique, ne plus exister. Rendre mon mandat de députée et cesser le combat.

– Parce qu'une grâce est possible !

René me sort brusquement de mes pensées. Il ne donne pas l'impression de plaisanter ni d'avoir prononcé ce mot pour me remettre sur le chemin de l'espoir

Je le regarde, incrédule. Une colère de dépit monte en moi :

– Tu es sérieux ? Tu n'as pas d'autres conneries à raconter ? Une grâce ! As-tu conscience de l'état dans lequel se trouve le pays ?

Je marque un temps d'arrêt. Je sors de ma poche la photo du 11 novembre 1918. Je la montre à René et Henry. Mon expression se fait autoritaire, un rien méprisante pour ceux qui pensent encore naïvement qu'un espoir demeure. Je veux tuer cet espoir. Car je n'y crois plus. Ce n'est plus la mère qui parle, mais la combattante et la chef du maquis, réaliste.

– Voyez-vous, messieurs, l'heure n'est pas à la réconciliation. Cela ne sert à rien d'aller rencontrer de Gaulle ou Dieu lui-même. Klaus sera fusillé.

Henry me regarde.

Il ne dit rien.

Nicolas non plus.

René me fait face. Il est assis.

Son regard est assassin.

Il semble prêt à me sauter à la gorge.

Soudain, il bondit de son siège.

Son ton est autoritaire :

– Le rendez-vous est déjà pris, et personne n'annule un rendez-vous pris avec le Général ! Nous irons tous les deux avec Nicolas.

Je le regarde, stupéfaite.

– Nous partons demain pour Paris. À 17 heures, nous verrons le Général et nous demanderons la grâce de Klaus.

Puis il sort et claque la porte.

Le pays entier et la presse sont déchaînés. Klaus montera sur l'échafaud et sa tête tombera. Les journalistes font le pied de grue nuit et jour au bas de l'immeuble. Certains ont même installé leur tente dans le jardin Darcy et y dorment la nuit, de peur de rater mon hypothétique sortie, et dans l'espoir sans doute que je vienne à leur rencontre pour faire une déclaration au clair de lune. Ridicule. Selon les articles des quotidiens que René m'apporte chaque matin, je ne suis définitivement plus une héroïne, mais bien une traître qui a caché ses origines allemandes, pour mieux infiltrer les maquis d'abord, la politique française ensuite, en devenant députée de la nation. Nicolas est mis dans le même sac que moi. Selon certains éditorialistes, son lien filial avec moi en fait un nazi caché. Le membre d'une troisième colonne en devenir, dont il a forcément la charge, avec comme objectif de saper *a minima* le moral de la nation tout entière, au maximum de renverser la république et d'installer une nouvelle dictature pour venger le Troisième Reich et réinstaller l'État français de Pétain. Pour la presse, nous formons tous les trois un trio maudit et, après l'exécution de Klaus, il faudra que nous soyons traduits, Nicolas et moi, devant la Haute Cour de justice pour trahison de la nation. Autant de bobards inventés pour balader le peuple victorieux avide de revanche et remplir des colonnes de journaux. René en est désolé quand il m'apporte les journaux.

– Tu ne devrais pas t'infliger cette souffrance en lisant ces ordures, me dit-il chaque matin en déposant la presse sur la table.

Pourtant, dans ce cloaque journalistique, il reste de l'espoir. Nicolas fait régulièrement des allers-retours à Bligny. Il me rapporte les dernières infos du village en m'expliquant qu'il est divisé en deux : les hommes d'un côté, les femmes de l'autre. Les mères me soutiennent. L'amour que l'on porte à son enfant est plus fort que toutes les douleurs et les souffrances passées, explique la majorité d'entre elles. L'Assemblée nationale, dont je n'ai pas démissionné, s'est mise au diapason de l'opinion publique. Tous les partis, des communistes au MRP en passant par la SFIO, réclament mon départ de l'hémicycle. Une résolution sans conséquence a été votée appelant à ma démission. Là encore, seules les quelques mères de famille élues ont voté contre. Elles sont pour moi comme une faible lueur d'espoir dans un tunnel d'obscurité.

René est resté une semaine à Paris. Il n'a donné aucune nouvelle, puis il est rentré discrètement à Dijon sans me prévenir.

– Quelles sont les nouvelles ?

Il semble gêné. Il hésite.

Je le rassure d'un ton un peu sarcastique :

– Parle franchement. Dans cette affaire, je n'ai à perdre que la vie de mon enfant.

Un court silence. Puis il se lance :

– Nous avons vu de Gaulle avec Nicolas. Il était bien sûr au courant de ton affaire, on ne parle que de cela à Paris. Mais tu n'as aucun allié, mis à part quelques femmes députées, dont les voix ne font que du bruit dans le vide.

– Tu ne m'apprends rien. Que lui avez-vous dit ?

– De Gaulle nous a écoutés longuement.

Avec un sourire à la commissure des lèvres, il sort alors de sa poche la photo du 11 novembre, visiblement satisfait de l'effet qu'elle produit sur moi.

Je me lève et, d'un geste rapide, saisit le cliché.

– Comment as-tu osé prendre cette photo sans m'avertir ? Vous l'avez montrée à de Gaulle ?

– Nous n'avions pas le choix. Il le fallait. Il ne connaissait ton histoire judiciaire politique et familiale qu'à travers les articles des journaux et ce que ses conseillers lui avaient rapporté. Il était sceptique. Il nous fallait lui apporter une preuve. Nicolas était présent comme témoin. Il lui a tout raconté. Tu sais que, pour de Gaulle, la famille est sacrée… Nous ne pouvions l'influencer qu'en parlant de ton parcours d'Alsacienne qui a choisi la France. Nous lui avons dit que, dans un esprit de réconciliation avec l'Allemagne et pour pacifier l'Alsace, il fallait qu'il sauve la tête de Klaus. Qu'il s'agirait d'un acte politique, peut-être incompris dans le présent, mais qui prendrait date dans le futur. Qu'il s'agirait d'un immense geste d'humanité pour toutes les mères de ce pays. Un pardon chrétien.

Que cette concorde passait par un geste fort. Nous lui avons dit que lui, l'homme du 18 juin, qui a su se soulever seul contre la barbarie, ne devrait pas avoir peur de s'opposer aux Français afin de leur montrer la voie de la sagesse et de la paix. Je ne te cache pas que le pari était risqué.

– Qu'a-t-il répondu ?

– Il a regardé longuement Nicolas sans rien dire, et puis il s'est tourné vers moi en me demandant ce que je pensais au plus profond de mon être en tant qu'ancien résistant et compagnon de la Libération. Je lui ai répondu en citant Albert Camus : « À la haine des bourreaux a répondu la haine des victimes… Eh bien c'est de cela que nous devons triompher d'abord. Il faut guérir ces cœurs empoisonnés. » Il m'a répondu sèchement : « Je ne suis pas un écrivain mais un militaire et un homme d'État qui gouverne un pays, vainqueur certes, mais anéanti. » Puis il a réfléchi. Il s'est levé et nous a raccompagnés à la porte. Avant de quitter la pièce, il nous a simplement dit : « Je vais analyser la situation. C'est une demande compliquée, mon cher René. » Puis il nous a salués et a refermé la porte.

– C'est tout ?

– C'est tout.

La sortie

En ce jour du 22 janvier 1963 où la France et l'Allemagne étaient en train de sceller définitivement leur réconciliation, j'attendais assise sur un banc dans le froid, devant les portes de la prison de Dijon. Entre mes mains, déplié sur mes genoux, le *Bien public* affichait en pleine page la photo de de Gaulle et Konrad Adenauer tombant dans les bras l'un de l'autre. Une image pour l'éternité qui entérinait définitivement la paix entre les deux anciens ennemis héréditaires, avec la signature du traité de l'Élysée. Les souffrances de la guerre étaient loin. On ne parlait plus que de confiance et d'amitié entre les deux pays et de construire un avenir en commun pour nos peuples en rapprochant les jeunesses allemande et française.

Je pensais de nouveau à toutes ces années qui venaient de s'écouler et à cet automne 1945 où les choses s'étaient finalement calmées. Les procédures judiciaires concernant Klaus avaient suivi leur cours. J'avais guetté avec Nicolas, pendant plusieurs semaines, l'arrêt de la Cour de cassation, qui avait confirmé la condamnation à mort de Klaus. Klaus attendait désormais de monter sur la guillotine, ce qui avait rassuré tout le monde. Dès lors, les journalistes n'avaient plus grand-chose à écrire sur notre histoire. Ils étaient repartis dans leurs rédactions parisiennes, emmenant avec eux leurs écrits nationalistes délirants. Petit à petit, l'affaire Vogel avait quitté les unes des journaux pour disparaître complètement des esprits. L'instabilité politique en France était devenue tellement forte que mon cas et celui de Klaus avaient fini par ne plus intéresser grand monde. Restait la grâce de de Gaulle, qui prenait son temps pour répondre. Il avait d'autres chats à fouetter. J'étais finalement retournée à Bligny, où les villageois m'avaient accueillie avec froideur et suspicion pour certains, mais pour la majorité avec la volonté de tourner la page de l'horreur. La majorité du bien l'avait emporté sur la minorité du mal. J'avais décidé de conserver mon mandat de députée. J'avais repris mes activités parisiennes. Je vivais trois jours par semaine dans la capitale pour siéger à l'Assemblée. Dans l'hémicycle, plus personne ne faisait attention à moi. Personne ne me posait de question. Cet oubli m'arrangeait. Souvent, nous nous retrouvions avec Nicolas, qui me confiait en secret les dernières affaires en cours à l'Élysée. Grâce à René, il travaillait désormais dans l'entourage proche de de Gaulle. Il avait su construire une relation de confiance avec lui et le Président l'appréciait pour la qualité de son travail. Le temps s'était écoulé ainsi, sans nouvelles. Une attente dans le doute et dans une angoisse que je gardais enfouie au plus profond de moi.

Et puis, le vendredi 19 janvier 1946, la lettre arriva.

Elle était signée du chef du gouvernement provisoire de la République française. Charles de Gaulle.

Je l'ouvris fébrilement.

Je la lus.

Il accordait sa grâce.

Klaus ne serait pas exécuté mais resterait toute sa vie en prison.

Sans explication.

Sans motif.

Juste sa grâce.

Une phrase et une signature au bas d'une lettre qui sauvait un homme et réconciliait une mère avec la vie. Les conditions de la grâce arrivèrent quelques jours plus tard avec un courrier du ministère de la Justice adressé à Nicolas et moi. Klaus devait passer le restant de ses jours dans une prison française, celle où il avait envoyé tant de gens au supplice : la maison d'arrêt de Dijon. Mais il devait rester au secret. Il avait interdiction de rencontrer qui que ce soit et même de correspondre avec l'extérieur. Avec quiconque. Pas même sa famille. Aucun lien de vie ne lui était autorisé. C'était une condamnation à une mort lente, à une extinction à petit feu au fond d'un trou. Une tombe avant l'heure. Le prix à payer sans doute pour son maintien en vie. Mais quelle vie ? Dans la lettre, le garde des Sceaux exigeait le secret le plus total sur ce geste, sous peine que de Gaulle ne revienne sur sa décision. Nous étions seulement quatre à être au courant : Nicolas, Henry, René et moi. J'étais à la fois heureuse et anéantie.

Dès lors, je m'étais souvent posé la question : pourquoi ? Pourquoi avait-il gracié le diable en personne, tout en condamnant Klaus à rester dans ce néant ? Je n'avais jamais eu de réponse. René et Nicolas non plus d'ailleurs. Ils n'avaient jamais osé lui demander les raisons de son geste.

Comme prévu, cette grâce passa totalement inaperçue, d'autant que le 20 janvier 1946, de Gaulle, en proie aux exigences irréalisables des communistes pour accepter de former un gouvernement, démissionna. « Je fous le camp ! » fut la dernière phrase qu'il prononça devant son gouvernement.

Ce jour-là et les semaines suivantes, la presse était bien trop occupée à se demander à qui la France allait confier son destin politique pour se pencher sur cette tumeur de l'histoire que de Gaulle, le libérateur du pays, venait d'expurger, en graciant un nazi, assassin de tant d'innocents et de patriotes français.

Dix-sept années passèrent. J'avais tout de même envoyé des lettres à Klaus, tout en sachant qu'elles ne lui arriveraient jamais. Cette correspondance me rappelait les courriers que nous échangions avec Bernhard entre les deux guerres. Je n'ai jamais obtenu de réponse mais j'avais besoin de préserver ce mince cordon entre nous. Et puis, un matin du printemps 1960, j'ai reçu un courrier du directeur de la prison. Il expliquait que Klaus était toujours au secret, mais que dans un devoir de compassion, il avait pris sur lui d'autoriser l'échange d'une lettre par semaine avec sa famille.

Pour moi, ce fut une forme de renouveau. Tous les dimanches, je m'attelais à ma table pour lui écrire et lui raconter notre vie en dehors de la prison, notamment le brillant parcours de Nicolas qui était devenu conseillé de Gaulle juste après la guerre. Le lundi matin, je me rendais à Dijon et j'allais déposer le courrier dans la boîte aux lettres de la prison. Bien sûr, mes lettres étaient systématiquement lues par l'administration pénitentiaire. Je pesais donc chacun de mes mots. Je ne parlais jamais de politique mais de notre vie simple au service des autres à travers mon mandat. Dès le début de nos échanges, je fus étonnée : Klaus demandait pardon pour le mal qu'il m'avait infligé ainsi qu'à Nicolas. Il ne cessait de regretter ses actes, sa vie de soldat tortionnaire, fanatisé par cette idéologie que lui avait inculquée son père. Il en voulait au peuple allemand et à ce pays dont il me disait que désormais il l'avait renié du plus profond de son être. Klaus, à l'inverse de ce que m'écrivait son père, me racontait souvent que son souhait le plus cher était de retrouver la nationalité française avant de retourner mourir sur sa terre natale, l'Alsace. Il me confiait qu'il se confessait tous les jours à l'aumônier de la prison pour expier sa vie, ses erreurs du passé, et qu'il acceptait le châtiment qu'on lui infligeait comme une pénitence nécessaire pour accéder au paradis au moment du Jugement dernier. « Chacune de mes lettres est unc marche franchie vers la purification de mon âme et de ma rédemption éternelle devant Dieu », m'écrivait-il. Il me reprochait régulièrement de l'avoir laissé partir avec Bernhard pour l'Allemagne. Il évoquait ce père qu'il reniait également. Il terminait chacune de ces lettres par cette phrase qui me glaçait d'effroi et de regrets toutes les fois où je la lisais : « Je t'en veux toujours de ce choix que vous avez fait tous les deux de me laisser partir avec lui plutôt que de me garder vers toi. J'ai été condamné à devenir un enfant sans mère. »

Je lui répondais systématiquement : « C'est la République française qui nous a contraints à cette séparation ! C'est ton père qui a fait ce choix ! Pas moi ! Je voulais que tu restes français ! »

Toutes les lettres que je recevais de Klaus, je les lisais à Nicolas. Au début, il ne croyait pas du tout aux mots de repentance de son frère. Il méprisait même ses écrits et ne souhaitait qu'une chose : sa mort lente et douloureuse sans aucune forme de pardon. Et puis, au fil des semaines, son opinion évolua. Il ne voulait toujours pas entendre parler de clémence, mais une forme de mansuétude le gagna. Nicolas était un être bon. Cette bonté finit par gagner son esprit, le persuada que Klaus montrait une honnêteté que lui, son frère, pouvait dès lors tolérer.

Ce jour-là, devant les portes grises et lugubres, Nicolas était assis à ma gauche. Il était arrivé de Paris la veille au soir. Il ne disait rien. Il me savait très forte mentalement, mais en même temps très fragilisée par les épreuves du temps.

Depuis le départ de de Gaulle en 1946, Nicolas avait traversé les années en travaillant dans différents cabinets ministériels, ce qui lui avait permis de rester une des principales vigies du Général au sein des multiples gouvernements de la IVe République. D'autant que René était décédé juste après son départ de l'Élysée. Quand de Gaulle avait été rappelé en 1958, Nicolas était revenu aux avant-postes. Il aurait pu devenir ministre. Il avait toujours refusé. Il voulait rester un homme de l'ombre. De ceux dont on ne parle jamais, mais qui conseillent adroitement les gouvernants et influencent fortement mais discrètement leurs décisions. Il avait tout même été assez persuasif pour devenir le conseiller diplomatique de de Gaulle qui savait pertinemment que, avec son histoire personnelle et familiale, cet Alsacien pouvait être un pont pour la réconciliation avec l'Allemagne. Le Général lui avait donc confié la lourde charge de rapprocher les deux ennemis d'hier. Dès qu'il était devenu président du Conseil le 1er juin 1958, Nicolas lui avait soumis l'idée de rencontrer Konrad Adenauer. L'homme du 18 juin y était favorable. Nicolas savait que le chancelier allemand, qui n'avait jamais vraiment apprécié les militaires, se méfiait de de Gaulle et qu'il le considérait comme un adversaire de la construction européenne. Nicolas essuya un premier refus de la part des Allemands. Il insista. Pour contourner cette méfiance, il suggéra à de Gaulle de faire de cette première visite en France une simple rencontre privée à La Boisserie, sans aucun enjeu, si ce n'est de faire plus ample connaissance avec son homologue d'outre-Rhin. Une idée de génie comme Nicolas en avait souvent et qui permettait de débloquer les situations les plus complexes. Konrad Adenauer accepta du bout des lèvres. Ce fut pourtant le début d'une entente durable entre les deux hommes, leurs peuples et leurs patries, eux qui avaient pour terrain commun de s'être opposés au nazisme.

Nicolas était très fier de cette réussite. De Gaulle le félicita et lui demanda de poursuivre ses efforts de réconciliation avec l'Allemagne. Il fut à l'origine des deux visites officielles des deux hommes en France et en Allemagne en 1962, puis un des artisans du traité de l'Élysée. Fort de ses succès, Nicolas poussa au maximum son avantage. Avec le culot des êtres qui ne doutent jamais. « Qui ne tente rien n'a rien ! » me disait-il souvent.

Il m'expliqua qu'un matin il avait demandé à de Gaulle la libération de Klaus au nom de la réconciliation franco-allemande. Que ce serait un magnifique geste de paix de la part de la France, s'il sortait de prison le jour de la signature du traité de l'Élysée. Nicolas avait expliqué au président que, après la messe de la paix à Reims avec Konrad Adenauer, ce geste très chrétien serait un nouveau symbole du pardon et permettrait de fortifier l'entente entre les deux pays. Le pays victime rendant sa liberté au bourreau repenti pour construire un avenir de paix. Quelle belle image ! Cette libération serait analysée comme une forme de pardon. Mais pouvait-on pardonner la monstruosité ?

Pas de Gaulle, visiblement. Il avait foudroyé Nicolas du regard. « Vous n'exagérez pas un peu, mon cher Nicolas ? J'ai déjà gracié ce criminel, et maintenant vous souhaitez que je le libère ? Je sais que c'est votre frère, mais tout de même ! »

Cette demande avait énervé de Gaulle. Mais Nicolas avait insisté. Il avait lu à de Gaulle les lettres de repentance de Klaus, qu'il m'avait discrètement subtilisées. Cette nouvelle intrusion dans ma vie privée m'avait révulsée. J'avais hurlé. L'avais traité de manipulateur. Ce dont il avait convenu. Mais c'était mon fils, et il avait agi pour le bien de sa mère et de son frère. Alors je lui avais pardonné. Je restais toutefois très dubitative quant à cette demande.

– Ton idée est aussi folle que stupide ! Et en plus, elle me donne de l'espoir pour rien. Comment une idée aussi absurde a-t-elle pu germer dans ta tête ?

Il n'avait bien sûr obtenu aucune réponse. De Gaulle, comme à son habitude, s'était contenté de le raccompagner à la porte de son bureau et de le saluer. Toute personne normalement constituée aurait quitté les lieux en traînant comme un boulet de pierre sa honte d'avoir osé déposer une telle requête devant le libérateur de la France. Mais pas Nicolas. Après ma colère, et en me rendant les lettres de Klaus, il s'était contenté de me dire, certain de son fait :

– Qui ne dit mot consent.

Et ce matin de janvier, en attendant dans le froid la sortie de Klaus, je ne pouvais que constater qu'une nouvelle fois l'audace de Nicolas pour le bien de sa mère avait payé.

Son audace.

Sa détermination.

Son sens inné de la politique et du moment opportun qu'il savait saisir pour faire basculer la vie des gens du bon côté de l'Histoire.

Klaus était libre.

De Gaulle avait-il été influencé par les lettres ?

– De Gaulle n'est pas un homme à supporter qu'une mère vive dans le deuil de son fils toute sa vie, m'avait dit Nicolas. Il est profondément croyant, et sa croyance le pousse à penser que chaque être sur terre a droit à la rédemption, même s'il est incapable de pardonner la sauvagerie de Klaus. Et puis il sait aussi que ce geste est un acte politique fort qui heurte sans doute les consciences. Klaus est français dans une Alsace redevenue française. En le libérant, de Gaulle envoie un message à la fois aux Français, en leur montrant que la barbarie aurait pu naître de ce côté-ci du Rhin, mais aussi aux Allemands, en leur montrant la force de sa clémence au nom de la réconciliation. De Gaulle veut faire de Klaus un symbole unique à la fois du passé, qu'il ne faut pas oublier puisqu'il laisse en vie et en liberté un ancien tortionnaire qui a expurgé en partie ses fautes, et un pilier de la reconstruction. Klaus est un point entre l'ignominie et l'espoir. En le libérant, de Gaulle fait le pari de l'espérance tout en préservant la mémoire de l'abomination. Il prend un risque politique énorme.

Cette fois, de Gaulle n'avait mis aucune condition à la liberté.

C'est ainsi que nous retrouvions tous les deux, assis sur un banc dans un froid glacé, à attendre devant les portes de la prison la sortie d'un nazi dont personne ne savait s'il était réellement repenti, un criminel dont le destin n'avait tenu qu'à un fil, tendu entre la vie et la mort, tenu par un visionnaire qui pensait que le futur pacifique entre deux nations ne pouvait se construire que sur le pardon de l'abjection.

Mais pour moi, Klaus était tout simplement mon fils.

Nicolas ne disait rien. Quand nous avions appris la libération de Klaus, il avait été franc et direct :

– J'ai réussi à le faire libérer, mais je ne crois en rien à sa repentance. Mais puisque c'est mon frère, je suis dans l'acceptation d'une forme de tolérance vis-à-vis de sa personnalité et de son passé, et puisque cette libération te rend heureuse, je l'accepte également. Je ne veux pas gâcher ton bonheur. Alors aujourd'hui, ne me demande rien de plus que d'être présent.

– Je ne te demande pas de faire semblant d'être heureux. Sois toi-même, c'est tout.

Puis il était retombé dans le silence.

Quarante-cinq ans plus tard, nous étions de nouveau réunis. Je n'imaginais pas pouvoir vivre cet instant où nous allions nous retrouver tous les trois, libres. Je serrais la photo du 11 novembre 1918 très fort dans ma poche. Je n'avais pas revu Klaus depuis le dernier jour de son procès. Seules ses dernières lettres m'avaient donné l'espoir qu'il était en bonne santé malgré ces quinze années de mise au secret.

Enfin, la porte de la prison s'ouvrit.

Après plus de deux heures d'attente dans le froid, je me levai difficilement. Nicolas m'aida en me soutenant.

Nous restâmes tous les deux debout, sans faire un pas vers la porte située à une centaine de mètres devant nous.

Un homme sortit.

Son visage gris, ridé et vieilli n'était pas celui d'un vieillard mais celui d'un homme entre deux âges. Ses cheveux blonds avaient viré au blanc pâle et se confondaient avec le gris du ciel d'hiver. Il était vêtu d'un vieux costume sombre serré, dont la veste et le pantalon étaient trop courts. Klaus, comme Nicolas, était grand. Sa chemise claire au col légèrement jauni ne semblait pas être de toute première jeunesse. Son corps amaigri et fatigué par toutes ces années d'enfermement le maintenait difficilement dans une position droite. Il n'avait pas de chapeau ni même d'écharpe autour du cou pour lui tenir chaud. Ni sac. Ni valise. Il nous regarda sans sourire, puis se mit à marcher lentement dans notre direction. Il s'arrêta un instant et nous fixa à nouveau. Puis il reprit sa marche péniblement. Ses pas étaient lents et hésitants. Klaus marqua un nouveau temps d'arrêt. Il se retourna vers l'immense porte foncée de la prison. Un dernier regard vers l'enfer du passé. Son visage était inquiet. Il semblait indécis et pas encore assuré ni rassuré de vouloir pénétrer dans sa nouvelle vie. Je signifiai à Nicolas que je n'avais plus besoin de son soutien et que ma fierté et ma canne me suffiraient à rester debout. Il recula de quelques pas. Enfin, Klaus fit le choix de marcher résolument vers nous. Il s'approcha de moi. Son regard dur bleu perçant n'avait pas changé. Il me fixa quelques instants, sans jeter un regard à Nicolas.

– Bonjour, me dit-il avec une voix un peu métallique accompagnée d'un léger sourire en lame de couteau. Comment vas-tu ?

Je manquai de défaillir tant l'émotion me submergeait.

J'étais incapable de parler.

Aucune embrassade entre nous.

Nicolas répondit sèchement à ma place :

– Elle va bien !

Je le fusillai du regard, lui qui m'avait promis de ne pas intervenir.

– Oui, je vais bien. Et toi ?

Je sortis la photo du 11 novembre de ma poche et je lui montrai.

Ma voix trahit mon émotion. Elle était faible.

– Nous voilà enfin réunis.

Klaus y jeta un regard furtif.

Il ne répondit pas. Aucune émotion ne transparaissait sur son visage. Il ignorait toujours la présence de son frère, celui qui lui avait permis de retrouver la liberté. Il prit doucement ma main gauche dans la sienne, la caressa quelques instants en la regardant. Puis il me déclara d'un ton doux avec un regard rempli de mystère :

– Le passé est derrière nous. L'avenir nous appartient désormais.

Enfin, il consentit à regarder Nicolas.

– Il nous appartient à tous les trois, n'est-ce pas ?

Ces lignes étaient les dernières que Marie avait écrites. En refermant le carnet, je pensai à ce qui était inscrit sur le feuillet qui l'accompagnait :

Il ne faut pas que tu juges avec tes yeux d'aujourd'hui. Seules ta bienveillance et ta conscience permettront de comprendre et d'excuser le passé pour vivre sereinement dans le présent.

Partie II – La quête de sens

Consciences

Je repensais aux trois dernières années qui s'étaient écoulées après le décès de Marie. Mon père et Klaus se voyaient de temps à autre. Klaus s'appelait désormais Claude. Il vivait en Alsace avec sa femme et ses deux enfants, mon cousin Boris et ma cousine Hana. Nos deux familles ne se rencontraient qu'une fois par an, au moment des fêtes de Noël, dans la maison de Bligny-sur-Ouche. Mais depuis la mort de Marie, chaque foyer avait repris ses distances. Je n'avais pas revu mon oncle ni sa famille depuis le jour des obsèques. Aussi loin que je puisse remonter dans mes souvenirs d'enfance, mon oncle m'était toujours apparu comme un écorché vif, en permanence sur ses gardes et toujours prêt à rendre coup pour coup aux agressions qui émergeaient dans sa tête. Dès qu'il paraissait, un sentiment d'embarras et d'inquiétude gagnait la pièce. Il donnait l'image d'un homme en rébellion permanente, qui n'avait jamais réussi à faire la paix avec lui-même. Il émanait de sa personnalité une violence invisible qui mettait mal à l'aise. Lorsque nous étions enfants, sa présence provoquait chez nous un effroi permanent. Je n'avais pas posé de questions à mes parents sur cette rupture. Désormais je commençais à comprendre.

Mais comment ne pas juger ? Comment, quand on hérite d'un passé si lourd à porter, ne pas ressentir la nécessité de partir défricher les consciences de ces êtres pour essayer de comprendre leur attitude ? Même dans le pire de mon imaginaire d'enfant et d'adolescent, je n'aurais pu penser que mon grand-père appartenait à la communauté des nationalistes fanatiques d'Hitler et que mon oncle était un ancien criminel nazi repenti. Qu'il avait torturé sa mère et son frère, que l'une lui avait pardonné, et que l'autre avait enfoui ses douleurs au plus profond de son être. Tragique destinée due au fait qu'ils étaient nés sur une terre meurtrie et ensanglantée que deux pays au nationalisme exacerbé se disputaient. Marie m'avait demandé de ne pas juger une situation pour laisser la vie s'écouler et se reconstruire dans un semblant de normalité. Je n'avais vécu cette guerre que par procuration, grâce aux rares récits de mon père, et maintenant à ce carnet de ma grand-mère. Je restais sous le choc de toutes ces révélations mais déterminé à aller jusqu'au bout dans ma quête de sens et de compréhension.

Dans la boîte, il y avait un second carnet que j'avais parcouru brièvement, avant de le refermer pour me consacrer à la lecture du premier. Je savais qu'il était simplement constitué de coupures de presse soigneusement collées, rangées et classées de manière chronologique en fonction de leur date de parution.

Pourquoi Marie n'avait-elle pas poursuivi son journal ? Cela restait un mystère. Sans doute parce qu'elle avait estimé qu'en retrouvant Klaus, avec Nicolas à ses côtés, elle avait atteint ce bonheur qu'elle avait recherché toutes ces années et qu'elle avait en partie terminé sa vie. Marie avait cessé d'écrire comme si ce qui s'était passé après la sortie de prison de Klaus ne la concernait plus.

Lorsque j'ouvris le second carnet, le titre du premier article me donna la tonalité de ce que j'allais découvrir : « Honte à de Gaulle ! Un nazi libéré ! » En dessous, il y avait une photo de trois personnes assises sur une petite estrade derrière une table où des micros étaient posés. Je reconnus tout de suite Nicolas, Klaus et Marie. On y apprenait que Nicolas avait organisé une rencontre avec les journaux parisiens.

La photo le montrait le bras droit en l'air, tenant une lettre, sans doute celle de de Gaulle qui graciait Klaus. Pour appuyer ses explications et tenter de prendre à témoin mais aussi de convaincre les journalistes et les Français que cette décision était bonne pour la paix future en Europe. En poursuivant la lecture, j'appris que Klaus avait longuement expliqué sa repentance, ses regrets d'un passé dont il s'estimait coupable, mais pas responsable, car, disait-il, il avait été endoctriné et le regrettait aujourd'hui. Pour prouver sa bonne foi, Klaus exprimait ses remords, disait qu'il avait payé pour cela, qu'il voulait retourner vivre en Alsace, sa terre natale, afin de construire un lien et un lieu de fraternisation entre les deux rives du Rhin, pour œuvrer à la concorde entre les jeunes Français et Allemands. Les propos de Marie abondaient dans le même sens. Elle justifiait d'avoir pardonné les actes de cruauté dont Klaus s'était rendu coupable par les liens du sang, plus forts que la barbarie, et par le fait que, sans oublier le passé, il fallait désormais faire la paix avec soi-même et que tous les trois voulaient être un exemple de ce que la réconciliation, impossible en apparence, pouvait être une réalité et qu'elle perdurerait dans le temps. Seul Nicolas ne semblait pas s'exprimer.

Je tournais les pages du carnet. Les articles de presse publiés les jours suivant cette rencontre étaient tous violemment à charge. À coups de phrases assassines, ils ne laissaient aucune place à la moindre compréhension. Encore moins au pardon. Les blessures étaient toujours à vif. La réconciliation pouvait trouver sa place dans les discours, mais pas encore dans les actes. Les journaux, même à forte obédience catholique, faisaient preuve d'incrédulité devant une telle décision. Visiblement, ce premier rendez-vous public avec le pardon n'avait pas fonctionné. Alors, quelques semaines plus tard, il y avait eu un deuxième rendez-vous avec les Français, sous la forme d'une grande tribune signée de Klaus et Nicolas dans les journaux de l'Hexagone, nationaux comme régionaux.

À ma grande surprise, ils avaient été assez nombreux à publier cette lettre. Une idée de Nicolas, bien sûr. Dans ce long texte intitulé « Un jour viendra », en référence au discours de Victor Hugo prononcé au Congrès de la paix le 21 août 1849, les deux frères appelaient, comme Hugo un siècle auparavant, à la constitution des États-Unis d'Europe, à une Europe pacifiée, à la fraternité européenne, à ce jour où la guerre entre la France et l'Allemagne paraîtrait totalement absurde. Klaus et Nicolas appuyaient leurs souhaits en se référant également à Churchill et son discours de 1946 prononcé à l'université de Zurich, où il prônait le rapprochement franco-allemand, où il appelait à la construction des États-Unis d'Europe, pour tourner le dos aux horreurs du passé et construire l'avenir, car les Européens, écrivaient Klaus et Nicolas, ne pouvaient plus vivre dans la haine et les blessures du passé, et qu'il fallait désormais construire une famille européenne dont les deux piliers seraient la justice et la liberté. Une nouvelle fois, Klaus exprimait sa honte et sa repentance vis-à-vis des Français qu'il appelait désormais ses concitoyens. En concluant leur tribune, les deux frères annonçaient qu'ils allaient créer un Mouvement européen des citoyens pour la paix, la justice et la liberté, et que toute personne qui souhaitait y adhérer, en France et en Allemagne, serait la bienvenue. Ils déclaraient également entamer une tournée dans tout le pays, dans les villes et les villages, pour expliquer leur projet de paix et d'amitié. Nous étions au printemps 1963. Mon père et mon oncle semblaient croire dur comme fer dans leur bonne étoile. Ils déchantèrent très vite.

En tournant les pages et en lisant les derniers comptes rendus collés, je m'aperçus que Marie avait complètement disparu de la vie publique mais aussi de la vie de ses deux garçons. Elle n'apparaissait nulle part. Sur aucune photo. Dans aucun article. Son existence était oubliée dans cette quête de sens européen. Elle avait visiblement fait le choix de s'effacer totalement. Cette tournée d'explications des deux frères vira au pénible chemin de croix. Si les articles de presse en faisaient un compte rendu fidèle, la plupart du temps, on pouvait détecter entre les lignes et dans leur tonalité un certain plaisir sadique à constater l'échec de l'initiative. Lorsque les municipalités acceptaient du bout des lèvres de prêter une salle à Klaus et Nicolas, très peu de personnes se déplaçaient pour les écouter. Les rares participants étaient souvent des représentants locaux d'associations d'anciens combattants ou de résistants qui n'étaient pas particulièrement disposés à laisser un ancien nazi se racheter une bonne conduite alors que tant étaient morts pour la France. Les compagnons d'armes improvisés pour la circonstance, réunis sous une bannière éphémère de résistants de la première ou la dernière heure, ne pouvaient tolérer la présence de Klaus. C'était à leurs yeux quelque chose d'insupportable ! Nicolas avait beaucoup de mal à imposer son statut d'ancien chef de maquis pour légitimer la repentance de son frère. Ses faits d'armes et sa déportation ne pesaient pas lourd face à la dialectique revancharde des vainqueurs dont l'horizon mental se limitait à leur vie passée, et qui ne voulaient rien entendre de la nécessité de se comprendre pour construire un avenir de paix.

Au mieux, Nicolas se faisait traiter de collabo. Au pire, certains demandaient ni plus ni moins qu'il soit exécuté pour haute trahison en mémoire des martyrs morts aux combats. Souvent, Nicolas et Klaus n'avaient même pas le temps de s'exprimer. Des incidents, savamment orchestrés, éclataient dans la salle ou dans la rue. Les manifestants patriotes et les pro-européens pacifistes en venaient aux mains et leurs affrontements se terminaient à l'hôpital le plus proche, mettant fin à la séquence du jour.

Puis, les deux frères reprenaient leur bâton de pèlerin en feignant de croire encore qu'une lumière apparaîtrait au bout du chemin. Quand il se sentait découragé, Nicolas répétait : « Un adhérent supplémentaire, même caché, et même s'il est tout seul, est une petite pierre à l'édifice européen. » Cette phrase écrite de la main de Marie, comme pour conjurer ce mauvais sort qui les poursuivait, apparaissait en annexe au bas de chacun de ces articles. Au fil des semaines, face aux violences qui devenaient systématiques et aux attaques quotidiennes de la presse locale, les mairies leur fermèrent les portes. Les réunions en province se faisaient de plus en plus rares et se tenaient en quasi-clandestinité dans l'appartement parisien de Nicolas.

Et puis un jour, plus rien. Plus d'articles, plus de commentaires, plus de violences, plus de réunions. Le silence absolu. Les trois derniers articles collés dans le carnet par Marie dataient du 27 avril, du 28 avril et du 30 avril 1969. Le premier annonçait le départ de de Gaulle. Le deuxième faisait état d'une assemblée générale d'anciens combattants visiblement bien implantés à Paris qui demandaient la dissolution du Mouvement européen des citoyens pour la paix, la justice et la liberté. Le troisième annonçait dans un petit encart discret cette dissolution. Sans explication supplémentaire. Le second carnet était terminé. Il ne restait que la photo du 11 novembre 1918 que Marie avait sans doute laissée là pour que je puisse la récupérer.

Allongé sur mon lit, je refermai tout doucement le carnet, mettant fin à cette lecture de mon passé familial. J'avais dix-huit ans. Je pensais qu'au même âge Marie et Bernhard avaient dû prendre des décisions douloureuses. J'étais terrifié à l'idée que cela aurait pu m'arriver, mais en même temps, un énorme sentiment de frustration et de colère m'envahit. Colère vis-à-vis de Marie, qui n'avait pas voulu écrire la suite de son cheminement de vie en mettant un point final à son journal au milieu du gué. Colère contre mon père, qui avait dissimulé tous ces tourments. Maintenant que j'étais au courant de ce passé, le regard que je porterais sur lui serait à jamais différent. Fallait-il que je le mette dans la confidence de l'existence de ces carnets ? Cette lecture me laissait au bord d'un gouffre d'incompréhension, avec un énorme sentiment de frustration.

Quand on a dix-huit ans, que faire d'une histoire si forte, dont on hérite par la volonté d'une vieille femme, murée dans un silence quasi mystique depuis des années, et qui décide un jour de nous confier l'intimité de sa terrible existence ? Pourquoi m'avait-elle choisi pour préserver cette mémoire ? Je lui en voulais terriblement de m'avoir laissé seul devant ces questionnements, et je ne savais quoi faire de ces violents sentiments contradictoires.

Je pris le temps de la réflexion, tout en évitant soigneusement de croiser mon père les jours suivants. C'était assez simple. Il partait tôt, je me levais tard. Il se couchait tôt, je rentrais tard. Ce manège dura plusieurs semaines. Puis il fallut me rendre à l'évidence : je ne pouvais pas continuer à vivre sans lui avouer que je connaissais désormais son passé et celui de mon oncle. Je ne pouvais pas garder ce secret pour moi. J'avais aussi besoin de savoir comment mon oncle et mon père pouvaient vivre en ayant pour l'un commis et pour l'autre subi l'impardonnable. Il me fallait des réponses. Que mon père m'explique ses choix, lui qui avait très bien fait comprendre à sa mère qu'il ne pourrait jamais pardonner ni oublier. Il fallait que je comprenne comment, aussi proche soit-il, un homme pouvait pardonner à son pire ennemi. Cette quête de sens était absolument nécessaire. Il fallait que je parte aussi à la rencontre de Klaus. Sa conversion était-elle réelle ou simulée ?

Sidération

Le soir du 11 novembre 1978, l'ouragan dévastateur se déclencha.

En tant qu'ancien maire de Bligny, mon père participait à toutes les commémorations des deux guerres. Pour rien au monde il n'aurait manqué celle de l'armistice de novembre 1918. Durant toute mon enfance, il m'avait emmené avec lui. « Pour que tu n'oublies pas », me disait-il. Cette année-là encore, il m'avait proposé de l'accompagner. Mais pour la première fois j'avais refusé. Il avait insisté en mettant tout le poids de l'histoire de France dans la balance et la nécessité d'accomplir son devoir de transmission pour les nouvelles générations. En vain.

– Un jour tu devras prendre le relais, m'avait-il dit, en enfilant son manteau avant de sortir.

– Mais de quel relais parles-tu ? Je n'ai connu la guerre que par procuration, je n'ai rien à faire là-bas !

Il ne m'avait pas répondu et s'était contenté de bougonner en partant, pestant contre la terre entière et cette nouvelle génération qui ne vivait que dans la foi de l'avenir et le consumérisme présent, sans la moindre attention pour le passé.

Mon père résidait une grande partie de la semaine à Paris, retenu par ses activités au sein du gouvernement. Mais il gardait toujours un œil sur la vie locale, surveillant de près les activités de la confrérie de Saint-Sébastien qu'il avait présidée pendant plusieurs années, respectant ainsi la tradition familiale. Généralement, lorsqu'il rentrait des commémorations ou autres anniversaires qui célébraient le courage et le sacrifice des vieux combattants, il revenait de bonne humeur. Il avait revu les « anciens du maquis », comme il répétait souvent. Ces journées avaient du bon. Elles se terminaient par un banquet particulièrement arrosé, où chacun évoquait ses faits d'armes à la gloire de la patrie. Mais, allez savoir pourquoi, ce soir-là mon père était rentré tendu et fatigué de sa journée du souvenir. Le passage dans la soixantaine peut-être ?

Cet anniversaire n'avait pas dérogé à la règle : depuis de nombreuses années, il refusait que sa famille fête son année supplémentaire. Aussi loin que mes souvenirs remontaient, mon père n'avait jamais été présent à la maison ce jour-là, toujours en vadrouille pour une cérémonie. Aujourd'hui, alors qu'il atteignait soixante ans, ce 11 novembre 1978 fut comme les précédents, sans célébration familiale particulière. Seulement celles auxquelles il venait de participer. Ni cadeau ni champagne. Cela lui convenait. Ma mère, mes sœurs et moi avions ordre de ne rien faire, et de ne surtout pas l'embrasser en lui souhaitant un joyeux anniversaire.

À son retour, comme à son habitude, il s'était assis dans son fauteuil du salon et avait entamé la lecture de son journal.

Devant lui, trônait une petite table basse sur laquelle reposaient des cendriers et des vases remplis de fleurs de saison séchées. J'approchai en silence. J'avais les deux carnets dans la main droite et la photo du 11 novembre 1918 dans la gauche. Dans ma tête d'étudiant à peine sorti de l'adolescence, je m'étais imaginé que le 11 novembre pourrait être un bon jour pour aborder avec lui l'histoire douloureuse de notre famille. Je pensais naïvement que je pourrais en discuter en toute transparence. Pour attirer son attention, je déposai fébrilement les carnets sur la table, tout en m'asseyant sur le canapé. Ce fut une grave erreur.

– Qu'est-ce que tu veux ?

Il jeta un œil suspicieux et légèrement agacé aux carnets.

– Qu'est-ce que c'est ?

Son ton était sévère, m'imposant de répondre vite et bien.

– Ce sont des carnets que Marie m'a confiés une semaine avant son décès.

Il me regarda d'un air hautain et réprobateur.

– Marie ? Qu'est-ce que c'est que cette histoire ?

Il continua de fixer les carnets. Je pris une grande respiration pour me donner du courage, et commençai d'une voix pas très assurée :

– Elle a tout écrit. Elle raconte toute sa vie, ses origines. Votre naissance à Klaus et toi, votre père, votre vie à Strasbourg, le départ forcé de l'Alsace jusqu'à vos retrouvailles devant la prison de Dijon. La guerre, la mort, les tortures, le retour des camps, le pardon. Tout est consigné. J'ai tout lu. Je sais tout. Je cherche maintenant à comprendre.

Un lourd silence s'installa.

Il se pencha alors pour prendre les carnets. Puis il fit défiler les pages rapidement, et fixa enfin la photo. C'est à ce moment-là que la couleur de son visage se transforma, comme un révélateur de vérité. Il ne s'attendait pas à ce violent et soudain retour du passé, tapi au plus profond de son être, un passé dont il ne voulait visiblement plus entendre parler, mais que son fils exhumait de manière imprévue sous ses yeux.

En une fraction de seconde, il devint blême. Il se leva brusquement et se mit à arpenter la pièce de long en large.

– Il n'y a rien à expliquer !

Après m'avoir mis en garde sur le fait de ne pas mettre mon nez dans les affaires de la famille, il s'en prit à moi verbalement et de manière de plus en plus violente, comme si je n'étais qu'un intrus qui avait osé déterrer sans autorisation un cercueil débordant de mauvais souvenirs. Je n'avais jamais connu mon père dans un tel état. Il était comme ivre de rage, tel un boxeur au seuil de la victoire, cognant et cognant encore sur son adversaire pour lui faire lâcher prise et lui passer définitivement l'envie de se frotter à lui. Je reçus chaque mot qu'il m'adressait comme un coup de poing en pleine face, qui me sonna et m'affaiblit pour finalement me mettre K.O.

– Ces carnets n'auraient jamais dû se retrouver entre tes mains ! Je les garde ! Ne t'avise pas d'essayer de les récupérer ni de parler de cette histoire à quiconque !

Sa violence n'était encore que dans les mots.

Je pris conscience qu'elle pouvait basculer à chaque seconde dans une brutalité physique incontrôlée.

Un monde nouveau se révélait à moi, car mon père avait toujours eu une attitude irréprochable dans notre éducation, basée sur trois mots qu'il nous répétait sans cesse : humanisme, paix et solidarité. Une pédagogie tournée vers l'autre, empreinte de générosité et de don. Un espace qu'il avait su préserver, et dans lequel toute forme de violence était exclue. Contrairement à ma mère, il n'avait jamais haussé le ton ni levé la main sur nous. « La violence envers l'humain, quel qu'il soit, est l'aboutissement d'un échec. » Il n'avait jamais cessé de nous répéter cette phrase quand nous faisions des bêtises avec mes sœurs et que ça le démangeait de nous mettre une bonne correction. Pour lui, franchir cette frontière aurait été un terrible aveu de son impuissance et un échec dans la mise en application de ses principes.

Mais à cet instant, devant moi, je découvris un homme que je ne connaissais pas. Que je ne reconnaissais plus. Une violence que je pensais réservée à mon oncle tel qu'il était dépeint dans les écrits de Marie.

Il se calma. Puis il s'assit dans son fauteuil et, d'un geste brusque, remit son journal en forme.

J'étais effrayé. Mais déterminé à poursuivre ma quête :

– Si tu ne veux pas que l'on parle du passé ensemble, alors j'irai voir Klaus.

– Je te l'interdis !

– Tu ne peux rien m'interdire. Je suis majeur. Où habite-t-il ? En Alsace ?

Alors, la hargne impulsive et irréfléchie de mon père se transforma en une colère froide et inquiétante. Il lâcha son journal, se leva, saisit le col de ma chemise, rapprocha mon visage du sien et me dit d'une voix ferme et sans appel :

– Si tu vas voir ton oncle, tu ne remettras plus les pieds ici et tu ne reverras jamais ni ta mère ni ton père. Considère qu'à partir du moment où tu prendras la décision de lui parler, tu disparaîtras à jamais de notre vie.

Un court silence s'installa.

D'un geste brusque, il me repoussa au fond du canapé.

J'attendis quelques instants. J'étais en état de sidération.

Puis je me levai lentement.

Mes jambes tremblaient.

Elles avaient du mal à me porter. Je remontai à l'étage supérieur sans rien dire et m'enfermai dans ma chambre. J'entendis quelques instants plus tard ma mère et mes sœurs qui rentraient de leur promenade. Mon père les accueillit comme s'il ne s'était rien passé et, d'une voix sereine, leur demanda si tout allait bien.

Cette nuit-là, il me fut impossible de dormir. Pourquoi avait-il réagi de la sorte ? Je tournai en boucle dans ma tête les raisons qui avaient pu le pousser à une telle violence, j'étais incapable d'y apporter une réponse.

Je connaissais désormais tout de l'histoire de la famille, et lui s'évertuait à maintenir une chape de plomb sur ces traumatismes, à les repousser à l'extérieur d'une frontière qu'il avait dessinée et qu'aucun intrus ne devait franchir. Il avait visiblement refoulé cette partie de sa vie et ne voulait plus en entendre parler.

À l'aube, ma décision était prise. Je mettrais de côté ma quête de sens pour quelques années, le temps de terminer mes études et de quitter le foyer familial. Mais il était hors de question que j'abandonne ma démarche de compréhension. Je ne revis jamais les carnets. Seule la photo du 11 novembre restait en ma possession.

Retrouvailles

– Il va y avoir un geste fort. C'est l'Élysée qui le dit. C'est toi qui pars couvrir la cérémonie !

Je restai une seconde un peu ébahi devant mon rédacteur en chef qui venait de me confier mon premier vrai grand reportage. Nous étions le 21 septembre 1984, et le lendemain devait avoir lieu près de Verdun l'inauguration de l'ossuaire de Douaumont à laquelle François Mitterrand avait invité le chancelier allemand Helmut Kohl.

Cela faisait quatre mois que j'avais été embauché au journal *Le Soir*, à la sortie de mon école de journalisme. Quatre mois à bosser comme journaliste au service politique. « Le service pol » comme m'avaient dit les anciens en m'accueillant, un brin condescendants : « Tu ne trouveras que la race des seigneurs dans ce métier. Tu n'as pas meilleur endroit pour démarrer dans cette profession. »

Je leur avais répondu que la politique intérieure était secondaire pour moi, et que ce qui m'intéresserait au plus haut point ce serait de couvrir les enjeux européens, les seuls porteurs d'avenir. Tous ces vieux briscards de la plume m'avaient regardé avec un air ahuri. Un jeunot qui renâcle à travailler sur les dossiers de politique intérieure ! C'est bien la première fois qu'ils voyaient un rejeton, frais émoulu, dédaigner la voie royale !

L'un d'entre eux s'était même mis à ricaner en mimant de Gaulle sur sa chaise devant Michel Droit.

– Bien entendu, on peut sauter sur sa chaise comme un cabri en disant « L'Europe ! L'Europe ! L'Europe ! » Mais cela n'aboutit à rien et cela ne signifie rien !

Je n'avais pas répondu. Je ne m'étais pas vexé. Tous les services politiques étaient en ébullition depuis le 17 juillet et la nomination de Laurent Fabius à Matignon, le plus jeune Premier ministre de France, à trente-sept ans. La politique intérieure française écrasait tout. Je savais que l'actualité européenne n'était qu'un pis-aller dans la rédaction, et qu'elle ne remplissait au mieux que quelques lignes dans les colonnes de la presse française. Quant aux cérémonies franco-allemandes, elles étaient devenues un rituel presque obligé aux yeux des journalistes blasés et gavés de paix. Ces parenthèses mémorielles entre nouveaux alliés venaient rappeler de temps à autre que les Français et les Allemands s'étaient allègrement massacrés deux fois pendant le siècle, mais que l'heure était maintenant à la paix définitive entre nos peuples. Aussi je n'hésitai pas une seconde devant une telle proposition.

« Il va y avoir un geste fort... » Le lendemain, je pris le train avec cette phrase en tête. Nous étions le 22 septembre 1984. Le service de presse de l'Élysée n'avait pas voulu en dire plus. Quel geste ? Le mystère restait entier.

Quelques semaines auparavant, François Mitterrand avait trouvé totalement incongru que l'Allemagne ne soit pas invitée au quarantième anniversaire du Débarquement allié alors que le pays était désormais l'un des piliers d'une Europe libre et démocratique. Le vieux sphinx voulait réparer ce contresens. Il avait donc invité son homologue allemand dont le père avait reçu son grade de lieutenant à Verdun pour commémorer les morts, réhabiliter définitivement l'Allemagne et mettre un terme à tout ce qui pouvait diviser les deux pays. Helmut Kohl avait tout de suite accepté l'invitation et de fait, avec cette cérémonie, le vœu du président français avait été exaucé. Restait à savoir qu'elle serait cette initiative forte dont l'empreinte devait marquer les esprits et rester dans l'Histoire.

À quelques minutes du début de la cérémonie, je m'installai sous la tente qui faisait office de salle de presse, qui jouxtait un autre grand espace couvert dans lequel de nombreux invités et officiels avaient pris place. C'est alors qu'on entendit le roulement de tambours annonçant l'arrivée des deux hommes et le début de la commémoration.

Ils avaient fait la route ensemble par hélicoptère depuis Consenvoye dans la Meuse où ils venaient de déambuler et de se recueillir devant les croix militaires du cimetière allemand. Après ce parcours dans la nécropole et un dépôt de couronne au pied du mât central à la mémoire des soldats français, les deux hommes arrivèrent enfin sur la dalle de l'ossuaire, au pied des marches de l'édifice qui abritait de manière indistincte les centaines de milliers d'ossements de soldats allemands et de poilus français récupérés sur la terre meurtrie de Verdun. Un catafalque vide recouvert des drapeaux français et allemand avait été déposé, devant lequel le président et le chancelier prirent place, immobiles et au garde-à-vous. À cet instant, j'étais concentré et tendu, prêt à décrire chaque seconde de ce moment historique. Les honneurs furent d'abord rendus aux morts de manière conjointe par des soldats allemands et français. Puis les hymnes furent joués : *Das Deutschlandlied* – *Le Chant de l'Allemagne* – en premier, juste avant *La Marseillaise*.

Le moment fort que l'Élysée avait annoncé se déroula alors sous mes yeux. François Mitterrand se tourna vers Helmut Kohl, lui dit quelques mots. Les deux hommes esquissèrent chacun un pas de côté, se rapprochent légèrement puis se tinrent la main, gauche pour le Français, droite pour l'Allemand, pendant toute la durée de l'hymne français. Ce n'était plus un moment fort : c'était historique. Bouche bée, je fixais les mains des deux hommes, laissant tomber mon stylo sur mon carnet. À cet instant, mon esprit s'égara. Je pensai à Marie et son combat contre la barbarie. J'eus tout de suite un regret : qu'elle ne soit pas assise à mes côtés pour assister à cet inoubliable page de la réconciliation entre ces deux pays dont l'histoire l'avait tant fait souffrir. Je repris vite mes esprits. Les mains s'étaient déliées et les deux chefs d'État étaient déjà en train de saluer les officiels qui attendaient derrière eux.

Ils se mirent ensuite à discuter avec les anciens combattants français et allemands des deux guerres mondiales, puis allèrent planter un arbre sur une petite butte de terre à droite de l'ossuaire avant de reprendre l'hélicoptère vers Metz.

La cérémonie était maintenant terminée. Un peu fébrile, je m'apprêtais à écrire mon papier quand je perçus derrière moi une présence humaine. Une main se posa sur mon épaule gauche, puis une voix me demanda calmement :

– Alors, mon garçon, comment vas-tu ?

Cette voix, j'aurais pu la reconnaître entre mille. Elle était froide, métallique et provoquait une inquiétude qui vous mettait instinctivement sur vos gardes. Je me retournai d'un mouvement brusque.

– Oncle Klaus ! Mais… que fais-tu ici ?

Cela faisait neuf ans que je ne l'avais pas revu. Depuis les obsèques de Marie. Son visage s'était creusé de nouvelles rides, si profondes que des larmes auraient pu s'y glisser sans peine. Son regard bleu acier sous ses cheveux blancs restait très vif. Son corps s'était un peu voûté, mais il en émanait toujours une puissance qui semblait vous ordonner de ne pas bouger en sa présence. Et puis il avait toujours ce sourire en forme de lame de ciseau. Pour autant, il y avait quelque chose de changé dans son attitude. Klaus n'était plus l'homme que j'avais connu enfant.

Il était calme, souriant, renvoyant l'image d'un être apaisé, vivant dans une forme de plénitude mentale et de bien-être. Autrefois, ses yeux exprimaient une folie permanente qui semblait destructive pour lui-même et son entourage. Désormais, c'était tout le contraire. De son regard émanait une douceur infinie qui captait instantanément votre attention. Sa sérénité drapait votre âme lentement afin de vous attirer dans son monde sans que vous puissiez opposer la moindre résistance. En le regardant, je compris que, pour les gens qui ignoraient son passé, il devait être très compliqué de résister à un homme qui dégageait autant d'empathie. Il me répondit d'une voix basse :

– Comme toi ! Je suis venu assister à ce grand moment d'histoire, mais ne restons pas ici, viens avec moi.

Je me levai et le suivis dans la salle attenante à la salle de presse. Les invités avaient quitté les lieux et nous nous retrouvâmes seuls avec les serveurs qui s'affairaient à ranger les restes du buffet, tout en laissant aux personnes encore de passage la possibilité de boire un rafraîchissement ou une boisson chaude. Quelques chaises et des tables de bistrot vides étaient toujours dressées. Nous avions l'embarras du choix pour nous asseoir. Klaus commanda au bar deux cafés et nous nous installâmes l'un en face de l'autre.

– Alors comme ça, tu es devenu journaliste ?

– Oui.

– Beau métier.

– Merci.

– Et tu travailles dans quelle rubrique ?

– Politique, mais aussi Europe. C'est pour ça que je suis ici, pour couvrir la cérémonie.

Il y eut un court silence, puis il reprit :

– Comment va ta famille ?

Malgré son magnétisme, je restais sur mes gardes et lui répondis sèchement :

– Je pense que tout le monde va bien. Je n'ai pas beaucoup de nouvelles. Je n'habite plus à Dijon et mon père ne cherche plus forcément à me voir. Comment sais-tu que je suis journaliste ? Comment savais-tu que je serais ici ?

Il marqua un temps d'arrêt et sa réponse fut énigmatique, à l'image de son sourire.

– Parce que je suis au courant de tout et que je suis influent…

De nouveau quelques instants de silence. Puis il poursuivit :

– Les listes des invités et les accréditations des journalistes, c'est moi qui m'en suis occupé. Je savais donc que tu serais présent. Il ne restait plus qu'à t'accueillir.

Puis il pointa du doigt la butte où Mitterrand et Kohl venaient de planter un arbre.

– Tu vois cet arbre ? Tu as vu qui était à côté d'eux ?

– Oui, un homme les a aidés, et alors ?

– Eh bien cet homme, c'est un ami à moi. C'est le secrétaire général de l'Office franco-allemand pour la jeunesse. C'est avec lui que j'ai tout organisé, excepté la poignée de main… c'était un événement imprévisible. Magnifique ! Mais imprévisible !

Il me fixa du regard.

– Tu es distant avec moi, pour quelle raison ? Même si nous ne nous sommes pas vus depuis des années, je suis quand même ton oncle !

J'étais déstabilisé. Klaus n'était pas au courant que je connaissais tout de son passé et celui de la famille. Il ne pouvait pas deviner que j'avais eu entre les mains le carnet de vie de Marie et il n'imaginait pas quel degré d'incompréhension et de stupeur traversait mon esprit, alors que je venais de découvrir qu'un ancien criminel nazi avait été l'un des principaux artisans de la plus belle et symbolique cérémonie de réconciliation franco-allemande d'après-guerre.

Il buvait son café, tranquillement, les yeux baissés sur sa tasse, et moi je le regardais en me demandant quel homme était assis en face de moi. Le bourreau avait-il à ce point changé qu'il était devenu au fil des années un être qui cherchait à rapprocher deux peuples meurtris par une haine que lui-même avait contribué à répandre ? Je l'avais enfin en face de moi. Depuis la violente altercation avec mon père, je n'avais jamais abandonné l'idée de rencontrer cet oncle qui restait pour moi un mystère.

– Oncle Klaus… Je veux comprendre…

– Que souhaites-tu comprendre ?

Nouveau silence, puis il ajouta, tout en continuant à tourner sa cuillère dans son café :

– Pourquoi ton père a mis une distance entre nous ?

– Je ne sais pas. Il faudrait que tu lui demandes…

C'était le moment que j'attendais. Le moment où il me mentirait pour ne pas avoir à avouer une vérité si compliquée à admettre. Le moment où celui qui avait enfoui son passé trouble au plus profond de son être ne voulait pas avoir à expliquer ou justifier l'horreur de ses actes devant un nouveau tribunal, celui du monde présent. Le moment où le bourreau d'hier faisait semblant d'oublier l'histoire parce qu'il était persuadé qu'il avait en face de lui quelqu'un qui ignorait tout de l'ignominie de ses actes et qu'il pouvait l'égarer. Mais je n'avais pas l'intention de me laisser embarquer dans son récit.

– Je sais tout.

– Tu sais tout quoi ?

– Tout, Obersturmbannführer Heinrich !

Il ne broncha pas. Ne bougea pas un cil. Son visage resta de marbre.

– Ne me détaille pas un curriculum familial qui ne correspond pas à la réalité, raconte-moi plutôt celui du colonel Heinrich, chef de la Gestapo à Dijon !

– D'ou sors tu cela?

– C'est Marie. Elle m'a laissé son journal intime, que j'ai lu entièrement. Elle y avait tout consigné, depuis votre naissance à Strasbourg, à Nicolas et toi, sa vie avec Bernhard, la séparation, son arrivée à Bligny-sur-Ouche, ton éducation chez les nazis et les correspondances qu'elle a eues avec Bernhard jusqu'à ce qu'elle décide de tout arrêter, ton arrivée en Bourgogne comme chef de la Gestapo, les tortures… Les tortures… Tu te souviens ? Tu les as envoyés dans les camps. Puis ton arrestation, ta condamnation à mort et cette improbable amnistie au nom de la réconciliation de deux peuples, jusqu'à ta sortie de prison, puis votre quête européenne, à mon père et toi, tel deux pèlerins miséreux en quête de salut, vos discours sur le pardon et la réconciliation franco-allemande. Je suis au courant de tout ton passé. Aujourd'hui, je n'ai plus ce carnet. C'est mon père qui l'a repris et sans doute détruit. Heureusement j'ai anticipé une éventuelle perte en photographiant chaque page. J'ai soigneusement conservé ces copies. Tu ne peux rien me cacher.

Je sortis alors quelques photos de pages prises au hasard et je les lui montrai. Il resta de marbre et ne les regarda pas.

Nouveau silence.

Il jeta un œil par-dessus mon épaule pour s'assurer que personne ne nous écoutait. Puis il me fixa à nouveau, l'air grave. Je décelai un soupçon d'énervement et d'inquiétude, comme si cette révélation faisait remonter chez lui un souvenir dont il ne voulait plus entendre parler car il menaçait son destin.

– Je connais toute l'histoire de Marie. C'est moi qui l'ai arrêtée. J'ai trouvé les lettres en perquisitionnant sa maison de Bligny. Elles étaient cachées dans la maison. La photo et ma carte d'identité française également. C'est en les lisant et en l'interrogeant que j'ai découvert son histoire, qu'elle était ma mère et que Nicolas était mon frère…

Il s'arrêta, l'air absent.

J'insistai :

– Elle raconte ce que tu lui as fait subir. L'horreur de la rue du Docteur-Chaussier. En apprenant la vérité, tu les as quand même torturés et envoyés à l'abattoir !

Face à ma colère, il restait étrangement calme, tentant de justifier ses actes.

– Je ne pouvais pas croire ce qui était écrit. Je ne pouvais pas imaginer une seconde que j'avais torturé ma propre mère et mon frère. C'était impensable. J'ai terriblement douté.

– Douté ! Tu me dis que tu as douté ! C'est un peu facile de dire ça aujourd'hui !

– Nous étions en guerre ! J'étais un nazi ! J'ai été éduqué dès le plus jeune âge dans l'idée que l'ennemi ne pouvait que mourir pour préserver la supériorité du Reich ! Rien, mis à part des écrits de cette femme que j'avais en face de moi, ne venait prouver ce qu'elle avançait. La vie ou la mort des maquisards, c'est moi qui en décidais. Si j'avais voulu leur mort, ils auraient été exécutés ! J'ai choisi, c'est vrai, de les envoyer dans les camps pour leur laisser une chance de survivre.

Cette dernière phrase m'exaspéra au plus haut point.

– Le bon nazi qui craignait de commettre l'irréparable ! Je n'y crois pas une seconde !

– Je n'avais pas le choix ! Tu ne peux pas comprendre.

– Si, je comprends. Tu étais embarqué dans tes propres errements, tu n'avais aucun discernement et tu as failli tuer ta mère et ton frère. Et si tu l'avais fait, je ne serais pas là aujourd'hui pour en parler avec toi. Mais tu sais aussi bien que moi que l'homme est toujours placé devant des choix dans sa vie. Tu as été un lâche. Tu les as envoyés dans les camps en pensant sans doute qu'ils mouraient, que tu pourrais oublier ce passé que n'admettais pas, et que tu n'aurais pas ce poids à porter pour le restant de ta vie car tu refusais d'admettre que c'étaient ta mère et ton frère que tu avais torturés. Et puis, quand tu as appris qu'ils étaient revenus, peut-être que finalement ta conscience en a été soulagée. La grâce de de Gaulle a été un miracle inattendu pour Marie qui a pu sauver son fils, mais pas forcément pour toi, car ce jour-là tu as compris que tu vivrais toute ta vie avec cette conscience d'avoir commis l'inqualifiable. Alors tu t'es lancé dans cette course à l'Europe avec Nicolas pour t'aider à faire passer cette abjection… Et tu continues pour essayer de racheter tes fautes… Puis-je douter de ta sincérité ? Non. Je suis obligé de penser que désormais tu es du côté du bien, je n'ai pas le choix…

Son regard était toujours teinté d'inquiétude.

– C'est vrai que j'ai attendu la mort comme une délivrance, mais elle n'est pas venue, admit-il enfin. Marie m'a sauvé. Elle a su tirer son fils hors de la détresse avec comme seule ligne de vie que le pardon soit plus fort que les haines. Voilà ce que l'action de Marie m'a appris. J'ai changé. Et cela, personne ne peut me le prendre. Et maintenant que comptes-tu faire ? Tu espères tout dévoiler sur la place publique, c'est cela ? Parce que tu détiens un scoop ! Je vois d'ici ton futur titre de une : « Un ancien criminel nazi à l'origine de la cérémonie de Verdun ! » Ou alors, tu vas écrire un livre sur notre famille et remuer toutes ces douleurs. Mais si tu fais cela, tu n'imagines pas à quel point tu vas souffrir toi-même.

Je l'écoutais, doutant toujours de sa rédemption.

– Personne ne veut ni ne peut oublier le passé, oncle Klaus. Cette cérémonie en est la preuve. Tous les actes politiques entre la France et l'Allemagne depuis la fin de la guerre s'inscrivent dans l'Histoire pour que, justement, personne n'oublie ce que vous avez commis toi et tes amis afin que cela ne se reproduise plus dans l'avenir. Je ne cherche aucun scoop et je n'écrirai aucun article sur notre famille. Je cherche juste à comprendre comment l'homme qui est en face de moi a pu être un monstre aussi impitoyable. Je souhaite comprendre ma propre histoire familiale pour construire mon avenir. J'ai besoin de savoir si ton repentir est sincère et comment tu peux vivre avec cet héritage. Comment as-tu vécu après avoir découvert que tu avais torturé ta propre mère et ton frère ?

Ce que je ressentis à ce moment-là, et au plus profond de moi-même, c'est que j'avais devant moi un homme qui luttait pour convaincre le monde entier qu'il avait changé, qu'il était devenu bon et que le mal l'avait quitté. Pour cela, toute violence semblait s'être évaporée de sa personnalité, dont émanait désormais une grande douceur.

– Je ne serais pas étonné que ton père ait détruit les carnets. Il ne supporte pas qu'on lui parle de notre passé, alors qu'il vit dedans en permanence avec toutes les cérémonies auxquelles il assiste. Il ne renie pas l'histoire en la faisant revivre en permanence, il ne veut simplement plus en entendre parler. J'avoue que j'ai du mal à m'expliquer cette contradiction. S'il agit comme cela, c'est sans doute pour vous protéger toi et le reste de sa famille. Mais le plus grave, c'est qu'il ne pense plus à l'avenir. Moi, je fais tout le contraire. J'ai tiré un trait sur mes erreurs et je regarde devant. Je ne baigne pas en permanence dans le souvenir comme Nicolas.

« Tu vois, cette cérémonie, cela fait plusieurs mois que j'y travaille et j'en revendique totalement la paternité. Tu n'imagines pas combien il a été difficile de convaincre les hommes de cette génération qui gouvernent aujourd'hui, qui ont combattu et dont les pères étaient dans les tranchées. Quand j'ai présenté cette idée aux membres des deux cabinets de Kohl et Mitterrand, il y a eu énormément de réticences. Tout le monde me riait au nez. Un membre très haut placé dans le gouvernement français m'a même déclaré : "Vous n'y pensez pas ! La réconciliation franco-allemande ne peut tout de même pas se faire en marchant sur les os de nos valeureux poilus à l'ossuaire de Douaumont !" Mais j'ai poursuivi ma quête et je n'ai rien lâché. La vérité, c'est que ce sont les Allemands qui ont accepté cette idée en premier. Helmut Kohl n'avait que quinze ans en 1945. Il a porté l'uniforme mais n'a jamais combattu. Son frère aîné a été tué à la guerre et il avait comme son père une haine farouche des nazis, même s'il a été enrôlé de force en 1945 dans les Jeunesses hitlériennes.

« Il y a quelques mois, j'ai été convoqué à la chancellerie à Bonn dans le plus grand secret. Un ancien nazi dans les couloirs du gouvernement… Tu imagines bien que si ça avait fuité dans la presse ça aurait fait un énorme scandale ! Kohl m'a reçu un soir, très tard. Il savait tout de mon passé. J'étais à peine assis devant son bureau qu'il m'a dit de manière autoritaire : "Je hais votre passé. Je hais votre vie. Je hais le mal que vous avez fait, vous et vos amis nazis, à l'Allemagne et à notre nation, et je n'ai aucune raison de croire à votre repentance." L'ambiance était glaciale. Je ne savais pas pourquoi j'étais dans ce bureau, même si je m'en doutais un peu. Il a poursuivi sans me laisser parler :

« "Pour autant, mes conseillers m'ont rapporté votre idée de nous voir réunis avec le président François Mitterrand lors d'un hommage à Verdun pour sceller la réconciliation de nos deux pays."

« "Je…"

« "Taisez-vous et laissez-moi parler ! J'ai donné mon accord de principe à l'organisation de cette commémoration. J'accepte cette idée car l'Allemagne doit désormais être un modèle pour l'Europe, et montrer qu'elle est définitivement entrée dans le camp des grandes nations démocratiques. Il nous faut des symboles forts qui marquent l'histoire de la construction européenne et le retour à une paix durable dans le couple franco-allemand. Je sais que les Français sont très réticents à organiser un tel événement. Et, même si je ne vous apprécie pas en raison de votre passé, je sais que vous êtes la personne la mieux placée pour le faire. Vous avez la double nationalité et vous êtes alsacien d'origine. Je me charge de convaincre le président Mitterrand. Débrouillez-vous pour le reste. Mais je vous préviens : restez dans l'ombre et n'apparaissez jamais publiquement dans cette histoire, sinon je ferai en sorte que vous disparaissiez définitivement du paysage."

« "Je…"

« "Maintenant, sortez s'il vous plaît."

« L'entretien n'avait duré que quelques secondes. Je ne l'ai jamais revu. Helmut Kohl m'a montré ce soir-là qu'il était un grand Européen, mais aussi un immense dirigeant allemand. Je suis certain qu'il m'a fait venir pour cette rencontre en tête à tête afin que je prenne bien conscience de la supériorité de la construction européenne sur les ignominies de mon passé. En bon démocrate-chrétien, il pensait sans doute que cette mission serait pour un ancien nazi une forme de chemin de pénitence et de rédemption qu'il fallait que j'emprunte pour comprendre que l'Allemagne avait définitivement changé. Son engagement pour l'Europe allait au-delà du mépris qu'il éprouvait pour moi car j'étais prévenu : je n'avais absolument pas sa confiance, ni celle du gouvernement démocratique qu'il représentait ni donc du peuple allemand. Le message était limpide. Au moindre faux pas, je pouvais disparaître physiquement au nom de la raison d'État.

« Quelques jours plus tard, j'ai reçu une lettre de l'Élysée. C'était l'accord du président de la République. François Mitterrand avait été obligé de suivre son homologue. Je n'ai jamais réellement compris pourquoi il semblait si réservé. Peut-être qu'il craignait de froisser les associations d'anciens combattants car elles étaient souvent noyautées par d'anciens gaullistes ou communistes. Il redoutait sans doute de provoquer une crise politique en France, tant ces associations restaient influentes. Je me suis attelé à la tâche. Et puis il y a eu la poignée de main, qui n'était absolument pas prévue dans l'organisation de la cérémonie. François Mitterrand y a sans doute vu une manière de racheter son hésitation et sa méfiance. Ma participation à l'organisation d'une cérémonie comme celle qui s'est déroulée aujourd'hui est donc une exception. Je suis toujours absent des cérémonies mémorielles. Je consacre chaque seconde de ma vie, dans le secret, à l'avenir de nos deux peuples pour qu'ils vivent définitivement en paix. Rappeler l'horreur pour la conjurer dans le présent. Voilà la tâche qui incombe aux hommes comme moi qui l'ont vécue.

Je l'interrompis :

– Aux hommes comme toi qui en ont été à l'origine tu veux dire ? J'avoue que j'ai un peu de mal à croire à tes beaux discours. Quand un homme a engendré tant de souffrance, il faut se méfier lorsqu'il se rachète une conduite pour s'offrir une nouvelle virginité.

Il eut de nouveau ce regard qui se perdit dans le lointain avant de me répondre.

– Oui, s'il n'a pas payé sa dette. Mais moi, j'ai réglé la facture de mes comportements passés car j'ai frôlé la mort. Depuis que je suis retourné en Alsace, j'œuvre chaque jour de ma vie au rapprochement des jeunes Allemands et Français. Tout le monde connaît mon passé ici. Personne ne l'a oublié et personne ne le juge. Personne n'a oublié non plus que je suis alsacien né sur cette terre de tolérance mais meurtrie jusque dans le plus profond de ses sillons et qui croit toujours dans la force de la rédemption et du pardon plus que dans la revanche, la vengeance et la violence de la mort. Les gens ont le courage de regarder un autre horizon pour sortir définitivement de la barbarie. Je suis un autre homme, mon garçon. D'une certaine manière, je poursuis l'œuvre de Marie, qui voulait dresser un pont de la paix entre les deux rives du Rhin.

– Tu ne crois pas que tu t'appropries un peu vite son idéal ?

– Libre à toi de me croire ou de rester suspicieux à mon égard. Je sais que mon âme est sereine. Au fond, peu importe la façon dont tu me juges et ce que ton père pense. Je sais que je suis devenu un autre homme qui souhaite donner aux autres ce qui lui reste de bonté. C'est cela le plus important : être en paix avec soi-même. Aujourd'hui je le suis.

– Tu dis que tu te moques de ce que ton frère peut penser. Pourquoi ? Pour quelle raison vous ne vous voyez plus ?

– Nicolas, contrairement à moi, n'a pas réussi à faire le deuil de cette époque. Il vit toujours dans le passé. Nous avons essayé de construire l'avenir quand nous faisions nos conférences ensemble sur la nécessaire réconciliation des Français et des Allemands. Mais au fond il n'y a jamais cru, car une victime pardonne rarement à son bourreau. À partir de là, nos chemins ont commencé à se séparer. Mais je ne lui en ai jamais voulu.

Klaus se leva.

Je restai assis sur la chaise.

Son regard plongea vers moi.

– Si tu cherches à me revoir, tu sais où me trouver. Ma porte est ouverte. Si tu as des articles à écrire sur l'avenir de la France et de l'Allemagne, sache que je répondrai toujours présent pour t'aider. Personne ne connaît mieux que moi la relation entre ces deux pays.

Il s'interrompit quelques secondes et conclut en souriant :

– Mes anciens réseaux me font remonter toutes les informations des deux côtés du Rhin. Ici, à Strasbourg, rien ne peut m'échapper. Je suis en quelque sorte une vigie entre les deux rives.

Je me levai à mon tour.

Il s'approcha pour m'embrasser. Je reculai d'un pas, refusant cette marque d'affection. Puis il s'en alla, me laissant sonné.

Je me rassis à la table. Je n'avais pas le temps de réfléchir. Je devais écrire mon article.

Plus tard, dans le train qui me ramenait à Paris, je ne cessai de penser à ce que m'avait dit Klaus. Les anciens ennemis étaient désormais dans le même camp pour œuvrer à la paix. Ceux qui s'étaient acharnés à s'entretuer au cours des deux guerres mondiales seraient désormais les cœurs battants d'une Europe en construction. Je ne pouvais pas y croire. Je désirais par-dessus tout m'enquérir de la sincérité de Klaus. Mon instinct me dictait de rester méfiant, mais je ne voyais aucune raison objective à cela.

Deux jours plus tard, je prétextai un article à écrire après l'épisode de Verdun pour prendre rendez-vous avec mon père. Il était toujours conseiller chargé des relations franco-allemandes à l'Élysée. Je savais qu'il avait horreur d'être importuné, qui plus est par les journalistes, dont il se méfiait comme de la peste. Sans doute des réminiscences de ce qu'il avait dû subir au moment de sa croisade européenne avec Klaus. Finalement, il me donna rendez-vous. Il m'accueillit dans son bureau donnant sur la cour de Matignon, rue de Varenne. Je ne l'avais pas vu depuis des mois. Je n'étais pas venu pour lui parler de la France et de l'Allemagne, mais de Klaus.

– Klaus ! Pourquoi souhaites-tu que l'on parle de ton oncle ?

Sa froideur et le registre de son langage me faisaient clairement comprendre qu'il n'avait pas envie de parler de son frère. Toujours est-il que sa question m'irrita au plus haut point et, pour le renvoyer dans les cordes et lui faire comprendre que je ne me laisserais pas impressionner, je décidai de tout lui raconter.

Au fur et à mesure que j'avançais dans le récit de ma rencontre avec Klaus à Verdun, je le voyais blêmir. Il finit par m'interrompre :

– Et alors, tu veux remuer la merde, c'est ça ? Comme tous les journalistes ? Quel est l'intérêt ? Même si nous avons pris nos distances dans le cadre familial, nous travaillons très bien ensemble avec ton oncle. Nous sommes maintenant dans le même camp. Celui de la paix. C'est l'essentiel, non ?

– Je sais. Mais ce n'est pas cela qui m'intéresse.

Il se pencha sur son bureau, y posa les coudes et me fixa du regard.

Toujours ce ton supérieur et ironique à la fois. Mais cette fois-ci, avec un air impérial :

– Alors, jeune journaliste, qu'est-ce qui t'intéresse ? Que veux-tu savoir ?

– Je n'ai qu'une question à te poser.

– Laquelle ?

– Peut-on croire sincèrement en la repentance de Klaus ?

Il recula, s'affala profondément contre son dossier molletonné et réfléchit quelques instants. Il alluma une cigarette puis, en crachant la fumée blanche, il répondit sans détourner les yeux :

– Quand un homme tutoie la mort d'aussi près, qui plus est si c'est sa mère qui lui a sauvé la vie, il change. Il ne peut pas en être autrement. L'homme ne naît ni bon ni mauvais. Ce sont les circonstances de la vie qui le façonnent et l'entraînent dans le camp du bien ou du mal. J'ai connu et combattu Klaus quand nous étions dans le maquis sans savoir que c'était mon frère. C'était un fauve terrible. Un tueur éduqué pour tuer, tuer, tuer et tuer encore. Il ne raisonnait pas en envisageant la vie mais uniquement la mort. À l'époque, il se voyait jeune et éternel comme tous ces cinglés du Reichsland qui s'imaginaient que leur règne allait durer mille ans. Il n'y avait pas de place pour une quelconque mansuétude. Les hasards du destin ont fait qu'il y a eu pour cet homme ce miracle de la grâce présidentielle parce que notre mère avait la volonté farouche de lui sauver la vie, au nom de cet amour infini qu'elle lui portait. Je ne croyais pas trop en cette demande de grâce quand je l'ai formulée auprès de de Gaulle. Et puis, le jour où nous sommes allés à la prison de Dijon pour annoncer à Klaus que sa condamnation à mort était commuée en prison à vie, j'ai cru voir une lueur dans ses yeux : dans ce regard, j'ai vu naître un autre homme. Mais je n'étais pas encore convaincu par cette chrysalide. Des années plus tard, lorsque nous sommes allés le chercher à sa sortie de prison, il avait la farouche volonté, non pas d'oublier le passé, mais au contraire de s'appuyer sur ses actes pour éviter l'oubli et construire un nouveau monde. Il le répétait souvent : « S'affranchir du passé et l'oublier, c'est se condamner à le vivre à nouveau. » Il voulait éviter cela. Nous partagions cette philosophie tous les deux. Mais les cicatrices de la guerre étaient encore trop fraîches pour que cela fonctionne. Personne ne pouvait croire que l'acteur principal du film d'horreur pouvait évoluer. Ce que nous avons découvert, c'est que la rédemption n'évoque rien pour le peuple, elle ne suffit pas à apaiser ses craintes, ses doutes et ses douleurs. Peut-on lui en vouloir pour cela ? Non. Et puis…

Il se tait quelques secondes.

– Et puis quoi ?

– Il faut bien le reconnaître, j'ai eu beaucoup de mal à supporter cette campagne et ses paroles.

– Tu n'as pas supporté quoi ?

– Imagine que tu aies ton bourreau en permanence à tes côtés, et que tu doives lui pardonner au quotidien tout le mal qu'il t'a infligé. Il a beau être ton frère, c'est très compliqué à vivre. J'ai accepté de m'embarquer sur ce chemin de réconciliation, mais au fond je n'y croyais pas vraiment. Je me suis associé avec lui parce que Marie m'avait demandé de le faire. Tu ne peux pas exiger d'un frère qu'il ait les sentiments d'amour d'une mère pour son enfant. Au fil des réunions en province, je croyais de moins en moins aux paroles de Klaus. Pourtant, il se donnait corps et âme pour convaincre la terre entière qu'il n'était plus le même homme. Mais je n'y croyais pas. J'étais incapable de pardonner. Dans sa manière de s'exprimer, dans ses attitudes au quotidien, tout me semblait sonner faux. Lors des réunions dans les salles communales, la situation s'est tendue et le public s'en est rendu compte. Tout le monde était déjà contre nous. Il aurait fallu de la sérénité entre nous pour que notre plaidoyer européen soit suffisamment crédible. Lorsque nos tensions furent trop évidentes pour les dissimuler, nous avons tout arrêté car le message délivré ne semblait plus sincère.

– Et Klaus ? Comment réagissait-il ?

– Il semblait réellement affecté par mon attitude. Mais c'était beaucoup plus facile pour lui. Il n'avait qu'une seule chose à faire : convaincre les rares personnes qui venaient nous écouter que l'on devait lui pardonner pour bâtir l'avenir. Il n'avait pas à gérer les douleurs passées et enfouies. Le bourreau peut avoir du regret, mais il n'a pas de traumatismes à surmonter. La victime n'a rien à regretter, mais c'est à elle de faire le chemin vers le pardon, plus difficile à emprunter que celui de la rédemption. Même si nous travaillons ensemble dans le secret avec ton oncle, je ne pardonnerai jamais la souffrance qu'il nous a infligée à ta grand-mère et moi. Le gouffre entre nous deux était trop important à combler. On a donc fait le choix de tout arrêter…

Mon père écrasa sa cigarette dans un cendrier débordant de mégots et de cendres froides puis il se leva :

– Maintenant j'ai du travail.

Son ton avait changé. Il était plus chaleureux. Je reconnaissais là la personnalité de mon père.

Je me levai à mon tour et il me raccompagna jusqu'à la porte.

Un huissier nous ouvrit.

Il me tendit un papier :

– Tiens, c'est ma ligne téléphonique directe. Si tu as besoin d'informations pour alimenter tes articles et si je peux t'être utile, n'hésite pas à m'appeler. Klaus te l'a déjà dit et c'est la vérité : tout ce qui se prépare et se décide entre la France et l'Allemagne passe par nous deux. Nous ne prenons pas de décisions, nous nous contentons de conseiller dans l'ombre – car Klaus ne peut pas apparaître en public comme tu peux t'en douter. Après, ce sont les politiques qui agissent dans un sens ou dans un autre, en choisissant ou pas de nous écouter, Klaus et moi.

Il m'embrassa puis, d'un air un peu énigmatique, me glissa :

– On se reverra bientôt.

Retour des fantômes

Tout au long des mois et des années qui suivirent, je ne revis jamais Klaus, mais nous restâmes en contact permanent. Mon père m'avait convaincu que mon oncle avait tourné la page de ses années barbares. Pourtant, à Verdun, j'avais été choqué de découvrir que les gouvernements français et allemand utilisaient les services d'un ancien nazi pour aider à consolider leur nouvelle entente. Je m'étais questionné très longtemps sur les raisons qui avaient poussé les deux anciens ennemis à utiliser les services d'un personnage aussi peu recommandable au nom d'une unité retrouvée et pour le bien de l'Europe. À l'occasion d'un de nos échanges téléphoniques, j'avais posé la question à mon père. Il m'avait simplement répondu : « La raison d'État l'emporte quand il s'agit de construire le bonheur des peuples. »

Je m'étais contenté de cette réponse évasive, digne de la plus belle langue de bois que les hommes politiques utilisent pour se tirer de situations embarrassantes. Je n'avais pas insisté. Ma conscience professionnelle m'empêchait de révéler au grand public cette zone d'ombre entre les nouveaux alliés, le scoop aurait certes été immense, mais la catastrophe aurait été tout aussi considérable pour l'avenir des relations entre nos deux pays.

Klaus et Nicolas m'alimentaient régulièrement en informations de toutes sortes concernant la France et l'Allemagne, ce qui me valut plusieurs exclusivités et installa définitivement mon statut au sein du journal. Les journalistes de politique intérieure ne me prenaient plus de haut, car la période européenne était tellement trouble que le centre de gravité de l'actualité se trouvait bel et bien à l'extérieur de l'Hexagone. Chute du mur de Berlin, réunification allemande, effondrement de l'ex-URSS, tensions nationalistes en Yougoslavie et prémices des futures guerres qui aboutiraient à l'effondrement du régime de Tito. Après des années de stabilisation, l'Europe était de nouveau en ébullition. Mes articles faisaient régulièrement la une. J'étais au cœur de la machine diplomatique française et allemande, ce qui me permettait d'être le journaliste le mieux informé de la place de Paris dès qu'il s'agissait de comprendre et d'écrire sur la relation entre les deux pays. Mes deux sources étaient fiables. J'en étais secrètement fier. Mais le terrible retour des mouvements nationalistes et de l'histoire m'effrayait. Durant ces moments de bouleversements, à chaque fois que j'écrivais un article, j'éprouvais l'étrange sensation de vivre au quotidien dans les carnets de Marie.

Et puis il y eut ce jour de début janvier 1995 où je reçus un coup de téléphone de Klaus. J'étais à mon bureau en train de terminer une série d'articles sur le quatrième élargissement de l'Union européenne avec l'entrée de l'Autriche, de la Finlande et de la Suède. Quelques jours plus tard, le 17 janvier, je devais me rendre à Strasbourg pour couvrir le dernier discours de François Mitterrand devant le Parlement européen. Un moment très attendu car il ouvrait la présidence française de l'Union européenne, mais surtout tout le monde savait que ce serait sa dernière prise de parole en ces lieux. Je pensais que Klaus m'appelait comme à chaque fois qu'il y avait un grand rendez-vous diplomatique européen ou une rencontre entre la France et l'Allemagne pour me livrer quelques informations qui alimenteraient mes papiers.

À l'autre bout du fil, il n'avait pas la même voix que lors de nos précédents échanges. Il semblait tendu, un brin énervé. En l'écoutant, j'avais l'impression de retrouver l'oncle que j'avais connu enfant, instable, bruyant et violent. Il me demandait de venir le voir à Strasbourg le plus vite possible. Il parlait rapidement et de manière saccadée, comme s'il craignait pour sa vie ou que quelqu'un vienne l'arrêter. Il m'expliqua qu'il avait racheté il y a quelques années l'appartement de Marie et Bernhard rue Mercière à Strasbourg. Il s'y était installé quelques semaines auparavant, tandis que sa femme était repartie en Allemagne rejoindre mes deux cousins Anna et Boris qui vivaient à Berlin depuis plusieurs années. Nous convînmes d'un rendez-vous le 15 janvier. Je décidai d'avancer mon départ. Pour une fois, je joindrais l'utile professionnel à l'utile personnel. Mais ce rendez-vous me semblait étrange. Pourquoi mon oncle avait-il attendu tout ce temps pour demander à me revoir ? Et pourquoi ce changement dans son comportement ?

La rue Mercière est sans doute la rue la plus connue de la ville. C'est elle qui mène directement au parvis de la cathédrale Notre-Dame de Strasbourg. Lorsque vous contournez la rue du Vieux-Marché-aux-Poissons pour l'emprunter, deux rangées d'immeubles de part et d'autre semblent vous guider comme dans un couloir étroit pour vous obliger à poursuivre votre chemin jusqu'au parvis de l'édifice qui s'impose avec majestuosité du haut de ses cent quarante-deux mètres. Bordée de commerces à touristes et de bistrots accueillants, la rue Mercière est une artère vivante mais où le vent froid de janvier peut vous glacer au point de vous inciter à accélérer le pas pour vous réchauffer dans le premier *winstub* venu. Au pied du numéro 7, en ce matin de janvier, l'hiver alsacien toujours très rigoureux m'engourdit effectivement. L'immeuble, d'une hauteur de cinq étages, est coincé entre un biscuitier La Cure gourmande, qui étale en devanture tout son programme culinaire, et Aux douze apôtres, l'une des plus célèbres brasseries de la ville.

Klaus m'a prévenu qu'il ne serait pas présent à mon arrivée car il travaille et qu'il sera sans doute retardé. Il a laissé les clés de l'appartement à la boulangerie située de l'autre côté de la rue.

Avant de pousser la porte, je m'arrête un instant devant la vitrine. Je pense à M. et Mme Siegfried, expulsés sous les huées de la foule en colère à l'hiver 1918. Je pénètre enfin dans le magasin avec cette image en tête, en m'interrogeant sur la nouvelle propriétaire des lieux : est-elle leur petite-fille ou un membre de leur descendance, ou bien est-elle étrangère au tragique destin du couple Siegfried ? Tout en rondeur dans sa blouse rose, après que je me suis présenté, elle me lance :

– Voilà les clés !

Je les saisis dans sa main charnue, la remercie et ressors dans la rue pavée que je traverse rapidement. Je me retrouve devant un porche en bois marron, au pied d'un réverbère mural situé en haut à gauche de l'entrée. Tous les deux devaient déjà être là il y a quatre-vingts ans. Je jette un coup d'œil à ma droite. Je suis à quelques mètres du parvis de la cathédrale où de nombreux touristes admirent la beauté du génie humain. Je visualise désormais où la photo du 11 novembre 1918 a été prise. À cet instant, tout me revient en tête. J'ai l'étrange sensation de revoir Marie et Bernhard, avec Nicolas et Klaus dans leur bras. Leurs silhouettes apparaissent furtivement à mes côtés. Dans ce moment particulier, j'ai l'impression d'être projeté dans un passé que je ressens dans ma chair et qui est désormais ancré à jamais dans ma mémoire. L'appartement est situé au cinquième étage. Il n'y a pas d'ascenseur. Je grimpe lentement les vieux escaliers de bois qui grincent sous mes pas. Une autre image m'assaille : celui du matin où Bernhard, victime de l'épuration nationaliste française, a emprunté cet escalier avec Klaus dans les bras, les gendarmes qui les encadraient et leur assénaient des coups de crosse parce qu'ils n'avançaient pas assez vite. Je les imagine, descendant ces marches, humiliés par les cris de fureur d'Anja et Mathias, leurs voisins, si fiers à cet instant d'être redevenus français, et si peu honteux d'exercer leur haine contre ces malheureux expulsés au nom de la République. Je n'arrive pas à évacuer l'image de cette violence. Leurs voix imaginaires résonnent dans mon esprit comme un écho renvoyé par les murs jaunis de l'escalier.

J'arrive enfin au cinquième étage. J'ouvre la porte. Elle donne directement sur un petit couloir qui mène au salon. En une seconde, je suis pris d'effroi et tétanisé, incapable de faire un pas de plus, comme si ma vie basculait et tombait à nouveau dans l'horreur du passé.

De part et d'autre des murs du couloir, deux grands portraits se font face. Le premier est celui d'Hitler. C'est un dessin de propagande des années trente, où il pose debout, les bras croisés en chemise marron avec le swastika en brassard. De l'autre côté, une photo de Klaus où il apparaît en tenue officielle noire des Waffen SS, la main droite posée sur sa dague d'officier et le bras gauche le long du corps. Je reste quelques secondes à découvrir ces deux figures d'un autre temps qui se font face et dont le regard semble vous dissuader de poursuivre votre chemin. Des affiches de propagande nazie des années trente tapissent tout le couloir.

Je reprends mes esprits et j'avance. J'arrive dans le salon où je perds définitivement pied. Des photos sont accrochées sur les murs. Beaucoup représentent Klaus à différents moments de sa jeunesse, avec un homme à ses côtés que je devine être Bernhard. Ils apparaissent tous les deux en uniforme, aux côtés de dignitaires plus ou moins connus de la hiérarchie criminelle SS. Elles sont toutes méticuleusement encadrées, rangées et légendées. Sur celui qui est à ma droite, il apparaît à plusieurs reprises avec son uniforme des Jeunesses hitlériennes, en short et chemise d'été, dans des camps d'entraînement, en plein exercice militaire, ou pendant des défilés en tête des troupes, fier comme un coq dressé sur ses ergots. Sur d'autres photos, on voit très nettement Klaus à la tête d'un groupe de Hitlerjugend dans les rues de Berlin en train de fracasser des devantures de magasins où figurent les mots *« Jude »* et des étoiles de David. Devant l'une d'entre elles, il tient par la tête un enfant à peine plus âgé que lui, au visage tuméfié et terrorisé. Le regard du jeune juif est celui d'un faon pris entre les griffes d'un lion. Klaus rit de la situation avec ses camarades armés de gourdins. Sur d'autres images, il apparaît avec quelques années de plus devant un autodafé de livres bannis par le système nazi. Les dernières photos de sa jeunesse sont datées des 9 et 10 novembre 1938. Klaus et ses camarades étaient visiblement très actifs pendant la Kristallnacht. Klaus porte l'uniforme noir de la SS. Il a pris du galon. Il est grimpé sur un tabouret et on le voit serrer le nœud d'une corde de pendu autour du cou d'un vieux juif à barbe blanche coiffé d'une kippa dont les yeux sont fermés. Sur la photo suivante, le corps de l'homme pend au bout de la corde, les pieds dans le vide, et on aperçoit au premier plan Klaus et son groupe faisant le salut hitlérien.

Et puis.

Et puis, il y a le troisième mur.

Les images sont moins nombreuses.

Mais elles sont beaucoup plus douloureuses à regarder. Ce sont les photos de la chute du maquis de Lusigny.

Klaus est sur la place de Bligny-sur-Ouche devant la mairie. Il se tient debout sur les marches en pierre, fier comme un chasseur qui exhibe son trophée. Mais ce trophée est une femme. Je reconnais Marie. Il la tient fermement par les cheveux, comme l'enfant juif martyrisé dans les rues de Berlin. Il oblige sa suppliciée à regarder l'objectif du photographe, désirant sans doute immortaliser sa victoire pour la postérité. Marie porte la tenue des maquisards, une culotte de chasse en toile foncée rentrée dans des bottes qui lui remontent jusqu'aux genoux. En y regardant de plus près, je distingue qu'elle est en train de cracher sur le soldat qui prend la photo, vaincue sur l'instant mais jamais pour l'éternité. Sur une autre photo, elle est allongée dans un camion au milieu d'autres corps entassés aux pieds de soldats.

Les photos punaisées sur ce mur me font réaliser à quel point Marie est passée près de la mort ce matin-là. Certaines montrent un peloton d'exécution en action dans une clairière, des suppliciés en file indienne en attente de la mort et d'autres attachés à des arbres. Plusieurs corps gisent au sol. Elles ont été prises quelques instants après la chute du maquis.

Dans la salle à manger, je m'aperçois très vite que les cadres sont moins nombreux mais beaucoup plus récents. Ils sont datés des années soixante-dix, quelques années après la sortie de prison de Klaus. Sur ces images en couleurs prises dans une région montagneuse, je reconnais une nouvelle fois mon oncle en tenue de combat, arborant fièrement un brassard à croix gammée au bras droit. Il est accompagné d'autres hommes et femmes mais aussi d'enfants, très jeunes pour certains. Ils tirent sur des cibles, effectuent des exercices de parcours du combattant et apprennent à se battre. Les enfants sont pris en photo dans de nombreuses positions militaires : au garde-à-vous, au combat, ou en train de défiler au pas de l'oie. Quelques clichés représentent tout ce petit monde regroupé. Certains sont assis, d'autres debout derrière ce premier rang, une chope de bière dans la main gauche tout en faisant le salut hitlérien de la main droite. Ils arborent tous un T-shirt floqué du nombre 18 au niveau du cœur. Une grande banderole est déployée sur laquelle est inscrit : « Combat 18 ». Le nombre 18 n'est pas choisi au hasard. Il correspond aux initiales du prénom et du nom d'Adolf Hitler. Sur son lit de mort, Marie m'avait demandé de ne jamais oublier ce nombre. Ce n'est que lorsque j'avais commencé à enquêter sur les mouvements néo-nazis en Allemagne et découvert que le 18 était un de leurs codes de ralliement que j'avais compris. Pour elle, le 18 était synonyme de mort, de souffrance et d'abjection, mais aussi d'espoir et de vie avec la naissance des jumeaux en 1918. C'est sans doute aussi pour cette raison qu'elle m'avait demandé d'attendre l'âge de mes dix-huit ans pour ouvrir ses carnets.

En examinant de plus près quelques-unes des photos, je reconnais mon cousin Boris et ma cousine Anna. Ils sont jeunes, vêtus de l'uniforme des Jeunesses hitlériennes et armés. Sur d'autres clichés pris quelques années plus tard, sans doute dans les années quatre-vingt, ils sont devenus de jeunes adultes. Ils posent de chaque côté de Klaus avec un grand sourire.

Tous les trois portent un uniforme nazi flambant neuf et ils tiennent une nouvelle fois dans leurs mains une banderole « Combat 18 » déployée. Combat 18 est une organisation criminelle d'extrême droite à l'origine de plusieurs attentats en Allemagne et dans certains pays d'Europe, sur laquelle j'ai eu la possibilité d'enquêter ces derniers mois. Leurs membres combattent la démocratie allemande et visent à la restauration du Reich millénaire.

Je suis sidéré. Sidéré en comprenant que mon oncle est à la tête de ce groupe de fanatiques qui a su créer des ramifications dans toute l'Europe. Je ressens une profonde douleur quand je me rends compte, à la vue de ces clichés, qu'il a endoctriné mes deux cousins et les a entraînés dans cet abîme. Je m'en veux terriblement d'avoir été incapable de découvrir cette situation lors de mes enquêtes. À plusieurs reprises, j'ai été orienté grâce à Klaus vers des sources allemandes qui travaillent également sur le sujet. Mes enquêtes n'ont jamais abouti, faute de vraies révélations, et je n'ai écrit que des papiers sans grand intérêt. Mon oncle, qui était au cœur de la mécanique effroyable sur laquelle j'enquêtais, avait su habilement m'entraîner sur des chemins détournés qui ne m'avaient mené nulle part. Je m'en veux terriblement de cet aveuglement et de m'être laissé berné ainsi pendant des années.

La troisième pièce dans laquelle je pénètre est la chambre. Il n'y a plus de photos car les murs sont occupés par une grande armoire et une bibliothèque murale vide. En ouvrant les portes de la penderie, je découvre une dizaine d'uniformes de SS, petits et grands, marrons et noirs, tous d'époque. Ils ont été bien entretenus et conservés, comme des reliques. À l'intérieur de l'armoire, sur la droite, il y a cinq étagères sur lesquelles sont étalées côte à côte, et parfaitement lustrées, plusieurs médailles estampillées du sigle des SS. Dans un tiroir se trouvent trois pistolets : deux Walther P38 et un Luger P08, l'arme tant redoutée de la SS. Visiblement prêts à l'emploi.

Je suis pris d'un violent vertige. Mes jambes se mettent à vaciller. Je retourne précipitamment dans le salon pour m'asseoir sur le canapé installé sous la fenêtre qui donne sur la rue Mercière. J'ai la sensation d'avoir perdu mes forces tant je suis ébranlé. Je m'assois lourdement et tente de retrouver mes esprits. Mon regard fait le tour de ce musée de l'horreur lorsque mon regard tombe sur la petite table basse devant mes jambes. S'y trouvent un livre et un document, tous les deux jaunis par le temps. Le livre n'est autre que *Mein Kampf*. Une édition originale. Je ne sais pas ce qui me pousse à l'ouvrir, mais la première page porte une signature : celle d'Adolf Hitler. Le livre est dédicacé à Bernhard et Klaus. Je le repose violemment sur la table puis je me saisis du document. C'est le *Befehl* de Klaus et Nicolas daté du 15 janvier 1919. L'ordre d'expulsion est bien conservé. Sous ce dernier, je trouve une enveloppe à mon nom. Je la décachette. Elle contient la photo du 11 novembre 1918 et une feuille de papier, que je déplie avant de lire les quelques lignes manuscrites qui me sont destinées :

Mon garçon,
N'oublie jamais.
« Meine Ehre heißt Treue. » – *« Mon honneur s'appelle fidélité. »*
Mon empire vivra mille ans !
Je ne renoncerai jamais.
Klaus

« Meine Ehre heißt Treue. » La devise des SS.

Elle est là, sous mes yeux, écrite de la main d'un homme qui exprime ouvertement qu'il n'a jamais abandonné la lutte, qu'il n'a jamais renié ses convictions ni celles de mon grand-père, Bernhard, et qu'il reste fidèle à ce qu'il a toujours été : un bourreau au service d'une idéologie défaite mais avec laquelle il n'a jamais rompu.

Sa soi-disant repentance n'était finalement qu'un leurre pour mieux infiltrer les sphères du pouvoir afin de le combattre de l'intérieur. Je pense à Marie, à ses luttes pour la liberté et sa profonde croyance en la bonté de l'homme. Qui a fondé toute sa vie sur la pensée que même l'humain le plus abominable peut être sauvé de ses tourments et de ses erreurs. Comment aurait-elle réagi face à cette mystification ? Un immense sentiment de trahison et de révolte me traverse. Je reste plusieurs minutes en état de sidération, assis sur ce canapé, à ne pas pouvoir bouger ni réfléchir. Un peu plus tard, quand je commence à émerger de ma torpeur, la nuit est tombée. L'appartement est plongé dans l'obscurité. Je ne cherche pas à allumer la lumière. J'ai besoin de temps pour encaisser la cruelle vérité, et pour cela la nuit est une aide précieuse. Elle m'isole du reste du monde et me permet de mettre de l'ordre dans mes pensées. Soudain, j'entends un bruit de clés dans la serrure. La porte d'entrée s'ouvre. Quelques bruits de pas me confirment qu'une personne est en train de s'avancer dans le couloir dont la lumière s'allume. Puis le visiteur s'immobilise. Je me lève d'un coup, un peu effrayé à l'idée de me retrouver face à Klaus.

Face au bourreau.

En tête à tête avec la mort.

– Qui est là ?

Silence. Comme si la personne était elle-même surprise de trouver quelqu'un à l'intérieur de cet endroit. Elle ne se dévoile pas.

– C'est moi.

– Qui, moi ?

– Anna… Qui me parle ?

– Anna ?

Je marque mon étonnement.

– C'est ton cousin… Frédéric.

– Frédéric ? Mais que fais-tu ici ? me demande-t-elle en pénétrant dans le salon.

Je n'ai pas vu Anna depuis les obsèques de Marie. Depuis que mon oncle et ma tante se sont installés en Alsace puis en Allemagne. Je sais qu'avec son frère Boris ils ont été élevés outre-Rhin et qu'ils sont tous les deux devenus allemands.

Mais rien de plus. Je ne connais rien de plus de leur vie, excepté les photos que je viens de découvrir où elle porte la tenue des Jeunesses hitlériennes et où, à peine adolescente, elle tient fermement les banderoles de Combat 18 à côté de son frère et de son père.

Elle se tient là, debout, devant moi. Je reste sur mes gardes. Elle a beaucoup changé. Elle n'est plus la jolie jeune fille à la queue-de-cheval blonde de mon enfance qui virevoltait lorsqu'elle jouait à la marelle en souriant. Son visage anguleux ressemble trait pour trait à celui de son père, la finesse et la beauté féminine en plus. Les mêmes yeux bleus qui vous transpercent, analysant chaque partie de votre corps. Anna ne pourrait renier Klaus tant elle lui ressemble. Elle est grande, les cheveux coupés court, vêtue d'un costume gris et d'un chemisier blanc qui lui donnent l'allure intransigeante d'une femme d'affaires allemande. Anna est une très belle femme qui envoie clairement aux hommes le signal que c'est elle et elle seule qui décide chaque moment de sa vie, qu'il soit personnel ou professionnel.

– Ton père m'a téléphoné il y a quelques jours.

– Mon père ? fait-elle, étonnée. Il m'a appelée également pour me donner rendez-vous ici.

Un brin agacée, elle me dévisage avant de reprendre :

– À qui appartient cet appartement ? Où est-on ? Je ne connais pas cet endroit.

Je reste distant et toujours méfiant. Anna dit-elle la vérité ? Je fais mentalement le point de la situation : soit son père lui a caché ce lieu où il conserve son sinistre passé et ses questions sont sincères, soit elle le connaît très bien et elle me ment. Je choisis en une fraction de seconde de lui faire confiance.

Je m'assieds dans le canapé et je lui dis d'un ton glacial :

– Visite, et après on parlera tous les deux.

Elle commence par jeter un long regard aux murs du salon, puis fait le tour des pièces, lentement, telle une visiteuse qui arpente les salles d'un musée. Le bruit de ses pas sur le parquet transperce le silence. Au bout de dix minutes, un temps qui me semble immensément long, elle réapparaît devant moi. Son visage est livide, ses yeux embués de larmes. Elle me demande où se trouvent les toilettes et s'y précipite pour vomir dans la cuvette. Elle se relève, va se rafraîchir dans la salle de bains puis revient vers moi. Je ne me suis pas trompé. Anna était sincère lorsqu'elle m'a demandé à qui appartenait ce lieu. Elle s'assied à son tour dans un fauteuil en face de moi et se met à pleurer longuement. Je lui dis doucement :

– Je crois qu'on a beaucoup de choses à se raconter tous les deux…

Elle me regarde :

– Oui, c'est certain, et au vu de ces photos accrochées aux murs tu dois te demander qui je suis…

– Je ne juge pas.

Un silence s'installe. Ses sanglots ont cessé. Elle se met à parler.

– Je ne connais pas cet appartement. Je te le promets. C'est la première fois que je viens, tu peux me croire.

– Je te crois.

Elle poursuit :

– Lorsque nous étions enfants, mon père nous a complètement endoctrinés. La violence de ses mots et de ses actes était permanente. Il nous frappait au moindre mouvement de rébellion, si nous osions refuser ce qu'il nous demandait et notamment de partir tous les week-ends en Forêt-Noire avec ses amis anciens nazis pour des séances d'entraînement militaire. Nous avons subi sa brutalité dès que nous avons su marcher. Quand nous étions petits, il nous présentait cela comme un jeu. Il disait que nous étions les gendarmes de l'Allemagne et que nous allions chasser les juifs, les Tsiganes, les Français, qui volaient des poules comme des renards dans les poulaillers. Cela nous amusait. À la maison, maman était totalement absente de notre éducation. C'est lui et lui seul qui nous prenait en charge. Au sujet de l'école, il était particulièrement attentif aux programmes d'histoire. Il déconstruisait systématiquement tout ce que nos professeurs enseignaient sur la Seconde Guerre mondiale. Il les insultait, les traitait de communistes, de menteurs, d'enseignants juifs vendus à la cause sioniste. Il nous expliquait que la seule histoire vraie c'est qu'Hitler était encore vivant, qu'il savait où il était caché, que le jour de la revanche sonnerait bientôt parce que le Troisième Reich devait durer mille ans. Nous passions nos soirées le week-end à lire des livres de Goebbels et la propagande nazie, mais aussi à visionner des films d'archives, des photos de l'Allemagne de l'époque tandis qu'il nous expliquait que tout était beau, qu'Hitler avait construit des usines, des autoroutes, que tout le monde avait du travail et que les nazis avaient su rendre à l'Allemagne sa fierté. Quand tu es un enfant et que c'est ton père qui te raconte tout cela, tu ne te poses pas de question. Tu obéis et tu le crois, surtout quand les coups pleuvent. Il nous expliquait qu'à l'école il ne fallait surtout rien raconter de ce qui se passait à la maison, qu'il fallait au contraire bien apprendre nos leçons d'histoire, mais garder à l'esprit que tout était faux, que lui et lui seul détenait la vérité. Il nous disait qu'il fallait être les premiers de la classe pour appartenir à l'élite qui préparait la relève, parce qu'un jour cette armée de l'ombre se soulèverait pour amener à nouveau Hitler au pouvoir. Il a fait de nous de parfaits petits Dr Jekyll à l'école et Mr Hyde à la maison.

Elle se remet à pleurer et sort un mouchoir pour sécher ses larmes.

– J'ai honte. Tellement honte de tout cela. De ce passé, de cet homme, de ce qu'il m'a fait subir.

Je reste silencieux. Je ne suis pas devant elle pour la questionner, je préfère la laisser parler. Il y a un nouveau silence, puis elle poursuit :

– Et puis un jour, quand j'avais dix-sept ans, un choc terrible m'a fait prendre conscience que mes premières années de vie étaient basées sur des mensonges, que mon père représentait le mal absolu et qu'il fallait que cela cesse.

– Que s'est-il passé ?

– J'ai rencontré un garçon, mon premier petit ami, celui qui allait devenir mon mari. Il était plus âgé que moi. Il avait vingt ans. C'était un étudiant polonais. Il travaillait dans une association qui aidait à la réconciliation européenne dans les Sudètes. Il était profondément européen. Mon père nous avait toujours répété de ne rien dire concernant nos activités et de ne jamais parler politique avec les gens de l'extérieur car ils n'étaient que des menteurs à la solde d'un complot international sioniste. Mais en même temps, il ne nous interdisait pas de les fréquenter pour les espionner afin d'éventuellement noyauter leurs activités. Boris et moi étions devenus complètement paranoïaques. Boris, surtout, qui commençait à verser dans une forme de violence. Mais avec Andrej tout a changé, parce que je l'aimais et que j'étais prête à le suivre au bout du monde. Un jour, il m'a proposé de partir un week-end en Pologne pour rencontrer sa famille qui habitait à Wrocław, dans le sud du pays. À ma grande surprise, Klaus m'a laissée partir, « pour rapporter des informations sur nos ennemis », m'a-t-il dit. Une fois arrivée sur place Andrzej m'a annoncé : « Avant que tu rencontres mes parents, nous allons visiter un lieu que tu dois absolument connaître pour développer ta conscience européenne et démocratique de jeune Allemande. »

« Au bout de deux heures de route, nous sommes arrivés à Auschwitz-Birkenau. J'avais entendu parler de ce lieu, bien sûr, mais dans mon imaginaire et mon esprit de jeune adolescente de dix-sept ans, totalement pervertie et abrutie par la propagande de mon père, cet endroit n'avait été construit que pour le bien du Reich. Pendant les trois heures de visite, je n'ai rien dit. J'ai écouté le guide exposer les horreurs qui s'y étaient déroulées. J'ai encaissé à chaque seconde la brutalité de l'histoire de mon pays, la sauvagerie du lieu, mais aussi l'indécence, l'immoralité et l'obscénité des mensonges que mon père m'avait assénés durant toutes ces années. C'est peut-être stupide ce que je vais te dire, mais en sortant du camp j'étais devenue une adulte.

« J'ai demandé à Andrej pourquoi il m'avait amenée là. Il m'a répondu doucement, avec un regard rempli d'amour : "Parce que nous nous aimons, et si nous devons construire notre vie ensemble tu dois savoir ce que l'Allemagne a fait subir à ma famille. Mes grands-parents ont été exterminés à Auschwitz et mon père avait vingt ans quand il s'est retrouvé ici, sur le quai de sélection en descendant d'un wagon à bestiaux. Tu vois… Juste ici… Là où nous marchons tranquillement aujourd'hui… Sache que je n'ai aucune rancœur vis-à-vis du peuple allemand. Mais si nous construisons notre vie ensemble, nous devons tout savoir l'un de l'autre."

« J'ai longuement pleuré tout le week-end. Andrej m'a questionnée sur mon éducation et ma famille. Au début je lui ai raconté n'importe quoi et puis, en arrivant à Berlin le dimanche soir, au moment de se séparer, j'ai craqué. Je ne pouvais plus affronter la fureur et les fausses réalités de mon père. Nous sommes allés dans la chambre d'étudiant d'Andrej et je lui ai tout déballé. Cela a duré toute la nuit. Je l'ai supplié de ne rien dévoiler à la police parce que mon père serait capable de me tuer. Il m'a simplement dit : "Je dois poursuivre mes études à Hambourg pour deux années. Si tu veux t'en sortir, tu dois disparaître de Berlin. Viens avec moi."

« Je l'ai suivi. Pendant plusieurs mois, j'ai vécu comme une clandestine, jusqu'à ce que Klaus stoppe ses recherches pour me retrouver. J'ai pris des petits boulots qui m'ont permis de payer mes études de science politique et de droit. Je militais dans l'association d'Andrej, puis dans divers mouvements pro-européens. J'ai changé d'identité, puis nous nous sommes mariés en secret dans la mairie d'un village inconnu, moi l'Allemande, fille d'un tortionnaire nazi, et lui le Polonais, fils d'un rescapé de la Shoah. Ni église ni synagogue. Aucune religion entre nous, rien. Nous avions simplement envie de nous construire un bonheur et un avenir européens. Après mes études je me suis engagée en politique parce que je souhaitais construire une Allemagne heureuse de vivre en démocratie.

Aujourd'hui, je suis députée, présidente de la commission des affaires européennes du Bundestag. Tout ce qui m'importe, c'est de montrer que les Allemands ont changé et que c'est un peuple profondément épris de paix et d'Europe. J'y travaille chaque jour, et je crois que nous y sommes parvenus. Je n'ai jamais revu mon père durant toutes ces années, jusqu'à ce coup de fil, quand il m'a demandé de venir ici.

Nous nous regardons en silence quelques secondes. Elle semble inquiète de ma réaction.

– Tu ne crois pas ce que je te dis ?

– J'en crois chaque mot.

– Alors pourquoi as-tu ce regard inquiet et incrédule ?

– Connais-tu l'histoire de notre famille, au-delà des falsifications de Klaus ?

– Je sais que mon père est un ancien nazi. C'est tout.

Je prends une longue respiration et me mets à dévoiler notre passé familial. Les carnets, la séparation de Marie et Bernhard, Klaus et la guerre, sa grâce, son rôle dans les relations franco-allemandes, les liens qu'il a conservés avec Nicolas, Verdun et sa fausse repentance à laquelle tout le monde a cru, etc. Soudain, Anna m'interrompt :

– Tu as tout dit ! Voilà le drame : cette fausse repentance ! Ce qui est sidérant, c'est la manière dont il nous a tous bernés. Mais peu importe. Le passé ne m'intéresse plus. Le destin de cet homme non plus. Je suis dans un autre combat désormais. Montrer que mon pays n'est plus ce qu'il était, que l'Allemagne est désormais un pays de paix et que son chemin est européen.

Elle me regarde droit dans les yeux. Je décèle dans son regard la détermination farouche de la femme politique.

– Je serai dans l'hémicycle pour le discours de François Mitterrand. J'ai été invitée par la délégation allemande du Parlement européen. Je suis certaine que ce sera un grand moment pour nos deux pays, pour l'entente franco-allemande, pour l'Europe. C'est cela l'essentiel. Regarder l'avenir pour la paix… et ne plus s'occuper d'un vieux nazi faussement repenti.

Elle s'arrête quelques instants avant de reprendre :

– Un dimanche, Marie m'a appelée dans sa chambre et m'a dit : « Anna, un jour tu connaîtras mon histoire et celle de ton père et de ton oncle, je n'en ai aucun doute, mais aussi difficile qu'il soit, il faut que tu continues mon combat, celui de la paix. Seules les femmes sont capables d'apporter la paix dans ce monde. » À l'époque j'étais une môme et je ne pouvais pas comprendre le sens de ses mots. Désormais j'ai compris le message qu'elle souhaitait me faire passer, je sais que je suis là pour relayer sa pensée, la faire mienne et la transmettre à notre génération et aux suivantes.

Anna se lève et prend son manteau. Avant qu'elle me quitte, je ne peux m'empêcher de lui poser une question qui nous concerne tous les deux :

– À ton avis, pourquoi Klaus nous a fait venir dans cet appartement ?

Elle réfléchit quelques secondes avant de me répondre :

– Parce qu'il ne supporte pas ce que nous représentons. Il ne supporte pas que notre jeunesse soit devenue européenne. Il ne supporte pas ce que nous sommes, c'est-à-dire des artisans de la paix et de la démocratie dans nos pays respectifs, il ne supporte pas ce nouveau message pacifique que l'Allemagne transmet aujourd'hui à travers une Allemande comme moi. Il a voulu nous rappeler que son combat n'était pas terminé et qu'il poursuivrait sa lutte maléfique contre ce que nous voulons ériger.

Elle referme lentement la porte derrière elle.

Quelques instants plus tard, je prends le téléphone et appelle mon père sur sa ligne directe. Nous avons convenu d'un code tous les deux pour qu'il sache que c'est moi : je raccroche au bout de deux sonneries et compose à nouveau son numéro.

Il me demande aussitôt :

– Où es-tu ?

C'est la question qu'il me pose chaque fois que nous commençons une conversation téléphonique. Il m'a dit un jour que cela le rassurait d'identifier visuellement le lieu où je me trouvais.

– À Strasbourg.

– Que fais-tu là-bas ?

– Je suis venu couvrir le discours du président au Parlement européen, mais Klaus m'a demandé de passer le voir juste avant.

– Pourquoi ?

– Si tu souhaites le savoir, je te conseille fortement de rappliquer ici au plus vite !

Mon père n'est pas habitué à ce que je lui parle de la sorte. D'un ton inquiet mais avec une certaine sérénité, il me demande :

– Calme-toi ! Que se passe-t-il ?

C'est la question de trop. Au téléphone, je me mets à hurler de colère :

– Je suis rue Mercière, et je suis horrifié par ce que je vois !

Puis, toujours en hurlant dans le combiné, je lui décris en détail ce ce qui se trouve devant mes yeux. Je lui conseille à nouveau de prendre le premier train du lendemain, sinon je me charge de proposer à mon rédacteur en chef un magnifique papier sur l'histoire d'un ancien nazi tortionnaire pas vraiment repenti, à la tête d'un groupe paramilitaire d'extrême droite allemand ultraviolent, et qui travaille pour les gouvernements allemand et français depuis plusieurs années.

Silence.

Il reste sans voix pendant de longues secondes. Puis il se reprend :

– As-tu une idée de l'endroit où Klaus peut se trouver ?

– Non. Mais il est sans doute en Allemagne. Viens vite !

Je raccroche.

Lorsque j'arrive à mon hôtel, la patronne a l'air catastrophée. Comme je lui en demande la cause, elle me répond :

– Vous n'êtes pas au courant ?

– Non.

– Il y a eu un attentat en Allemagne.

Je me précipite dans ma chambre et allume la télévision. Toutes les chaînes allemandes diffusent des émissions spéciales, les journalistes en direct dans une rue de Munich. Je reconnais les lieux. C'est la brasserie Bürgerbräukeller, la cave à bière du citoyen, là où tout a commencé pour Hitler en 1923. Une bombe a explosé sous une table à l'intérieur de l'établissement. On déplore plusieurs morts, auxquels il faut ajouter des dizaines de blessés. Les journalistes expliquent que, quelques heures auparavant, le gouvernement fédéral a procédé à un vaste coup de filet dans les milieux d'extrême droite en démantelant une cellule appelée « Reichsbürger » – « Les citoyens du Reich » – Combat 18 ! Ils préparaient depuis plusieurs mois un coup d'État pour renverser la république. La police, commentent les journalistes, dit avoir identifié une organisation très structurée et hiérarchisée. D'après le parquet fédéral, cette « association terroriste » a pour but de « renverser l'ordre étatique existant en Allemagne », son objectif « ne pouvant être atteint que par l'utilisation de moyens militaires et le recours à la violence contre les représentants de l'État ». Toujours selon le parquet, quelques-unes des personnes arrêtées sont même allées jusqu'à « faire des préparatifs concrets pour pénétrer violemment dans le Bundestag avec un petit groupe de gens armés ». Parmi les conspirateurs, on compte des membres de l'administration allemande, une juge, un ancien commissaire de police de Hanovre, d'anciens officiers de la Bundeswehr et de hauts cadres administratifs. Certaines photos anthropométriques des auteurs de l'attentat défilent sur les écrans.

Soudain, une photo me saute aux yeux. C'est celle de Boris, mon cousin, le fils de Klaus. Le bandeau qui passe en dessous de son visage explique qu'il a été reconnu par des gens de la brasserie. Il est soupçonné d'être l'auteur de l'attentat, d'avoir déposé la bombe. Un numéro s'affiche à l'antenne, celui de la police à contacter d'urgence pour tout renseignement utile à l'enquête.

Une bombe déposée par des fanatiques de l'idéologie nazie à Munich dans la brasserie Bürgerbräukeller, à l'endroit même du coup d'État de 1923. Ce drame est comme un éternel recommencement. La photo de Boris défile sur l'écran puis disparaît. Je m'attends à ce que celle de Klaus la remplace.

Rien.

Pas un mot de la part des commentateurs.

Personne n'en parle.

Il est invisible

Totalement.

Je sais pourtant qu'il est le pilier de l'organisation criminelle qui vient de commettre cette nouvelle abjection. Cette nuit-là, je ne peux fermer l'œil.

L'avertissement

Mon père arriva le lendemain. Je lui avais donné rendez-vous rue Mercière. Il s'était toujours refusé à revenir à Strasbourg. Il ne m'en avait jamais donné les raisons, mais pour lui ce refus était sans doute une façon de nier un passé extrêmement lourd à porter. Je savais donc que ce pèlerinage forcé lui demanderait un effort surhumain sur le plan émotionnel. Mais il n'avait pas le choix. Son seul et unique passage en Alsace depuis ma naissance consisterait à venir constater l'illusion que Klaus avait créée puis maintenue durant des décennies.

Il sonna, puis grimpa lentement les escaliers. Lorsqu'il pénétra dans l'appartement, il ne prononça pas un mot. Son visage était blême. Il accusait visiblement le coup. Il marcha lentement dans le couloir, s'arrêta devant les deux portraits, puis continua sa visite en silence, fixant longuement chaque photo. Dans la chambre, il toucha les uniformes un par un, comme pour s'assurer qu'ils étaient bien réels. Il fit de même avec les pistolets, qu'il prit chacun à son tour dans sa main droite, en armant son bras, fermant l'œil comme s'il visait une cible imaginaire avant de les reposer doucement sur les étagères. Le silence devenait pesant, mais je n'osais rien dire, tant son visage affichait une profonde détresse.

Il finit par s'asseoir sur le canapé et me fit signe de l'imiter. Je pris place sur une chaise de l'autre côté de la table basse.

Il chuchota :

– J'ai pourtant cru dans sa foi rédemptrice, même si je ne lui ai jamais pardonné.

Je laissai un silence s'installer entre nous avant de lui répondre.

– Moi aussi j'ai cru à ses mots, à son attitude de repenti qui semblait sincère, mais aujourd'hui tout cela est réduit à néant. J'y ai cru parce j'étais jeune et idéaliste, et que je n'avais aucune raison de ne pas le croire. Mais toi ? Comment vous êtes-vous fait berner durant toutes ces années ?

Il ne répondit pas tout de suite. Le poids de la culpabilité d'avoir laissé son frère, un criminel, se fondre dans la nature pour semer la mort et son accablement étaient sans doute trop lourds. Ses yeux étaient perdus dans un vide d'incompréhension. Il me faisait penser à un meurtrier hagard, que l'on vient d'interroger pendant plusieurs heures et qui ressent enfin le besoin de soulager sa conscience. Au bout d'un moment, il prit la parole :

– Au début, il n'y avait ni repentance ni pardon. Seulement la raison d'État. Il n'y avait qu'un monstre qui méritait la mort après tout ce qu'il avait fait subir aux résistants et endurer à la population. Mais Klaus avait la double nationalité car, bizarrement, Bernhard ne lui a jamais retiré sa nationalité française en arrivant en Allemagne en 1919. À la Libération en 1945, il était le seul ancien nazi franco-allemand qui pouvait permettre à de Gaulle de surveiller les activités de la nouvelle République fédérale. Tout cela grâce à ses réseaux outre-Rhin. De Gaulle m'a recruté dans son cabinet grâce à René parce que j'étais également le seul commandant d'un maquis qui avait ce lien de sang avec l'Allemagne et qui disposait également de la double nationalité. Ce n'est que lorsque j'ai demandé la grâce de Klaus que le Général a été mis au courant de nos liens familiaux. C'est moi qui les lui ai révélés. Il a tout de suite vu l'opportunité politique qu'il pouvait en tirer en nous faisant travailler ensemble, Klaus et moi, pour obtenir un maximum de renseignements sur le gouvernement allemand. Mais il fallait garder le secret absolu. Il ne faut pas que tu sois dupe, mon garçon, si de Gaulle a décidé de laisser vivre ton oncle, c'est parce qu'il avait besoin de lui. Alors nous avons passé un marché tous les trois. De Gaulle, qui était un grand stratège, a su jouer de cette ambiguïté pour lui proposer de rester en vie contre l'obtention de renseignements sur l'Allemagne. Malgré l'effondrement du Reich, Klaus n'avait perdu aucun lien avec ses amis du parti et possédait encore un réseau actif jusque dans les plus hautes sphères de l'administration politique de la RFA et de la RDA, où bon nombre de ces anciens amis étaient rentrés. Après la guerre, Klaus était une mine de renseignements pour la France. Il n'avait pas le choix que de nous aider. S'il voulait rester en vie, il devait travailler pour nous.

Il s'interrompit pour se lever et alla se servir un verre d'eau dans la cuisine puis revint s'asseoir à nouveau.

– Tu vois, mon garçon, l'amour d'une mère pour son fils n'a rien à voir avec cette histoire. C'était de la pure raison d'État. De Gaulle n'aurait jamais accordé sa grâce à un nazi aussi redoutable pour le seul amour d'une mère. Il ne l'a fait que parce qu'il y avait un intérêt stratégique. Quand de Gaulle a quitté le pouvoir, les différents gouvernements de la IVe République avaient d'autres chats à fouetter : l'effondrement de l'empire colonial en Indochine et la guerre en Algérie notamment, quand ils n'avaient pas à gérer leur propre survie. Alors ils ont oublié Klaus et l'ont laissé pourrir dans sa cellule.

« Puis de Gaulle est revenu au pouvoir en 1958. Klaus, abandonné dans la solitude de son univers carcéral, avait perdu une grande partie de ses contacts, mais de Gaulle a pensé qu'il pouvait encore servir. Je me suis chargé de lui rafraîchir la mémoire.

Alors de Gaulle a fait le choix de lui rendre sa liberté mais toujours sous contrôle, selon un accord qui n'avait pas pris une ride. En le laissant libre d'aller et venir entre la France et l'Allemagne, de Gaulle lui permettait de rapporter des renseignements sans éveiller les soupçons. Mais une couverture politique était nécessaire pour permettre à de Gaulle de justifier son acte de libération. Ce fut le mouvement pro-européen et le discours de Klaus sur la rédemption et le pardon. Klaus se savait en permanence en sursis. Il était comme un pendu dont on a passé la corde autour du cou et qui attend que le bourreau actionne la trappe sur un signe du décideur. Ce décideur c'était l'État français, qui pouvait le faire disparaître à n'importe quel moment.

« Ensuite Pompidou a continué la stratégie de de Gaulle. Puis quand Giscard est arrivé au pouvoir, il a dans un premier temps été choqué de cet arrangement, mais il s'est vite fait une raison au nom des intérêts supérieurs de la France. Son rapport avec le chancelier Helmut Schmidt était quasi filial, mais il a agi en chef d'État en laissant Klaus poursuivre sa tâche secrète vis-à-vis des Allemands. La grande erreur de Giscard est d'avoir relâché sa surveillance. Il pensait comme nous que Klaus n'était plus vraiment dangereux, et qu'il avait sincèrement renoncé à ses convictions. J'ai maintenant la certitude que c'est à partir de cette époque que Klaus a renoué avec l'activisme nazi en fondant clandestinement le groupe Combat 18. Quand Mitterrand est arrivé au pouvoir, il a laissé faire. Il en avait vu d'autres. Dans les cabinets ministériels, tout le monde connaissait son ambiguïté et le rapport qu'il avait entretenu au début de la guerre avec l'administration de Vichy et la politique de collaboration du régime de Pétain. Alors, disposer dans les services de renseignements français d'un ancien nazi d'origine alsacienne, repenti et binational, fréquentant les sphères du pouvoir à Paris pour surveiller l'Allemagne, ne l'étonna pas. Lui aussi y voyait un intérêt stratégique à l'heure où l'Europe connaissait ses premières convulsions d'après guerre froide avec la révolution polonaise de Solidarność. Il nous a laissés faire. Tu connais la suite. Mitterrand s'est finalement fourvoyé avec Klaus. Comme nous tous.

– Est-ce que Marie a été mise au courant de cet accord secret ?

– Elle n'a jamais rien su. Elle est morte en pensant que c'est grâce à son amour que son fils avait été épargné puis libéré. Si elle avait appris la vérité, elle en serait morte de chagrin. L'essentiel pour elle était que ces deux fils soient restés en vie, alors à quoi bon lui dire la vérité ?

– Et les Allemands ?

– On suppose qu'ils n'ont rien découvert, sinon le scandale aurait éclaté. Lorsque Klaus était en prison, il faisait dans le plus grand secret de longs séjours de l'autre côté du Rhin sous étroite surveillance pour aller rencontrer ses anciens amis qui, bien sûr, ignoraient ses activités d'espionnage pour nous. On lui avait trouvé un logement à Berlin. Il est parfois resté plusieurs mois sur place. Et puis on le rapatriait brusquement en France, pour lui rafraîchir la mémoire, afin qu'il n'oublie pas qu'il était en sursis. En Allemagne, personne ne savait qu'il avait été condamné. Plus tard, il est devenu le symbole de la paix européenne et de la réconciliation franco-allemande en tant que nazi repenti. Qui plus est, il était alsacien à la double nationalité. Cela leur suffisait. C'était un beau symbole. Après la guerre, les Allemands n'ont jamais vraiment demandé de comptes à ceux qui les avaient précipités dans le gouffre. Au contraire, à l'Est comme à l'Ouest, le pays avait besoin de ses cadres administratifs et politiques pour redresser le pays. De Gaulle a fait pareil avec l'administration de Vichy. Les cadres nazis sont donc restés au pouvoir en Allemagne. Ils se sont cachés, c'est tout. Klaus les connaissait tous. Cela peut te paraître hallucinant, mais c'est la réalité d'État. Certes, certains nazis ont accepté la défaite, en ravalant leur honte et en essayant d'oublier leur passé. Mais d'autres ne pensaient qu'à la revanche. C'est le cas de Klaus. Son engagement pour la cause nazie nous a totalement échappé. Toutes ces années, ses activités extrémistes sont passées sous les radars des services français de renseignement. Et aujourd'hui il a totalement disparu.

Il s'interrompit quelques instants.

– Ton cousin et lui sont à l'origine de cet attentat. Ils recommenceront si on ne les retrouve pas.

Il s'arrêta de nouveau pour reprendre sa respiration avant de se lever.

– Ce sera très compliqué de leur mettre la main dessus. Les réseaux nazis, même s'ils se sont raréfiés, sont encore très puissants en Europe et au-delà.

Il s'approcha du perroquet qui soutenait son manteau. Il le décrocha et l'enfila. Il me regarda, toujours aussi bouleversé.

– Nous nous sommes trompés, et c'est une catastrophe. Tu sais, j'ai vraiment cru que mon frère était passé du bon côté et qu'il était revenu vers nous.

Quelques larmes discrètes coulèrent sur ses joues.

– C'est beaucoup trop de douleur, cet échec. C'est beaucoup trop d'énergie évanouie, tout ce temps passé à essayer de faire revenir un homme vers l'humanité… Je me suis trompé. Il nous a tous trompés.

Il marqua un nouveau temps d'arrêt.

– Il ne faut jamais oublier le passé, sinon il resurgit tôt ou tard et ce n'est pas parce que nous avons construit l'Europe que les incendies sont éteints. Ils sont juste étouffés, prêts à embraser de nouveau cette terre européenne que l'on s'évertue à maintenir en paix. La guerre n'est pas finie malheureusement. Elle ne fait que se poursuivre, plus sournoisement, mais elle se poursuit.

Il m'embrassa puis s'en alla.

Je restai quelques instants debout dans l'obscurité du couloir. Je regardai ma montre. J'étais en retard. Je devais me rendre au Palais de l'Europe. Au vu des derniers événements, le discours de François Mitterrand, très attendu, prendrait assurément une nouvelle tournure.

En arrivant dans le bâtiment européen, comme tous les journalistes, je fus contraint de me poster derrière un cordon éloigné des officiels, mais suffisamment proche du tapis rouge que Mitterrand devait fouler avant de rejoindre l'hémicycle pour que nous ne perdions rien de son arrivée. Le discours était prévu à 11 heures. Le cortège arriva quelques minutes plus tôt. Chaque sortie du président était minutée et scrutée à la loupe car tout le monde savait que le sphinx était malade, au seuil de la mort. Sa présence à une cérémonie officielle était la meilleure des fiches de santé qu'il pouvait nous adresser. Et ce jour-là, force est de constater qu'elle n'était pas brillante.

Il grimpa avec lenteur les quelques marches du Palais, accompagné de son escorte et de son médecin personnel, le très controversé Dr Gubler, qui tenait toujours sa valise noire à la main, prêt à le secourir en cas d'urgence. En passant juste devant la cohorte de journalistes, il nous adressa un regard rapide. Son teint était cireux, presque verdâtre, marqué par la souffrance de la maladie. Puis il disparut pour pénétrer dans l'hémicycle européen qui était comble et rempli d'élus de tous bords politiques.

Quelques minutes plus tard j'étais, comme tous mes confrères, installé dans la tribune de presse légèrement surélevée en retrait des fauteuils des députés, assis juste en face du pupitre où le président devait prononcer son discours. Une vue imprenable, qui me permettrait d'analyser chaque mot, chaque geste, chaque attitude du vieux sage. Je regardai Mitterrand saluer les officiels les uns après les autres avant de prendre place devant son pupitre pour entamer son discours.

Les quarante premières minutes furent insipides et sans grand intérêt et puis, comme à son habitude, François Mitterrand tourna le dos à cet exercice de diplomatie obligée. Son ton se fit beaucoup plus posé et empathique. Il installa une complicité avec la salle pour se livrer à un vibrant plaidoyer européen. Je regardais fixement ce vieil homme, né pendant le premier conflit mondial et qui avait combattu pendant le second, nous parler de « sa génération qui achevait son cours ». La même génération que celle de Marie, de mon père, et malheureusement de mon oncle. Il évoquait devant nous « ces familles déchirées qui pleuraient leurs morts en entretenant des haines contre l'ennemi ». Je regardais ce président aux portes de la mort nous expliquer qu'il fallait absolument que sa génération transmette non pas cette haine, mais au contraire une chance de réconciliation et de paix. Il poursuivit son propos, devant des députés européens venus de tout le continent et de toute obédience politique, en nous expliquant sa propre histoire lorsque, prisonnier, il avait rencontré des Allemands, et qu'en parlant avec eux il s'était aperçu « qu'ils aimaient mieux la France que nous n'aimions l'Allemagne » : « Je dis cela sans vouloir accabler mon pays, qui n'est pas le plus nationaliste loin de là, mais pour faire comprendre que chacun a vu le monde de l'endroit où il se trouvait. Et ce point de vue était généralement déformant. »

À cet instant je fus pris d'un sentiment de tristesse énorme, tant cette phrase résumait l'espoir de réconciliation entre les deux pays que Marie avait exprimé dans ses carnets. J'aurais tellement aimé qu'elle soit présente, dans cet hémicycle, elle qui avait eu une carrière de députée de la nation ! Elle aurait eu sa place comme élue européenne. Mais elle n'avait jamais voulu franchir ce pas, préférant retourner à l'anonymat de sa vie de village lorsqu'elle avait eu l'assurance que Klaus resterait en vie. L'homme d'État, debout devant moi, légèrement penché vers son auditoire, le poing gauche serré, dont l'avant-bras reposait sur sa main droite, nous prenait à partie avec son histoire personnelle à laquelle il nous associait pour nous convaincre qu'il fallait « vaincre ses préjugés, comme [lui avait] su le faire ».

À plusieurs reprises, l'hémicycle se leva pour l'applaudir longuement, tous partis politiques confondus. Anna était au centre des élus avec la délégation allemande. Elle frappait dans ses mains avec énergie. Elle se retourna vers la tribune de presse et m'adressa un grand sourire. Je lui fis un signe de la main auquel elle répondit. J'avais abandonné mon stylo depuis que François Mitterrand avait quitté ses feuilles officielles pour évoquer ce qu'il avait appelé d'un ton pudique « ces moments personnels » dont il voulait nous parler. Ces moments, pensai-je, étaient également ceux de Marie. Je sortis délicatement et discrètement de ma poche la photo du 11 novembre 1918. Le seul et dernier souvenir physique de ces temps anciens.

Mon esprit divaguait et ne put s'empêcher de revenir vers cette image de Marie sur son lit de détresse, lorsqu'elle m'avait confié la boite qui me permettrait d'accéder à ses carnets. Sa volonté était la même que celle de ce président qui, avec le peu d'énergie vitale qui lui restait, était en train d'insuffler à ces hommes et ces femmes, assis à l'écouter, un message d'espoir pour construire un avenir qui ne serait plus le sien. À sa manière Marie, elle aussi, avait décidé de me transmettre son histoire pour qu'elle ne se reproduise plus. Elle aussi, pensai-je, avait passé sa vie à combattre les préjugés de deux nations. Anna serait désormais sa « passeuse de mémoire ». Marie avait toujours vécu dans l'espérance de jours meilleurs et m'avait en quelque sorte confié l'histoire de sa vie afin que je préserve le flambeau de cet espoir.

Je regardais cet homme conclure son discours, en me disant que Marie, femme de guerre, aurait pu prononcer les mêmes mots devant ses camarades de combat pour la paix, lorsqu'elle commandait son maquis, ou lorsqu'elle était entre les mains de Klaus rue du Docteur-Chaussier : « Il faut vaincre notre histoire [...], si on ne la vainc pas, il faut savoir qu'une règle s'imposera [...]. Le nationalisme, c'est la guerre ! La guerre, ce n'est pas seulement le passé, cela peut être notre avenir... »

Composition
PRESS·PROD

Imprimé en France par
CPI Brodard & Taupin
en avril 2024

Dépôt légal : mai 2024
N° d'impression : 3056767
ISBN : 978-2-7499-5839-2
LAF : 3503